明桂载酒

[著]

四川文艺出版社

For my sweet heart.

Contents

· 目录 ·

- **第一章** 好黏人 ·········· 001
  至于吗？只是摸到了他的手，有这么开心吗？
  她好黏人，以后可怎么办？

- **第二章** 好可爱 ·········· 059
  他心跳蓦然漏了一拍，面红耳赤起来。
  好……好可爱。

- **第三章** 好难受 ·········· 115
  "我不再喜欢你了。"

- 179 ·········· 好生气 **第四章** ·
  夜晚很凉，但她感觉身后有了一堵坚实的墙。

- 239 ·········· 好着急 **第五章** ·
  小口罩不喜欢你。原来小口罩不喜欢你。

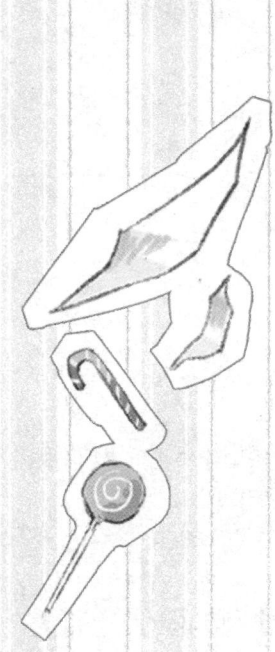

Chapter.01

好黏人

· 第一章 ·

For my sweet heart.

　　真假千金套路的电视剧看过吗？明溪目前的状况和反派女配角真千金有点像。

　　真千金流落乡野，时隔多年才被找回，却发现那个家已经有了个更加明秀活泼、天真娇憨的少女，这十几年来早就全方位地替代了她。

　　唯一的区别就是，本人可能更加地傻。

　　明溪悲愤地心想。

　　这几年来，她很努力地去讨好这一家人，不忘记每一个人的生日和喜好。

　　她小心翼翼地替母亲捏捏肩，母亲却一脸尴尬，站起来就往楼上走，对她说："不必了。"

　　她和一家人去饭店吃饭，服务员将汤打翻，她眼瞧着汤要淋到大哥赵湛怀身上，立马起身去挡。结果回过神来，一家人已经心急如焚地将大腿溅到了一小块的赵媛送去医院了。

　　等她错愕地、后知后觉地发现自己脸上也被烫到了一小块，一家人人影都没了。

　　第二天只有弟弟赵宇宁发现。

　　明溪以为家里至少有弟弟赵宇宁是不区别对待她和赵媛的。可半个月前的化学竞赛只选拔一人，赵宇宁得知赵媛想去之后，居然偷偷拿走了明溪的报名表。

　　明溪失去了参加化学竞赛的资格。她脸颊上多了一小块浅浅的疤，口罩一戴就是一整年。

　　赵媛去她朋友的店里吃冰激凌，不小心吃到花生酱，过敏住院。全家都以为是她故意害赵媛，即便她解释了他们也不相信。

　　这些，都没问题。

　　她都还好。

　　她也没有多生气，反正她性子也不好惹，该顶嘴的时候从不憋着，全家人被她气炸的时候也不在少数。反正书上都说水滴石穿呢,她多努力几年,总能听到回声不是?

结果她错了,当这一家人好像终于有了彻底接纳她的迹象的时候——

她二十三岁,死于脑癌晚期。

这不是——遛她玩呢?这和辛辛苦苦打怪打到最后一关,电脑死机了重开游戏有什么区别?

之后明溪才意识到自己的故事根本就是个悲剧。

她原来就是一本书里的配角。

关于配角赵明溪的一生,省略一下概括起来是这样的:

从小生活在破败的北方小镇,几年前被赵家找回,而后便因嫉妒女主角赵嫒,开始费尽心机抢夺赵嫒的家人。在得知赵嫒与赵湛怀暗生情愫之后,她还让自己的闺蜜横插一脚……最后患癌症而死,死后所有人都原谅了她。

"抢夺"?

等等,这些家人原本不就是她的吗?合着她的所作所为都被这本书定义为"抢夺"女主角赵嫒的东西?

凭什么?就凭赵嫒是上天眷顾的宠儿、柔弱无骨的"小百合"、气运之女吗?

还有,赵嫒居然和大哥赵湛怀有一腿?

不知道是怎么回事,总之,明溪在结束了她短暂的二十三年"工具人"的一生之后,居然又回到了十几岁。

这一次她多了一个"女配角帮扶系统"。

系统:"你的设定就是不得好死的反派人物,所以气运肯定为负值。走路被车撞,喝口凉水都塞牙,得个病必定是绝症,这些肯定是没跑的。但是你想想,要是你能悄悄地把自己变成正派人物呢?"

明溪愣了一下,问道:"什么意思?"

系统:"意思就是让你去蹭别人的气运。男女主角赵嫒和赵湛怀的气运你肯定是蹭不到的,但是你可以蹭一些非主角、人气值却比较高的人物的气运。蹭着蹭着你的绝症说不定能好。"

明溪一拍大腿:"我懂了,意思就是去和时髦值高的角色做朋友?"

每本书里除了男女主角,都还有一些露面次数比较少,但是人设时髦值却很高的大佬角色。

读者喜欢这些角色，她就经常出现在这些角色身边，多露露脸，办几件好事，一来二去，不就能蹭到一点气运了嘛。

系统非常欣慰："不愧是我看上的'贫困户女配角'，一点就通。"

谁不想好好活下去呢？即便曾经活得稀里糊涂，像个傻子，但既然有了重来一次的机会，明溪就要好好把握！

更何况患上绝症后呕吐、低烧、消瘦的滋味她再也不想尝试了。

系统："而且蹭到气运之后，你脸上的伤应该会恢复得很快。"

明溪摸了摸左边的脸颊，眼睛亮了亮。

因为烫伤的部位不是别处，而是脸，为了不留下疤痕，医生建议她一年四季都要防晒，直到皮肤恢复。

这便导致她戴了一年口罩，遮住了原本美丽的容貌。

系统给了明溪一份《可蹭人员名单》，明溪粗略地看了一下，名单上的名字还挺多。

但是似乎就只有前几位回报率高一点，分别是百年财团大族傅家嫡孙傅阳曦、次孙傅至意，还有赫赫有名的姜家的姜修秋。

这三位明溪都有所耳闻，都是学校的风云人物。

再往下就是各个年级的学霸、级草之类的人物。明溪所在的普通班的憨憨班长居然也在上面！明溪顿时一喜，她和自己班的班长关系还挺好！

……不过班长已经排到第一百零八位了，而且后面的括号内写着"气运回报率仅为 0.000001%"——这回报率，上榜和没上榜有什么区别？

明溪登时感到眼前一黑。

她捏着救命名单，起身倒了杯水压压惊："我觉着当务之急是我先去做个体检。"

她是二十三岁死的，现在她才十几岁，万一还没得癌症，或者还处于癌症早期，还有救呢？

"没那个必要。"系统道，"说穿了，你死于绝症根本不是身体问题，而是你作为反派的气运问题。即便你去医院检查出来什么，提前治疗，你的气运值不改变，到了那个时间你还是会死。死于车祸和死于癌症有什么区别吗？"

明溪听着系统的话，悲从中来，"哇"的一声哭出来。

所以唯一的出路就是眼前这份名单了。

回报率6%、一骑绝尘、排在第一的傅阳曦听说极其不好惹，张扬跋扈，肆意妄为，放在别的文章里那就是冷面暴躁男神中的天花板。

但即便如此，有傅家顺位继承人这层身份，所有人还是铆足了劲往他身边凑。

光是要和他说上一句话就很难。

明溪知难而退，视线往下。傅至意目前在国外读书，没有要回来的迹象。

而这个姜修秋——听说人好像还不错，上学期还见他温柔有礼地上台演讲，应该是最容易做朋友的了。

但是，这两人的回报率怎么都只有2%啊？！丢分了啊！

算了，蚊子腿再小也是肉。

明溪决定先不确定目标，能揪到哪位气运大佬就揪到哪位。

"刚好你的成绩不是排名全院前三吗，按照你们学院的规定，前五名都是可以自由转班的吧？"

明溪非常上道："你是觉得我先转到全是可蹭人员的国际班再说？"

系统道："对，和这些人处在同一个班级，也能蹭点气运。虽然不多，但聊胜于无。"

明溪所在的A校除了普通班，还有国际班、常青班、金牌班等。

后两者见名知意，自然就是学习成绩特别优异的班级和专门参加全国竞赛的班级。

而国际班则是一群名门望族的继承人待的地方了。

曾经明溪也是在这个节点，从普通班转去了金牌班。

其中很重要的一个原因，是和她定了娃娃亲的沈厉尧就在金牌班。

过去她有点没脸没皮，她的确是很喜欢沈厉尧，毕竟沈厉尧英俊帅气还优秀，就是性格冷了一点。

而且沈厉尧还对她和赵媛一视同仁——当然，是对她和赵媛都冷淡傲慢就是了。

但这一点依然很吸引明溪。

只不过后来她没追上他，这事也就不了了之。

明溪也懒得再回想这些事情，当前还是保命要紧。

这些都经历过一回了，什么家人、什么沈厉尧，还重要吗？

"行,我现在申请,明天应该就能去国际班报到了。"

明溪行动能力很强,她立马走到书桌边上打开电脑,将已经填好的资料稍稍修改一下,把"金牌班"改成"国际班",就发送到了教务主任的邮箱。

办完这件事,她将箱子打开摊在地上,开始将衣服一件件地收进去。

房门外响起几声急促的敲门声,赵宇宁压低了声音说:"明溪姐,媛媛姐今天出院,刚刚到家。你躲在房间里干什么?趁着一家人都在楼下,好好和媛媛姐道个歉,她过敏这事也就算了!"

前几天家里刚大闹了一场。

赵媛在贺漾家的连锁店里误食花生酱过敏,贺漾是明溪的朋友,家里人认为这事和明溪有关系。

明溪气得冲去贺漾家的店里一帧一帧查监控,但是哪儿那么容易?她熬红了眼睛也没法自证清白。

所以明溪觉得自己傻,她没做过的事,怎么自证清白?

曾经她就那么在意家人的眼光,生怕他们讨厌自己?

以至于作茧自缚。

明溪拉上行李箱的拉链,打开门。

赵宇宁差点摔进来,他刚要劝明溪,忽地看见了她的行李箱,脸色立马臭了:"赵明溪,你又要玩这一套?这次是离家出走还是去学校住?过几天不还得乖乖回来?就为了这点小事,你至于吗?"

"这是小事?"明溪脸色冷冰冰的,行李箱的轮子差点碾到赵宇宁脚上去,"让开!"

赵宇宁连忙退了一步,看着明溪的脸色,愣住了。

家里人要么不喜欢明溪,要么对明溪态度很疏离。明溪刚到家那年他还小,因此他算是和明溪关系最好的。

相处好几年,他还没见过明溪用这种冷刀子一样、恨不得划清界限的态度对待他——明溪对家里人的态度一直是带着点讨好的。

赵宇宁一时之间倒也没想太多。

他脾气也上来了:"这难道不是小事吗?就算媛媛姐过敏和你没关系——我相信你,我信你行了吧?但媛媛姐现在刚出院,你去跟她说几句贴心的话会死啊?你就是这种倔脾气,所以一家人都跟你相处不好!"

"相处不好就别处了。"

赵宇宁脚步顿在原地，不可思议地看着明溪的背影。

赵明溪这句话居然不带任何情绪，而是直截了当地陈述。而且她眼睛没红，也没多看他一眼，听起来竟然不像是以前说的那种赌气的话。

不知道为什么，赵宇宁心头涌起一丝不大好的预感。

他跟着明溪下去。

明溪拖着行李箱下来，接赵媛回家的一家人见到这一幕，脸色都有点难看。

赵父还在公司，赵墨则在国外拍戏。

赵母扶着刚出院的赵媛在沙发上坐下，厌烦地抬眸看了明溪一眼："你又要干什么？怎么就不能安分几天？"

赵家除了明溪和赵媛，还有五个人。

赵父一心扑在事业上，不怎么管家里的事。

二哥赵墨是十八线小艺人，对明溪一贯看不顺眼，不是嘲讽就是挖苦，好在他行程多，飞来飞去，一年没几天在家。

在家时间最多的除了弟弟赵宇宁、赵母，就是掌管着一家公司的大哥赵湛怀。

他作为男主角，气质出众，禁欲系，性格倒是较为温和。但是当明溪从系统那里得知，他之后会和赵媛有感情线，明溪就没法直视他了。

赵母一向不怎么喜欢明溪，明溪也懒得和她多说，径直走到赵湛怀面前，掏出两张签名纸："帮我签个名。"

赵湛怀有些头疼："明溪，不要无理取闹，这次——"

明溪打断了他："签个名就行了，我去住校。"

她一双眼睛黑白分明，冷静漠然，不似以往那样哭闹。

赵湛怀敏锐地察觉到今天的明溪有点不对劲，但是具体哪里不对劲，他也说不上来。

"给她签了！"赵母一脸怒容，"一天天把家里弄得乌烟瘴气的，要去学校住就去，别拦她！家里能弥补给你的也早就弥补了，你到底还想要什么？"

赵湛怀其实很宽容，他没有怪过明溪。他觉得明溪像个长不大的小孩子，她的叛逆都只是为了夺走家里人放在媛媛身上的注意力。

但是人毕竟是情感动物，他们一家人和赵媛已经有了多年的感情，这一点，是谁也抢不走的。

或许该让明溪去学校吃吃苦，过段时间她就会想明白这一点，乖顺地回来了。

她如果不再和赵媛抢的话，赵湛怀也能把她当成亲妹妹对待。

赵湛怀漫不经心地签了字。

一张是住校申请书，另一张是转班申请。

他早就听赵媛说过，赵明溪在学校一直缠着沈家那小子，似乎想转去他所在的班级。

明溪等着他签完字，将纸一抽，拖着行李箱转头走出了赵家的大门。

九月天气微冷，但映入眼帘的却是一片金黄。明溪轻轻吸了口气，戴上了口罩。这一次她还有时间，还能改变自己的命运。这次不再将时间浪费在讨好这一家人上，一切都来得及。

赵母睨了她一眼，被她这态度气得头疼："等着吧，这死丫头过几天又要哭着回来。"

赵湛怀则将笔盖合上，觉得不大对劲，问赵媛："你是不是说过明溪想申请去金牌班？"

"对呀，哥。"刚刚一直没说话的赵媛从赵母怀里抬起脑袋，"明溪一直追着厉尧哥哥跑，在学校传得……总之传得挺不好的。厉尧哥哥最近都不来我们家，恐怕也是图个清静。"

"那她申请表上怎么填的是转去国际班？"

赵媛和赵宇宁都愣住了，愕然地说："这不可能呀。"

离开赵家比明溪想象的简单。

事实证明她过去的确是作茧自缚，一旦她自己先舍弃这些，她就根本不会再有那些庸人自扰的难过情绪。

明溪现在一门心思都在如何保住自己的小命上。她行动很快，翌日清晨办理好转班手续后，就开始搬书。

系统给了明溪一盆光秃秃、只有土壤的盆栽——只有明溪自己看得见。

"你的气运每积攒多一点，就会长出一棵小嫩芽。只有盆栽全部长满，压在你身上的反派的负面气运才会基本上被消除。到那个时候你的下场才不会再是'不得好死'。

"甚至如果你的盆栽种得足够茂密的话，你的气运还有可能超过赵媛。"

明溪问："那会对这些被蹭的人有影响吗？"

"那倒不会，Wi-Fi热点听说过没有？你蹭他们的气运，但是他们本身的气运不会变少。"

明溪放心了。

她拿到盆栽后心潮澎湃，特地在六班班长身上试了下，临走之前和班长来了个大大的拥抱。

六班班长受宠若惊。

明溪一边与班长深情相拥，一边用眼珠子全神贯注地盯着空中的那盆盆栽。

……足足抱了三分钟，结果盆栽里光秃秃的土堆动都没动一下。

仿佛静止的图片。

明溪："……"

系统安慰道："你们的班长实在是太不起眼了，回报率只有0.000001%，你还是把心思花在名单上排名靠前的人身上吧。"

明溪整个人都不好了。

这盆有她脑袋那么大，她要种到何年何月？！还超过赵媛呢，她只求别身患绝症不治而亡就行了。

明溪带着一颗受伤的心，气喘吁吁地和班长一块儿把书搬到了常青班、金牌班和国际班所在的那一栋楼楼下。

她穿着宽大的深色衣服，乌黑的头发长及锁骨，皮肤偏冷白，颈间挂着一根红绳，系着玉。

她白皙的鼻尖上汗水涔涔，脸上一如既往戴着口罩。

这口罩让明溪感到难以呼吸，但她不能轻易摘下。

她当初就是没听医生的叮嘱，早早地不戴口罩，只涂防晒霜，结果脸上一直有块淡淡的印子，涂疤痕治愈膏也没什么效果。

远看倒是看不太出来什么，但一旦近看，就像是美丽无瑕的花瓶上多了一小块污渍，是会令造物主痛恨"天道不公，非要在完美的事物上划一道痕迹"的程度。

总之，这次一定要忍住，等伤口彻底好了再说。

沈厉尧正在处理那些人趁着周末塞进他桌子里的礼物。他桌子里未完成的电路板、厚厚的竞赛习题册都被礼物盒挤成一团。

垃圾桶"哐当"一声被他拎到桌子边上。

他垂着眼，看也不看，将桌子里乱七八糟的礼物盒全都扫了进去。

他用两根手指头将一张粉红色的信纸夹出来。

送情书的人大约是怕他看也不看就扔掉，特地将穿过信封的窄丝带打了个死结，牢牢地系在他丢在桌兜里的一块金牌上。

沈厉尧眼神清冷，眉拧得可以夹死苍蝇。

下一秒，"啪嗒"一声，情书和金牌被一并丢在了垃圾桶里。

几个趴在窗户边上的人忽然出声："那不是赵明溪吗？她在搬东西过来？她还真的考进了前五名！"

沈厉尧正拉开椅子，动作蓦地一顿。

窗边的叶柏扭头说："尧神，你知道我们刚刚看见了什么吗？赵明溪就在楼下！她也真是不到黄河心不死，起早贪黑学了一整年——就为了和你在一个班。你有什么感想？"

"无聊。"

沈厉尧神色似乎没什么波动，他坐下来，垂下眼，将小型机器人的电路板接上："普通班前五名可以自由转班是学院的规定，这是她的权利，与我无关。"

"都要在一个班了，她转到咱们班来对你进一步死缠烂打怎么办？"

"成绩刚公布她就搬东西过来了，行动也太快了！"

沈厉尧依旧眼皮也不抬，冷冷道："我不谈恋爱。"

一干人等的八卦小火苗都被沈厉尧的冷淡浇灭。

赵明溪一年前转学过来，脸上的口罩就没摘下来过，听说是脸颊不小心受伤，为了防晒。不过金牌班里倒也没什么人对她的脸感兴趣，估计她的长相也就中等偏上，平平无奇。

他们感兴趣的是赵明溪追沈厉尧这件事。这姑娘够猛，够有毅力，居然锲而不舍地从二十几个普通班的年级中游爬到了前五名，就为了转班过来。

但是见沈厉尧冷淡的样子，也知道沈厉尧对这世交家的姑娘毫无兴趣。

叶柏摸了摸鼻子:"不过你放心好了,她来咱们班,待不了多久的。要是实在缠你缠得紧,耽搁你准备竞赛,老师恐怕也要赶她回去。"

沈厉尧皱眉,正要说话。

外面走廊出现了赵明溪和六班班长的身影。

"来了来了。"有人笑道,"尧神,你接下来的日子可得多姿多彩了,你自求多福——"

然而,他话还没说完,却见赵明溪和六班班长搬着书,从走廊外就这么走过去了。

金牌班里登时静了五秒钟。

叶柏一脸错愕:"前面是国际班,她是走错了吗?"

隔壁金牌班的人是怎么想的,明溪没有心思去考虑。

她抱着书从国际班后门走进去时,眼前忽然毫无征兆地开始一阵阵发黑,脚仿佛踩在棉花上。

"我原来有时也会这样,我还以为是低血糖。等等——"明溪突然惊醒,"这不会是我得绝症的前兆吧?"

"是啊,不然呢?"系统说,"人家小说也是讲究逻辑和伏笔的好吗,反派再讨人厌也不可能突然得场病死翘翘,肯定会通过'赵明溪莫名感到身体不适''赵明溪脚踝上的瘀青久久不散'这样描写细节的句子来铺垫,暗示读者。"

"……"明溪没有了调侃系统的力气。她抱着书,摇摇晃晃,眼前一片黑之余,还出现了几个趴在不同座位上的浅白色的光团。

系统道:"那是气运,越亮的在我给你的名单上排行越靠前。"

明溪整个人宛如濒临死亡的鱼,想也没想就冲着最亮的座位去了。

虚脱地坐下来后,她双手一松,书本哗啦啦砸了一地。

顾不上那么多,她伏在桌上,朝着左侧光亮最盛处,深深地吸了口气。

淡淡的、带着一些中药味的松香,就这么毫无征兆地充盈了鼻尖,像是干净清爽的氧气灌入大脑,瞬间缓解了明溪的难受。

而她眼前的盆栽忽然也颤颤巍巍地在边缘处冒出一棵极其细小瘦弱的嫩苗,不到一毫米,看起来大约只有一棵完整嫩芽的十分之一——但也令明溪睁大了眼睛,差点喜极而泣。

"这是什么？！怎么突然冒出来了第一棵？"她喜出望外地问系统。

系统："你看看你旁边坐的是谁。"

明溪抬头。

整个国际班死寂无比，所有的视线齐刷刷地落在她身上。

大家都看着这个陌生的女孩戴着口罩、抱着书本走了进来，招呼也不打，埋头就冲到倒数第二排靠过道的座位一屁股坐下去！

之后还冲着傅阳曦深深地闻了一下。

震惊之时，有人说了一句："你真有种。"

还有人压低声音提醒："你旁边的是曦哥，你还闻他，等他睡醒了你就完了。"

曦哥——傅阳曦？

明溪立刻看向左边。

映入眼帘的首先是一个后脑勺，一头"我最嚣张"的红色刺猬短发。

少年趴在桌上，戴着银色的降噪耳机，抱着运动外套，正在背对着她懒洋洋地睡觉。他身高至少一米八八，长腿在桌子之下显得格外蜷缩，穿黑色长袖，脖颈白皙，还挂着条细细的黑金骷髅链子。

从明溪的角度只能看到他半张侧脸，右眼眼尾有一颗细小的泪痣，长相俊美逼人，眉毛微拧着，仿佛行走的不羁"杀马特[①]"。

明溪脑子里立刻蹦出几个字——"暴躁的笨蛋美人"。

有人问："你是谁？那个座位从来没有人坐！"

明溪扭头看向那人，回答："我是刚转来的赵明溪，这个座位为什么不能坐？"

"你找死吗？"那人一脸惊愕，"'傅阳曦'这个名字你没听说过？"

傅阳曦嘛。

有人胆敢坐在他旁边，肯定是要被收拾的。

但是明溪巴不得能干点给傅阳曦跑腿的事。

多跑几次，她的气运值岂不是哗啦啦地就涨了？

横竖都难办，明溪不觉得一个十几岁的白痴小屁孩儿，能比反派的厄

[①] 杀马特：源于英文单词smart，意为时尚的、聪明的，后衍生为另类、怪诞形象的指代词。

运给自己带来的威胁更大。

明溪又赶紧抓住机会,悄悄地深呼吸,继续吸了点傅阳曦身上的气运。

看着笼罩在他身上的淡淡的白光终于过渡了一点点到自己身上,虽然只有指甲盖那么大,可以忽略不计,但是好歹让明溪有了盼头。

她好整以暇地将地上的书本一本本捡起来:"嗯,知道了,但这不是没其他座位可坐嘛,我就先坐这里了。"

国际班的学生目瞪口呆。

接近傅阳曦的不在少数,但这个戴着口罩连样子都看不清的女生,还是头一个用这种"破罐子破摔"的态度接近他的。

她还吸他。

像吸猫一样吸曦哥。

天啊!

旁边这么吵,傅阳曦醒了。

傅阳曦一醒,没人敢吱声了,都静悄悄地等着傅阳曦发火。

傅阳曦摘下降噪耳机,随手扔桌上,没精打采地揉了揉头发,动作软绵绵的。

然后他在桌兜里翻翻找找,闭着眼睛掏出几个白色的瓶子,里面装的不知道是维生素还是什么,哗啦啦倒了一堆在手上。

明溪眼睛亮晶晶的,用在大街上看到 Wi-Fi 热点、在夏天看到冰镇西瓜、在猫咖里看到最名贵的那只猫的眼神看着他,捧起他桌上的水杯递过去。

"谢了。"傅阳曦刚睡醒,声音沙哑。

他喝了口水,闭着眼将药吞进去。

咽下去之后他才猛然意识到明溪的存在。

傅阳曦反应很大地站起来,他个高腿长,身后的桌子差点被他撞倒。他居高临下地看着明溪,脸一下子拉了下来,浑身写满"生人勿近":"这女的是谁,坐我旁边干什么?"

国际班的人心说:想都不用想,肯定是因为她喜欢你啊。

明溪耐着性子,给自己未来"网速最好的 Wi-Fi 热点"解释了一遍:"我叫赵明溪,刚从普通班转过来。"

众人心想,居然还是拼命学习才转过来的。

深夜挑灯读书、奋笔刷题一定很辛苦吧。

绝了，这得多喜欢他。

傅阳曦显然也想到了这一点，有点不自在。他把到嘴边的脏话又咽了回去，但脸色依然不好，暴躁地说："立马换个座位，我旁边从来不坐人。"

明溪就知道没这么容易。她屁股磨蹭在椅子上不想动。要是换作之前，她早走了，但放眼望去，整个国际班就傅阳曦身上的气运最旺——她每天多吸一点，指不定十天半个月就能长出好几棵嫩芽。

"让我走开，不跟要了我的命一样吗？"

明溪在心里嘀咕，忽然感觉整间教室一片静默。

她一哆嗦，抬起头发现所有人张大嘴巴，目瞪口呆，用惊愕万分的目光看着她。

傅阳曦耳根生理性发红，气急败坏："你，你说什么？"

她才发现她不小心把心里的吐槽说出来了。

"把她课本收拾了，给她搬走。"

傅阳曦刚强硬地冷声说完，国际班的辅导员就夹着一摞书从教室门口怒气冲冲地进来了，一进来视线就在班级里搜寻，而后径直落在了傅阳曦身上。

明溪冷不丁地想起这段情节。

原文主要聚焦在赵媛、赵湛怀，还有她身上，在傅阳曦身上着墨不多。但明溪记得曾经正是赵媛出院的次日，学校门口贴的通告批评了几个周末参与摩托车越野赛的国际班学生。

辅导员一进来就盯着傅阳曦，这事应该和傅阳曦有关。

果不其然，下一秒辅导员就脸色铁青地走了过来，摔下一摞报纸："傅阳曦，你看看你带头干的好事！"

报纸砸在明溪面前，吓得她眼皮一跳，她瞅了一眼，发现A校学生因这件事上了报纸。辅导员估计是奖金被扣光了，怪不得他大发雷霆。

班上的大多数人好像都知道此事，大家顿时噤声，没人说话。

傅阳曦用脚将椅子一钩，大刺刺地坐下去，随手将报纸挑过来一翻，笑出声来。

辅导员气得火冒三丈，头冒青筋："你真当没人管得了你？你现在立马去操场跑步！"

傅阳曦唇角的笑意一下子淡了，他盯着辅导员，刚要说什么，身边的明溪"噌"的一声站了起来。

"那个,我能不能替他跑?"

国际班本就没人敢说话,这下更是惊掉了所有人的下巴。

系统:"劳力换取气运是回报率最高的了,如果我没算错的话,你跑完之后,应该能长出至少三棵嫩芽。"

明溪激动得发晕,眼睛发亮。这得蹭到多少气运?!

明溪举起的手在颤抖,给她激动。她忽然觉得种满一花盆的气运也没那么难,或许她真的可以摆脱得绝症的恶毒女配角的命运!

众人心里却想:她有那么喜欢他吗?

接近傅阳曦的不在少数,但老实说,真的喜欢他们曦哥的异性没几个,不是为了钱就是为了进傅家。除开这些,都顶多送送情书、巧克力就完事了,还是头一次有人做到这份儿上的。

别说他们瞠目结舌了,就连傅阳曦都是十几岁的人生中头一回见到这样的人。

他见过怕他的,见过巴结他的,也见过说喜欢他的,但很少见到真的为他做点什么的。

傅阳曦终于侧过头,好好看了明溪一眼,少女身段纤细伶仃,肌肤苍白得像玉,举起的手指小巧如葱,正在微微地颤抖——她明明怕得要死,连手都在抖,却挺身而出。

辅导员简直快气死了,怒火一下子转移到了明溪头上:"好,你去!"

"是!"明溪像箭一样冲了出去。

——她是生怕老师后悔,竟然毫不犹豫地立马就去跑了吗?

坐在最后一排的柯成文抬起自己被惊掉的下巴,接回去,然后目瞪口呆地拍了下傅阳曦的后背:"曦哥,我的天哪,你在哪里招惹这么一个姑娘?她对你简直——"

找不到合适的形容词,柯成文想起了四个非常土的字——"爱得痴狂"。

傅阳曦视线落在窗外明溪跑下楼的身影上,竭力想保持面上的冷漠,但他的耳根依然克制不住地红了起来。

他垂下眼,舔了舔唇,绷住得意和开心。

"嘁,"他显得非常头疼,"人格魅力,没有办法。"

"不能让她真跑,不然我多丢面子。"他慢悠悠地说,"找个人去体育馆替她。"

"……"

国际班这边的消息一向像长了腿,传得飞快,刚刚下课金牌班这边就得到了消息。

外面冲进来一个男生:"劲爆消息,尧神,你解脱啦!听说赵明溪这次申请转去的是国际班!"

"赵明溪"这个沈厉尧最为积极的追求者的姓名对金牌班来说如雷贯耳,众人闻言纷纷转头朝后看过来,全都万分惊愕。

叶柏:"怎么可能?"

那个男生:"而且现在她好像换、换人追了——她好像在追傅阳曦。国际班说她为了傅阳曦,被罚跑了。"

"……"

空气沉默了五秒钟。

"赵明溪怎么了?沈厉尧,她故意的?"叶柏压根儿不相信。

还追傅阳曦呢,她和傅阳曦之前根本就没见过。

但是除了这件事,她转到国际班又是怎么回事?好不容易考进了前五名,有了转班的机会,居然不转到金牌班来。

下个月她还想再考进前五名就没那么容易了。

"不关你的事。"

沈厉尧不知何时也看向了窗边,跑道上没有赵明溪的身影,长跑一般是在室内体育场。

但他在叶柏看过来时,迅速收回了视线。

他脸色莫名地看起来比先前任何一秒都要冷硬:"回你们自己的位子上去。"

要不是事关身体健康,明溪也不知道自己这么有毅力。她挥汗如雨地跑了下去。

有个国际班的男生跑过来要替她,被她理也不理地拒绝了。

男生跑回去这样那样地转述了一番。

一下课,整个国际班都在起哄。

传到傅阳曦耳朵里，已经变成了新来的转班生替他跑步甘之如饴，一边跑还一边带着幸福的憧憬和微笑。

傅阳曦活了将近二十年，什么时候见过这么猛且大张旗鼓的追求者？

他心里的红色小鸟昂首挺胸，得意扬扬地将羽毛抖了又抖。但他表面仍然装作一副极其不耐烦的样子，一拍课桌，呵斥道："八卦够了没？一群大老爷们儿这么爱嚼舌根。"

傅阳曦一凶，起哄的声音终于消停了点。

姜修秋这阵子感冒了，没来学校，被八卦的男生打电话告知了此事，笑得咳嗽个不停，忍不住给傅阳曦打电话。

"不可能吧，你们是不是搞错了，转班生兴许只是有求于你呢——你说她喜欢你？哈哈哈，她能喜欢你什么呀，喜欢你脾气暴、脸色臭？还是喜欢你发型杀马特，性格像只狗？再说了，你除了家里有几个臭钱……"

"不会说人话就把嘴缝上！"傅阳曦脸色果然很臭，他挂断电话，怒气冲冲地把手机往桌兜里一扔。

得意归得意，转班生猛归猛。

但傅阳曦自然也并不真的认为转班生是冲着他来的。

八成又是冲着钱来的。

傅阳曦郁闷地踹了一脚身边的椅子，打算等转班生回来后，给点谢礼把她打发了。

而这边，明溪跑完了，整个人都快要虚脱。她也没回教室，直接回宿舍冲了个澡，蒙头睡了一觉。

快上午十一点半的时候她醒过来。

她一睁开眼就看见自己的盆栽果真长出了三棵完整的小嫩芽！

绿油油的，晶莹剔透，颤颤巍巍地在电风扇下摇摆。

加上之前坐在傅阳曦身边猛吸那几口气运长出来的嫩苗，差不多有三又五分之一棵嫩芽了。

明溪惊喜得一激灵，迅速从上铺爬下来，冲到卫生间照了下镜子。

她白皙的左脸上，比别的地方颜色略深的那一小块痕迹，肉眼可见地淡了非常多。除非对着镜子仔细瞅，否则几乎看不出来。

明溪："以这样的速度恢复，我很快就能摘口罩了！"

系统:"当然,你所遭受的这些倒霉的事情都和你作为女配角的负面气运有关,一旦你吸收了正面的气运,你做的一切事情都会顺利很多。"

明溪振奋起来,只要她够努力,恶毒女配角的命运是可以改变的!

跑了这么多圈,消耗了大量卡路里,明溪也饿了,她走在去食堂的路上,还在绞尽脑汁地思考着自己能干点什么,以最短的时间多吸收一点气运。

这位曦哥性格果真凶悍,不好惹,今天是被事情打了个岔,他才没来得及让人把她的书本搬走。

要是没这件事打岔,她的东西说不定已经被冰冷无情地丢进垃圾桶了。

明溪倒也不生气,本来就是她有求于人。

她只是感到很头疼——要做点什么才能和他套近乎?

明溪很快想到了自己最擅长的事情之一——做菜。

没有被赵家找回去之前,她一直都是自己做饭照顾养她的奶奶的。她经常从小镇的街坊邻里那里得到一些菜的恩惠,然后她做好了美味的菜肴,给他们送回去。

从七八岁的时候起,就已经有人对她做的菜赞不绝口。

而这几年来到赵家之后,为了更快地融入赵家,她也经常做几道拿手菜摆上餐桌。

赵母爱挑刺,但是面对她做的菜也没话说。

赵宇宁更不必说,每次都是恨不得舔盘子的那一个,甚至有时候还央求她多做两道菜,第二天带便当去学校食堂吃。

看来今天放学后她得去一趟贺漾家的店准备食材。

明溪心中有了主意,脚步轻快不少。

国际班今天上午发生的这点事,也传到了赵媛和她朋友鄂小夏耳朵里。

赵宇宁从高一那边过来找赵媛吃饭,坐在她们边上。

姐弟俩听常青班的鄂小夏说起此事,虽然很惊讶,但压根儿不觉得赵明溪是真的换个人追。

开什么玩笑,她喜欢沈厉尧都是尽人皆知的事情了。

每次沈厉尧来他们家,她打扮漂亮后从二楼冲下来那亮晶晶的眼神,他们又不是没看到。

"她是不是在故意气厉尧哥?"赵宇宁扒拉着盘子里的饭菜,食不下咽,"食堂的饭菜真难吃。"

赵媛把自己盘子里的肉夹给他,一边细嚼慢咽,一边叹了口气:"明溪有时候就挺小孩子脾气,和厉尧哥哥赌气这件事是,突然离家出走住校也是,妈妈其实很担心——宇宁,她有没有和你说她什么时候回家?"

"管她呢,爱回不回!"赵宇宁恼火道,"这一套她玩了多少次了,最后哪次不是自己回来了?!"

"你不要生气。"赵媛劝道,"你和她关系最好,要不你还是去劝劝她吧。实在不行,咱们就等她回来后,统一承认我过敏的事和她没关系。"

赵宇宁烦躁道:"这次我才不要去,姐姐你也别管了。我昨晚去看了,她衣柜里衣服都还在,妈给她买的衣服她几乎全没带走,说明她根本就没打算住几天学校。我不信过几天她不灰溜溜地主动回来!"

话虽这么说,但赵宇宁看着盘子里毫无食欲的食堂的饭菜,糟心极了。之前他要么出去吃,要么就是吃赵明溪从家里带过来的便当。

赵明溪做的菜很好吃,赵宇宁每天上午还没下课就准备往食堂冲,对她做的那一份好吃的望眼欲穿。

可以说没有赵明溪做的便当,他的一天就没有了灵魂。

前几次赵明溪即便和家里人吵了架,或者即便和他吵了架——吵得再厉害,也不忘带便当来。

姐弟俩吵架之后,又别扭又生硬地坐到一起,一顿饭吃完,两人的闷气也就都能消了。

但今天赵明溪居然一反常态,没有出现!

赵宇宁一直在不着痕迹地朝食堂外看,但一顿饭都快吃完了,压根儿没看到明溪的身影!

她去哪儿了?赵宇宁心想。

是有事没来吃饭,还是忘了中午给自己带饭?还是明明记得,但这次太生气了于是故意不给自己带饭?

总之太反常了!

赵宇宁心中憋闷,筷子快要将盘子戳烂了。

鄂小夏还在旁边笑:"跑圈的事都传到我们常青班了,她是为了气沈厉尧?但追沈厉尧的人都排到隔壁学校去了,人家肯定看不上她啊!"

"胡说八道什么呢你?!"赵宇宁压不住心里的火气,突然把筷子一摔。

鄂小夏被吓到了一瞬,这才发现自己刚刚口无遮拦。赵宇宁和赵明溪虽然关系一般,但他好歹也是赵明溪的弟弟。

"对不起。"鄂小夏认错倒是很快。

赵媛也道:"别这样说明溪。吃饭吧。"

赵宇宁瞪了鄂小夏一眼,不说话了。

赵媛却忍不住想到赵明溪的那张脸——鄂小夏没见过赵明溪几年前刚来赵家时的模样。

甚至比赵媛都要好看得多。

她是那种清纯可怜、小家碧玉的漂亮。

而赵明溪则纯粹是张扬外放的、五官明艳精致的美丽。

那天赵明溪来到赵家,全家人看到她的第一眼,都没能移开视线。

也是在那一刻,赵媛心中就产生了一种微妙的危机感。

当然,这一切都因一年前的那次烫伤而结束。

美丽被画上了痕迹,不再无瑕,这令赵媛心里稍微平衡了点。

她思绪正发散之时,耳边忽然传来了赵宇宁的声音:"赵明溪?"

赵媛和鄂小夏回过头。

明溪正从食堂正门口那边走进来,依然戴着一次性口罩。

赵宇宁估计她就是因为跑圈的事耽搁了,所以没来食堂。他的视线先落到赵明溪手上——居然两手空空,没有便当。

赵宇宁心中顿时有点闷闷的。

这还是第一次明溪姐和他们吵完架之后,没有给他带便当。看来明溪姐这次确实非常生气。

赵宇宁犹豫着要不要先服个软,昨天赵明溪离家时,他说话确实也有点难听。

他俩一向是家里面关系最好的,昨天他语气那么冲,明溪生气也情有可原。

就这么犹豫着,明溪已经走近了。

赵宇宁是个极其磨不开面子的男生,但他咬了咬牙,还是硬着头皮站了起来。

"明溪姐。"他开口叫道,"你——"

可要说的话还没说完,赵明溪仿佛没看到他一般,直接就从他身边走过去了。

赵宇宁像遭到当头一棒,一下子没反应过来,慢半拍地愣了一下。

接着他转过身去,就见赵明溪已经无视他,走到窗口那边了。

她拎起盘子打好饭,回过头来时,还对上了他错愕的眼神。但是她很快移开了视线,走向了另一个角落里的座位,单独坐下了。

赵宇宁的脸色顿时僵得不能再僵。

明溪看到了赵宇宁欲言又止的神情,但她懒得理。

她这个人很果断,要么全部都要,要么就全都不要。她会为了一件事拼尽全力地去努力,但是当回报与努力全然不成正比时,她就会及时止损。

而现在,赵家所有人对她而言,就是要止的这个"损"。

赵宇宁能不能适应,是他自己的事情。

反正她是不可能和原来一样,把他当成血脉相连的亲弟弟,还提前做好便当带给他了。

明溪坐下来后,贺漾很快也打好饭过来了。她还带了两块小甜品,递给明溪:"上周末你来我家店里做的。你的手艺绝了,就连我爸都说好吃!这两块你自己都没尝过,我就放冰箱里存着,今天带来给你尝尝!"

明溪食指大动,正要拆包装袋,但是想到了什么,又将精致的包装袋收了起来:"我带回教室去吃。"

"小穷鬼,随你。"贺漾笑了一声。

明溪看着她,却忍不住想起好友贺漾的结局。

贺漾在全文中也算一个不大不小的炮灰反派。因为她性格火暴,站在自己这边,而且还非常不喜欢赵媛,所以每次见到赵媛都要阴阳怪气地说她两句。

然后就会作为无脑女配角被赵媛及其身边的人"打脸[①]"——脸肿着肿着家里的生意就开始走下坡路,她无暇去找赵媛的碴儿了。

虽然她比自己得绝症的结局要好得多,但是想起贺叔叔头发半白的可怜模样,明溪还是不忍心。

"你爸的生意最近没出什么问题吧?"

[①] 打脸:指被当面证明错误,使其丢脸。

贺漾咬着筷子白了明溪一眼："能出什么问题？你操心操心你自己吧，你自己的事还一大堆呢。那个谁……赵媛过敏好了吗？"

贺漾家里的生意是在三年后招了一个新的销售经理后才开始出问题的，想来现在那个背叛贺漾爸爸的人还没出现，暂时不会有什么大的问题。

但是以后她一定要帮贺漾提防好，再也不能让贺漾家里出事了。

"我搬出来了，现在住学校。"

"什么？就为了赵媛过敏这破事，你家里人就把你赶出来了？到底谁才是亲生的啊？！"贺漾差点暴走。

"小声点！"明溪连忙一把把她拉住，让她坐下来，"不是赶，是我自己搬出来的。说起这事，还得拜托你帮我找找，有没有什么赚钱的渠道。"

贺漾更加愤怒了："赵家还断了你的经济来源？气死我了！我看这件事就是赵媛那个小人自导自演的吧？我虽然讨厌她，但也不至于故意害她过敏呀。"

"不是她。"明溪道。

赵媛这个女主角妙就妙在天生拥有气运，她自己并不需要去争抢些什么，所有的宠爱便便是她的了。

所以她没有必要自导自演陷害明溪。

之前没找到证据，这件事以明溪和家里人大吵一架结束。

但是通读全书后的明溪心里却有了一个人选。

"倒有可能是鄂小夏。"

贺漾睁大了眼睛。

鄂小夏是赵媛前期最好的朋友，凡事都护着赵媛，跟明溪作对永远都在前线。

但她讨厌明溪，其实很大一部分原因是她把明溪当情敌。

上周五明溪亲眼看到她在篮球场边给沈厉尧递水，这才发现原来她也喜欢沈厉尧。

"不过我也只是猜测。"明溪道，"当天那么多人进进出出，已经没办法找到什么证据了。"

"肯定就是她，她就是嫉妒你和沈厉尧定了娃娃亲。"贺漾说，"那你向家里人解释啊！"

"解释了他们也不会信的，即便信了，也还是会觉得我也有责任。"明溪无奈地说,"你是我朋友,在你家店里发生的这件事,相当于是我故意做的。"

贺漾一时之间心塞得说不出话来。

明溪说的是对的,即便花大力气把这件事调查清楚,也没什么用,因为明溪的存在就是对赵嫒的威胁。

她做什么,看起来都像是在争宠。

这件事的重点不在于是谁导致了赵嫒过敏、是谁的责任。

而在于赵家那一家人偏向赵嫒的心。

明溪曾经很难过,但现在已经完全无所谓了。

反而是贺漾委屈得食不下咽,脸一下子垮了。

"你等着,我一定想办法帮你把这件事搞清楚!谁在背后捣乱,我一定让她好看!"

"快吃饭吧。"明溪后悔和她说这么多了,忍不住捏捏她的脸,"你别管了,反正我现在决定和赵家彻底划清界限,你能帮我的,就是找找有什么赚钱的渠道。"

贺漾消息灵通,整天泡在论坛。

她迅速掏出手机:"这个问我真是问对了,我发给你几个链接,你下午课间看看,什么工作都有。前几天有个土豪发了个帖——开价很高,八千块。"

"这么高?"明溪有点惊喜。如果能接,一学期的生活费就有了。

她看了眼发帖人,ID 是 HandsomeJ,有点眼熟,但一时又想不起来是谁。

明溪是个努力的人,本身成绩就很好,以前在北方小镇时从来没考过第二名。

但是被赵家认回之后——也就是被反派厄运缠身之后,她在这所学校几乎每次考试时都会出点问题,不是头疼就是拉肚子,以至于大家所看到的就是她成绩不好。

她只能更加勤奋,激励自己只有能力更强,才能在考试考到一半忽然肚子剧烈疼痛之前,把试卷做完。

她就是这样,上次考试冲到了普通班的第三名。

成绩越好,能接到的工作开价才能越高,而如果她想让成绩提升得更快,还得下更多功夫在攒气运上。

一定没问题的!

明溪看了眼刚换来的三又五分之一棵小嫩苗，心中斗志的小火苗熊熊燃烧。

明溪和贺漾吃完饭就离开了。
她背后不远的座位上，正坐着校竞队的人。
明溪说话的声音一直不大，但贺漾咋咋呼呼的，偶尔能迸出几个关键词。
"看来是上周末赵家发生了点事情，常青班的那个鄂小夏导致赵媛过敏，将锅推到了赵明溪身上，赵明溪不得家里人信任，和家里人吵了一架，现在搬出来住校了。"
校竞队的人都聪明，叶柏也不例外，很快他就从两个女孩子的对话中精准提炼出了一些信息。
也不枉费他非要拉着沈厉尧坐在这个角落。
当然，沈厉尧虽然脸色冷硬，却没拒绝，也让他觉得很难得。
"所以，现在能解释为什么赵明溪转去国际班并扬言要追那个姓傅的了。"叶柏看了眼明溪离开的身影，又转过脸看着沈厉尧，一脸兴致盎然，"肯定是吃你和鄂小夏的醋了！"
沈厉尧蹙眉："鄂小夏是谁？"
叶柏："……"
"就是上周五在篮球场，咱们打完第二场，给你递了一瓶矿泉水的那女生。当时赵明溪就在边上！"
沈厉尧面无表情地在脑海中搜索片刻，总算有了点印象。
他琢磨着些什么，眼神冷了几分。
片刻后，沈厉尧冷冷道："她将矿泉水塞我手里，塞完就跑，边上没有垃圾桶，我总不能乱扔垃圾。"
顿了顿，他看向赵明溪的背影，也不知道是跟谁解释："而且我也没喝，我转头就抛给你了。"
"赵明溪八成是没看到后面的，再加上周末她又和鄂小夏起了冲突，越想越气，所以故意转去国际班。"
叶柏摸着下巴分析，最后一锤定音："没错，就是这样没跑了，没有谁比我更懂女生的心思。"
沈厉尧沉默片刻。

"和我无关。"

他收回视线,神色没什么波动:"赶紧吃,吃完回去特训。"

"尧神,你不采取点什么行动吗?万一以后她真的不追着咱们跑了怎么办?"

叶柏感到有点可惜。

赵明溪来找沈厉尧时总会送各种好吃的,甜品、便当什么的,都是她自己做的,味道一绝。他们就算吃不到,闻闻香味也是好的。

沈厉尧没有反应。

叶柏抬头,见沈厉尧脸色不怎么好看。

叶柏刚要说话,沈厉尧就拿着餐盘,长腿从餐桌边迈开。

"那不是正好吗?她的心思早该放在正事上。"

但不知道是不是叶柏的错觉,他觉得今天的沈厉尧眉心透着一股躁意。

而这边,明溪正从后门走进国际班教室。还是午休时间,空调吹着凉风,整个教室没有一个人睡觉,全都齐刷刷地看着她。

站在讲台上的同学迅速走下来,趴在椅子上的同学迅速直起脊背。

而傅阳曦睡眼惺忪,顶着扎眼的红毛,脖子上挂着银色降噪耳机,胸前的骷髅链子嚣张又"中二[①]",眼睛看了过来。他坐在桌子上,单脚踩在椅子上,跷着腿,眼神凉飕飕地盯着她走进来。

全班几十双眼睛看得明溪压力好大。

她见自己的书本还堆在傅阳曦旁边的那张桌子上,还没人把她的书扔进臭水沟,稍稍松了口气。

她顶住压力走过去。

一走过去,明溪就忍不住吸了口气。

对不起,干燥的松香味的气运太好闻了,她控制不住自己。吸一口气运,她的风池穴都顿时清明了。

傅阳曦三分嚣张、三分凉薄、四分冷酷的眼神差点破功。

兄弟们说这女生见他第一面就冲过来闻他身上的味道,他还不信——她走到他面前就深深呼吸一口,不是在吸他还能是在干吗?!

---

① 中二:网络用语,指代一些自我意识过剩的行为。

傅阳曦还没来得及重新冷酷起来，耳根就因愤怒而红了："你到底想干什么？看在你替我跑步的分儿上，上午你随随便便坐在我旁边的事情我可以不和你计较，但不代表我可以容忍你继续坐在我旁边！"

"但是教室里也没有别的地方可以坐。"明溪好声好气地跟他商量，"就你旁边有个空位，我不坐这里，就只能去最后，一个人坐一排了。"

明溪戴着口罩，乌黑的中长发别在耳后，声音有些闷。

傅阳曦的目光从她纤长的睫毛上挪开，下意识地就往教室里看了一圈，一干男生立马坐得笔直。除了他旁边的座位，教室里确实不好再塞个人。

等等——

"为什么我要解决你的问题？"傅阳曦猛然醒悟过来，暴躁道，"关我什么事！"

柯成文忍不住调侃明溪："你没必要非得坐我们曦哥旁边啊！唉，来日方长。"

说着就有两个男生过来要把明溪的东西搬走。

坐在别处根本蹭不了傅阳曦身上的气运。国际班倒是还有几个身上有着淡淡的光芒的，但是那太微弱了，根本无限接近于零。而榜单第二名的姜修秋听说又感冒了，没来。

她总不可能退而求其次去接近隔壁班的沈厉尧。何况沈厉尧曾经是被她这个反派女配角喜欢的，和反派也沾了点关系，气运回报率也不如傅阳曦高。

总之就是一句话：傅阳曦就是夏天"行走"的冰镇西瓜！

"不行，我就要坐这里！"明溪赶紧急匆匆地把一只手按在桌子上。

见那两个男生还要搬，她干脆一下子小半个身子趴在了桌子上，把桌子抱住。

众人因她这么主动瞠目结舌。

明溪一趴下来，宽松的衣服就落在她背上，勾勒出娇弱的身形。

傅阳曦觉得自己闻到了浅浅的扑过来的清香。

他顿时耳朵一红，从桌子上跳下来，脸上气急败坏，在心里也暗暗骂了声。

他被一个比他矮一个头的女孩子死缠烂打了！

见傅阳曦还虎视眈眈地瞪着她，明溪赶紧直起身子，把手里拎着的甜品递过去。

"那这样吧,我们打个商量,我用这两块甜品换取坐在这里的资格,可以吗?"

"以后你要是还想吃,我还可以做。"

"用塑料袋装的,什么玩意儿?"傅阳曦嫌弃地拿过来扫了一眼,结果松软香甜的蛋糕的气息立马钻入了他鼻尖。

光是闻闻就知道很好吃。

而且她居然还知道他喜欢吃甜的,简直比以前任何"撒网捞鱼"的追求者都用心。

傅阳曦身后毛茸茸的金尾巴得意地摇了起来。

旁边的柯成文抻着脖子,忍不住咽了下口水。

"一下午。"傅阳曦推开柯成文的脑袋,抱着甜品,抬起光洁的下巴,一副居高临下、"我看你一眼是瞧得起你"的讨打样子。

"这个我收下,允许你坐在旁边上一下午的课。但识相的话,自己主动换座位,明天我不想在旁边看到你。"

明溪简直想一脚踹上他英俊的红毛:"两块甜品交换在这里坐一下午,你怎么不去讹诈?"

傅阳曦笑了一下,懒洋洋地喝了口水:"那你是怎么想的呢?"

系统提醒道:"你单方面给他发消息,不管他回不回,在小说里都会被划分为'结交此时髦人物',都能蹭点气运。"

明溪立马道:"两块甜品交换在这里坐一下午,再加上你的联系方式。"

国际班全员登时倒吸一口凉气。

猛士!

曦哥这些年以来遇到的真正的猛士!

当着这么多人的面就直接索要联系方式,这姑娘也太猛了!

傅阳曦差点呛出一口水来,他耳根上的红色完全无法抑制地扩散到了脸上:"别想骚扰我,我警告你!"

反正明溪也死猪不怕开水烫了,她讨价还价道:"那要不然,就先给一半二维码,另一半以后再用别的什么交换吧。"

傅阳曦:"……"

"还不行?"明溪皱眉,"那四分之一?不是吧,一米八几的堂堂傅阳曦怎么这么小气？"

傅阳曦："……"

傅阳曦莫名其妙就被明溪绕了进去，让她把二维码扫了。

果然是个"笨蛋美人"。明溪拿到联系方式，心满意足。

傅阳曦脸色有点臭，他从裤兜里摸出一张银行卡，丢在明溪面前："还有，这是你跑圈的报酬。"

既然没能让人替她，傅阳曦也不能让她白跑。

明溪立马毫不犹豫地把钱收下了。不收白不收，收了这笔傅阳曦给的钱，她还能多点气运不是？

不过钱她自然没打算用，即便用，也得用在旁边这位身上。

明溪瞥了一眼，傅阳曦人高腿长，趴在桌子上睡好像怪难受的，自己大可以用这笔钱买点东西送给他。

这样一来二去，不又是一点"和时髦人物互赠礼物"的气运收获吗？

明溪扫完二维码，收完钱，收拾收拾桌子就坐下来打算午睡。她顺便看了眼盆栽，果然收获满满，之前残缺的那棵已经长齐了，现在是整整四棵小嫩芽。

明溪顿时露出期盼且激动的笑容。

落在旁人眼里，则是她因讨价还价之后终于能顺理成章地和傅阳曦坐在一块儿而幸福地弯起了眼眸。

真是痴情啊！教室里的人纷纷感叹。

傅阳曦懒洋洋地单手支着下巴，得意扬扬地挑眉。他能有什么办法，谁让他脾气好，性格好，长得帅，还有钱。

兜里的手机响了一声，傅阳曦戴上银色耳机看了一眼。

是姜修秋发来的消息："转班生到底长什么样？柯成文说她一直戴口罩，好像脸受过伤。"

傅阳曦不在乎地回："能长什么样？能用口罩遮起来，肯定长得平平无奇呗。但我是在乎长相的人吗？"

"你说要掏笔钱把她打发了，钱给她了吗？"

"给了。"傅阳曦单手回复。

傅阳曦忍不住炫耀，又发过去一条："她这么喜欢我，脸上的开心完全掩饰不住。啧，我感觉她应该不是冲着我的钱来的。"

打完这行字，傅阳曦扫了眼明溪。明溪脱了外套，乌黑的中长发下是白皙纤细的天鹅一样的脖颈，她穿着一件薄薄的针织衫，不是什么起眼的牌子。

傅阳曦心里其实并不确定，但还是跟好友继续嘚瑟："转班生穿着朴素，绝对不是个拜金的人。"

姜修秋的消息很快回复过来："是不是，还得秋后见分晓。从小到大，我就没见过因为你本人追你的。"

万箭穿心。

傅阳曦脸色立马黑了："滚吧，你就是嫉妒。"

这一下午相安无事。

傅阳曦上课时几乎全在睡觉，明溪可以放肆大胆地吸他。

他跟全身没有骨头似的，脸色是一种病态的白，右眼眼尾的泪痣被压出一个浅浅的红印。他醒了就蒙蒙眬眬地爬起来，从装维生素的瓶子里倒几片出来吃掉，然后接着趴在桌上。红色的刺猬一样的短发在睡觉时乖顺不少。

明溪有点好奇他吃的都是什么维生素，怎么补那么多身体看起来也不太好的样子。但是想到买营养品得好多钱，问了她八成也不知道。

再说傅阳曦似乎很怕吵，降噪耳机就没摘下来过，明溪就没敢问。

而全班同学早就习惯了，经过这一片都轻手轻脚的。

等傅阳曦打了个哈欠睡醒了，家里的轿车已经来接他了。

傅阳曦下意识往旁边的座位看了一眼，见座位上空荡荡的，转班生不知道什么时候走的，连招呼都不打一声。他皱了皱眉。

还能不能好好追人了？

这时，傅阳曦的手机忽然振动了一下。

他十分随意地掏出来看。

"……"

"您尾号为××××的银行卡刚才支出……"

"您尾号为××××的银行卡刚才支出……"

排山倒海一样，一瞬间弹出来一大堆刷卡消息。

下午他还信誓旦旦地说转班生不拜金、不图他钱，就这么会儿工夫，钱已经花了不少。

"……"傅阳曦的脸色瞬间变臭了,他有一种被背叛的感觉。

"明溪还不打算回来?"赵母皱着眉问赵家的司机。

赵母对明溪的感情很复杂,她虽然理智上知道这个孩子就是自己的亲女儿,但毕竟先前的十几年完全没见过明溪,实在是太陌生了,有一些拥抱之类的身体接触都会很尴尬。

而且她也得在意赵媛的感受——媛媛打小身体不好,从来都不争不抢,如果发现身边的人都去关心刚回家的明溪了,她会不会难过,有种被抛弃的感觉?

于是这几年来赵母一直和明溪保持着不亲不近的距离。

但不管怎么样,明溪是她亲生的,即便孩子再叛逆,她也不可能真的不闻不问。

司机锁上车库的门,摇了摇头,道:"今天去接人的时候就只接到了赵媛和宇宁,没在校门口见到明溪。"

"她还真是翅膀硬了,这都两天没回来了。"赵母神色愠怒。

司机问:"明天放学的时候要不我去学校找找看,把她接回来?"

"算了,不用。"赵母也有几分恼火,"不就是说了她两句吗?动不动就离家出走,谁给她惯出来的臭毛病?她不回来就算了,别主动去接!再说了,她就没带走几件衣服,我看她就没存着在学校久住的心思!"

毕竟是人家的家事,司机也不好说什么。

赵母转身进屋。今天赵媛班上有文艺活动,她还没回来。赵宇宁饭也不吃,也不知道生哪门子的气,回家就去房间打游戏了。

赵母一个人吃着味道一般的晚饭,发现桌上没有明溪拿手的糖醋排骨;饭后坐在沙发上看电视,也没有明溪给她按捏肩膀。她心中一阵烦躁,才感觉家里略冷清。

她自己是不可能拉下脸去问明溪在学校状况如何的,于是忍不住上楼敲赵宇宁的房门。

"你今天在学校见到你姐了吗?有没有问一下她闹够了打算什么时候回家?"

"没看见,我没事干吗去她那边?"赵宇宁想起中午在食堂被明溪无视的事,脸色还很臭,"妈,你别来问我了,还不是你自己把人骂得离家出走的？"

赵母被噎住，没辙，只好离开。

等门外的声音消失后，赵宇宁关掉游戏，打开手机。

他想不通，赵明溪这次至于这么生气吗——不给他带便当不说，还在学校把他当陌生人，理也不理。这是什么意思？她还真的离家出走，要彻底和他们划清界限？

这次的事情算什么大事啊？不就赵媛过敏，家里人责骂了她几句吗？以前烫伤那次，她都没有说什么啊。

而且，他中午都打算低头道歉了，是她先无视他的。

那他现在给她发消息，岂不是很没面子？显得他一而再，再而三地低头。

可是，万一接下来的日子她都不回家，以后都没便当了怎么办？

今天晚上赵宇宁都食不下咽，简直太不习惯了。

赵宇宁想着今天回家时对面赵明溪空荡荡的房间，他皱了下眉，抓了抓头发，输入又删除好几遍之后，终于眼一闭，心一横，发了一条消息出去。

"赵明溪，你中午是什么意思？"

他坐在床上盘起腿，强忍住又是自己先低头的不快，打算看看赵明溪是怎么回复的。

结果，他猝不及防就看到了一个红色的感叹号。

你还不是他（她）的朋友，请先发送朋友验证请求，对方验证通过后，才能聊天。

"……"

赵宇宁都蒙了，下意识地就给赵明溪拨了一个电话过去。

但电话里很快传来忙音："您所拨打的电话暂时无法接通。"

他被拉黑了？！

赵宇宁差点从床上摔下来，他惊愕得张开嘴巴，呆呆地立在那儿。

他足足有好几秒无法思考。

自从赵明溪来到赵家之后，这还是头一次出现这样的情况。

以前她也不是没有离家出走过或者口口声声地说要去住校，但是基本上都没成功,她出去住两天,就眼圈红红地主动回来了——其实赵宇宁知道,先前收养过明溪的那位奶奶在北方小镇去世之后,明溪就没地方可以去了。

但这次,她却半点要回来的迹象都没有,甚至还把他的联系方式拉黑了。

赵宇宁很快想到了一个问题:她是把他的联系方式拉黑了,还是把他们全家的都拉黑了?

不知道为什么,赵宇宁想到明溪离家时漠然的神情,心中升腾起一种他自己也说不上来的,总之很不好的预感。

正当他在房间里走来走去,想着要不要和大哥赵湛怀说一下这件事的时候,楼下传来了大哥回来的声音。

好像还有别人来,赵母正在接待客人。

没过一会儿他的房门就被人叩响了:"宇宁,厉尧来了,说有点事。夫人让你下去呢。"

沈厉尧这人就是别人家的孩子,从小到大参加竞赛得了无数金牌,还有数类新型机器人发明和围棋大赛的奖项。

赵宇宁觉得他性情冷漠傲慢,很不喜欢他。但赵父和赵母一直对他很热情,之前还试图给他和赵媛牵红线,不过明溪回来之后,这娃娃亲就顺理成章地变成了明溪和沈厉尧的。

可他很少主动来他们赵家,每次来了,也清冷得跟谁欠了他八百万似的。他今天来到底有什么破事?

自己如果不下去,晚上少不了被妈妈唠叨一顿。

赵宇宁皱了皱眉,只好把被赵明溪拉黑的事情放在一边,先下楼去。

贺漾和赵家住在一个别墅区,于是晚上赵家发生了点什么事,很快就传到了明溪耳朵里。

贺漾发来短信:"听说沈厉尧晚上去你们家了。"

明溪愣了愣,她和赵宇宁是一个想法:沈厉尧主动去赵家——太阳打西边出来了?

贺漾的短信又弹出来:"有人看见他放学后去常青班找了鄂小夏。你说他会不会是从鄂小夏嘴里套了话,然后去你家,向你父母证实了你和赵媛过敏的事情无关？你可以洗刷冤屈了！"

"不知道。"明溪回道，"而且我现在也不是很在意赵家人对我的看法了。"

之前是陷于与家人斗气中，为了自证清白丧失了理智。

但现在她头脑清醒，只要确定了过敏的事和鄂小夏有关，其实明溪也是有很多种办法能向赵家人证明这一点的。去医院调取监控也好、引导鄂小夏说实话并录音也好。

但问题在于明溪已经不在乎他们对她的看法了，所以她不想把时间浪费在这件事上。

赵家人的关心和信任对她而言，就像是蛋糕。

她曾经执迷不悟地想要，但现在蛋糕已经过期了，她不想要了。

不过沈厉尧去赵家干什么？总不能真像贺漾猜测的那样，是帮她忙的吧？

明溪正洗着头，有个电话打进来，她没接到。过了一会儿，她擦干头发，发现有一通来自大哥赵湛怀的未接来电和一条短信。

她和赵湛怀联系得不多，所以她忘了把他的联系方式加入黑名单。

"厉尧刚刚来我们家了，他说之前媛媛那件事好像是她身边那个朋友不小心做的。是大家错怪你了，大哥给你道歉。

"不过明溪你受了点委屈就离家出走的习惯也不好，有什么事回来再说，妈这两天心烦意乱的。你什么时候回家？大哥去接你。"

明溪看到这迟来的道歉，她无动于衷，只有点意外。

贺漾还真的猜中了。

不过明溪随即觉得这事倒也正常。

沈厉尧虽然不喜欢她，对她很冷淡，但是他俩毕竟认识好几年了，也算是朋友。再加上沈厉尧这人又不是只对她冷，而是对所有人都冷，骄傲的人眼里一向容不得沙子。

说不定他就是知道自己住校之后，随手帮了一个忙。

虽然沈厉尧这是多此一举，但明溪还是很感谢他。也不枉费曾经自己年少懵懂时暗恋他一场。

明溪在床边坐下，手指轻轻一滑，将赵湛怀的短信直接删除。这一次，她把赵家所有人的电话号码、微信全都找出来，删掉了。

世界清静了。

她才不会回家，回去重蹈覆辙吗？赵媛是气运之女这件事根本改变不了，自己要是还不抓紧时间反败为胜，那就又是二十三岁就"下线[①]"的下场。

赵湛怀一直没等到明溪打过来电话，也没收到她回复的短信，他对脸上露出了点愧疚神色的赵母道："都晚上十点多了，她可能睡了。"

赵家人的神色都有些难堪。

赵宇宁更是。上周末送赵媛去医院后，他们不问青红皂白地直接骂了明溪一顿，明溪肯定很委屈，怪不得她这次离家出走这么长时间也不回来。

"家里人也没怎么怪她啊，只不过说了她两句！再说了，即便媛媛过敏和她没关系，那她怎么不担心担心还在病房里的媛媛，就顾着和我们闹？"

赵母脸上虽然有愧疚之色，但嘴上仍"得理不饶人"："现在脾气还这么大，说两句就用住校来威胁我们。"

赵宇宁有点生气："妈，你能不能少说两句？"

赵湛怀则扶她坐下，道："明溪就是小孩怄气，哄一哄就好了，周末我去接她回来。但是等她回来后，您还是和她道个歉吧。您就是嘴硬心软。"

赵母皱眉道："行吧，这孩子真是让一家人大动干戈。等她周末回来再说。"

赵宇宁在旁边动了动嘴唇，没能把话说出口。赵明溪已经将他拉黑了，大哥还能把她接回来吗——会不会她明天根本不会回来？

他看了看赵母愧疚和怨怒交加的神色，心底出现了一个念头。

为什么这件事明明不是明溪的错，明溪有理说不清，但是全家人却仍然在第一时间怪到她头上？而且在沈厉尧解释清楚之后，赵母为什么还是埋怨明溪不懂事？

如果这种极度偏心另一个人的情况落在他身上，他能怎么办？

偏心。

赵宇宁第一次惊觉这个词。

[①] 下线：指游戏、小说等作品中的角色从剧情中退场并不再出现。

赵湛怀突如其来的这条短信压根儿没有破坏明溪的好心情，她看着自己努力了一整天的成果——四棵整整齐齐的小嫩芽，只觉得斗志满满。

今天下午她坐在傅阳曦身边整整三节课，按理说应该吸收了不少气运，但是第五棵小嫩芽却只是将土拨动了，还半点都没有冒芽的迹象。

不知道怎么回事，之后她靠呼吸吸收来的气运，好像没有第一次见到傅阳曦时深深吸气的那一口的效果强。

系统给她解释："边际递减效应。你第一次出现在傅阳曦身边，在原文里就意味着'反派女配角见到傅阳曦，并坐在了傅阳曦身边'，对那篇文章的读者而言是一种刺激，能给你增加一些气运。但是你接下来持续地坐在他身边呼吸，原文总不可能一直重复地描述这件事，读者会骂作者'水文'的，所以你能吸收到的气运也就微弱了。"

明溪有点沮丧，问："别的事情也是吗，也全都遵循边际递减效应？"

"对，基本上都是。"系统道，"在一天之内，做同一件事的效果都是一次比一次微弱。"

"好难哦，还得不停创新。"

明溪说着话，忽然想起来自己要到了傅阳曦的联系方式。她放学后去买东西了，还没来得及给他发消息。

她打起精神，吹干头发爬上床，给手机充上电。

而这边，傅阳曦顶着洗完后湿漉漉的红发，趴在天鹅绒的大床上，冷冷地盯着手机屏幕已经整整两个小时了。

他还真是低估转班生了，那么多钱，转班生居然一次性全花完了！他倒是不在意这些钱，但是转班生未免也太经不住考验了吧！

傅阳曦心里冒火，忍不住抬头看了眼挂钟。他揉了揉干涩的眼睛，又继续低头盯着手机。

已经晚上十一点半了，转班生怎么回事，要了他的微信又不给他发消息？

别人的钱被人花完，还能收获一声"谢谢"呢。

他怎么什么也没有？转班生还能不能有点追人的诚意了？

忽然，手机振动了一下，对话页面弹出来一条消息。傅阳曦顿时弹起来，手机一下子掉下床。

他迅速翻身去捞。

外面传来阿姨的声音："阳曦，没事吧？"

"没事没事，别进来。"

这边，明溪靠在床头，想了想，发过去一条消息："傅阳曦，你把我屏蔽就行。"

发过去这么一条，对面并没回，明溪也没指望他回，她迅速地看了眼盆栽，果不其然，第一次互动威力都是最大的，直接长出了半棵嫩芽。

明溪顿时激动起来，也坐直了身子。

对面没动静，明溪也不介意，又接着发过去一条："晚安。"

这次第五棵又长了四分之一。

"对了，"明溪问系统，"发的字数长短会有影响吗？"

系统道："这个不知道，你试一下。"

于是明溪用手胡乱在手机键盘上敲打，发过去一条："按实际大所发生的卡死机的卡是看得见爱神的箭阿萨德静安寺件大件大事家打击爱神的箭就打开打卡SDKask 大三考的萨克的卡看得开卡萨丁卡斯柯的卡SD卡斯柯达的卡SD卡刻刀可卡萨丁卡卡萨克斯看大看到卡萨丁双卡双待卡卡速度快卡但是看到。"

这次第五棵只长了八分之一。

看来发的消息的字数长短以及内容，都不能影响嫩苗的生长速度。

唯一有影响的就只是"第几次发"。

傅阳曦赤着脚拿着衣架，费了好大力气把手机从床底下捞出来，一打开屏幕看见的就是满屏不知道是什么的玩意儿。

他："……"

什么东西？他怎么感觉转班生在拿他当机器人账号做测试。

明溪测试完全部的变量以后，又发了一个"。"过去。

而这一次，小嫩苗再没有发生任何变化。

通过这四次测试，明溪基本上可以明确，每天只有前三条消息能起到使幼苗生长的效果。从第四次开始边际效果就已经递减到零了。

这样的话，看来她每天给傅阳曦发三条消息就可以了。

又收获了大半棵嫩芽，明溪喜滋滋将手机关机，躺下睡觉了。

而这边的傅阳曦强忍住发过去几个问号的冲动。

要高冷。

高冷的人不会回前五条消息。

要等到转班生苦苦哀求,给他发第六条,他才能回。

可这一晚,傅阳曦熬了一宿,也没等到下一条消息发过来。

他:"……"

傅阳曦顶着两个黑眼圈,看着满屏的乱码,对世界产生了质疑。这难不成又是转班生故意吸引他注意的新手段?

明天就把她的账号拉黑。

第二天早上起床的明溪还不知道,自己在这位曦哥心中的形象一落千丈,简直和诈骗犯没什么区别。

她洗漱完,一边梳着头发,一边随手摸出手机,给傅阳曦发过去一个句号:"。"

傅阳曦一如既往地没回复。

看来他应该是真的把自己屏蔽了。

这正合明溪的意。她放下心来,以后她随便给他发什么都无所谓了。

于是明溪又简单粗暴且省事地连发了两个句号过去。

这样一来,今天发三条消息的任务算是完成了。

明溪看了眼自己的盆栽,这三条消息收获的气运果然没有昨天那么多,第五棵嫩芽只增长了一点点。不过蚊子腿再瘦也是肉,明溪已经很满足了。

她又对着镜子看了眼自己的左脸,印迹已经只剩下非常浅的一小块。

傅阳曦一整夜没有睡好,清晨的他相当低气压,坐在落地窗前喝咖啡时,阿姨都不敢招惹他。他手机忽然振动几下,他带着怒火一打开,就看见转班生发来的消息。

"。"

"。"

"。"

三个句号。

傅阳曦深刻怀疑自己是不是 2G 网络冲浪,否则他为什么完全搞不清转班生到底在发什么,跟莫尔斯电码似的。

他竭力想让自己不去理会,但还是忍不住打开网页,开始搜索"三个句号代表什么"。

很快他看到其中有一条回答：其实，在浪漫的爱情小说里有一个秘密，三个句号代表我想你，我爱你。不需要回应，这是属于我的秘密，这是你永远都不会知道的秘密。

转班生是这意思？

傅阳曦很怀疑。

她还真是花样百出。

不过不管她是什么意思，他都不打算陪她玩了。拜拜。

于是明溪拖着自己昨天买的东西，一进国际班的教室，就发现自己的东西全都被搬到了最后一排。

明溪万万没想到傅阳曦居然这么小气！她昨天以为傅阳曦所说的两块甜品交换坐在他旁边一下午只是说说而已，他总不至于第二天把自己强硬地赶走——结果没想到他还真的就这么小气！

明溪愣在原地，整个人都不好了。

柯成文打着哈欠走过来："曦哥这会儿还没来。他估计你今天就不会主动换座位，所以先让我们把你的东西搬走了。还有，今天是你值日……"

话还没说完，柯成文看见明溪手上拎着的和昨天一样的透明袋子，里面装着和昨天截然不同的葡萄味甜品，立马眼睛一亮。

"反正你是追不上曦哥的，要不你把这个给我吃，我帮你承包一学期的值日！"

明溪已经吃过早饭了，甜品本来就是她带过来打算给傅阳曦的，但是自己的东西都快被搬到垃圾桶里去了，她忽然就不想给他了。

"那给你吧，擦黑板交给你了。"

柯成文双手接过甜品，对明溪的好感度瞬间上升，而且立刻和她熟络起来。

"转班生！你明天再给我带一份，我把曦哥家地址给你！"

明溪问系统："知道傅阳曦家地址，嫩芽会生长吗？"

系统："不会，除非你能去他家玩。"

想想就知道自己进不了傅家的门，明溪也就懒得知道傅阳曦家的地址了。她摆了摆手去最后一排坐下，道："不必了。"

柯成文愣了，心想：咋回事？这就心灰意冷了？

明溪翻开书，一边默记今天的内容，一边思考自己还要不要死乞白赖地把东西搬回去。

很明显，每天只有第一口深呼吸才能让嫩芽增长，接下来继续吸傅阳曦都没什么用——也就是说，其实没有必要非得和傅阳曦坐同桌？只要每天想办法绕到他附近吸口气就行了。

之后如果再出现头晕的状况，反正是在一个班里，她只要及时跑到傅阳曦身边就行了。

……而且和傅阳曦坐同桌，麻烦事的确有点多，这位"杀马特"性格有点暴躁，日后还不知道会不会被他找碴儿。

……有2%回报率的姜修秋似乎因为感冒还没来，想办法和他坐同桌不知道会不会容易点。

明溪正在思考着这些的时候，傅阳曦臭着一张俊脸，脖子上挂着耳机，双手插兜从班级后门进来了。

他没睡好，整个人都恹恹的，红色的短发因为没来得及吹，不似平时那么像刺猬，反而十分服帖，衬得他肤色白皙，五官精致。

他往日进教室的第一件事就是趴到座位上开始补觉，不知道为什么，今天他进教室后视线就下意识地落在他旁边的座位——

空的。

傅阳曦想起来自己已经让人把转班生的东西给搬走了。

他的视线立马佯装漫不经心地落到了最后一排角落里的座位。

这回转班生不吵也不闹，直接坐在最后一排。她正安静地看书，头也不抬，身影纤细，周身泛着清晨的光晕。

傅阳曦的视线很少落在女孩子身上，以前，在他眼里男生女生都是无性别生物。这还是第一次，他发现女生的身影原来真的比男生要消瘦很多。

是不是因为太穷了，没钱吃什么好吃的？

那么，似乎她因为需要钱而接近他，也没那么不值得原谅。

算了，不关他的事。

傅阳曦收回视线，脸色乌云密布地回到自己的座位上。

他走过去时，发现柯成文低着头，躲在课桌下面吃着什么。

"早饭没吃完？"傅阳曦走过去，柯成文整个人一抖，头更加低了下去。傅阳曦莫名有种不好的预感，他揪着他后脖颈，宛如揪虾米一般揪起了他的头。

然后傅阳曦就看到柯成文囫囵塞进嘴里的甜品,以及手上没来得及扔的和昨天转班生给他的一模一样的透明袋子。

他:"……"

傅阳曦脸色顿时就黑了。他有种被背叛的感觉,不是说好追他的吗?!怎么中途转移目标啊!怎么这么——这么——这么随便啊!!早上还在给他发什么秘密不秘密的,一到教室来就给别人送甜品?!

她好过分!

"你给她钱了?"

柯成文看着曦哥的两只熊猫眼,赶紧护住自己的脑袋,呈龟缩状:"没有。"

"你和她说话了?"

柯成文老实回答:"说了。"

"说什么了?"

柯成文道:"我问她要不要你的地址,她说不要。"

傅阳曦快气死了,他觉得自己的头顶好绿。他转身就踹开椅子,重重坐下,满腔的无名怒火无处发泄。冷静了一下,他扯了扯领口,戴上降噪耳机,从桌子里掏出几个瓶瓶罐罐。

正在这时,他右脚好像踹到了什么东西。

傅阳曦恼火地低头一看,是一个箱子。

什么玩意儿?傅阳曦黑着脸将箱子一脚从桌子底下踹到墙边,然后问柯成文:"你的东西?"

"不是啊。"柯成文连忙道,"我看转班生大清早扛过来的。"

见傅阳曦脸色难看,柯成文赶紧将功补过,凑过去撅着屁股把箱子打开:"曦哥,说不定是送给你的礼物呢?"

"我不在乎,土包子能送什么,一箱子土豆?"傅阳曦冷冷地这么说,眼神还是瞟了过去。

然后他就愣了一下。

好多东西。

一把折叠的人体工学椅,趴在桌子上睡久了也不腰酸背痛。还有一个抱枕,中间塌下去一小块,是特地设计的,便于趴在桌子上睡觉。还有薰衣草香薰什么的。他还看到角落里塞了几瓶眼药水。

怪不得花了那么多钱，这人体工学椅就得好几万块钱了。

她全都是给他买的！

傅阳曦的脸色由阴转晴。

柯成文和几个凑过来的男生啧啧称奇："女生果然细心，曦哥你在教室睡了那么久，也没想过买这些。"

"都是什么乱七八糟的东西。"

傅阳曦竭力压下逐渐上扬的嘴角，但耳根还是渐渐羞赧地红了起来。

柯成文把人体工学椅从盒子里拆出来，取代了傅阳曦之前的硬椅子，一屁股就要坐下去："曦哥，我给你试试。"

傅阳曦揪住他的后衣领，一下子把他揪起来："剁了你的屁股！"

柯成文屁股一凉，赶紧躲开。

傅阳曦坐上去，虽然并没感觉和硬凳子有什么区别，但他觉得既然是转班生挑选的，应该不错。然后他又把抱枕和其他东西一一拿出来。

拿出来的过程中，傅阳曦努力维持着严肃得像领导视察一样的表情，但心里软软的，像是吃了个溏心蛋。

其实以前都没有人对他这么用心过。

傅阳曦已经彻底原谅转班生今天给柯成文送甜品的行为了。

而且现在他觉得，让她成为他同桌也没什么不行的。

这样想着，傅阳曦就瞥了明溪一眼。

不过明溪没有再看他，她确定他拆开礼物之后，就去关注自己的盆栽了。果然如她所料，第一次给傅阳曦送礼物，嫩苗也长得飞快，短短几秒钟内，总数已经变成了七棵。

明溪高兴地问系统："这盆栽一共能长多少嫩苗？"

"九百九十九棵。"见明溪一瞬间快要崩溃的神色，系统又赶紧道，"不过基本上种到五百棵的时候，你的反派命运就会消弭。再继续种的话，你的气运还会反超赵嫒。"

明溪这才稍微重拾了点斗志。

傅阳曦就等着转班生看他一眼，或者又死缠烂打地要求坐回来，他好顺势而为。

结果上完一整节课她都没有再看他。

傅阳曦："……"

傅阳曦脑补了一整节课转班生早上兴高采烈来给自己送礼物，结果看见自己把她的东西全都搬到角落里去了，如同被泼了一盆冷水的心路历程。
　　完了。傅阳曦心想。
　　他是不是有点伤人？
　　而这一天，国际班全班惊愕地目睹曦哥第一次没趴在桌子上睡觉，而是去看人家女生。
　　A校第一大奇迹，发生了。

　　那群男生把明溪的东西搬过来时，毛手毛脚的，书本都乱了。
　　午休的时候明溪就收拾了一下，她忽然从一堆书本里看到了两个深蓝色的干净简洁的笔记本，和自己花花绿绿的笔记本完全是两个风格。
　　翻开来，里面的字迹俊逸，解题步骤简单到比答案还明了。
　　不是她的字迹。
　　愣了一下，明溪才反应过来这是沈厉尧的。
　　之前她喜欢他，每周二都厚脸皮地打着借笔记本、归还笔记本的借口去沈厉尧班上找他。这应该是上周二自己找他借的笔记本，现在还在自己这里。
　　这回明溪不想再和沈厉尧有所接触，也就不想自己去还。
　　她发了条短信给贺漾，让贺漾帮自己一个忙。
　　然后明溪俯下身写了张字条，字迹娟秀：鄂小夏的事情，谢谢。
　　她准备夹在笔记本里。
　　她手指一顿，想了想，觉得好像多此一举。
　　沈厉尧或许只是随手帮忙，可她这么郑重其事，等下又该让他误会她死皮赖脸了。
　　而且以前她给沈厉尧还有他身边的朋友送去过那么多好吃的，这次他帮她一回，就当两清了。
　　这样想着，明溪将字条揉成一团，扔进了垃圾桶里。

　　傅阳曦瞪着明溪看了一上午，也没等到她主动说要搬回来坐，不禁有些气恼，还有些委屈。午休时见到角落里那个座位没有人，傅阳曦将耳机摘下来，揪了个男生过来："转班生人呢？"

男生道:"好像去找她那个普通班的朋友了。"

傅阳曦顿了顿,让人把在操场上打篮球的柯成文叫了回来。

他靠着墙,翻着书,红发又耷了起来,假装漫不经心地转着笔,对柯成文懒洋洋地说:"你有没有办法知道转班生转过来之前,都有什么朋友,有什么喜好——总之就是事无巨细,能不能打听到?"

柯成文抱着篮球大汗淋漓,非常震惊。

他认识曦哥整整三年,这还是头一次见曦哥打听谁,而且打听的还是个女生。

"曦哥,你不会——"柯成文忍不住凑过去小声问,"真的对她感兴趣吧?"

"滚开。"傅阳曦极度嫌弃他身上的汗味,揪着他的领子把他挪开,挑起眉梢,"感兴趣个头。冷不丁突然多了一个人,我肯定要知道这人什么来历。谁知道会不会是那边派来盯着我的眼线,一个不小心揪住我的把柄,找我麻烦。"

柯成文想了想,道:"那我去打听一下。"

柯成文说完,偷偷看了傅阳曦一眼,有个消息不知道当不当说。

方才他和金牌班那群人打篮球,听说之前追沈厉尧追得惊天动地的,好像就是现在来他们班的转班生——当然,消息未经核实,柯成文也不能确定真伪。

但是如果真的是这样的话,那转班生对曦哥好的真实目的,还要打个问号。

傅阳曦在学校里整天懒洋洋的,从来不关心这种八卦,连两年内八次参加竞赛,八次斩获金牌的沈厉尧"尧神"的外号,他听了都像是在耳边挠痒痒,压根儿不记得,自然没听说过转班生之前和沈厉尧那些事。

傅阳曦点了点头,又低下头去看书,装作漫不经心的样子,若无其事地说:"那就这样,退下吧。你随便打听一下,别让转班生和其他人发现。"

柯成文忍不住提醒:"哥哥,书拿倒了。"

傅阳曦把书一扬:"滚。"

中午放学后沈厉尧一直留在自己的座位上,目光冷峻,继续倒腾他那电路板。沈厉尧在学校有自己的操作室,但是有些小零件来不及处理,他就经常在教室里把它们弄好。

他有点洁癖，桌上的零件有条不紊，可因为它们很细碎，靠近的人都怕把他的东西给刮掉了，因此他这个座位平时也没什么人靠近。

叶柏打完篮球回来，隔了一条过道喊他去吃饭。

"你先去吧。"沈厉尧说完，下意识地看了眼手表。

已经中午十二点半了。

他的眉头不易察觉地皱了皱。

"尧神，要不要我给你把饭带回来？"叶柏问。

"不必，你自己去吃。"

"哦。"叶柏挠了挠头，抱着篮球往教室外走。他今天和国际班的几个人打篮球，忍不住八卦了一下赵明溪最近在国际班的状况。

他本以为赵明溪去国际班多少会受到一些排斥，但没想到赵明溪棋高一着，一过去就又是替他们班曦哥跑圈，又是给他们班曦哥送礼物的，导致国际班的人都对赵明溪非常友好。

今天听来的消息，他也不知道该不该跟沈厉尧说。

叶柏抱着篮球走到教室外，就见到贺漾拿着笔记本走过来。

出于赵明溪的缘故，他们都认识，叶柏也就嬉皮笑脸地跟贺漾打了个招呼。可贺漾一向不大喜欢沈厉尧，瞪了叶柏一眼就别开脸。

贺漾进去把两个笔记本给了沈厉尧，转身就走。

沈厉尧手上的动作停下，脸上的表情微微一变："怎么是你送来的？"

贺漾头也不回，道："明溪看完你的笔记本，就借给我了，我顺便送过来了，怎么了？"

沈厉尧的眉头一下子蹙了起来。

贺漾回头，有些奇怪地看了沈厉尧一眼。

以前让沈厉尧给明溪补习，沈厉尧还冷着一张脸不愿意，跟谁得罪了他似的。贺漾就是不喜欢他总是高高在上、骄傲得不可亵渎的样子。当时明溪还想办法让赵湛怀从中说项，才让沈厉尧接受每周二把笔记本借给明溪一次。

现在见不到明溪，沈厉尧不是应该高兴还来不及吗，怎么又摆着张冰块脸？一副谁欠了他钱的样子。

不过贺漾没多想，完成任务就走了。

而叶柏站在走廊上，心中惊愕万分。

以前赵明溪简直把沈厉尧的东西当作价值连城的宝贝，别说借给别人了，就连别人碰一下都不许！
　　而且，退一万步讲，即便贺漾是她的好朋友，她把笔记本借给贺漾了，那她也绝对不会错过每周二来金牌班找沈厉尧这个名正言顺见他的机会！
　　现在是怎么了？
　　女孩子吃起醋来这么吓人？
　　而且鄂小夏的事情，昨晚沈厉尧不是已经去过赵家，相当于帮了她赵明溪吗？
　　叶柏看了眼墙上的挂钟，又看了眼沈厉尧难看的脸色，冷不丁冒出一个念头：今天尧神该不会是特意等着赵明溪，所以才没去食堂吧？
　　他觉得这个念头简直惊悚，迅速把它从脑子里扔出去了。
　　叶柏放下篮球，又走回去："笔记本送回来了？"
　　沈厉尧没理他，随手将笔记本塞进桌子里，脸色肉眼可见的冷硬。
　　叶柏忍不住提起刚才在篮球场上听到的事情。
　　"听说赵明溪今天给国际班的傅阳曦买了好多东西，人体工学椅、抱枕什么的，对他无微不至——尧神，她这是不是故意的啊？明知道国际班的消息不出一天就会传到你耳朵里。
　　"是想激你主动去找她吗？"
　　沈厉尧冷冷道："我干什么要主动去找她？我又不喜欢她。"
　　"对啊。她不来烦你我都松了口气！"叶柏道，"虽然她做的甜点和便当很好吃，但是她太耽误你时间了，我还是不希望她来！"
　　不知道是不是他的错觉，他这话说完，沈厉尧的脸色又黑了一点。
　　沈厉尧一言不发地将桌上的东西收拾起来，转身就离开了教室。

　　明溪中午出了一趟校门。国际班上课的内容都和普通班不一样，双语教学的课程非常多，她得去买点参考书。
　　付完钱，她一转身，忽然见到赵宇宁正和几个戴着耳钉，看起来就不是什么好学生的外校生勾肩搭背，走在街对面。
　　这个时间点还在外面逛？
　　赵宇宁那伙人一转身，也看见了明溪。
　　"那戴口罩的不是你姐吗？"赵宇宁身边的一个黄毛皱眉道，"不会又是来堵你的吧？你家里人怎么都这么多事？"

之前赵明溪撞见过他们几次，每次她都过来把赵宇宁揪回家去。

黄毛他们几个都认识她了。

"你还是赶紧走，别连累我们被你姐瞪——"

黄毛话还没说完，却见街对面的赵明溪已经收回视线，脚步一转，拎着装参考书的塑料袋直接从街对面走了。

等等，她直接走了？？

黄毛和赵宇宁身边的几个人都一愣："神奇！你姐今天转性了？她明明看见我们了，居然没过来？！"

"走走走，趁着你姐今天心情好放过我们，咱们赶紧去玩吧。"

赵宇宁却看着赵明溪的背影，整个人僵在原地，脑袋嗡嗡响。

赵明溪见到他和这些混混儿在一起玩，居然就这样漠不关心地走开了？！

居然？！

这比联系方式被拉黑还让他不敢置信！

她以前是怎么教训他的？近朱者赤，近墨者黑。一见到他和这群人玩到一起，她就气得立马把他抓回去。

但今天怎么会这样？！

——即便她和家里人闹矛盾，也不至于完全像对待陌生人那样对他吧？！

赵宇宁以前都很讨厌明溪管他的，还嘲讽过她真把自己当他姐姐了。

但是现在她真的对他置之不理，他却莫名地烦躁。

像是陡然要失去什么一样。

"你们先进去，我有事。"

"你能有什么事？你该不会要临时放我们鸽子吧？"黄毛不乐意了。

赵宇宁眼见明溪的身影快从视野当中消失，他一把打掉黄毛搂着他脖子的手，也没管黄毛变黑的脸色，急匆匆地追着跑过去。

明溪走得很快。

赵宇宁追得气喘吁吁，快到教学楼底下才把她拦下来。

"赵明溪！"赵宇宁拦在她面前，扶着膝盖狂喘粗气，"姐，你到底什么时候才消气？大哥说他给你发过短信了，连大哥这样的人都给你道歉了，还不行吗？我知道这次的事情是家里人冤枉了你，但是你一直住校也不行啊，节假日你能去哪儿啊？"

明溪知道自己没地方去。

但即便这样，她也不会回去。

"你拦住我就是要说这事？我有地方去，谢谢，不用你们操心。我要上楼了。"

明溪转身要走，赵宇宁有些气急败坏。

但他又知道这次是他们冤枉了明溪，明溪还在置气，这样对他也正常。

于是他又努力控制住自己的脾气，追到台阶下，声音软了下来："姐，求你了，别和我们生气。妈那人说话就那样，夹枪带棒的，但是她还是关心你的——我也道歉，你离开家的那天我说话太过分。

"都是一家人，有什么事是不能解决的？没必要为了这点小事一直冷战下去。"

赵宇宁说着说着也委屈了，撒起了娇："你就为了这点小事，连我都不理？把我拉黑，刚刚看见我也跟没看见一样。"

明溪沉默地看着教学楼墙边的草。她不懂，到底什么是小事，什么才是大事？

为什么赵家每个人都是这么一句"为了这点小事"？

刚去赵家时，明溪碰了一下赵媛的钢琴，二哥赵墨冲进来呵斥："乡巴佬，别碰她的东西！"

这些事都是很小的事吗？

但她不想再去探讨到底谁对谁错，谁偏心，谁公平。

明溪决定把话说清楚，她转过身来，看着赵宇宁："我没有和你们冷战。"

赵宇宁松了口气："那你还不回家——"

"我就是以后都不打算回去了。"

赵宇宁愣住。

"我没来之前，你们一家人挺好的。后来我来了，很多余，也很没必要。"

赵宇宁完全没反应过来，他睁大眼睛问："你什么意思？"

"我的意思是，你们别再来找我，我希望和你们划清界限，回到原来的状态。"

明溪垂着眼睛，在心里计算了下，得出一个数字。

"这几年你们家为我花了一些钱。

"我现在的确没有能力一次性还清，等毕业后我会慢慢还上。前十几年你们家也没养过我,我做了几年的饭,也算是把生育之恩还了。其他的,我也不欠什么了。"

她还得把时间花在改变自己的结局上,实在没时间和赵家这些人拉拉扯扯。

"所以,麻烦你回去也和你家里人说一下,请给我一些时间,不要天天来催债。"

赵宇宁纵然想破脑袋也没想过明溪居然是这么想的,他一瞬间都没办法分辨赵明溪说的是气话还是真话。

他整个人都傻了。

半晌。

"什么债不债的啊?!你是我们家的人,好不容易把你找回来了,谁要你还债?!"

赵宇宁气得眼睛都红了。

明溪无言地看着赵宇宁,没办法和他解释"小说世界"的事情。

她也懒得和他吵。

"麻烦你把我的话带到。"

反正话已经说清楚了,明溪转身就上楼了。

赵宇宁觉得这事很荒谬,一方面拼命安慰自己赵明溪说的只是气话,管她回不回,不回拉倒,到时候她看见大家都不管她了,肯定得眼睛哭肿了回来。

但另一方面,他看着赵明溪显得很冷淡的背影,想到刚刚在校外她完全不关心他,心里又涌出恐慌——

万一赵明溪说的是真的,怎么办?

赵宇宁还从来都没想过赵明溪会真的离开这个家,并且再也不回来了。

太阳太毒,赵宇宁脑袋一片空白地站了一会儿。

意识到快要上课了,他这才转身往回走。

方才他和明溪站在教学楼下,去操场上体育课的赵媛就看见他们了。

她还以为他在吼赵明溪。

结果她朝着赵宇宁走过来,才发现不是吵架,赵宇宁居然一副心烦意乱的模样,眼睛还发红,看起来居然像是他被赵明溪骂了一样。

"怎么了,你去找明溪了?你们说什么了?"赵媛随意叫来一个男生,把抱着的一点器材交给男生带去操场。

赵宇宁看了眼赵媛。

"赵明溪她说——"

赵宇宁话说到一半,却没继续说。难不成他真的要转述赵明溪说的那些气话?

万一妈听了之后被气到了,岂不是更加激化家庭矛盾?而且说不定赵明溪之后会回心转意呢?

"算了,没什么。"

赵媛微微皱了皱眉。她不明白,她昨晚不过是去参加聚会了,回来之后,家里所有人都是一副亏欠了赵明溪的模样。问清楚之后,她才知道原来导致她过敏的人是鄂小夏,和赵明溪无关。

赵明溪好像成功地通过这件事让所有人对她产生怜悯和愧疚了。

"你们说了什么都不能和姐姐说吗?"赵媛半开玩笑半认真地说道,"现在你们都和我有秘密了?"

她今天和鄂小夏关系变僵,赵宇宁居然也没问一句。

她不喜欢这种感觉,所有人的视线都被赵明溪抢走。

"我都说了没什么,你别问了,好烦啊。"赵宇宁烦躁地抬脚往教学楼走。

他心中正烦躁,压根儿没心思回答赵媛的问题。

赵媛看向他的背影,不敢置信地愣在原地。

赵宇宁从小到大和她一块儿玩,宛如她的跟屁虫,从来都是她说一,他不会说二。在学校里也是,但凡听说可能有谁欺负她,赵宇宁立刻暴怒。

但现在赵宇宁居然因为赵明溪说她烦?

明溪揉揉自己的额头,觉得她应该是和赵宇宁说得很清楚了,按照赵家人如出一辙的高傲气性,短时间内他应该不会再来找她了吧。

她拎着装着书的袋子上楼,本打算快速回班级,还能趴在桌子上再休息一会儿,结果在楼道口看见了孔佳泽和沈厉尧。

今天中午自己怎么净撞见不想见的人。

孔佳泽是隔壁学校名气很大的校花兼学霸,会跳芭蕾,和沈厉尧一块儿参加过竞赛。

两人正面对面站着,沈厉尧垂眸,从孔佳泽手中接过来几张表格。

明溪立马反应过来,应该是最近的百校联赛。

这联赛一年举办一次,每个学校只有二十个参赛名额,带队老师一般只会挑金牌班和常青班的人去参加,再不济,也是拉几个国际班的英语特别好的去。

老实说,明溪也挺想去参加的,毕竟考进参赛总人数的前百分之二十,学校还会发一点奖金。

不过她刚转班,想想也是轮不到她的。

孔佳泽一眼就看见了明溪,她微微皱了皱眉。

沈厉尧的视线正要顺着孔佳泽的目光看过来。

孔佳泽忽然靠近了一步,笑着轻轻搭住沈厉尧的手臂:"尧神,你们学校今年会派哪些人参加,能透露点消息吗?"

沈厉尧立马推开了她,迅速退后一步,眉毛拧了起来。

他下意识地看向楼道口的明溪。

可赵明溪却一眼都不多看他,她低着头,匆匆绕过去,往国际班走。出于戴着口罩的缘故,沈厉尧甚至看不清她是什么表情。

明溪快要走到国际班门口时,松了口气。

妈呀,真的好尴尬。

看来以后得从另外一边的楼梯上楼才行。

结果她还没进门,就被几步走过来的沈厉尧叫住了。

"赵明溪。"

沈厉尧的语气一如既往的清冷。

他昨天刚帮了自己,明溪只好转过身去,露出一个尴尬而不失礼貌的笑容:"你们继续。"

沈厉尧差点被噎住,他心中无端烧起了一把火。

明溪见他没有话要说,以为他就是和自己打个招呼——但是太阳简直从西边出来了,沈厉尧在路上碰到她,居然会主动和她打招呼!

"那我先进去了。"她转身又要进教室。

沈厉尧盯着她的背影,再次冷不丁开口:"下次不要让贺漾送笔记本。"

明溪一头雾水,问:"贺漾怎么了?"

沈厉尧单手插兜,另一只手拿着报名表,冷冰冰地盯着她:"人家是你朋友，又不是跑腿的！"

明溪也不知道沈厉尧为什么两辈子都这么讨厌自己，自己也没做过什么特别过分的事情吧？

她只好幽幽地说："知道了。"

顿了顿，明溪想了想，还是道："不过我以后都不需要借你的笔记本了。"

沈厉尧皱眉："国际班的学习方向和普通班不一样，你确定你能跟得上？"

明溪道："那我可以找国际班的朋友借。再说了，你们金牌班和国际班学的内容也不一样。反正你可以放心，以后每周二我都不会去麻烦你了。"

她本来以为说完这话，沈厉尧会像甩脱一个包袱一样，但不知道为什么，他却死死地盯着自己。

明溪：？

不知道为什么，感觉周围的气氛一下子僵了起来。

沈厉尧脸色冷得可怕，忽然"嗤"了一声："国际班的朋友？傅阳曦？"

沈厉尧简直想挖开赵明溪的脑子看看她都在想什么，为了让他吃醋，她就这样去招惹别人？她有没有想过招惹了傅阳曦那种人之后万一甩不掉该怎么办？

"不找他。"明溪莫名其妙地看着沈厉尧，"他成绩又不好。"

就傅阳曦那成绩，他写过一个字的笔记吗？

沈厉尧的脸色又莫名好了点。

他将手中的表递给明溪一份，语气波澜不惊地说："这是申请参加百校联赛的表格，上面除了要填写的信息，还有一些题。你可以填一下，然后想办法这周六给我，我会提交上去。你想参加百校联赛的话，把这些题全做对了，会有一定概率入选。"

填了这张申请表也不一定能去，带队老师还要亲自选人。明溪估计自己去不了，但是也没拒绝这个机会。

她将表格接过来："谢谢。"

她正转身要走，沈厉尧顿了顿，冷淡地说："这周末去图书馆，我可以给你补习联赛的知识。"

这简直是明溪今天听到的最令人惊讶的话，她甚至怀疑沈厉尧是不是吃错了药。以前她缠着沈厉尧一起去图书馆，沈厉尧都恨不得用视线瞪死她。

但她很快反应过来，沈厉尧是不是知道她和家里人闹翻了搬出来住之后,对她产生了点同情,所以破天荒地打算帮她?

明溪很快道:"不用了。"

沈厉尧的帮助,她消受不起。

沈厉尧脸色顿时变得冰冷:"随便你,不来更好,我刚好也很忙。"

明溪看着沈厉尧转身离开,看都没再看自己和孔佳泽一眼,这才觉得沈厉尧正常了。

她吸了口气,转身进教室。

窗户边上,柯成文看着傅阳曦一直冒出半个脑袋,盯着不远处走廊上的赵明溪和隔壁班的沈厉尧看,忍不住着急地说:"曦哥,别盯了,人进来了。"

傅阳曦迅速坐了下来,假装若无其事地戴上降噪耳机,拿起一本书目不斜视地看。

他看了两秒钟,发现赵明溪已经坐回了最后一排的座位,却看都没朝这边看一眼——她今天居然一整天都没接近他。

傅阳曦全身的毛都快炸起来了,想找碴儿但又强忍着,他忍不住把书本一扔:"和转班生说话的那人是谁啊?她以前认识的朋友?"

柯成文想起中午打听到的那些事,咽了下口水,不敢说话。

他在心里战战兢兢地说:"朋友?"

"传过百转千回、轰轰烈烈绯闻的朋友?"

"让你知道你可能就只是个被她用来让别人吃醋的工具人,那还得了?"

"你可能明天就要带炸药包来学校了。"

柯成文心虚地没回答这个问题,直接转移了话题:"曦哥,你要不直接让人把她的东西搬回来得了。"

傅阳曦的眉梢警告性地挑起:?

柯成文还没意识到危险,继续出谋划策:"或者打个弯球,让老师把你俩安排到一块儿坐,等她坐过来了,你再摆出一张被强迫安排的臭脸,这样不就顺理成章把她弄回来了吗?省得这么扭着脖子盯着看,等下都得颈椎病了。"

听到最后一句话,傅阳曦差点捡起书丢到柯成文脑袋上去:"是她想追我,又不是我想追她!你哪只眼睛看见我想让她搬回来坐了?"

柯成文脖子一缩。

傅阳曦毛都炸了："乱出什么馊主意，我有说过想和她坐同桌吗？你没看见她一上午不来烦我，我睡眠都变好了？！"

"是是是。"柯成文赶紧顺着他的话道，"我就说嘛，曦哥你怎么会稀罕她和你坐同桌。"

傅阳曦臭屁地冷哼一声。

柯成文继续拍马屁："嘻，要我说，是转班生太不识抬举了，居然还想跟你玩欲擒故纵这一套。"

傅阳曦眉头却又皱了起来："你怎么说话呢？"

柯成文："……"

傅阳曦道："我大清早把她的东西给搬走了，她伤心一会儿也情有可原，你别以小人之心度人家小女孩的腹部，欲擒故纵这话说得多难听。"

柯成文："……"

都是他的错。

呵，男人。生存好难。

今天明溪忙着在论坛回复一些招聘的信息，于是一时半会儿也就没有再想办法靠近傅阳曦。

她看了一眼自己今天一整天都没有进展，停滞在七棵嫩苗的数量的盆栽，心里也有些担忧："傅阳曦很讨厌我，不愿意和我坐同桌，你还有什么办法能一次性让气运多增加一些？"

光是帮忙跑跑腿、送送甜品，每次都只生长两三棵嫩芽，太慢了。

盆栽长满得到何年何月？

系统道："你看过小说吧？"

明溪："看过很多。"

系统问："你看小说时，最让你感到身心愉悦的片段是什么？"

明溪想了下，道："那自然是男女主角发生身体接触时。"

"就是这个。"系统道，"你给傅阳曦送送礼物，帮他跑圈，在原文读者的眼里就是你这个女配角成了他的兄弟，会对你生出一点好感，但是不会太多——你会对时髦人物的兄弟之一有印象吗？所以，你做这些气运一次性也不会增加太多。"

"但是，如果你能不只是做时髦人物的兄弟，而是和他们有更多的接触，那么气运一次性增加的量就会更多了。"

明溪秒懂："和名单上的人有肢体接触能增加更多气运？"

系统："对。"

明溪整个人都不好了，她光是想成为傅阳曦的同桌，傅阳曦都摆出那么一张臭脸，心不甘情不愿的。

她要是还上前一个虎扑抱上去，恐怕这回她就不是死于绝症，而是卒于傅阳曦的拳头下了。

系统怂恿道："你就试一下呗，碰一下他的肌肤，看看嫩芽会生长多少。光是不着痕迹地碰一下，他应该不会打你。"

明溪开始绞尽脑汁地思考，怎么才能宛如无事发生一般碰到傅阳曦的身体。

绕了这么一圈下来，看来还是得和傅阳曦成为同桌。

成了同桌后，她一不小心碰到傅阳曦的胳膊肘，说声对不起，没人会发现。

不知道是不是明溪活下去的欲望太强烈。

老师看到她一个人坐在最后一排，居然把她叫到了办公室，问她是否适应。

明溪赶紧抓住机会，摇头说："不太适应，现在坐得离黑板太远了。"

明溪话很少，一双眼睛乌黑，发丝柔软，十分乖巧。

老师对她印象很好，问："那你想换到哪儿？"

明溪犹豫了下，道："好像就只剩下傅阳曦旁边有空位了。"

提到这个"霸王"，老师眉头皱得可以夹死苍蝇："我建议你还是一个人坐。"

明溪却坚定地说："就让我坐那里吧，傅阳曦英语很好，可以帮助我……其实他人也不错。"

后面这句话明溪说得很违心。

反正不管老师答不答应，试试总没错。

门外，带着一群人偷听的柯成文惊呆了，赶紧跑回国际班教室。

"曦哥，转班生刚刚向辅导员提出要和你坐同桌了！"

一个男生模仿明溪软软的语调，轻轻地对傅阳曦呵气："就让我坐那里吧，傅阳曦人也不错。"

"滚、滚、滚！"傅阳曦这下彻底不困了，他抓起一本书砸过去，砸在了黑板上，"啪"的一声脆响。那男生赶紧一躲，整个班级登时充满了快活的气息。

傅阳曦烦躁地抓了下头发，竭力装作恼怒，可耳根却克制不住地红了。

转班生搞什么鬼，怎么这么黏人？一天都绷不住。上午没见她有所动作，还以为她死心了，结果下午又偷偷找辅导员。

她真的好黏人！

明溪从办公室回来，大老远就听见班上在起哄，但等她一进门，声音立刻戛然而止。

班上几十双眼睛齐刷刷盯住了她。

发生了什么？

辅导员从后面冒出脑袋，冲着傅阳曦道："你让几个人帮赵明溪把东西搬回去，别欺负转班生，让人家女孩子一个人坐最后一排，成何体统？！"

班上的男生们都看向傅阳曦。

傅阳曦不说话，他们不敢搬。

傅阳曦抱着手臂，跷着腿，脸色很臭。

心里却着急——

这群人怎么回事，老师的话都不听了？

辅导员气得脑壳疼："还不快去搬！"

依旧没人动。

傅阳曦："……"

傅阳曦皱着眉放下腿，烦躁地站起来，一脸的心不甘情不愿，嘟囔道："搬吧。"

两个男生立刻去搬了。

辅导员见此情形，狠狠瞪了傅阳曦一眼，这才转身离开。

就这样，片刻后，明溪抱着书跟在后面，坐回了傅阳曦身边的位子。

班上莫名喧闹的气氛逐渐静了下来。

明溪悄悄往旁边看了眼傅阳曦，傅阳曦继续抱着外套趴在桌子上睡觉，戴着降噪耳机，头枕在手臂上，看不清表情，但耳根很红，都快赶上他嚣张的红发了——明溪估计他是被气的。

他被迫和自己坐在一起，应该快气死了。

她琢磨着可能因为这一出，傅阳曦更加讨厌自己了，这可能会对以后自己接近他产生影响，于是写了张字条。

对不起，是老师安排的，我事先也不知道。

明溪留了个小小的心眼儿。

傅阳曦从手臂上抬起头，一只眼瞥过来，就看见那只玉白纤长的手指摁在字条上，小心翼翼地轻轻推过来，随即就立刻逃也似的缩了回去。

被她递过来的字条仿佛带了灼热的温度。

傅阳曦鼻子里哼了一声，没将涨红的俊脸抬起。

他只伸出两根手指，装作不耐烦，将字条划拉了过来。

扫了一眼字条上的内容，傅阳曦的嘴角就忍不住开始上翘。

明明是主动找辅导员要求换座位的，可她居然这么说。

骗子。

他都懂。

少女的暗恋总是诗嘛。

傅阳曦冷哼着抬起头，用左手支着脸，顺便挡住脸上的红色，右手拿起桌上的笔，飞快在字条上唰唰写了两笔。

然后揉成一团丢了回去。

因为没看那边，一不小心没丢准，丢到了赵明溪桌子右上角。

傅阳曦立刻伸手去拿。

赵明溪看了他一眼，觉得这是个好机会，自己也装作捡字条，可以若无其事地和他的手指碰到一起。不知道这次能长几棵嫩苗。

机不可失，时不再来，明溪立刻也伸出手。

两人的手指果然碰到了一起。

傅阳曦手指冰冰凉凉，立刻感觉到女孩子的指腹反而柔软且温暖。

他像触电一样，恼怒地缩回了手，低声质问："你干什么？"

"抱歉。"明溪也小声地道歉。

随后明溪把字条展开,傅阳曦只在上面写了两个冷冰冰的字:随便。

明溪松了口气,看来傅阳曦虽然不太乐意,但是也懒得为了这件小事再大闹一场了。这样一来,事情总算有了进展,她可以安心坐在这个座位了。

随即明溪抬眼,立刻就发现她的盆栽一瞬间噌噌噌地新长出五棵嫩芽。

加上原先的七棵,一瞬间变成了十二棵。

什么情况?第一次碰一下手就能长这么多?

明溪恨不得把名单上排名靠前的人的手挨个摸一下。

傅阳曦继续用书挡着脸,用余光看见明溪眼尾弯弯,笑得毫不掩饰。

他脸色顿时更红,心脏怦怦怦地跳起来。

——至于吗?只是摸到了他的手,有这么开心吗?

她好黏人,以后可怎么办?

Chapter.02

好可爱

· 第二章 ·

For my sweet heart.

国际班除了傅阳曦和姜修秋，还有几个人在名单上排名靠前。

包括柯成文，他的回报率也有 0.3%。

明溪广泛撒网，重点捞鱼，虽然专注于傅阳曦，但是能从这些人身上蹭点气运，就也积极地蹭点。

她这两天找机会，随手给这些人送点从贺漾家的店里带来的手工小饼干，和这些人有了不易察觉的接触，嫩芽艰难地慢慢积攒，加起来也有了一棵。

明溪数着十三棵嫩芽，课间悄悄拿着小镜子去走廊的角落，摘下口罩看了一眼。

痕迹果然浅得几乎看不见了。

而且不知道是不是她的错觉，她感觉自从自己开始蹭气运，头发就越来越有光泽，皮肤也越来越白嫩光滑了。

系统得意道："这是自然的，你没看见一般小说里，正面人物的外貌描写一般都比较精细，而反派女配角就只在刚出场时用'美艳'这一类词草率地形容一下吗？正面的气运就相当于养分，你只会越来越好看。"

系统忍不住夸了一句："你是我带过的反派里最好看的。等伤口恢复了，说你是照片上的女明星恐怕都有人信。"

"真的吗？"明溪很高兴。

不过明溪要求很低，她倒不在意能否变得更好看。

只要脸上的疤痕能尽快消失，能顺顺利利地活下去，她就已经欢欣鼓舞了。

按照现在这个进度来看，估计攒到二十棵小嫩芽的时候，她就可以放心地摘下口罩，并且再也不用戴了。

柯成文帮着同学把饮水机的桶装水换掉，走过来时，就发现傅阳曦散漫地支着脑袋，视线落在窗外。

他顺着傅阳曦的视线看了眼，咂嘴道："转班生也是惨，听说本来就长得不咋的，去年转学过来之前脸部还受伤了。最近的校花评选，她妹妹赵媛又是票数最高的，她应该多少有点自卑吧——"

柯成文话说到一半，看了眼傅阳曦凉飕飕的脸色，赶紧找补："但是转班生胜在性格好啊！你看她刚来咱们班两天，又是给我们送甜品，又是送小饼干的，大家都挺喜欢她的！"

"我们？"傅阳曦成功找到了重点。

今天早上赵明溪带来巧克力饼干摆在桌上，小声问他吃不吃，他冷哼了一声，说这是什么烤得乱七八糟的饼干，打算等赵明溪问他第二遍，再伸手过去拿。结果赵明溪直接把饼干给收回去了，差点把他气成河豚。

但他以为那是赵明溪的早饭，自己要是吃了恐怕她不够吃，于是没有去碰。

可谁知她转身就分给班上其他人了。

傅阳曦冷冷地瞧着柯成文，肉眼可见的不大高兴："谁？"

柯成文恨不得打自己一个嘴巴子，叫自己多嘴多舌，恐怕以后都吃不到赵明溪做的小甜点了："没有谁，就、就几个组长，转班生刚来，这样也可以帮她尽快融入集体嘛。"

傅阳曦若有所思："也是。"

小甜品厨子很会为人处世嘛，刚好和他取长补短。以后家里的外交不用愁了。

出乎柯成文意料的是，傅阳曦居然没有再问。

而是喜滋滋地支着脑袋，继续盯着窗外去了。

柯成文这才松了口气。

校花评选和百校联赛都是最近热门的话题。

明溪收起小镜子进来，就听见有几个女生在议论赵媛。

这种说赵媛气质好、家世好的话明溪听得很多，毕竟女主角的光环无处不在。

不过好在先前每次赵湛怀来时，都只接他的小公主一个人。明溪没上过赵湛怀的车，因此学校里没什么人知道她和赵媛是姐妹。

但大约是因为这次她刚转班，还主动接近傅阳曦，有人对她产生了兴趣，就打听到了这件事。

见她坐下来开始填百校联赛的申请表，一个男生远远地看了一眼，惊讶道："你也要参加？"

赵明溪抬头看了他一眼："嗯。"

以她的成绩，想要参加这种全省竞赛，在别人眼里可能的确是有点讽刺。

不过距离百校联赛还有一段时间，明溪觉得只要在这之前努力增加自己的气运，考试的时候说不定能不再受反派身份连累，能完全考出自己的真实成绩。

——那样说不定她是有入围决赛的可能的。

那男生觉得她有点不自量力，但是顾忌着趴在一边睡觉的傅阳曦，没有明说，而是戏谑道："对了，你的脸到底怎么了呀，能不能摘下口罩给我们看看？你妹妹长得好看，成绩还好，你应该也差不到哪里去吧？"

这话明显带点讽刺了。

另一个女生也道："对呀，还不知道你长啥样。"

女生眼神里的怜悯大过好奇。

明溪看出了男生的不怀好意，不想理会，眼皮不抬地说："能长什么样，还不是两只眼睛，一张嘴。"

那两人都被噎住。

明溪倒是不太在意他们是怎么想的。

但是反正脸上的疤痕已经几乎消失了，不用放大镜贴过来看，根本看不见，要不现在摘一下口罩？

可还没等她有所动作，眼前忽然就飞过一个笔袋，"哐"的一声，开玩笑的男生眼皮一跳，连忙躲开，笔袋重重砸在了他桌子上。

傅阳曦用一种"你当我死了"的眼神，冷脸看了他一眼："烦不烦，一天到晚就你们有嘴，吧儿吧儿的，吵死了。"

那男生脸都白了，登时不敢说话了，把笔袋捡起来放到柯成文的桌上，就赶紧缩到教室后面去了。

女生也受到惊吓，赶紧埋下头。

明溪要摘下口罩的手于是顿住了，她诧异地看了自己的同桌一眼。

"看什么看？"傅阳曦冷哼一声，红发嚣张，眉梢挑得老高，斜着眼睛看她，满脸的不爽。

见明溪依旧沉默地盯着他，傅阳曦不自在起来，把降噪耳机一戴，嘟囔道："别得意，我又不是帮你，他们吵到我了。"

明溪忍不住笑了下："谢谢。"

她对傅阳曦的印象终于从负一千分提高了一点。她发现这人虽然嘴巴说话难听，但是好像并不像她以为的那么难以相处。

傅阳曦恼怒道："说了不是帮你。"

明溪耸了耸肩膀，没说话，低下头继续填写申请表。

傅阳曦用余光瞥她，见她安安静静的，却不知道她到底在想什么。她刚才去走廊照镜子，说明她还是很在意自己的脸的，听到刚刚那些话，她一定在强忍泪水——

当然，明溪眼角没有泪水，但傅阳曦莫名觉得她口罩下的嘴唇一定是倔强地死死咬着的。

傅阳曦抓了抓头发，心里也莫名有点烦躁。

过了一会儿，快要填完申请表的明溪冷不丁听到傅阳曦问："你觉得我帅吗？"

明溪：这白痴自恋的毛病又犯了？

不过老实说，这人确实长得无可挑剔，俊美的眉眼，高挑的身材，还自带气场，好看到无论谁都想多看两眼的程度。

当然，A校没人敢盯着他看，因为才多看一眼他就要暴走了。

"帅。"明溪抬起头看了眼他眼角细小的泪痣，配合又诚实地说。

傅阳曦哼了一声，继续瞥她："那不就得了。"

明溪：？

傅阳曦解释："因为我帅，所以我交女——我交朋友、认兄弟，都不在意对方好不好看，反正再好看也好看不过我。"

傅阳曦得意扬扬："所以你大可放心，我不在意你是美是丑。"

明溪："……"

真是谢谢您了。

瞬间就觉得被安慰了呢。

因为校花评选的事情班上叽叽喳喳了一天，所以晚上洗漱完打算睡觉的明溪就随手点开论坛看了一眼。结果令她非常意外的是，她发现自己也入围了。

当然，目前排名落在最后。

但令人震惊的是她居然有四十五票。

明溪：？？？

戴着口罩的照片也能参选？

投稿的人是瞎了，还是在玩她？

果不其然，论坛里很多外校生都在震惊地问这是谁啊，戴口罩的照片也能参选？

明溪估计是鄂小夏之类的哪个讨厌她的人在恶搞，她没有精力去理会这些，也懒得管。

而这一边。

柯成文和一群男生正熬着熊猫眼，被急性子的傅阳曦催促手速再快一点，多换几个账号来投票。

一群人怨声载道，痛骂他是"周扒皮"。

本来以为有了"嫂子"是一件喜闻乐见的事，却没想到这么痛苦不堪。

这件事情明溪没有放在心上，她很忙，一边准备百校联赛，一边继续坚持每天放学后做好甜点，第二天带过来给傅阳曦，顺便找各种机会和傅阳曦关系更近一步。

于是明溪也就不知道到了周五的时候，自己的票数居然涨到了三百五十多，已经冲进了首页前二十名。

周五，沈厉尧打完篮球，回教室时听到有人议论此事。他皱了皱眉，掏出手机看了一眼，果然，赵明溪已经飙升到第二十名了。

沈厉尧是知道赵明溪长得很好看的，几年前刚见时，便让人移不开眼。不过她成绩糟糕，脸皮还厚，一开始沈厉尧只觉得与她说话是在浪费时间，见到她就绕道而走。

但这几年她很努力很努力，其实她也没那么差，她努力起来无人能敌。

沈厉尧漫不经心地垂着眼，随手也给第二十名投了一票。

忽然听到有人喊他名字，像是赵明溪的声音。

他在楼道里站住，勾了下唇，表情清冷地回过头去，结果见到的却是一个学妹。

那女孩急匆匆地跑过来送矿泉水。

沈厉尧表情立马变了,变得很烦躁。

没等那女孩跑过来,他已一言不发地上了楼。

这周除了周二让贺漾将笔记本送过来,赵明溪几乎没在他的视野中出现过。

周三金牌班的体育课,以前赵明溪一定会找借口请假,偷偷溜到操场找他的。以往的周四他去广播室也是,赵明溪一定会在广播室蹲守他。

还有周五的篮球赛,赵明溪从不会错过他的任何一场球赛——

而这是第一次,她从开场到结束,竟然都没有出现在人群中。

国际班和金牌班就在同一层楼,沈厉尧居然也没碰到过赵明溪。

这几天来,赵明溪也没有从金牌班的窗户旁经过——看来她这一周是特意绕了远路,每次都从另外一边靠近办公室的楼道上下楼。

沈厉尧终于意识到,她是真的有意避开他。

到底为什么?

沈厉尧脸上没什么情绪,只在他冷冰冰地走进教室时,下意识地看了眼国际班的方向,躁得不行。

赵母的生日和赵媛的很接近,往年赵家都是一起过。

今年应该也不例外。

提前一周,常青班就开始有人送赵媛礼物。

"我给你投了一票,估计今年你又是校花了,提前祝你生日快乐。"

赵媛被一群人众星拱月地围着,礼貌地笑了笑:"谢谢呀。"

鄂小夏在一边远远地看着,也忐忑不安地把礼物递了过来。赵媛看了她一眼,没接。

两人还在为过敏那事僵持。

有人给赵媛投票,手指往下滑,就看到了投票页面倒数的赵明溪。

有人震惊道:"怎么这儿还有个戴口罩入围的?审核的版主呢?今年校花评选是搞着玩吗?"

赵媛面色微变,也打开手机看了一眼。

赵明溪还真的神奇地排在第二十名。

旁边有人道："是赵明溪？我没见过，但听说过。可能有人抱着猎奇心理才会投她吧。"

鄂小夏见赵媛转过身去后一直皱眉滑着手机看，有点捉摸不透她的心理。

但鄂小夏还是凑过去，小声巴结道："媛媛，你别担心，她冲不上来的。"

"何况，如果她冲到了前排，到时候才丢脸呢。"

鄂小夏还以为说完了这话能和赵媛缓和一下关系，可谁知赵媛听了她这话，却仍一言不发，脸色也变得更加难看，似乎并没有松一口气的样子。

鄂小夏还要再说话，赵媛的另一个好友蒲霜的手机振动了一下。

"咦？是赵宇宁发过来的。"蒲霜诧异道。

"蒲霜姐，你们女孩子生气了，一般收到什么礼物会消气？PS：别告诉媛媛姐。"

刚好赵媛在旁边，她就给赵媛看了一眼："你弟弟未免对你太好了吧，这是不是打算悄悄给你准备生日礼物啊？还让我别告诉你！"

赵媛扯了扯嘴角，脸色缓和下来。

赵宇宁估计也是想为那天在操场上无意识地吼她的事情道歉。

不过赵媛有些惊讶，赵宇宁一向直来直去，今天居然会拐弯抹角了。

蒲霜问："快，你生日想收到什么？我怎么回？"

赵媛想了想，道："我也不缺什么，你让他随便送吧。"

蒲霜于是回复："随便送，不过霜姐建议你买个等身的泰迪熊玩偶。"

那边没再回短信，鄂小夏、蒲霜和周围一干女生都羡慕起来："如果我也有这么个弟弟就好了。"

赵媛笑了笑，心情好多了，站起来道："我大哥要来接我了，再见。"

赵宇宁则正拉着两个哥们儿在商场里转悠。

下午最后一节课他请了假，专门出来想买个礼物，给赵明溪送过去。

这一周不知道是赵明溪有意避开他，还是两人隔得的确太远，他居然没有再在学校里见过赵明溪。

当然，他回家也没有向家里人转达赵明溪先前说的要和他们彻底划清界限的那番气话。

他想着，大哥要亲自来接赵明溪回去，赵明溪总不可能和大哥赌气，还不回家吧。

所以他要是转达了，反而会坏事。

但即便他没有转达，家里的氛围也肉眼可见的糟糕。

赵明溪不回家，家里瞬间冷清了很多，别说吃不到赵明溪做的好吃的菜了，就连想斗嘴，都找不到人。

赵媛和赵明溪性格很不一样。

赵媛落落大方，学钢琴、学礼仪，挑不出错。赵宇宁固然很喜欢、很宠赵媛这个姐姐，但是他觉得他也缺不了撑人嘴皮子很利索的赵明溪——也就只有赵明溪会在他熬夜打游戏时，揪着他的耳朵把他推上床了。

即便赵宇宁非常不想承认，但他也不得不说，这一周以来，他心里的确空落落的。

他心里虽然有点埋怨赵明溪怎么就为了这点小事和家里人闹得天翻地覆，关键是连他也不理了。

但赵明溪那天在教学楼下说完那番话后，他也反省了下自己和家里其他人的行为。

他觉得也的确是他们委屈了赵明溪。

于是他想着，先买个礼物，等今天大哥把明溪劝回家之后，他就悄悄溜进明溪的房间把礼物送给她。

但是等真的要买礼物时，赵宇宁却发现自己对赵明溪的喜好一无所知。

他才发现，他好像就只在去年赵明溪过生日时，随手送过她一盘自己玩过的游戏卡。

赵宇宁心里莫名难受起来，还有一种某事来不及做的恐慌，但是他竭力把这点异样的感觉压下去。

不会的，一家人哪里有什么解决不了的矛盾。

在商场转悠了一个多小时后，赵宇宁还是按照蒲霜的建议，给赵明溪买了个巨大的约莫一米七的等身泰迪熊玩偶。

买完后，他心中松了口气，觉得这回差不多了，赵明溪收到时应该会很惊喜。

因为太大，没法直接带回去，他让售货员寄回去。

填写地址的时候他想了想，填写了家里，赵明溪收。

反正今天大哥出马，一定能把赵明溪带回家。

赵宇宁刚从商场回到学校，就接到了赵湛怀的电话，他匆匆跑到校门口："大哥。"

赵湛怀拿着车钥匙从车里下来，将白衬衣的袖口挽起，拧着眉径直往学校里走："明溪的班级在哪儿？你带个路。"

"大哥，你总算来了。"赵宇宁心情有点激动，大哥亲自来接，赵明溪总不至于像那天撑自己一样，把大哥撑得哑口无言吧。

他忙跟在赵湛怀身后："那边，和赵媛在一栋楼，但是不在一个楼层。"

赵湛怀上了五楼，朝着国际班的方向走去。

他对明溪转班前、转班后班级的位置都不清楚，他只知道赵媛在哪个班。先前赵湛怀都会开车来学校，亲自接赵媛回家。

他对赵媛的感情此时倒是尚未变质，但自从几年前，赵媛从亲妹妹变成没有血缘关系的外姓人之后，赵湛怀便对她多了一种朦胧的怜惜之情。

他怕她在这个家里会不自在，也怕她会被性格明显更加强势的明溪欺负，于是比起前十几年，赵湛怀对赵媛更加呵护。

亲自来接赵媛，也算是他和赵媛之间的一个小小的约定俗成的习惯，让赵媛能够感受到他的偏爱，用行为告诉她，她在这个家依然很重要。

至于赵宇宁和赵明溪，这几年来则一般都是由赵家的司机接送。

赵湛怀也没觉得有什么不妥，反正宇宁会和明溪一块儿，两人年纪相仿，说不定能帮助明溪更快地融入家庭。

但是这一周，可能是出于对上次那件事的愧疚，赵湛怀的注意力很显然落在明溪身上更多了一点。

明溪居然整整一周半都没回来。

不仅没回他的道歉短信，事后他和家里其他人再打电话过去，发现竟然全都被她拉黑了。

就连一直在赵家做饭的阿姨的电话号码都被明溪划入了黑名单。

明溪完全是一副要彻底和他们划清界限的架势。

赵母在家里气得头疼，叫嚷着既然赵明溪不回来，以后就永远也别想回来。但是赵母只是刀子嘴豆腐心，总不可能真的不让明溪回来了。

赵湛怀便只好亲自跑一趟。

作为兄长，他打算这周末先带明溪去外面吃顿火锅，安抚一下她的情绪，然后再找个合适的机会把她带回家。

国际班的人已经走得七七八八了。

赵湛怀和赵宇宁长相都相当俊朗，走过去的一路上，不停有女孩子打量他们。

有个人主动过来问："你们找谁？"

赵湛怀道："我是国际班赵明溪的家长，请问她在吗？"

"她去办公室递交百校联赛的申请表了。"

赵湛怀和赵宇宁对视一眼，都有些惊奇，百校联赛他们是知道的，以明溪的成绩，也想去申请吗？先不说申请条件那么严苛，每个学校名额有限，申不申请得上——即便申请上了，也只会是第一批被淘汰的，入不了决赛吧。

赵湛怀对赵宇宁道："不过有这个上进的念头就很好了，明溪从小镇过来读书，也不容易。"

赵宇宁点了点头。

于是两人朝办公室那边走。

明溪正好交完申请表出来，一抬头就遇上了来接她回去的赵湛怀与赵宇宁。

"明溪。"赵湛怀走过来，视线落在明溪身上。一周半不见，明溪的状态简直出乎他的意料，她似乎并没有处于和家人斗气的情绪当中——她眼圈没红，也没消瘦，甚至看起来头发更加有光泽，眼神也清明了许多。

赵湛怀有些诧异，张了张嘴，还要说什么。

结果还没等他开口，明溪眉头就皱了起来。

"你们怎么又来了？"

明溪一句不冷不热的话把赵湛怀噎住。

赵湛怀还以为明溪见到自己，会有种"你怎么才来"的委屈，但万万没想到她会是这么一种嫌弃的神色。

他稳住自己的心态，决定不和小孩计较，继续道："你还回教室吗？不回的话，我们边走边说，我带你去吃火锅。"

明溪道："那是赵媛喜欢吃的，我并不喜欢吃火锅。"

"那就吃别的。"赵湛怀耐着性子讨好她，"还有，下周妈和媛媛过生日，在那之前你肯定得回家吧。别耍小性子了，明溪。"

明溪看了赵宇宁一眼："看来你没转达我的话。"

赵湛怀也看向身后的赵宇宁："什么话？"

赵宇宁脸色顿时有点难看，他以为大哥来了，明溪的态度会松动。但她怎么还是这样？还是对他们这么冷硬？

明溪突然将身后的书包摘下来，从里面掏出一张薄薄的相片。

赵湛怀记得，这是明溪刚来赵家时，家里人给她的一张全家福。她冲洗了两张，一张装裱起来放在床头了，另一张随身放在书包里。

放在床头的那张，他今早去看过，没被带走。

而这张——

"照片要好好保存，你拿出来干什么？"赵湛怀盯着赵明溪，这才意识到她有点反常。

明溪走过去把照片递给赵湛怀。

赵湛怀蹙着眉不接。

于是明溪只好将其揉成一团，丢进了旁边的垃圾桶。

她做这件事时，宛如丢垃圾，眼皮都没抬一下。

赵湛怀与赵宇宁都愣住，惊愕地看着赵明溪。

明溪又摸索了几下书包，看了一眼，认真确认了一番后，才道："除了这照片，我身上应该没有其他的你们家的东西了。我带出来的书包、衣服，全都是我来赵家之前带过来的。"

赵湛怀拧眉："你什么意思？"

"意思就是我身上没有赵家的东西，麻烦别来找我了。其他的话我已经告诉赵宇宁了。"

赵湛怀再温和，也要生气了，他看了眼都是果皮的垃圾桶，声音压得很低："你就这么把全家人的照片揉成一团，直接扔进垃圾桶？！在你眼里我们一家人算什么？"

明溪用奇怪的眼神看着他："不就是一张复印的照片而已吗，至于吗？"

赵湛怀猛然觉得这话似曾相识，他突然想起明溪刚来赵家不久，身上带着几张复印的她在以前生活的小镇和她奶奶拍的照片。

明溪只肯拿出一张让他们看，他们看完之后，最后照片也不知道落到了赵媛还是赵宇宁手里，忘了还给明溪，后来就不见了。

那是明溪第一次哭着和他们吵架。

他们也是这句话："不就是一张复印的照片而已吗，你还有很多张，至于吗？"

赵湛怀脸色发青，心里却被刺到，说不出话来。

他看向赵明溪，而明溪已经转身下楼了。

此时此刻赵湛怀和赵宇宁才发现，为什么刚刚在走廊上见到明溪第一眼，就觉得不太对劲。

明溪换了书包。

她带出来的是她自己的、以前她奶奶给她买的书包。

明溪还换了发饰。

她扎马尾辫用的是一根普通的黑色皮筋。

赵母心情好，带她逛街时买的东西，她全都没带出赵家。

而她的书包上，赵湛怀送给她的、以前被她视如至宝的小熊挂饰，已经没了。

赵宇宁彻底慌了："怎，怎么办？"

大哥来居然都没有用，明溪姐把照片都扔了。

"明溪让你转达的是什么？"赵湛怀问。

赵宇宁看着赵湛怀铁青的脸色，也不敢不说，只好原原本本地重复了一遍。重复完，他心头更加发慌："大哥，她说要和我们彻底断绝关系，你说她是在赌气还是……我怎么感觉她这次是动真格的？"

"你怎么不早告诉我？！"

赵宇宁不敢吭声。

赵湛怀心烦意乱，他看了眼赵宇宁，道："算了，你先坐司机开的车回家，我跟上去找明溪好好谈谈。"

赵宇宁六神无主，只道："好。"

傅阳曦拎着书包从后门走出来，一扭头，看见赵明溪正从两个男人面前离开。那氛围看起来很糟糕。

"杵在那里的两个傻子是谁？"他下意识就走过去。

柯成文一把把他拽回教室门框后，低声道："别人家的家事，曦哥你掺和什么？"

傅阳曦很快反应过来，这两人应该一个是赵明溪的大哥，另一个是她在本校上学的弟弟。

071

据柯成文打听到的情况来看，赵明溪和家里人关系不怎么好。

上周不知道为什么她还和他们闹翻了，申请住校了。

傅阳曦也不知道她家里是什么情况，但是想到前不久被他砸笔袋的那人说的话，他敏锐地推测，小口罩她家里人该不会也偏心吧？

不然为什么去常青班一打听，都知道赵媛有个经常接她回家的哥哥，但是提起赵明溪，却没听说有谁专门来接她？

傅阳曦心头噌噌冒出三把火："她家里人是都没长眼睛吗？是都觉得那个什么校花比小口罩好看、成绩更好，所以偏心？"

柯成文心说，也许还有别的原因，但是赵家的家事，他也不清楚。

傅阳曦怒道："小口罩不比那什么赵'圆'好一百倍？"

柯成文拍马屁式赞同："我也觉得。"

赵湛怀和赵宇宁两人下楼，赵宇宁先去校门口，坐司机开的车子回家。

赵湛怀则问了一个路过的同学，然后大步流星地朝着宿舍楼追过去。

到了宿舍楼底下，他被值班的阿姨拦住："男性家长不能上去，除非让学生下来接。"

赵湛怀下意识地掏出手机，但想起来自己已经被赵明溪拉黑了。

他无奈道："她没带手机。"

"什么年头了，还不能用手机联络？"阿姨的眼神变得有些怀疑。

赵湛怀的脸色瞬间有些难看，只道："我找我小妹，名字叫赵明溪，国际班的。"

阿姨皱了皱眉，但见他长相俊朗，穿着白衬衣很儒雅，还是耐着性子解释道："知道姓名和班级还不能放你上去，否则不就谁都可以随便报个名字，直接上去吗？你送你家小孩来住校时，应该有登记和签名吧，你记得你签在哪一页吗？记得的话，我核对一下你就能上去。"

赵湛怀："……她住校时，是自己拉着行李箱过来的，没有人送。"

"赶紧走！"阿姨的眼神顿时变得犀利，"穿得人模狗样，长得丰神俊朗，居然想混进女生宿舍？住这儿的都是娇滴滴的女孩子，哪家不是千叮咛万嘱咐地送过来的？你家就让她一个人过来，谁信啊？"

见他还不走，阿姨扫帚都抄起来了。

赵湛怀额头青筋直跳。

但同时他心里也不是滋味:"别人家的小孩……都是被人送过来的吗?"

"对啊,住校的很少,一般都是一个人住一间。宿舍又没有电梯,男孩子倒还好,女孩子一个人拎着行李箱,走到六楼腿都软了,还要一个人收拾,打扫一间宿舍,一晚上都打扫不完!"阿姨道,"你家真奇葩,居然让小孩一个人来!"

赵湛怀喉咙一哽。

他居然从没想过这个问题。

明溪置气离家出走,他们就让她那样走了,但是如果换成赵媛呢?只怕他们当时就会立刻出去找。如果是赵媛非要住校,他也一定会送她过来。

但为什么换成明溪他就……

他没想过明溪那天是怎样一个人收拾了一整晚,将水池的边边角角擦干净,才疲惫地一个人在宿舍里睡去的。

正如他也没想过以前的一些小事,比如一家人出去吃饭,大家都下意识地点赵媛爱吃的菜时,明溪是怎么想的。

他一直都觉得这些只是小事。

但此时,明溪第一次进家门时憧憬和期待的样子,和方才她在教学楼里不带感情色彩地扔掉照片,这两幕重叠在他眼前。

他才陡然惊醒。

这些令人失望的小事,在这几年内到底重复了多少遍?几百遍,几千遍?以至于让几年前高高兴兴来到家里的明溪,变得对他们一家人如此失望?

"你还不走?"

赵湛怀看了眼阿姨,心里乱糟糟的,道:"您可以把座机借给我用一下吗?我给我家小孩打个电话。"

阿姨狐疑地看了他一眼,但还是把座机递过去了。

赵湛怀打开手机,对照着赵明溪的手机号码拨了过去。

然而三分钟后,电话仍然没接通。

赵明溪断联断得彻底且果决,她换号了。

阿姨道:"别演了。"

赵湛怀放下座机,心情复杂。

赵湛怀在赵明溪的宿舍楼底下一耽搁,就错过了去接赵媛的时间。

赵媛打电话也没打通,不知道大哥在忙什么。她在校门口等了很久,班上围着她想见她英俊的大哥的女生也都散了。

赵媛心里不大高兴,但是没表现出来,给家里的司机打了电话,让司机来接她。

赵媛回到家时,正见赵宇宁上楼,她想着赵宇宁给她买了礼物,于是主动缓和两人这几日有些僵硬的关系:"宇宁,你什么时候回来的?"

赵宇宁从楼梯上心事重重地转过头,压根儿没听见赵媛问他什么,"哦"了一声就回房间了。

赵明溪没回来,晚饭他压根儿没胃口。

赵媛蹙眉,她十分不喜欢这种被忽视的感觉。

她换好鞋进来,保姆从院子里走进来,艰难地扛着一个等身的快递,道:"媛媛,商场送过来的,是你买的吗?"

赵媛回头看了一眼,视线落到快递上,脸上瞬间雨过天晴。

她趿拉着拖鞋走过去,笑道:"应该是宇宁送给我的生日礼物。"

"这么早就提前送礼物啊?"保姆震惊道。她将快递放在地上,怕是什么易碎品,小心翼翼地。

赵媛笑了笑,刚才赵宇宁表现出那么蔫了吧唧、不理会她的状态,估计是想给她一个惊喜:"帮我拆开吧。"

"好嘞。"保姆去拿剪刀。

快递很快就被拆开。

赵媛见到露出来的毛茸茸的一角,忍不住伸手去摸了摸。很软,她很喜欢。

但保姆还没拆完就愣住了,出声道:"媛媛,收货人好像不是你。"

赵媛皱了下眉,将快递单扯过来看了一眼。

目光落在"赵明溪"三个字上时,她整个人一僵。

赵宇宁在二楼听见了楼下的动静,他踩着拖鞋急匆匆地下来,见商场包好的礼物已经被保姆拆了,他脾气一下子上来了:"谁让你乱拆我的东西了?"

保姆讪讪地站到一边。

赵媛这才意识到自己闹了个大乌龙。她站起身来,脸色很难看,不知道是该尴尬还是该生气。

她定了定神,问:"是明溪的东西,怎么寄到家里来了?不是应该寄到学校吗?"

赵宇宁一向粗神经,也没留意赵媛脸上的神情,道:"明溪姐不是还在生气吗,我买给她的。"

赵媛还没反应过来,赵宇宁就急吼吼地拖着礼物上楼了。

赵媛和保姆心中都只觉得不可思议,赵宇宁给明溪买礼物?

保姆欲言又止,她看了赵媛一眼,也不敢说是赵媛让她拆的,只好背了这个锅,擦了擦手,低着头快步走进了厨房。

门外响起刹车声。

赵媛定了定神,朝别墅门外看去,见赵湛怀从车上下来。

赵媛一屁股坐到沙发上,并没去门外迎接。

她眼圈已经微微红了。

赵湛怀从门外进来,在玄关换鞋,见赵媛背对着他,抱着抱枕在沙发上一言不发地坐着。

要是往日,他肯定就能敏锐地察觉到赵媛生气了,或是受委屈了,他得上前去关切地询问一番。

但是今天,一方面赵湛怀也心烦意乱,不知道明溪这事怎么解决。

另一方面他在回来的路上止不住地去想更多的细节——都是一些小事,比如说媛媛和明溪同时摔了一跤,他以前总是会先去扶赵媛一把。

他对赵媛的呵护,所有人都看在眼里,他自己也不以为意。

……但是这对于明溪而言,会不会是让明溪对赵家彻底失望的"最后一根稻草"。

如果没发现自己偏心还好,一旦发现了,就觉得有些别扭。

已经决定和家里断绝关系的明溪仿佛就坐在沙发另一边看着他似的。

而且,赵湛怀估计媛媛也没发生什么大事,可能就是自己忘了去接她,她有点生气了。

但是此时状态已经很差的赵湛怀没有精力去哄她。

他犹豫了下,解开领带,直接抬脚上了楼。

坐在沙发上的赵媛等了半天,等到身后响起脚步声。

她的眼圈更加红了一点。

然而她却没想到,那脚步声一转,直接就上了楼。

她震惊地转过头去，却只看见赵湛怀半个上楼的背影。

赵媛登时站了起来，无法理解眼前这一幕。

明溪没回来，家里饭桌上的话题却全都不由自主地围绕着她。

赵母看了眼空了一周半的明溪的椅子，把碗筷"啪"地一放，朝赵湛怀皱眉道："你今天没去她学校吗？"

赵宇宁不敢搭话，小心翼翼地瞟了大哥两眼。

赵湛怀感到一阵头疼，他显然不可能现在跟赵母道出明溪要和他们决裂的事情，那样家里只怕会立刻天翻地覆。

他顿了顿，若无其事地夹菜，道："去了。"

"那她人呢，还没哄回来？"

赵湛怀："明溪说她最近要准备百校联赛，每天往返于家里和学校，时间不太够用，就先继续住校，等您生日宴那天再回来。"

"她也要参加？"赵母诧异。

赵媛心中也惊奇，不知道赵明溪最近怎么了，不仅不追着沈厉尧跑了，还将重心放到了学习上。校花评选她参加，竞赛她也参加。

前者赵媛不敢和赵明溪比，但是比起后者——竞赛成绩，赵媛却有十足的把握。

她底气都足了不少，以过来人的口吻道："百校联赛入围决赛可以拿到奖金，决赛后前十名还可以加学分，明溪想试试也正常。但参赛名额很少，光是被选中去参加就不容易……以明溪的成绩，可能有点难。

"去年我入围了决赛，明溪连比赛都没参加成，估计心里不开心。您看要不要帮明溪给高教授送点礼？"

赵湛怀皱眉道："你们那个高教授我知道，送礼没用，重在参与。"

赵母没话说，但还是忍不住念叨："什么竞赛，都是借口，看来还是在赌气，这孩子真是的。那她手机有什么毛病，为什么全家给她打电话都打不通？"

赵宇宁头快埋进碗里去了。

赵湛怀顿了下，道："她手机进水，坏掉了。"

"那你就给她钱让她再买一个啊！"

"买了，买了。"赵湛怀扶额道，"不过这阵子她准备考试，在闭关，还是让她先专心学习吧。生日宴那天她一定回来。"

赵母这才消停了。她忽然提起来："对了，姓董的那家听说近期要回国，你注意着点，别让他们在背后搞什么小动作。"

"怎么这时候回国？"赵湛怀皱起眉，"明溪知道吗？"

赵母道："应该不知道，他们还没动身呢，这消息是我逛街时从太太圈听到的。"

姓董的这家人是以前明溪住在小镇时的邻居，原本也穷，但就在赵家找到明溪之前，这家人那年突然生意发迹，变成了暴发户。这家还有个与明溪年龄相仿的男孩，和明溪是朋友。

当时他们一家寻找明溪所遇上的最大的阻碍，可以说就是这家人了。

不知道这家人是怎么想的，可能是不想明溪走，居然还干出了偷偷带着明溪搬家的事情。

而且两家见第一面，这家人就对赵家人有很大的敌意，他们家的董深把赵媛推得一个趔趄。

当时差点打官司。

但是好在这家人后来去了国外。

提起这家人赵母就满眼的嫌弃："他们现在倒是发达了，但是文化底子不深。幸好没让明溪留在他们身边。"

饭桌上的氛围很糟糕。

赵媛夹了一筷子菜放进赵母碗里，笑道："妈，别担心，还有我呢，要不晚饭后我帮你捶捶背吧。"

"那哪儿能一样？"赵母按揉着太阳穴，随口说道。

虽然赵母更加偏爱赵媛，觉得赵媛哪儿哪儿都乖巧，但是血脉关系毕竟是刻在骨子里的。这也是他们找了好几年也要把赵明溪找回来的原因。

赵媛脸色一僵。

她下意识看向饭桌上另外两人，但是今天的赵湛怀与赵宇宁却都十分反常，只顾着低头，心事重重的，竟然没有半点要安慰她的意思。

赵媛心中一沉，只觉得有一些很不好的预感。

住校的人不多，周末的时候为了防止突发火灾，教学楼一般都会关闭，只留下图书馆四楼的一间咖啡厅供留校的学生自习。

傅阳曦这几年就不知道学校图书馆长什么样，但今天放学后，他的心思却一直忍不住往图书馆那边飘。

柯成文也朝图书馆那边看了眼，刚好看到一个熟悉的人影拎着书包朝那边走过去。

沈厉尧？

他又不住校，放学后去图书馆干什么，不会是去找转班生吧？

"看什么？"傅阳曦正要顺着他的视线看，柯成文赶紧拦住他，道："你家的车子过来了。"

校门口，一辆加长轿车徐徐开来，成功转移了傅阳曦的注意力。

傅阳曦眉毛一拧，有点不耐烦，拎着柯成文的脖子往另一个方向走。

柯成文看了眼车牌号，眼皮却顿时惊悚一跳："你妈回来了？！"

平时来接傅阳曦的车子不是这一辆。

傅阳曦推开他，将外套抖了抖穿上，眼神更加不耐烦："高高兴兴的时候别提这档子破事。"

柯成文只好不说话了，但是过了片刻他又忍不住凑过去问："那傅至意那家伙呢？也回来了？"

"那可不。"傅阳曦"嗤"了一声，红色短发在风里微微凌乱，眼神有点冷，"一个替代品，可不得眼巴巴地跟着。"

柯成文也有点替傅阳曦心烦。

他没注意脚下的路，再一抬头，就发现自己被傅阳曦拽到商场里来了。

"曦哥，你要买什么？"

傅阳曦没理他，而是抱臂盯着橱窗里的女装，大拇指不自觉地抵着嘴唇，思忖着说："你说她这几天怎么都是两套衣服换着穿？是不是和家里人闹翻了，连衣服都没有？"

傅阳曦的思维太过跳跃，柯成文一下子没反应过来。

他一头雾水："谁？"

"就，就那谁啊。"傅阳曦一副"被追得很不耐烦，无奈之下只好回应一下"的样子，长长地叹了口气，挑眉指了指自己，"追傅阳曦狂魔。"

"……"

"她今早帮我把桌子收拾了，收拾完眼睛还亮晶晶的。"

傅阳曦得意扬扬："还连续送了我快两周的甜品，全是她亲手做的。

我不还她点东西岂不是很没礼貌？"

柯成文一时无语，心说：你没礼貌的时候不是多了去了吗？这时候怎么突然就讲礼貌了。

柯成文问："那你怎么给她？"总不能当着全班人的面。

傅阳曦漫不经心道："晚上她估计在图书馆自习，待会儿我先回家一趟，你帮我把东西带过去，咱俩在图书馆会合。"

"不行——"柯成文立马道。

傅阳曦莫名其妙地看他一眼："你有别的事？"

柯成文点点头："对。"

傅阳曦"哦"了一声，双手插兜继续往前走："那我自己去。"

柯成文："要不下周一去班级再给，你干吗要去图书馆？你都没有卡！"

"这还不简单。"傅阳曦用"你在逗我笑，我可是曦哥"的眼神盯着他道，"路上见到谁，随便借一张。"

柯成文："……"

傅阳曦非常敏锐，狐疑道："你是不是有什么事瞒着我？"

柯成文赶紧转移话题："没什么，咱们随便买点什么吧。"

他心说：完了，待会儿去图书馆，要是刚好遇到修罗场①怎么办？

他还没想好怎么跟傅阳曦说赵明溪追了沈厉尧两年的事。

"当然随便买点，难不成还指望我给她精心准备？"

傅阳曦冷哼一声。

他说着这话，走进一家箱包店，左右扫视一下，拎了一个最大尺寸的超大号黑色行李箱下来。

整栋商场都是傅氏的，导购员认识他——或者说认识他那头红毛。没人上前，任由他折腾。

傅阳曦拖着行李箱往前走。

然后柯成文就见他大步流星地走，一路把女生秋天和冬天的衣服、鞋子、书包、袜子都丢了进去，一丢就是一排。

他所过之处，如蝗虫过境，一一清空。

柯成文："……"

---

① 修罗场：指在场的人员之间关系错综复杂。

你管这叫随便买点？

柯成文正要组织语言，傅阳曦已经走到了另一排卖口罩的货架前。

一名金牌导购员猜到了他想买什么，连忙推着货架过来问："您需要这个吗？"

傅阳曦一扭头。

货架上一排整整齐齐的丝绸质地的女式吊带内衣猝不及防撞进他眼睛里。

他顿时俊脸一红，暴跳如雷："什么有的没的！我看起来像是要买这种东西的人吗？你对我有什么误解？！"

金牌导购员讪讪地拉着货架要离开。

"等等。"傅阳曦又把她叫住。

其实傅阳曦怀疑转班生最近很穷，因为他看到她经常在论坛搜索一些家教信息，不知道她买不买得起这些东西。

"那就拿两件吧。"傅阳曦臭着脸，一眼都不敢多看，用两根手指头匆匆拎了几件，扔进行李箱。

扔完他就已经面红耳赤了。

他又抓了两袋子口罩扔进去，然后匆匆用脚踹上行李箱盖子，"刺啦"一下拉上，转身就拉着行李箱急匆匆地跑掉。

一群躲在货架后来围观傅氏继承人的售货员匪夷所思地看着，神情各异。

柯成文脸上也露出一言难尽的神情。

金牌导购员面露微笑。

看来不是误解呢。

柯成文小跑着追上去，恨铁不成钢："曦哥，是她追你，不是你追她啊，你别买这么一大堆好吗？！"

"我知道！"傅阳曦不悦地说，"我又不喜欢她！这不是看在她坚持每天送我甜品，简单礼尚往来一下嘛！"

柯成文还要说什么。

傅阳曦面无表情："闭嘴，说了不喜欢她。"

"哦。"柯成文心情复杂。

傅阳曦乱七八糟地买了一大堆，最后又扛了两床羽绒被。

十月的天，天气说变凉就变凉，两人从商场里出来，冷空气吹来，都打了个喷嚏。

不远处忽然响起了轿车引擎的声音，一辆加长豪车阴魂不散地开了过来。

傅阳曦瞥了一眼，脸色蓦地就冷了下来，他将羽绒被压在行李箱上，推给柯成文："晚上八点图书馆见。"

"这么多东西，我怎么说啊？"柯成文一脸的不情愿。

傅阳曦："笨，就说是中奖得来的。"

柯成文怀疑人生，这谁能信啊，中奖中这么一大堆女生用品？

车子已经开了过来，后门被打开。

下来一个穿着挺阔西装、恭恭敬敬的中年男人，对傅阳曦笑着道："阳曦。"

明溪抱着书认认真真地在图书馆学习。

周末还不回家的没多少人，大约有二十个，倒也不算冷清。

系统帮她算时间："做这张竞赛卷子你用时七十五分钟，你越来越快了。"

"这张试卷不难，不过确实比我先前用时少太多了。"

明溪抬头揉了揉眼睛，看了眼维持在十五棵小嫩芽的盆栽。

随着小嫩芽的增加——也就是负面厄运的减少，她能够很明显地感觉到自己方方面面的变化。

最明显的就是答卷时，因为莫名其妙脑子一抽而写错的答案少了很多。

系统对此的解释是，她收获的气运正在抵消女主角施加的降智 buff。

明溪内心充满了斗志。

但现在她有一件发愁的事情，百校联赛申请表她倒是递交上去了，可就怕高手如云，申请表一大堆，竞赛带队老师压根儿不会看到她的申请表。

这样的话她就会被直接卡在起跑线之外。

选人的老师姓高，年纪过了六十岁，德高望重，是历年来赫赫有名的金牌竞赛教练，在校内一向说一不二，连教务主任都敬重他三分。

明溪寻思着有没有什么办法把自己的申请表直接送到高教授眼前。

哪怕他看不上自己，但她至少得努力一回。

——再不济，能够认识这位神龙见首不见尾的老师，得到一点方法的指导也是好的。

因为有上一世的记忆，明溪很快拓宽了思路。

"你帮我看看这是不是高教授的孙子找人陪玩的信息？"

在曾经的经历中，这位金牌教练很早就退休了，周围的人全都觉得非常可惜，那时所有人才知道原来他家里有个患有自闭症的孙子，因为孙子病情越发严重，他只好回去专心照顾。

系统："是，两百块钱一天，价格也还行，你要是能应聘上，刚好还能缓解你的经济压力。"

明溪道："应该没问题，你看这帖子下面几乎都没人回复。"

这匿名帖子发得语气生硬，要求严苛，还是要求陪自闭症小孩玩。

校内需要打工赚钱的学生压根儿不会接这样的活儿，大家都宁愿接一些简单的家教等来钱较快的活儿。

以至于帖子从上半年一直挂到现在，只收获了一些诸如"？？？""认真的还是钓鱼的？"之类的回复。

如果不是经历过这些事，明溪也不会把发帖人和素来严厉的高教授联想到一起。

明溪抱着试试的心态，给发帖人发了私信，表示自己想做这份工作。

但是发完之后，整整十分钟毫无动静，也没有显示"已读"。

系统："这个办法有用吗？我看你不如直接打听一下高教授家的地址，直接去。"

"那样目的性太强了，高教授这种性格的人肯定会感到厌恶。"明溪思索着道，"先等等吧，现在是晚上，高教授年纪大了，应该睡得很早，咱们明早再看看。"

明溪翻了翻日历，还记起来一件事情。时间应该快到了，曾经正是百校联赛结束之后，董家人回国。

董家一家人是以前她住在小镇时奶奶家的邻居。当时他们也一穷二白，却常常接济明溪和收养明溪的奶奶。

大约三年前，董叔叔做的生意突然有了起色，之后他们家就出了国。

当初董家一家人回国后，经常接明溪过去。

他们一家人认为赵媛鸠占鹊巢，对赵媛的态度都极其恶劣——可想而知，他们一家在原文中也是不大不小的反派，不停地蹦跶来蹦跶去，被赵媛身边的人"打"到脸肿的那种。

　　再加上董家虽然有的是钱,但一家人还是较为憨厚的——在原文中就没什么智商,于是经常闹出笑话。

　　转学过来的董深明明五官很帅,却因为太土,被 A 校的学生笑话。

　　最后董家的下场也不比明溪和贺漾家好到哪里去。

　　明溪不记得电话号码,没办法提前联系到董家的人。但她把日历上的日期圈了起来,决定这次一定要用主角的气运护住这一家。

　　至少得让他们离赵媛远点。

　　还有,她见到董深的第一件事,可能是得带他去重新买衣服。

　　要做的事情很多,明溪在脑海里一件件规划好。

　　但是要做成这一切的基础和重中之重,还是得尽快让盆栽里的小嫩芽多多生长。

　　明溪按揉完眼睛,正要继续写试卷。

　　长桌对面的椅子忽然被拉开。

　　一个熟悉的黑色书包放在桌上,一只熟悉的手打开书包,从里面掏出了一本厚厚的竞赛题集、一支笔和一沓纸。

　　"⋯⋯"明溪一抬起头,仿佛是巧合一般,撞上沈厉尧的一双眼。

　　沈厉尧看了她一眼,把书包放在旁边的座位上,在她对面坐下来。

　　"你为什么会在这里?"明溪往左右一看,没看见隔壁学校的孔佳泽,也没看见别人,沈厉尧居然是一个人过来的——关键是,他还破天荒地主动坐在她对面。

　　沈厉尧淡淡地打量着她,心头压着一把火,一开口语气便不怎么好:"我为什么不能在这里?图书馆是你家开的?"

　　什么情况?这么大的火气。

　　明溪莫名其妙:"这么冲?我招你惹你了?"

　　沈厉尧视线定定地落在她放在旁边的一摞本子上,本子上龙飞凤舞地写了"傅阳曦"三个字。

　　明溪顺着他的视线看过去:"干吗?"

　　沈厉尧太阳穴突突直跳:"他的笔记本为什么在你这里?"

　　"我乐意带着。"为了积攒气运,明溪这两天带着傅阳曦的东西。但这事她有什么好和沈厉尧解释的?

"……"沈厉尧被噎住,他心中那把火顿时烧得更旺了。

他一瞬间似乎陡然明白了,他到底为什么这几天以来听到赵明溪和傅阳曦两个名字一起出现就烦躁不堪。

沈厉尧声音更加低沉了:"你闹够了没——"

明溪抬起头。

沈厉尧满腹疑问:"为什么一定要招惹傅阳曦那种人?为什么好端端的就不出现在我的视野范围内了?"这样的话到了嘴边,却碍于少年人的自尊心,无法说出口。

脱口而出的便变成了:"你一直住校不是办法。"

明溪本来还想和他打个招呼,但是她好好地在这儿写试卷,却莫名被他质问。

再加上他还在帮赵家做说客。

饶是明溪脾气好,也有点忍无可忍了。

"尧神,我们不过是认识了两年,是你之前说我们连朋友都算不上,你没有立场来劝我。"

沈厉尧手里握着还没递出去的百校联赛的重点复习范围,却几乎忘了自己是来做什么的,他咬牙切齿地盯着明溪,反问:"不过是认识了两年?"

——那这两年她所说的"喜欢"算什么?

"是的。"明溪往左右看了几眼,见还没人注意这边,立马站起来收拾自己的东西。

"以前打扰你,是我太不知天高地厚,很抱歉,但是以后不会了。麻烦你也别来管我的事。"

沈厉尧不可置信,桌子底下的手渐渐攥紧。

他脸色发青,看着她转身离开。

明溪收拾好书包,在图书馆的咖啡厅里寻了一个距离沈厉尧最远的地方坐下。

她意识到沈厉尧有点反常,这几年来,他还是头一次主动来找自己。

站在明溪的角度来看,沈厉尧这样骄傲的人,可能只是不习惯一个一直追着他跑的人突然不追着他了。

或许是不习惯,或许是少年人的自尊心受到了打击。

但总之,过一阵子他就会恢复素日清冷的模样。

毕竟他又不喜欢自己，过阵子他就会觉得甩掉了麻烦精高兴还来不及。

柯成文肚子饿得要命，先在外头吃完了晚饭，才拉着行李箱姗姗来迟。

结果他刚走到落地玻璃窗外，一眼就见到转班生和金牌班的沈厉尧面对面坐在一块儿。

看沈厉尧那冷冰冰的表情，两人似乎是在吵架——但两人肯定相当熟稔，一看就和打听来的一样，有一段相当丰富的情史。

妈呀！

这该怎么办？去把转班生叫出来，避免曦哥和沈厉尧会面？

柯成文心脏突突直跳，正要走进去再想办法，肩膀忽然被人拍了一下。

"你怎么还在这里？"

柯成文呼吸都要停止了。

一扭头，傅阳曦穿着件运动外套，短发被吹得凌乱，站在他身后。

他身上浸着从夜风中走来的寒气，还拎着一盒巨大的外卖。

他显然刚从家里过来，脸上还杂糅着冰冷与漠然的神色，与他平日里的暴躁嚣张截然不同。

不过很快，这种残余的神色就从他脸上消失了。

"曦哥，你手怎么了？"柯成文注意到傅阳曦拎外套的手，手背不知道被什么划伤了，倒是没什么大碍，但是仍有一些浅浅的血迹，血渗了出来。

傅阳曦不以为意，抬手蹭了一下："被玻璃杯子的碎片划伤了。"

柯成文犹豫了下，也不知道该不该问。

"你未免也太慢了。"傅阳曦转移话题，皱着眉，迈开长腿要进去。

柯成文连忙一把把他拽回去："曦哥，你这外卖别在里面吃，在外边吃完再进去吧！"

"不要，外面冷死了。"

傅阳曦越发怀疑他有什么事瞒着自己，瞪了他两眼，毫不犹豫地进了咖啡厅。

柯成文简直心脏都要骤停了，只能硬着头皮推着行李箱，跟着他进去。

谁知傅阳曦七拐八拐，拐向的却不是他刚才看见沈厉尧和赵明溪坐在一块儿的那个位置。

柯成文愣了一下,迅速朝方才那个位置看去,却见只剩下沈厉尧一人面色沉沉地坐在那里,哪儿还有赵明溪的踪影?

就在他拉扯傅阳曦的时候,转班生好像已经换了个座位。

柯成文这才松了口气。

他赶紧加快脚步,立功赎罪,抢在傅阳曦前头,冲到转班生身边去,冷汗涔涔地将箱子和两床羽绒被都往旁边椅子上一放。

"转班生,我和曦哥放学后去商场玩,中奖了!奖品好像都是女孩子用的东西,我们用不着,就随手送给你啦。"

刚刚两人在门口,明溪就看见他们了,实在是因为傅阳曦那头红色短发过于嚣张亮眼,个子又高得鹤立鸡群。

她看向傅阳曦:"给我的?"

"嗯哼。"傅阳曦竭力不让自己的得意显于神色。

他走过去,拉开和明溪间隔一个座位的椅子,懒洋洋地往椅子上一靠,跷着腿。

他玩起明溪桌上的笔盖,"啪"地打开,又"啪嗒"盖上,一副"虽然我送你东西了,但你不要贪图我"的冷酷模样。

见明溪还在看着他,他的视线扫了过来:"转班生,不要多想,大家是同学,互相帮助而已。"

"……"

我贪图你成绩倒数,还是贪图你智商全无?

明溪看了眼放在一边的羽绒被等物品,她才不信那些话。

哪里有中奖中这些东西的。

她猜出来了,这些八成是傅阳曦特地去买的——至于原因,她也不清楚,但她想可能是自己这些日子给他送甜品。傅阳曦不好意思总吃她的,想回礼。

不管怎样,明溪心里还是流淌过一丝暖意,尤其是在被赵湛怀和沈厉尧等人连环找碴儿之后。

"谢谢你。"她眼睛弯了起来。

傅阳曦对上明溪那双眼睛,她穿得很单薄,睫毛纤长,一笑起来,落入眸子里的灯光就变得细碎起来。

傅阳曦赶紧移开视线,暴躁道:"都说了是中奖得到的,谢什么谢?"

"我又没说不是中奖得到的。"明溪无语。

见傅阳曦转过头去,她趁机轻轻嗅了一下。空气中又散发着干燥的松香味,明溪控制不住自己。嗅一下,刚刚写那么长时间试卷的疲惫感都没了。

明溪的动作一点也不明显,但奈何傅阳曦一直用余光酷炫狂帅跩地盯着她。

傅阳曦来之前告诫了自己一万遍要控制住情绪,结果还是一秒破功,耳根"唰"地一下通红。

他都故意隔开一个位子坐了,她还是在吸他!

傅阳曦刚要说什么,明溪怕他又语不惊人死不休,连忙打断他,抬头对柯成文道:"你们中奖得到了什么?"

"哦哦哦。"柯成文的注意力全放在不远处盯着这边看的沈厉尧身上了,他回过神来,脑子也没多想,直接蹲下来把行李箱一拉。

"等下,回去再打开——"傅阳曦话还没说完。

"刺啦"一下,两件丝质内衣已经掉了出来。

柯成文已经完全忘了售货员还给他们塞了这些。

不远处零星坐着的几个人全都看了过来。

明溪大脑"死机",一下子没反应过来这是什么:"这也是中奖得到的?"

傅阳曦最先反应过来,他呆滞了一秒,表情猛地一变,一个箭步冲过来,一把把吊带内衣扔到柯成文怀里:"这是什么东西,怎么会在箱子里?是不是你塞进去的?"

柯成文的表情一言难尽:"曦哥,你——"

傅阳曦视线往右,示意他拿着内衣赶紧走。

柯成文内心是惨烈的,他匆匆将内衣塞进书包里,然后把箱子"啪"地一下关上:"这是我中奖得到的东西,其他的都是曦哥的。"

明溪的表情难以形容,对傅阳曦的认知又上升了一个层面:"你一个大男生,买这种东西?"

傅阳曦在心里骂了一声,脸色因愤怒而红了:"你以为我想买——不,想抽中啊!奖品又由不得自己选。"

明溪转移话题:"你吃晚饭了吗?为了买——不,是抽奖。为了抽奖,你们不会都没吃晚饭吧?"

柯成文和傅阳曦异口同声:

"我吃了，曦哥还没。"

"吃了。"

话刚说完，傅阳曦的肚子就咕噜咕噜地叫了。

傅阳曦的俊脸迅速变得面无表情，他站起身来，双手插兜，置身事外般冷酷地看向周围的其他人："谁的肚子叫？"

柯成文："……"

明溪："……"

明溪觉得尴尬，又觉得好笑，更多的则是一种许久未感受到的暖意——她也猜到，傅阳曦估计是知道自己离家出走来住校了，否则不会送羽绒被过来。天气渐冷，她也的确需要这些，但是他可能从来没买过这些，于是乱七八糟塞了一大堆。

傅阳曦好像也没她想象中的那么讨厌。

明溪忍住笑意，转过身去继续写试卷："算了，别忙活了，赶紧吃饭吧。"

傅阳曦这才重新坐下来，别扭地将外卖袋打开。他看了眼赵明溪，见她专心写试卷，情绪不再肉眼可见的低落，这才勾了勾唇，掀开外卖盒。

柯成文收拾好行李箱，也拉了把椅子坐下来："你买的什么？"

傅阳曦道："香菇牛蛙。"

话音刚落，他眉头就皱了起来："有香菜。"

傅阳曦顿时没胃口了，但是肚子又饿得慌，他掰开筷子，打算把香菜一根根挑出来，放到旁边的盖子上去。

却见明溪眼睛忽然一亮。

明溪像小奶猫一样兴奋地凑了过来："我帮你挑！"

这么精细的活儿得长多少小嫩芽！

"随你。"傅阳曦冷哼一声。

他刚答应，明溪立即就挨着他坐了过来，把外卖盒拉了过去。

傅阳曦垂眸，悄悄看了眼明溪发亮的眼眸，竭力想装作若无其事，但身后的尾巴还是翘到了天上去，脸色也微微发红。

这么精细的活儿她都想要为他干！她到底有多喜欢他？！

傅阳曦神色得意地瞥了一眼旁边的"单身狗"柯成文。

却见柯成文一直心不在焉，视线瞥向另外一个方向。

傅阳曦顺着他的视线看过去——然后就对上了八九排之外，远远看过来的沈厉尧冷冰冰的眼神。

又是那个人。

傅阳曦皱了皱眉,下意识地低头看了赵明溪一眼。

他发现……那个人盯着的,是他的小口罩。

沈厉尧就这样死死盯着赵明溪给傅阳曦挑香菜。

先前从国际班传出来一些赵明溪每天给傅阳曦送甜品的消息,他还压根儿不信,直到现在眼见为实。

他的手渐渐攥紧,心底仿佛煮开了一大锅油,焦躁又煎熬。

就连他自己也不知道,看到这一幕,他为什么会觉得宛如一根刺扎进了眼底,十分刺眼。

他不觉得赵明溪是真的喜欢上了傅阳曦。

她还是在赌气,和她家里人赌气,也和他赌气。

否则她完全没必要故意当着他的面,给傅阳曦挑香菜。

她是故意的。

但是她要是指望自己再去找她,几乎是不可能的。他已经找过一次,就不会有第二次。

他的自尊心不允许。

沈厉尧冷静下来,决定先让赵明溪冷静一阵子,等她这股别扭劲儿缓过来了,一切就会回到正轨了。

他垂下眼,不再多看明溪一眼,以免她扰乱自己。他拎起书包,快步走出了图书馆。

夜风吹来,沈厉尧右手还攥着他画的百校联赛重点复习范围,他走到垃圾桶前,脸色冷峻地将纸张揉成一团要扔掉,但是手指顿了顿,还是皱着眉将纸张打开。

他走到门口的工作台前,将写着重点复习范围的纸张叠了两下,夹进一本书里,递给图书馆管理员:"你好,麻烦帮我转交给一个国际班的学生。"

傅阳曦抱着手臂靠在椅子上,虎视眈眈地盯着沈厉尧。

直到沈厉尧走出图书馆,他才剑拔弩张地收回视线。

他脑袋一偏,视线往左扫,瞥了坐在身边的小口罩一眼。

明溪正勤勤恳恳地挑香菜。

傅阳曦盯着她看了会儿，还是忍不住问出了口："那个谁，是你朋友啊？"

明溪顺着他的视线往门口看了一眼，想了一下才知道他在说沈厉尧。

明溪顿了顿，道："算是吧。"

"你俩关系挺好的吧。"傅阳曦佯装漫不经心地说，竭力不流露出任何的醋意，"我看他一直看你，是不是有什么话要和你说？"

"一般。"明溪道。她现在见到沈厉尧就绕道而走，可不就是关系一般嘛。

于是她又补充了一句："就是认识。"

明溪说完才感觉不对劲，她转到国际班快两周了，这个人整天不是赶她走就是挤对她，今天雪中送炭可以解释为回礼，但是怎么突然还向她打听起金牌班的人来了？

这个回答有点敷衍，傅阳曦瞅了眼沈厉尧的背影，又问："看着人五人六的。他成绩是不是很好？"

明溪："怎么了，突然问成绩干什么？"

傅阳曦一愣，随即反应过来。

吃醋！这不是吃醋是什么？！

他说什么了吗？她怎么还为成绩这点事计较起来了呢？！

傅阳曦竭力忍住逐渐上扬的嘴角，见赵明溪还在看着自己，他赶紧收敛了表情，跩得跟二五八万似的，不耐烦地摆摆手："行吧行吧，不问了。"

明溪松了口气。

傅阳曦的耳根羞赧地红了起来。

柯成文看明溪的眼神一言难尽，他欲言又止。

明溪做什么都很认真，挑香菜这件简单而又琐碎的事情也不例外，傅阳曦撑着脑袋看着她专注地仔细挑，睫毛落满灯光。

"好了。"等明溪把筷子交给他，他才回过神来。

傅阳曦接过筷子，心里美滋滋的，格外有食欲，开始大口大口地扒饭。

他吃得很快，风卷残云，却很安静。

明溪也高高兴兴地去看自己的盆栽，又长了三棵小嫩芽，距离五百棵不远了。傅阳曦真是个好人。

好人傅阳曦吃着饭，搁在一边的手机忽然振动了一下，他随手拿过来,单手滑开屏幕看了一眼,是姜修秋发来的微信。

但是还没点开看姜修秋发来了什么,他就想起来一件事——今天赵明溪是不是还没给他发消息?

赵明溪每天雷打不动给他送甜品、发三条消息和打杂跑腿。

今天猛然没收到消息,他居然不习惯。

"你今天手机坏了?"傅阳曦佯装随口一问。

明溪坐在旁边做题:"没啊。"

——那怎么不给我发消息?这话傅阳曦问不出口。

他若无其事地冷哼,继续说:"哦,谢天谢地,你终于不发消息来骚扰我了。"

"你不是屏蔽我了吗?"明溪诧异。

"当然屏蔽了。"傅阳曦道,"根本看不懂你每天发的是什么东西,不屏蔽干什么?"

明溪:"哦。"

屏蔽了就好。

她这两天有点忙,竟然忘了这茬,傅阳曦一说,她就想起来了。

现在每天发消息,已经攒不了多少小嫩苗了,但是聊胜于无。

而且明溪分析,最好是不要中断,万一这玩意儿有什么连续发多少天就能解锁隐藏奖励的设置呢?

她立马就掏出手机,当着傅阳曦的面,给傅阳曦发过去三个表情包。

傅阳曦在旁边瞥了一眼:什么情况?她好敷衍!

她之前每天给他发微信也都是这么敷衍吗?

傅阳曦之前还以为她每天给喜欢的人发微信之前要琢磨很久呢。

傅阳曦脑子差点"死机"。他真的很不懂女孩子。

手机振动一下,姜修秋又发了一条消息过来,傅阳曦点开看了一眼:"你刷我的卡,买的都是些什么?不知道的人还以为我有异装癖呢!"

"啧。"傅阳曦单手回复,"傅至意最近回国,被我妈带到我爷爷跟前了,正是多事之秋,我就没用我自己的卡,回学校你买钓竿用我的卡。"

姜修秋满意了,语气温和了许多:"不是,到底是你追人家还是人家追你?你这都快把自己赔进去了。"

傅阳曦不在乎地回:"怕什么,她又不图我的钱。"

顿了顿,他炫耀地发了一句话过去:"上次给她的钱她全给我买礼物了,你不知道吧?"

"万一是放长线钓大鱼呢?

"毕竟她又不知道你还有个大哥,你大哥去世后你母亲就神神道道地把傅至意当你大哥养,还极力撺掇老爷子分股权给傅至意。外面的人不知道傅氏的情况,还以为你是唯一的继承人,傅至意只是你堂弟。

"假设——我是说假设——

"傅至意才是继承全部家产的人。

"她是会接近你,还是接近傅至意呢?"

姜修秋这次没有开玩笑,语气很认真。

话虽然难听,但他是唯一一个和傅阳曦从小一起长大的人,这话他必须说。

他们见过太多这种事情。当然,他得承认大多数人没有傅阳曦所说的转班生的定力。

"还是那句话,从小到大,我就没见过因为你本人追你的。你性格那么差。"

傅阳曦心态崩了:"……你找死是吧,这话你要说几遍?"

姜修秋不理他,继续发消息过来:"所以,现在这个女孩为什么会特殊?"

傅阳曦盯着屏幕上姜修秋噼里啪啦打过来的一堆字。

这次再看,心态已与上次迥然不同。

上次他抱着对转班生好奇、逗弄她的心态,听了姜修秋的话也觉得无所谓。转班生出于别的原因接近他,那么他就直接挥挥手让她离开。

可是这一次,这些字却变得刺眼起来。

傅阳曦的心中竟然微妙地产生了一种害怕的心理。

半晌。

"不可能。"傅阳曦也不知道是说给姜修秋听还是说给自己听,发过去一条,"你就自个儿酸吧,再说这样的话就把你拉黑。"

可消息发完,傅阳曦的好心情也没了。

他下意识地看向赵明溪。

赵明溪仍旧安安静静地写着笔记,她很白,安静的时候像一块玉,让人的心都安定了下来。

她乌黑的中长发今天扎成马尾,露出白皙的脖颈。

傅阳曦注意到她脖间挂着一根红绳,似乎挂着一块质地一般的玉——不像现在那些戴耳环、挂夸张项链的女孩子戴的装饰品,反而像小镇的人,有一种夏季香樟下风吹过的感觉。

她有点招小虫咬,桌上放着一瓶花露水,以至于她身上也有这种淡淡的香气。

傅阳曦忍不住把裤腿扯了扯,露出脚踝,想让蚊子咬自己。

可他不是招蚊子的血型。

明溪注意到傅阳曦的视线,笔尖没停,侧过头看了他一眼,问:"干吗?"

傅阳曦宛如被抓包,迅速收回视线,漫不经心地伸了个懒腰,将外卖盒三两下收拾好:"吃完了。这都快晚上十点了,你什么时候回宿舍楼?"

他说完瞥了柯成文一眼。

柯成文瞬间意会:"啊,这些东西太重了,我们好歹是男生,帮你搬回去吧。"

傅阳曦皱着眉接腔,一副十分勉强的样子:"行吧,那就帮个忙。"

说着话,他随手将手机不轻不重地丢在一边。

傅阳曦的手机屏幕亮着。

页面停留在姜修秋发来的消息上,其他几句以及他的回复都被他删除了,只留了"傅至意才是继承全部家产的人"那一句。

他表情淡淡的,抬眸去看赵明溪。

"那现在回吧。"赵明溪站起来收拾东西,刚站起来她就一不小心瞥到了傅阳曦的微信对话页面。

明溪顿时愣了一下,人都傻了。

"怎么了?"傅阳曦好像完全没察觉手机屏幕还亮着。

明溪飞速移开视线:"没什么。"

但心里却万分震惊——

她不小心看到了什么劲爆的消息?!

原来刚刚傅阳曦神情严肃地和别人发消息,就是在说这个?!

明溪本来还打算等傅至意和姜修秋来学校以后,积极蹭蹭他们两人的气运呢。

但是看样子,这傅至意她还不能接近了,没必要为了一个2%回报率的人,得罪傅阳曦这个6%的。

——至于家产什么的,就和她没关系了,这些人又不会分她一毛钱。

墙头草明溪瞬间做出了取舍。

以后能避开傅至意多远就避开多远,以免最大的"金主"傅阳曦看她不顺眼,不给她蹭了。

"那走吧。"

明溪突然瞥到傅阳曦的左手手背好像被什么东西划伤了,方才他一直将袖子扯长盖住手,她都没看见。此时因为他在收拾外卖盒,这伤口就露了出来。

或许是因为傅阳曦皮肤格外白皙,这伤口殷红的血迹显得有点深。

"等我一下,我有点事。"明溪迅速道。

她脑袋上计算器的小灯泡都亮了起来,她要是去给这位大少爷买来创可贴,会增加多少小嫩芽?

她说完,抓起书包,急匆匆往图书馆外跑。

校门口的便利店距离这里有点远,但一来一回十分钟应该够了。

"她怎么了?"柯成文看向明溪的背影,感到不解。

傅阳曦将手机收了回来,脸色很难看。

"我们等着。"傅阳曦把椅子一拉,再度坐下,只是这一次坐下去他浑身都是低气压。

随着时间过去,柯成文感觉他越来越郁闷。

等了不知道多久,柯成文忍不住看了看表:"曦哥,她不会是不好意思要这一堆东西,找个借口先溜了吧?"

傅阳曦心说,先溜了倒是真的,却不是因为这一堆东西。

他烦躁地抓起手机站起来,将外套胡乱穿上,脸色阴沉到可以拧得出水来,还有点恹恹的。

"算了,走吧。"

他想过赵明溪可能禁不住试探,看到这条消息之后,对他的态度可能会发生微妙的变化。他已经做好了心理准备,但是万万没想到,她竟然这么直接,直接就溜了?!这也太果断了吧!

他该说什么？"不愧是她？！"

不是图他的钱。

哦，原来是在后面等着，她和很多人一样，是图他的家产继承人的身份。

傅阳曦的心里远远要比上一次难受，像是被捅了一刀一样。

他就不该试探的，一开始她冲着他跑过来的那个瞬间，他就该拎着她后衣领，把她扔出去的。

傅阳曦和柯成文走出图书馆。

傅阳曦将外卖盒"哐当"一声丢进垃圾桶。

柯成文推着行李箱，问："你今晚回家吗？"

傅阳曦没理他，垂头丧气地往台阶下走。

柯成文也不知道就刚刚那么一会儿发生了什么，只好跟上去。

但是傅阳曦一步步往下走，视线忽然顿住，脚步也忽然停住了。赵明溪正在一步步往上跑。

朝他跑过来。

A校图书馆建得很高，台阶有五六十级，微凉的夜里，四周没有光亮，只有远处校外小吃街灯火通明，像是一条倾泻下来的银河。

赵明溪背着她的旧书包，背对着这条银河，光洁的额头渗出汗水。

她跑起来脚步声很快，还有书包拍在身后轻轻的、有节奏的声音。

傅阳曦的心怦怦直跳。

明溪跑到他面前，奇怪地看了他和柯成文一眼："不是让你们等我一下吗？"

这才十分钟都等不及？

傅阳曦大脑一片空白，声音莫名有点哑，结结巴巴道："……我还以为你不回来了。"

"去买了点东西。你过来一下。"明溪把他拽到角落的花坛边。

不知道为什么，这会儿的傅阳曦像是从混世魔王的状态中抽离了出来，垂着眼看着她，脚步跟着她，乖乖地被她拽到角落里。

明溪将自己买的东西从书包里掏出来，是一瓶碘酒、一包棉签和一块一次性直接贴伤口的纱布。

"你的伤口有点长，创可贴小了点，这纱布算是纯棉的，将就用吧，总比你伤口发炎了好。我晚上居然没看到,你竟然还一直把手缩在袖子里,这样伤口更加容易发炎了。"

明溪递过去:"你就在这里处理一下再回家吧。"

傅阳曦低着头看着她,喉结动了动,也不伸手接住。

"你怎么了?"明溪抬手在他眼前挥了挥。

傅阳曦无法形容此时的感受。他脸上连多余的表情都无法做出来——就只是一片茫然的脆弱和柔软。

他还以为她看了那条消息,就不打算接近他了呢。他还以为,可能姜修秋说得没错。

但是好像不是这样。

第一次有人这么认认真真地喜欢他,这么专心致志地对他好。傅阳曦耳根也不红了,而是泛起一种异常认真的情绪,心脏跳得很快。

"傅阳曦?"明溪叫了他的大名。

傅阳曦这才仿佛惊醒一样回过神来。

是了,没错。

试探,他试探个头!

姜修秋就是在瞎嫉妒他。

赵明溪就是喜欢他——喜欢他傅阳曦这个人!

傅阳曦眉梢一扬,认真打量明溪,先挑眉一笑,然后似笑非笑,最后高兴得不能自已。

明溪:???他间歇性神经病发作了?

傅阳曦一副了然的表情,舔了舔后槽牙,嚣张得不行:"哦,所以你就是急匆匆地为我去买这些去了?"

"为我"二字被他加了重音。

明溪好困,不想和他废话,眼见着自己买了碘酒回来,但是没涂在他手上,嫩芽就不会长。

她不管三七二十一,拧开碘酒,拆开棉签,把他的手拽了过来。

"你这个女人,干吗呀?"傅阳曦一惊,把手缩了回去,面红耳赤地把自己被扯得松垮的外套一拉,朝四周看了几眼,"在这里就拉拉扯扯的。"

"涂药。"明溪道,"不涂拉倒。"

"看在你——"傅阳曦还要叽叽歪歪。

明溪直接面无表情地把棉签摁在了他手上。

傅阳曦顿时疼得快叫出来："轻点轻点！"

明溪握着他的手，放轻了力道，一点一点将冰凉的碘酒涂了上去。

傅阳曦舔了舔唇，看着她轻柔的动作，忍不住笑。

傅阳曦左手手背上的伤口很深，看起来像是被玻璃割的。但打碎了杯子顶多是割伤手心或者手指，怎么会割伤手背？

明溪刚转到国际班时，以为他是嚣张跋扈的"霸王"，还有点怕他。但是现在明溪觉得他好像并没有他表现出来的那么恶劣，所以也就没那么怕他了。

明溪也没有问他这伤口怎么来的，毕竟每个人都有自己不想让别人知道的事情。

就像是别人问明溪为什么十几岁才从落后的北方小镇来到繁华都市，为什么赵湛怀只接赵媛没接过她，她也不想回答一样。

她什么也没问，只是替他把伤口处理好。

两人挨得很近，傅阳曦俯身。明溪处理好他的伤口，抬起头时，差点碰到傅阳曦的脸。这人长着一张非常帅气且优越的面孔，喉结漂亮，周身充斥着少年人的荷尔蒙。

明溪脑子发蒙，退后一步："很晚了，我得回去了。"

傅阳曦："好。"

柯成文蹲在一边当电灯泡，等傅阳曦和明溪往宿舍楼下走时，他才跟着过去。

两人把明溪送到楼下，请求阿姨通融，让他们把箱子扛了上去。

明溪又送两人下来。

傅阳曦双手插兜，意气风发，刚要发表一些诸如"小口罩你看今晚一个大师哥和一个不那么帅的男的送你回宿舍，你是不是很开心"之类的蠢话，赵明溪就捂住耳朵跑上了楼。

柯成文十分不给面子地笑了出来："哈哈哈。"

但傅阳曦心情好，也不和他计较。

他耀武扬威地给姜修秋打过去一通电话："你以后再说那种话我就翻脸了。"

姜修秋还是忍不住问:"可她到底图什么?"

傅阳曦摸了摸手背上的纱布,竭力忍住羞赧的笑,一锤定音。

"图我。"

姜修秋:"……"

柯成文:"……"

傅阳曦决定了,他既然确定了她是图他的人,是真心地喜欢他,那么他就得加倍对她好才行。

明溪回到宿舍第一件事就是高高兴兴地数盆栽里的嫩芽。

挑香菜好像增加了三棵,买药擦药好像增加了五棵,加上之前的十五棵,应该是二十三棵……但是这里面怎么有三十八棵?!

等等,那她的脸是不是——

明溪惊喜地摘掉口罩去镜子前看。

疤痕还真的彻底没了!

反正她凑这么近都看不出来任何痕迹,甚至连伤过的痕迹都没有。简直太神奇了!

明溪回来这么久,第一次差点流下喜悦的泪水。

系统道:"因为你握他的手了。"

明溪算了一下,吃惊地问:"握一下手居然能有十五棵吗?"

那她之前处心积虑的都是在干吗,还不如第一次看到傅阳曦就揣着胶水跑过去,把两人的手"啪"地粘在一起。

系统:"你自己没注意时间吗?你们的手指触碰了整整三分钟。这是你第一次和他肢体接触这么久,第一次的话,一般威力都会大一点的。"

明溪还真没注意时间,涂药时傅阳曦老试图把手抽出去,于是她不得不抓住他的指尖。

系统纳闷儿:"他居然没冲你发脾气。"

明溪也纳闷儿,她觉得是不是自己经常得寸进尺,以至于傅阳曦烦着烦着就习惯了。

傅阳曦最近似乎变得没那么讨厌她了,而且逐渐有了接纳她做朋友的趋势。

这对明溪而言当然是件好事情。

明溪干劲十足地洗了把脸,蹲下来,开始收拾脚下的一堆东西。

在图书馆看见箱子里的东西皱巴巴地挤成一团,她还没太看清楚傅阳曦送过来的都是什么。

这会儿拎出来抖一抖仔细一看,才发现都是名牌,是款式和设计都很大方的秋冬卫衣和大衣。明溪的个子在女孩子里很高挑,又白又瘦,穿什么都是均码的。她试了一下,居然出乎意料的合身。

除了衣服和鞋子,角落里还塞了一大堆零零散散的东西,包括围巾、牙膏,连枕头都塞了一个。

明溪肯定是不能还回去的,按照傅阳曦的性格,她将这些东西还回去,这位大少爷肯定得生气,事情还会变得更麻烦。

于是明溪飞快地在脑海中计算着这些得要多少钱。

按照吊牌上的金额七七八八地算了一下,不少于七万块。

那她就只能积极打工,赚到了钱再给傅阳曦买东西还回去了。

现在就当是预支了这些。

第二天明溪起了个大早,先去文化宫,帮昵称为 HandsomeJ 的任务发布者跑完腿,对方相当大方,加完微信后一句废话不说,直接转账。

随后明溪抓紧时间去了一趟医院,挂了皮肤科的号。

还是之前给她看病的那个医生,对方还记得她,见她来复查,对她道:"摘了口罩让我看看,有坚持防晒和涂药吗?可不要疤痕增生了——"

话未说完,明溪将口罩摘了下来。

"……"医生整个人都愣了。

他还记得两周之前赵明溪过来看病,左脸上还有很大一块疤痕的。

他迅速走过去扳着明溪的脸左看右看:"你怎么好得这么快?去做手术了?"

做手术也不可能这么光滑无瑕,仿佛完全没受过伤啊!

"不知道,可能是坚持涂药,就好得很快。"明溪今天的心情说是风儿在喧嚣也不为过。不用戴口罩的世界,连呼吸都轻松了。

医生觉得这简直是医学奇迹,他就没见过恢复得这么完美的。

"那真是恭喜你了。"

两人说着话,走进来拿东西的护士都忍不住多看明溪两眼。这女孩进来时戴着口罩，只让人觉得她眼睛好看，但没想到摘了口罩长得这么好看——

是那种白到发光，站在人群中会叫所有人第一眼就能看到的长相，如果不是穿着朴素，几乎要让人以为是年轻的艺人。

还是那种靠脸就能爆红的"顶流"。

明溪问："您觉得我现在这个情况，能摘口罩了吗？"

"我觉得可以了。"医生想了想，道，"不过还是建议再观察两天，你等到明天，如果没有任何瘙痒灼热的迹象，就可以摘了。以后还是得每天涂防晒霜。"

两天，明溪觉得可以等。她不想出任何的意外。

走出医院大门，明溪本来打算回学校去图书馆继续复习，没想到手机振动了一下。

昨晚她发私信的那个帖子的楼主，居然回复她了。

对方很冷淡地给了她一个地址，让她今天下午过去见一面再说。

明溪站在公交车站旁，激动得差点跳起来，对系统道："什么是双喜临门？这就是。"

这难道就是气运改变之后带来的好运吗？

系统："这位高教授好像也在可蹭人员名单里，还属于性情古怪的那一类。虽然排名在中下游，但接触一下也可以。就是估计不太好对付，你还是小心点，别去了被他骂一顿赶出来。"

明溪："明白。"

高教授家有点偏僻，在一条挂满衣服的巷子里。

明溪找到门牌号，礼貌地敲了两下院门。

过了一会儿有脚步声传来，门一打开，一个穿白背心、头发半白的老头儿摸出眼镜戴上，上下打量她。

明溪上辈子也就见过这位高教授一次，当时他比现在还要憔悴。学校里大多数人虽然没被他带过，但是都见过他，要是装不认识，反而有点假了。

于是明溪露出惊讶的表情："高教授？"

老头儿看了她一眼："你见过我？"

"对。"出于礼貌，明溪连忙摘了口罩，"没想到发帖人是您，我正在勤工俭学。"

干干净净、不施粉黛的女孩子很容易让人有好感。

老头儿虽然性格古怪，但也不好让明溪就这么站在外面，便生硬地说："先进来吧，问你几个问题。"

明溪跟着他进去，这才知道他上辈子为什么早早地就辞职了。

小小的一个院子里长满青草，显得有些荒芜，没长草的那一块儿支着一根杆子，挂的全是十来岁小孩脏兮兮的衣服。这一阵子全是阴天，如果他孙子每天要弄脏几套衣服的话，洗完都来不及晾干。

一个老人带着这么一个孩子，的确很难。

不仔细看差点还没看到，荒草丛生的角落里，还蹲着一个十二三岁的小男孩，他背对着这边，盯着蚂蚁沉默地看。

见明溪脚步停顿，朝那边看过去，性情古怪的老头儿拉长了脸。

"这份活儿可不像你想象的那么轻松，想赚点零花钱还不如去接份家教，去游乐场兼职什么的。觉得心里不舒服就趁早离开。"

"没有不适，您问吧。"明溪赶紧加快脚步，跟着老头儿进了客厅。

老头儿要找的是能陪着他的自闭症孙子做数学题的人，只有干这件事时，他孙子才会陷入自己安静的世界。

要做这件事显然没办法随便从医院请一个护工，四五十岁的护工阿姨没有懂这些的。而专门聘请教育行业的人员的话，老头儿又支付不起这笔钱。于是想来想去只有折中找个兼职的学生每周末过来。

然而想找个学生也很困难，学校里没人知道他孙子有这毛病，老头儿清高，也不会去找自己带过的学生。

半年前随手在校园论坛发了个帖子，也没几个人回复，于是老头儿就将这件事搁置了，只好自己抽空陪他孙子。

但没想到发帖半年后，明溪上门了。

老头儿让明溪做了一道数独题，并问了几个关于时间安排的问题。他神情严厉地坐在一边，明溪全程都有些紧张，只能尽全力去解题。

她做完之后，老头儿看了一眼。

"还行，脑子转得很快，但是习惯很不好，步骤跳得太多，显得逻辑不够清晰。"老头儿简明扼要地评价了下。

其实高教授没说，他心底是有点惊奇的，因为这孩子对很多题目都有"奇思妙解"——仅仅一张试卷当然判断不出来她的水平。

但是他能够判定，她至少不是普通班的水平。

既然脑子转得很灵活，就算一次都没能参加竞赛，也应该在校内考过很好的成绩才对，可为什么他在学校却压根儿没听说过她？

老头儿蹙眉看向明溪，冷冷道："你以前是用脚写的卷子？"

明溪："……"

明溪觉得高教授对自己印象不好，沮丧地以为自己要被拒绝了，谁知老头儿话锋一转："每周日来一次，一次两百块钱，可以吗？钱不多，但是你搞不清楚的问题可以积攒下来问我。唯一的条件是我定的时间不准迟到，而且不能和学校里的人提这件事。"

明溪高兴得立马站了起来："好的，没问题！"

这一下午明溪都待在老头儿家，晚上离开前还殷勤地做了一顿晚饭。

她的殷勤写在脸上，但是并不令人讨厌，而只会让人联想到从石头缝里艰难地钻出来，努力积极阳光地活下去的嫩芽。

老头儿和他的孙子明显被明溪的厨艺惊到，居然吃光了饭菜。

吃完饭后明溪还帮忙收拾碗筷，去洗碗。

老头儿虽然性格古怪，但也不那么好意思让人家一个小女孩给自己洗碗。

他赶紧进厨房，脸色看起来比明溪刚进门时温和了不止一点："我来，你回去吧。"

这天明溪一回到学校，就立马去了图书馆，将下午陪高教授孙子玩时，高教授无意中指点她的几个思路记了下来。

能被金牌教练开小灶，明溪心里仿佛敲起了兴奋的战鼓，对即将到来的百校联赛终于有了点信心。

而与此同时，正在为自己的生存奋斗的明溪压根儿没注意到，校花评选自己的排名还在持续飙升。

傅阳曦前几天见明溪强忍泪水，觉得她应该是很在意班上那两个嘴碎的人说她不好看的话的——毕竟哪个女孩子能不在意容貌呢？

傅阳曦安慰她好像也没起到什么效果，明溪仍然不理他。

于是傅阳曦就逼着一群兄弟把明溪投到了第二十名。

他觉得明溪看到这个，应该会高兴点。有五百多个人给她投票呢，她不比谁差。

但是至于还要不要继续投,傅阳曦想想觉得还是算了,他抱着一种相当小气的心理。如果投到了第一名,被所有人发现她睫毛纤长,皮肤白,做甜品还好吃,和他抢人怎么办?

转班生看起来不像是什么心志坚定的人,说不定又对谁一见钟情,给别人送甜品去了。

傅阳曦就想把她捂着。

但是另一拨人却开始疯狂地给赵明溪投票。

如果说之前鄂小夏对赵明溪怀着嫉妒心理——嫉妒她和沈厉尧有娃娃亲,嫉妒她整天戴着口罩也不知道长的什么鬼样子就有胆子在沈厉尧周围乱晃。

自从鄂小夏被沈厉尧用那种冰冷可怕的神色带到教学楼后面,不留情面地逼问出赵媛过敏究竟是怎么回事之后,鄂小夏对赵明溪就恨得咬牙切齿。

她认识沈厉尧要比赵明溪早得多,她是最早出现在沈厉尧面前的。可为什么沈厉尧就只和赵明溪说话,就只给赵明溪补课?

鄂小夏没勇气去追沈厉尧,赵明溪却敢坦然地表示自己喜欢沈厉尧。

这种勇气格外令人讨厌。

看到赵明溪冲到校花评选第二十名,鄂小夏不屑又烦躁,怎么哪儿哪儿都能看到她?她凭什么能入选?谁知道她从没摘过的口罩下是什么样?

即便眼睛还行也不代表着颜值真的可以吧?

要是她真的长得不错,还不得跟孔雀开屏似的。谁会因为一点小伤就整日把口罩戴着?

鄂小夏转念一想——她为什么不将错就错,把赵明溪投到前几名?

如果赵明溪的名次冲到了前排,评选结束,全校甚至外校的人都对她好奇起来,还以为她长得很漂亮。赵明溪迫不得已摘下口罩,一群人却失望透顶,一哄而散——那赵明溪得多伤自尊?

鄂小夏这样想着,就这样办了。

这件事操作起来很容易,花点钱去外面雇人帮忙投票就是了。

鄂小夏这边这么投着,隔壁学校的孔佳泽也注意到了 A 校校花评选,赵明溪票数飙升这件事。

她很聪明，立马也让身边的人给赵明溪投了起来。

这样两边的火一架，到了周一，赵明溪的票数已经飙到了第二名。

鄂小夏到底还是想继续和赵媛做朋友，不敢雇人把赵明溪投到第一名。

于是赵明溪得了两千九百多票，仅次于赵媛的三千多票。

明溪完全不知道这件事，她只觉得周一来教学楼时，遇见的人看她的眼神都怪怪的。

学校里又不是只有她一个人戴口罩，很多感冒或者鼻炎的学生也会戴，平时也没人对她戴的口罩多看一眼，她完全淹没在人群中。

但今天不知道怎么了，一路走过去，许多不认识的人都盯着她看。

明溪一路忍到国际班，见傅阳曦还没来。他一向迟到早退，明溪也习惯了。

明溪径直走到自己座位旁坐下。

可能因为"傅阳曦同桌"这个名号太响亮了，国际班盯着她的人倒是比外面少很多，但仍有人一直盯着她看。

"到底怎么了？"明溪忍不住抓住一个路过的傅阳曦的兄弟问。

那男生磕磕巴巴地说："你打开校花评选那个页面看一下就知道了。"

明溪疑惑不已，打开了手机。网页加载得有点慢，而此时外面的走廊上一群人出于好奇也围过来了，使得国际班窗外熙熙攘攘。

还没上课，很多学生都跑过来看热闹，其中还有孔佳泽他们学校的人溜了过来。

赵媛在常青班皱着眉收起了手机，见鄂小夏怂恿一群人去楼上的国际班围观，不知怎的她心中有种不好的预感，她也匆匆起身，跟了过去。

鄂小夏和她那一帮朋友到了国际班走廊后，人群里乱七八糟起哄的声音明显更大了。

柯成文刚上楼，见一堆人在那里，他拎着书包挤进去，一听，只觉得大事不好，赶紧给傅阳曦打电话："曦哥你快来，有一群人来咱们班门口，非要转班生摘口罩。"

趁着那边的人暴走之前，柯成文当机立断把电话挂了。

他朝趴在窗户上快要挤进来的人吼了几句："自己没有班级吗？来看

别的班的女生干吗？还不快滚！"

柯成文一说，几个男生立马动手赶人了。

论坛的页面加载出来，这下赵明溪终于知道发生什么了。

"……"什么有的没的，这难道就是传说中的捧杀？

她听到了走廊外不知道是谁的讽刺的声音："丑八怪。"

明溪捕捉到了鄂小夏的脸，她觉得这声音就像是鄂小夏的。

明溪是不会惹事的脾性，但也绝对不怕事。

居然骂她丑八怪！啊啊啊，好气！哪个女孩子被骂丑八怪，不哭出来都算好的了。

她突然站了起来。

柯成文也不知道她要干什么，只怕她被欺负哭了，赶紧挡在教室门口："你再等等，待会儿曦哥就来了。"

结果他话音未落，外面的人就见转班生慢吞吞地摘了口罩。

空气有一瞬的安静，几乎是死寂。

柯成文还不知道发生了什么，还在门口拦人。

"她……"

"她怎么……"

所有人惊讶地看着赵明溪，思维简直迟钝了。

她的眼睛清澈漂亮，仿佛倒映着晨曦薄雾时分的星光，面容白皙，漂亮得逼人。

那是一种绝对凌驾于赵媛，甚至孔佳泽之上的美丽和精致。纯净无瑕，惊艳得让人只能呆愣地盯着看，想不出形容词。

明溪看向了人群中的鄂小夏，冷冷道："我是丑八怪，那你是什么？"

走廊外静得呼吸可闻。

赵明溪转学过来时就因为脸部受伤一直戴着口罩，即便是吃饭也是和贺漾坐在角落，根本没人想过她会长得比明星还好看。

在所有人的认知里，眼睛漂亮的人比比皆是，但摘了口罩的样子就没几个能看的。

赵明溪怎么可能例外？！

而鄂小夏一直认定赵明溪不是丑八怪就是长得平平无奇，还有另一个重要原因——

每次她这么说的时候，赵媛根本就没反驳过啊！

赵媛每次顶多就是皱一皱眉头，细声细气地对她道："别这样说明溪。"

这句话完全可以有两种理解，可以理解为"赵明溪很漂亮，你说错了"，也可以理解为"赵明溪本来就因为长相和脸上受的伤而自卑，你别这样说她，她心里会难受"。

很显然，一般人都会按照后者来理解。

鄂小夏更是。

以至于鄂小夏根本就以为赵明溪长得不好看，还爱和赵媛抢东抢西，以为她学习不好、一无所长还脸皮厚。

直到这一瞬鄂小夏才明白，为什么沈厉尧一个女生都不看，单单会多看赵明溪一眼。

为什么赵明溪追他，他顶多只冷脸，而不会像对待自己或者别的女孩子那样厌恶地拒人于千里之外。

为什么她谈论赵明溪的长相时，赵宇宁会让她先照照镜子——原来赵宇宁就真的只是字面上的意思！

因为赵明溪真的是特殊的，她漂亮到没人可以比较的程度。

自己现在搞这么一出，还当着这么多人的面叫赵明溪丑八怪，她仿佛就是那个从没照过镜子的小丑。

鄂小夏脸色煞白，一瞬间觉得自己成了个笑话！

外围的人大多是见国际班走廊挤满了人，过来看热闹的，并不知道发生了什么。

有人忍不住惊叹："这就是你们学校的校花？名副其实，真的好漂亮！"

他身边的人缓过神来，回答道："不是校花，是目前榜上的第二名。"

"这都才排第二，那校花得是什么绝世大美女！校花是谁啊？"

人群中有人指向赵媛："那边，她好像也来了。"

"……"问校花是谁的人立刻噤声了。

许多人的视线顿时投到了赵媛身上。

她也漂亮，但那种小家碧玉的清秀与赵明溪的美丽夺目比起来，毫无疑问相形见绌。

赵媛唇色越来越白。

她脸上的表情都要维持不下去了，恨不得把鄂小夏打一顿。

为什么会有这么蠢的人，做事之前不先问她，随随便便就动手了，还连累了她。

赵媛没法再在这里站下去，转身推了推后边的人，想挤出去走掉。

而知道事情始末的人已经有回过神来的了，开始盯着鄂小夏："鄂小夏，你把我们当枪使？"

说话的是一个常青班的男生。

方才鄂小夏和赵媛的几个朋友忽然在常青班喊了一声，喊完这声之后，鄂小夏就带头来国际班。许多人不明就里，这才跟过来看热闹。

本来以为赵明溪真的很丑，谁知是个天仙。

那么是谁带的节奏，谁作的妖，就一目了然了。

内圈的人都明白发生了什么，看向鄂小夏和她身边几个朋友的眼神顿时各种含义都有，震惊、讽刺、嘲笑。

"可怕，因为嫉妒闹了这么一出，结果搬起石头砸自己的脚。"

有人小声道："这事会和校花有关系吗？鄂小夏不是和她玩得很好？"

过来的一群人都是平时在赵媛身边的朋友，尤其是鄂小夏、蒲霜。要说这事和赵媛没关系，他们不信。

眼见火要烧到自己身上来，赵媛气急败坏，今天她要是不和鄂小夏划清界限，到时候只怕这件事还会传到赵宇宁耳朵里。

传到赵宇宁耳朵里，家里人就全都会知道。

她定了定心神，匆匆转过身，用谴责的语气对鄂小夏道："鄂小夏，你到底在胡闹什么？上次故意害我过敏还不够，现在还要继续针对明溪吗？"

"还有过敏这回事？"

"这又是什么事？"

"我的天哪，鄂小夏到底是什么极品？害的都是美女，是因为嫉妒吧？"

赵媛这话一说，瞬间没人往她身上怀疑了。

鄂小夏不敢置信地看向赵媛，自己以前是怎么帮赵媛的，赵媛都忘了吗？

"你也对我落井下石——"

还没等鄂小夏说完，赵媛便打断了她："就因为和明溪喜欢同一个人，你就做出这么多事情来。我没你这个朋友！"

赵嫒说完，眼眶通红，失望地拨开人群走了。

鄂小夏："……"

鄂小夏根本没想过事情会变成这样，她冷汗直冒，脑子一片空白。

她转身就想跑。

要是让她溜掉，待会儿傅阳曦来肯定要发飙了。柯成文不管三七二十一，上去揪住鄂小夏。

走廊上挤了一群人，明溪站在教室门口，不停被人推搡，目瞪口呆。

这是什么走向？

一个男生抽空对她吼："大嫂，进去！"

明溪没听清，让她打扫？

明溪想进也进不去，她宛如夹心饼干一样被挤在中间，晕头转向，脑子嗡嗡响。

然而，就在她被撞向身后第一排的桌子一角，差点惊叫时，她的后背猛然被托住。

一片混乱嘈杂中，淡淡的松香味猛然钻入鼻尖。

不用回头，明溪就知道傅阳曦来了。

莫名地，在这种时候，这种气味带有让人安心的力量。

接着两只手从她腋下穿过，将她拎了起来。

她身体猛然凌空，被人大力地从背后抱到了桌子上。

来不及回头道谢，倒霉的明溪一下没坐稳，直接从桌子上掉了下来。

她没摔在地上，而是戏剧性地摔进了傅阳曦怀里。

铺天盖地的松香味扑面而来，摔下去的瞬间她还瞥到傅阳曦暴怒的脸色和耳根的红色。

傅阳曦抱着她站稳。

"没事吧？"傅阳曦焦灼地低头看了一眼。

然后，他顿时浑身都僵住了。

"……"

这是傅阳曦第一次看见赵明溪长什么样。

早晨的朦胧薄雾还没散，晕黄的光从窗户里照进来，落在她白净美丽的脸上。

傅阳曦的视线无法控制地顺着她光洁饱满的额头、漂亮的眼睛往下，落在她泛着淡淡水泽的唇上。

"……"

教室门口、走廊上吵翻了天，但这里却静止成一幅画。

傅阳曦方才冲过来时额头上的汗水、脸上的焦灼，仿佛都凝结。

他喉结滚动了一下。

他生平第一次思维这么迟钝，失去了对外界的感知，脑子里完全是一片空白，耳根的红色顿时噌噌噌地往脸上爬，心脏怦怦地跳。

但他感觉不到。

他像个没见过世面的静止的呆瓜，呆呆地看着赵明溪。

"谢谢。"明溪站稳，将乱了的鬓发拨到耳后。

她刚要抬头看傅阳曦，忽然注意到了自己的盆栽又瞬间生长了十棵！

什么情况？！是因为抱了傅阳曦吗？

明溪之前没有尝试过抱傅阳曦，虽然系统一直都说肌肤接触会让气运提升得很快，就像蹭 Wi-Fi 一样，离路由器越近，信号总是越好一些。

但是明溪觉得之前自己做那些事就够奇怪、够惹这位讨厌了。

自己要是再故意和他来一次亲密接触，他不得把自己拎到摩天轮上丢下去？

但是她万万没想到会有这样的巧合。

明溪后悔不迭，简直要拍大腿，早反应过来的话她就不松开他了。

明溪正要迅速抓住这个千载难逢的机会，装作站不稳继续熊抱上去。

傅阳曦却直起了身。

没抱成，明溪扼腕。

听到耳边的嘈杂，明溪赶紧抬头看他："完了，完了。"

傅阳曦傻傻地心想，该死的，她嘴巴怎么那么小，嘴唇怎么那么粉嫩柔泽，鼻梁怎么那么挺翘，皮肤怎么那么白皙透亮，怎么那么好看啊——等等，什么完了？

和他有什么关系？

"怎么了？"傅阳曦继续低下头，傻乎乎地问。

明溪感觉他像溺水傻掉了，犹豫着要不要往他脸上扇两下，冲他吼道："外面！你阻止一下！"

"外面——哦。"傅阳曦陡然回神，将明溪拽到第二排的范围之外，从第一排桌子上踩了过去。

傅阳曦刺猬一样的红发十分醒目，走廊上不知道是谁喊了一声。

常青班的男生大吃一惊，朝这边看来，看到是他，撒腿就跑。

看到的全都跑了，没看到的人挤来挤去，气急败坏，却只能被人拖着跑。

如杀虫剂一喷蟑螂退散，地上不知道是谁的球鞋掉了一只。

傅阳曦眼神变得凶狠起来。方才冲上教学楼时，就听到有人在嘲讽小口罩是"丑八怪"，有女声，也有男声。他仗着个子高，一下子精准地揪住带头嘲讽小口罩的蒲霜男朋友的衣领，把他拎了出来。

明溪趴在窗边，目瞪口呆地看着。

明溪："……"

是让你阻止，不是让你参与啊！

大清早的，发生了这么大一件事。

教务主任气得唾沫飞溅。

傅阳曦和他的兄弟们，还有常青班十来号人，全都不出意料地被逮到了办公室去。

办公室在教学楼右侧尽头，老远就可以听到教务主任的咆哮声。

教务主任是"老阴阳师[①]"了，说话夹枪带棒的。以前傅阳曦也无所谓，左耳朵进右耳朵出，但是今天却觉得格外刺耳。

吼这么大声，教室里的小口罩听到了怎么办？

傅阳曦看向教务主任："您能不能小点声？"

教务主任的声音瞬间降了下去。

但明溪在教室全都听得一清二楚。

她用书挡着头，忍不住转过头去，看向柯成文。

明溪那张漂亮到具有侵略性的脸近在咫尺，柯成文呼吸都有点窒住。

[①] 老阴阳师：网络用语，指说话阴阳怪气、尖酸刻薄的人。

他莫名觉得空气都变得甜起来。

怎么回事？这就是女孩子的魅力吗？和老爷们儿的汗水味截然不同。

为什么他以前没看出来转班生这么好看？

事实上之前他压根儿没仔细看过转班生，那个口罩将她的脸遮得严严实实，只露出额头和一双眼睛。眼睛好看的女孩子多了去了，柯成文于是也没留意。

柯成文真的后悔。

太后悔了。

如果早知道转班生这么好看，在第一天她被曦哥欺负的时候，他就该挺身而出！

那样还有曦哥什么事？

"你以后都不戴口罩了吗？"他问。

明溪解释道："之前脸受伤了，现在好了，就不必戴了。"

转班生还是同一个转班生，说话也还是之前那样没什么抑扬顿挫的平淡语气。

但是现在，柯成文觉得她说话都像夜莺一样好听。

柯成文道："那就好，不然就暴殄天物了。"

唉，就是便宜曦哥了。

傅阳曦从办公室回来，就见柯成文抻长了脖子和赵明溪说话，一脸殷勤样。

不只是他，班上男男女女表面上立着书在背诵，视线却都忍不住往赵明溪那边瞟。

傅阳曦只觉得人人脸上都是一副想撬墙脚的样子。

简直危机四伏。

他拉长了脸，迅速大步流星地走过来，双手拎起柯成文后衣领，把他整个人往上一提，拽到离赵明溪最远的位置，再从中间挤过去："遵守点纪律行不行？说什么话？！"

他说完，视线在全班一扫。

盯着赵明溪看的男生们赶紧齐刷刷地都收回了视线。

柯成文无语，心说：最不遵守纪律的就是你了好吗？

傅阳曦在自己的座位上坐下。

坐下后，意识到赵明溪就在旁边，他脸上的热度直线上升。

"刚才谢谢你。"明溪用书本挡着脑袋，朝左偏头，"教务主任没罚你什么吧？"

赵明溪一凑过去，傅阳曦就浑身紧绷，说他是长着红色刺猬短发的石膏像也不为过。

他不敢看她，头微微偏开，不自在地说："还能罚、罚什么，扫、扫厕所罢了。"

扫厕所？又是可以蹭气运的事。

明溪赶紧道："我帮你！"

傅阳曦不知道为什么像只被逼到墙角的兔子，耳朵红红地往靠墙的位置躲："不用。"

明溪不知道他听见了没有，凑得更近了一点，然后压低声音用气声说话："求你了，扫厕所的事情交给我吧！"

太过分了！

傅阳曦觉得她就是故意在撩他，摘了口罩，露出这么漂亮的一张脸，居然还用气声对他说话，呵出来的气凉凉的，都落在他手肘上了。

而且扫个厕所有什么难的，他一个人也可以搞定。

她就是非要和他黏在一块儿吧。

"男，男厕所。"傅阳曦抠着桌子，心怦怦直跳，用了很大的定力盯着桌子，很努力地说得流畅，"你没法扫。"

明溪只好说了声"哦"。

看起来有点失望。

"你结巴什么？"明溪突然狐疑地看向傅阳曦。

傅阳曦做了好半天的心理建设——

莫紧张。

现在她靠近一点就紧张，以后做别的岂不是会更慌？

他悄悄深吸一口气，努力坦然地看向赵明溪。她不过就是长得好看一点罢了，他也很帅好不好？

结果刚看她一眼他就脸红了，还是好慌！

"我没、没结巴。"

"那你、你怎么——"

傅阳曦将书"啪"地一下合上，急匆匆地说正事打断了她："话说那群人到底在搞什么鬼？"

傅阳曦指的是常青班那群人。

明溪耸耸肩，解释道："常青班的鄂小夏和我有点私人恩怨，不过现在已经没事了，已经解决了。"

傅阳曦连鄂小夏是哪号人物都没听说过，事实上他连自己班上同学的名字都不记得几个，更别说别的班的人了。

他记住的女生名字到现在为止就只有赵明溪一个。

正说着悄悄话，一旁读书的一个男生眼神又忍不住朝明溪瞟了过来。

傅阳曦用一个恶狠狠的眼神瞪了回去。

傅阳曦简直有点想让明溪把口罩戴上了，现在这么多人盯着她看。

他好不开心。

但是又想着哪个女孩子不想漂漂亮亮的，她脸上的伤好了，她肯定很开心。

于是傅阳曦又把这自私的话咽了回去。

他看向明溪身后的书包，见还是之前那个旧的，忍不住问："书包，不喜欢吗？"

明溪反应过来他是指上周五送给自己的新书包，眼睛弯弯地笑起来，小声说："喜欢，但是用之前我先晒一晒，明天估计就能背过来了。"

傅阳曦高兴了，臭屁地哼了一声，像刺猬一样的嚣张短发看起来都柔顺了点："随你，反正是你的东西。"

明溪犹豫了下，又道："但是无功不受禄，我给你做三年甜品都抵不上你这些礼物，傅阳曦，我还是赚了钱以后还你吧。"

傅阳曦心说，那就做三年甜品啊，为什么不做？！

难道三年后就"三年之痒"了，要去喜欢别的人了吗？！

傅阳曦哗啦啦翻着书页，挑着眉，不悦道："你三年后要干吗，出国吗？"

他顿了顿。

傅阳曦心底鼓足勇气，但面上却假装若无其事地随口一说："你请求我和你一起出国，我也不是不可以考虑。"

明溪"啊"了一声。

什么跟什么？

傅阳曦看着她呆愣的样子，脸色变臭了。

有时候他都怀疑赵明溪到底喜不喜欢他，她为什么还这么客套地叫他全名，而且连未来都没畅想过啊！还是说她只是一时兴起，玩玩他而已？！

傅阳曦的心情像过山车一般，又低落了下来。

"傅阳曦，你什么意思？"明溪见他好像不太开心，问了一句。

"你怎么还叫我大名？"傅阳曦抱怨道。

明溪以为他的意思是，经过这件事，两人已经从嫌弃与被嫌弃的关系，升级为了兄弟关系。

今天好歹是他罩着她的，她好歹应该和别人一样，认他当大哥吧？

明溪立即心领神会："曦哥。"

曦……曦哥？

这个称呼从柯成文等人嘴里听到，傅阳曦不以为意，甚至觉得"中二"。

但是猛然从小口罩嘴里听到。

他心跳蓦然漏了一拍，面红耳赤起来。

好……好可爱。

傅阳曦的心情上上下下，这下又被哄好了。

他用书挡着脸，勾着唇，微微一笑。

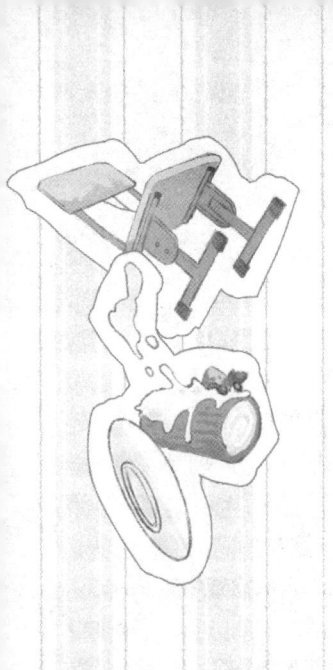

Chapter.03

好难受

· 第三章 ·

For my sweet heart.

不出一天，这事就传出去了，说国际班有个很漂亮的女生。

不知道是谁偷拍了一张今早赵明溪站在教室门口的照片，替换了投票页面那张她戴口罩的。

于是大家都慕名去论坛看了。

很多人立马产生了怀疑："这照片是修过的吧？我怎么从没在学校见过这种大美女？"

还有理有据地分析了起来："你看后面的教室门框都被修歪了，这绝对是美颜开太过了，正常人哪有五官这么完美的？她直接去当明星吧。"

"对啊，她要是真长这样，早就在咱们学校甚至其他高校火了，怎么可能现在才曝出来？"

这种言论层出不穷。

没亲眼见到的人都保持怀疑态度，今早见过明溪的人去论坛发了几句"啊啊啊，她真的很漂亮啊"还被围攻。

可即使是这样，投票页面赵明溪的票数还是完全无法控制，像乘了火箭一样飘红飙升。之前的两千九百多票已经变成三千一百多票了。

这天还没放学，"赵明溪"三个字在论坛的热度就已快反超赵媛。

鄂小夏趴在桌子上，有种自己被扒光了衣服公开处刑的感觉，一整天根本不敢抬头，更别说去听老师讲了什么。

常青班倒是没人故意来她面前嘲笑她什么，顶多有几个平时看不惯她的女生会在那里小声议论。

但鄂小夏仍然非常敏感，别人说点什么她都感觉是在议论今早的事情，感觉是在笑话她。

下课后，平时和她玩得最好的苗然过来安慰她，拍了拍她的胳膊："没事，这件事几天就过去了，又不是什么大事。你顶多就是有点嫉妒她，小女生的心思大家都有，都可以理解的。"

鄂小夏听见安慰的话，都快哭出来了，从胳膊里将头抬起来："就是啊，为什么要怪我？赵明溪天天戴着口罩，谁知道她长得那么好看？要怪也该怪她让人产生误解吧？！"

后面两个正在写作业的女生听见了，对视一眼，都觉得鄂小夏真是不讲理，这种时候还在胡搅蛮缠。

但她们没有必要去招惹鄂小夏。

于是又埋头继续写起了作业，当作没听到。

苗然心里也觉得说这话的鄂小夏脸皮略厚，不过她没说出来，而是继续安慰："是的，换了我，我也会以为她脸部受伤以后就变得很丑，不敢见人。"

鄂小夏抹了抹眼泪："我感觉自己就像个笑话。"

"没事的。"苗然继续耐着性子安慰她。

鄂小夏的心情这才好了不少，能冷静地思考问题了。

她心情复杂地看了不远处坐在第一排的赵媛，压低声音对苗然道："但是我没想到，赵媛居然会在关键时刻对我落井下石，她完全不把我当朋友。"

"嗯……"苗然不知道该不该接这句话，鄂小夏和赵媛的友情出现了裂痕，她要是接这句话，可就得罪赵媛了。

和赵媛玩得比较好的蒲霜给她男朋友上完药，刚好从过道后面过来，碰巧听见了这句话，立马把一瓶酒精往鄂小夏桌子上重重一拍。

"鄂小夏，是你先'塑料友情①'，害得媛媛过敏！我说这几天媛媛怎么都不想和你说话，原来是发生了这种事。要不是你今天自己丢人现眼，拉媛媛下水，媛媛还会继续好心地替你瞒着，我都要心疼她了——她已经很够朋友了，你还想让她怎样？！"

"赵媛就没有问题了吗？"鄂小夏索性撕破脸皮，"我每次说赵明溪丑，她还不是默认？"

蒲霜怒道："你别在这里血口喷人，你哪次这么说的时候媛媛没制止？她每次都让你别瞎说。"

---

① 塑料友情：网络用语，形容表面上和和睦睦，实际上暗地里钩心斗角的虚假友谊。

鄂小夏吵不赢，急得出汗，都快爆粗口了："'别瞎说'和'别这样说'是一个意思吗？！"

两人吵架声音越来越大，教室里许多人都看了过来。

有男生不耐烦道："吵什么吵？能不能出去吵？"

苗然见状，也拽了拽鄂小夏的衣服，小声道："算了算了，别拖赵媛下水了。"

"我知道了，反正无论发生什么事，你们都是站在赵媛那一边就对了！"鄂小夏心凉了一大截，狠狠瞪着蒲霜，"你们到底是我的朋友还是赵媛的朋友？"

蒲霜回了她一个冷冷的眼神，转身走掉。

鄂小夏一屁股坐在椅子上，有一种无力感，怎么无论她说什么、辩解什么，班上的人、自己身边的好友，都还是站在赵媛那一边？

赵媛坐在自己的座位上，写了半天字，却完全不知道自己在草稿纸上写了些什么。

她心神不宁，也没有心情去管鄂小夏与蒲霜的争吵。

蒲霜过来看了眼她桌上的竞赛书："媛媛，你在准备百校联赛吗？"

赵媛唇色很白，道："嗯。"

蒲霜见她脸色不大好看，安慰她："这件事就是鄂小夏自己做的，大家不会认为和你有关系的，你平时人缘那么好，别担心。"

赵媛笑了笑，抬起头："谢谢霜霜，我知道。"

蒲霜想了想，又道："那你好好准备百校联赛吧，我就不打扰你了——"

她说着，想起论坛上赵明溪快要碾压赵媛的票数，虽然赵媛一向不在乎这些，但蒲霜还是忍不住安慰两句。

"校花评选那些都是浮云，成绩才是真本事。赵明溪就算长得好看，但她成绩那么平庸，这次连参加百校联赛的资格都没有，媛媛你比她优秀太多了。"

"是的。"另一个女生也过来安慰道，"我也觉得光漂亮没什么用，还得是有头脑的女孩子才吸引人。不然为什么校竞队的沈厉尧看都不看赵明溪一眼？"

赵媛默默听着这些安慰，心情渐渐好了不少。

只是令她心神不定的是赵明溪脸上的伤，当时那个医生说至少得过完两三个冬天，而且得化学防晒、物理防晒全都用上，才能痊愈。可为什么现在还不到一年，她的脸就恢复如初了？

赵媛还以为，直到毕业之前，赵明溪都得一直戴着口罩了。

而眼下她就这么摘了口罩，甚至还比之前更好看了，全校的人都将看到她的美丽。

赵媛心里不太是滋味，忍不住站了起来，打算上楼去一趟国际班。

想了想，她又把自己刚才写的百校联赛重点复习范围拿了起来。

反正就算给赵明溪画重点，赵明溪也参加不了竞赛。

鄂小夏一直盯着赵媛，见赵媛站起来，她也连忙悄悄站起来。

明溪正在努力适应不戴口罩，被许多人盯着看的状态。

毕竟这段时间她一直戴着口罩，走在人群里，顶多会有人觉得那个感冒的人身材很赞，而不会盯着她的口罩仔细地看。

因此她已经很久没接收过这么多目光了。

现在猛然摘了口罩，不仅国际班的人看她像看新奇的国宝，就连外班都有人忍不住溜过来打听她。

下午第二节课课间，有人对明溪道："外面有人找你。"

明溪放下笔，一出教室，就有几个男生围着一个高高大大、长得还不错的男生，把他往前推，怂恿他把手里的话剧票递给明溪。

"赵明溪，李海洋想约你看话剧！"

"哈哈哈，快答应他！"

明溪认出来那是几个常青班的男生，其中两个还参与了早上的事。

名叫李海洋的男生整个人都特别僵硬，不敢看明溪，对身边几个人道："滚滚滚。"

但是他说着这样的话，还是从兜里摸出了两张蓝色的话剧票，咳了下，递给明溪："时间是这周六下午五点，你想看吗？"

国际班坐在门边上的男生冲着外面几个人吼："快走开啊！你们常青班的都不是好东西！"

外面在起哄，声音有点大，但傅阳曦正戴着降噪耳机，抱着赵明溪给他买的抱枕，趴在桌子上睡觉。

银色的降噪耳机，质量好得不得了，戴上了压根儿听不到起哄声。

119

柯成文都急了，连忙伸长了手把傅阳曦的背猛然一推："曦哥，火烧眉毛了你还睡觉呢，快起来！"

傅阳曦被推醒，脸色很黑，浑身都是低气压，把耳机往桌上一摔，扭过头去狠狠瞪了柯成文一眼："你活得不耐烦了——"

话没说完他就看见外面发生了什么。

他顿时"腾"地一下站了起来，椅子都差点被他掀翻。

"这些人吃了什么熊心豹子胆，是不是当我不在了？！"傅阳曦拳头硬了，拔腿就往外走。

柯成文连忙拦住他，压低声音："冷静！冷静！你现在出去，等下全校的人都知道你喜欢转班生了。"

"我就是喜——"傅阳曦顿时暴跳如雷，"我怎么可能喜欢她？！是她在追我！你搞没搞错，我什么时候喜欢过谁？这话你也有胆子说？！"

柯成文看向外边，突然道："咦，转班生好像拒绝了。"

"曦哥你知道那个沉浸式话剧吧，去年你看过的，*sleep no more*，转班生居然拒绝了邀请。"

傅阳曦强忍着怒气，仗着个子高，朝窗外看了眼。

果然见明溪对那个叫什么"李鲸鱼"的道："对不起，我要好好学习。"

明溪说完之后票也没接，直接转身回教室。

傅阳曦瞟了眼那个送话剧票的男生，见他满脸失落和尴尬，丢了面子还努力挤出笑容。

傅阳曦整个人都舒坦了。

"哈哈。"他不急也不恼了，摆出一副正官的架势坐下来，跷起腿，得意扬扬地撑着脑袋目送外面的失意之人离开。

都不用他出马，小口罩就自己解决了。

她根本看都不看一眼除了他之外的人嘛。

柯成文摸着下巴，道："但是我觉得赵明溪还是想看那个话剧的，刚才她盯着那张票看了会儿。"

"那还不简单？"傅阳曦哼了一声，掏出手机开始订票。

他回想着赵明溪千方百计黏着自己要和他一块儿扫厕所和刚刚拒绝那男生时的果断。

两相对比，越想越觉得自己是被区别对待的。

越想越得意，他嘴角扬起，掩饰不住地开心。

但……

同时傅阳曦也感觉到哪里好像有点违和——

她拒绝别人，为什么说的不是"我已经有喜欢的人了"，而是"我要好好学习"？

明溪双手插在衣服兜里，正要进教室，忽然被人叫住。

"明溪。"

赵媛抱着一沓打印出来的资料，眼圈红着，眼神里流露出担心，朝明溪走过来。

明溪扭头瞥了一眼，见到是她，招呼也不想打，转身就往教室里走。

自己辛辛苦苦跑腿、跑圈，累死累活好不容易攒起来的一点气运，可别一遇到赵媛，就又被她的光环压没了！

"等等，我有话想和你说。"赵媛却连忙小跑几步，拦在她面前。

明溪看了眼自己的盆栽，盆栽里的小嫩芽在赵媛走近时，明显颤颤巍巍地摇曳了下，并且直接停止了生长。

明溪哪还能有什么好语气，眉头直接皱了起来："我可没话要和你说。"

走廊上的一些人看了过来。

只见赵媛咬了咬嘴唇，仿佛有点害怕明溪，鼓起勇气道："我只是，只是想来替鄂小夏向你道歉……"

人美心善。

走廊上的男生们脑海中顿时浮现这么一个词。

这件事明明和赵媛没有关系，甚至鄂小夏还想拖她下水，她却更在意赵明溪的感受，第一时间过来道歉。

明溪却压根儿没听赵媛在说些什么。

赵媛身上是时下最流行的深蓝色水手裙、白色短袜、咖色小皮鞋。

长发被发带挎到耳后，发顶左侧有个蓝色格纹的蝴蝶结。

她看起来整洁、大方、柔弱、脆弱。

总之有很多美好的形容词。

明溪身姿修长，比她高小半个头，眼眸微垂着，视线就刚好落在她发顶的蓝色格纹蝴蝶结上。

明溪定定地看着那蝴蝶结，很难不想起以前发生的一些事情。

几年前她刚来赵家时，拖着行李，行李是奶奶用藤编袋给她装起来的。被赵湛怀接到赵家之后，全家除了赵墨，其他人对她态度还算和蔼，她心中也满怀期许，期待开启新生活。

赵母拉着她的手，让她先去洗个澡，换身衣服。

然而等她出来之后，就发现自己带过来的旧衣服和奶奶的藤编袋已经被丢进别墅外面的垃圾桶了——赵母说以前苦了她了，要带她去买新的。

明溪小声辩驳，说那是奶奶留给她的。

赵母不太开心，对她说："你得适应这里的新环境。"

当时的明溪很局促，她很想把奶奶给自己的东西捡回来，但是又怕这样会显得很矫情，像个麻烦精，惹这一家人不高兴。

于是她心不在焉地吃着饭，没吃几口，打算等赵母上楼之后，再去外面把东西拿回来。

可没想到，等天黑了她再去外面找时，垃圾车早就把东西拉走了。

那时候明溪难过了好几天，这才意识到，这里的环境不是她换一身衣服，和赵媛一样穿上小皮鞋就可以轻易融入的。

她生长了十几年的北方小镇，通常都是第二天清晨，邻里之间互相寒暄几句，并帮忙把垃圾带到垃圾场。而在这里，保姆随时随地都会将垃圾清理走。

她可能得费更大的力气来融入。

意识到这一点之后，明溪变得更加努力，如同她之前十几年努力钻研学习一样刻苦。

她开始观察赵家人的衣食住行，注意他们吃完饭后漱口会漱几下这样的小细节，并且学着去做，从而让自己不显得那么局促，努力让自己从容一些。

那天买完衣服和鞋子，赵湛怀带明溪去第一所学校办理手续时，明溪注意到学校里很多女孩子都在打量自己。

明溪注意到自己与她们很不同——即便都是穿从商场里买来的很贵的衣服，但是这些女孩子很会打扮。

T恤衫会打结，百褶裙会用心地剪裁出别致的纹样。

发型也不都和她一样乌黑的长发披肩，什么装饰也没有，大多都会戴一些颜色鲜亮的发饰，让她们整个人都鲜活起来，一看就走在潮流前端。

明溪被她们盯着看，被看得脸颊都在因自卑而发烫，恨不得躲起来。

她又一次意识到，这可能不是衣服与长相的区别，而是从小被时尚杂志陶冶，和夏天没有空调、冬天冻着手读书的区别。

她要想融入，可能还得再努力一点，更拼命一点。

回来之后明溪一边用新手机、新电脑学习着这些，一边观察赵媛是怎么做的——赵媛是她身边最好、最漂亮的例子。

明溪拿着钱打算先从买一些发饰开始。

第一次买，她看花了眼，不知道该买哪种。想着戴赵媛头上的那种蝴蝶结总不会出错，于是她也买了两个。

当天回家，她很开心，想拿着买好的东西去问问赵母，看看自己的审美能力有没有进步。

然而却在经过赵墨的房间时，听见赵墨的声音。

赵墨讽刺地说："新来的那个就是个学人精，什么都要买和媛媛一样的。你去哄哄媛媛。"

对面的人是谁明溪不知道，但总之不是赵湛怀就是赵母或者赵宇宁，就是这一家子人。

那一天，明溪慌慌张张退回房间，将买来的发饰藏进底层的柜子里。

她的眼泪大颗大颗地流了下来。

待在赵家这两年，明溪飞速成长，几乎是被逼着以最快的速度蜕变。

她终于能昂首挺胸，融入周围的环境，看起来就像是从小生长在这里的那些女生一样。

从容不迫，且应付自如。

也懂得怎么展示自己的美。

当别人看过来时，便大大方方地让别人看。

如今的明溪内心自信，不在乎外界的眼光，即便穿旧衣服、背旧书包也坦然无畏。

再回看之前的自己时，自然觉得当时的自己太过胆怯卑微，太在意别人的眼神，甚至太尖锐。

但明溪不想否定自己。

毕竟当时那个谨慎敏感，刚刚从北方小镇来到这座城市的人，也的的确确就是她赵明溪。

从某种角度来说，明溪觉得原文把自己定义成恶毒女配角，是有道理的。

站在赵嫒的角度可不就是嘛，自己一来，就吸引了全家的注意力，学着她买发饰，还小心翼翼地做菜，讨好家里人，妄想夺走落在她身上的宠爱。

不过，那是之前渴望关注和爱的赵明溪。

现在的赵明溪两手一揣，谁也不爱，一心只想学习和活命。

她将注意力放回赵嫒身上，就听赵嫒还在道："……而且我觉得其中也有我的错，我没及时发现你们俩的矛盾已经这么深了。"

明溪看了眼课间走廊上的人，没有二十几个也有十几个，都听着赵嫒在这里对自己道歉，好像是自己得理不饶人似的。

"这和你有什么关系？这件事既然是她的错，你为什么要在大庭广众之下替她道歉？为了表现你人美心善？"

赵嫒顿时被噎住。旁边的人顿时也被噎住。

明溪："我只听说过加害人对受害人道歉，没听说过路人甲跑来对受害人道歉的，这不是自己给自己加戏吗——除非你默认是你怂恿她干的。"

赵嫒泫然欲泣，赶紧道："明溪，你不要这样误解我，她害我过敏，我怎么可能参与过她做的那些事情？你们一个是我亲人，一个是我朋友……"

"哦。"明溪木着脸道，"她害过你，又欺负我，在这样的情况下，你还来替她道歉，你真宽宏大量——那以后街上有人犯罪，你也要拿着喇叭替坏人去道歉？"

走廊上一些听着的人也琢磨出不对劲来。

是啊，赵嫒当众说出鄂小夏害她过敏的事，可以说友情已经破碎了吧，现在又来替鄂小夏道什么歉呢，还当着这么多人的面把自己弄得委委屈屈。

乍一看感觉她很善良，但是仔细品品，怎么品出了"白莲花[①]"的味道呢？

[①] 白莲花：形容外表纯洁、善良，实则内心的想法与外在的表现截然相反的角色。

赵媛没想到事情会变成这样，赵明溪好像不是以前的那个赵明溪了，现在的赵明溪不会涨红了脸说不出话来，而是能三言两语将人心扭转到有利于她的那边去。

说话幽默还博好感。

先前赵明溪一直戴着口罩，身边没什么人会帮她。但是现在她摘了口罩，这么漂亮，认为"颜值即正义"的"颜控"都忍不住对她宽容几分——就像是以前他们对赵媛宽容一样。

"一点小事为什么会被你放大成这样？"赵媛感觉到周围的视线开始发生变化，焦灼地说。

她话还没说完，又被明溪打断："哦，现在又是一点小事了，刚刚你眼睛通红地当着这么多人的面来找我，我还以为是什么天塌下来的大事呢。"

周围的人："噗——"

赵媛："……"

鄂小夏在不远处听着，不知道为什么，她居然觉得有点爽。

她不是讨厌赵明溪的吗？！

但是今早的事情发生之后，鄂小夏感觉，比起赵明溪，她好像更讨厌赵媛这样什么都不用做、什么都不用说，就有一大堆人前仆后继地维护她的人。

赵媛不敢再继续刚才的话题，她怕再说下去，周围的人都要用异样的眼神看自己了。

她匆忙地将怀里抱着的资料拿给赵明溪："你不是在准备百校联赛吗，这是我画的重点复习范围，希望能帮到你。"

赵媛以为赵明溪起码不会抗拒这个，一旦她接了过去，那么还是自己宽宏大量不计较她恶语相向，帮助了她。

但没想到赵明溪手都没从衣服兜里拿出来一下："不用了，我已经有了。"

昨晚从图书馆出来时，图书馆管理员给了她一份重点复习范围，稍微辨认一下就知道那是沈厉尧的笔迹。明溪也没什么不好接受的，毕竟她和沈厉尧又没什么深仇大恨。沈厉尧是校竞队的人，又连年得金牌，画的重点只会比赵媛手上这一份精准得多。

赵媛心底已经笃定了明溪根本没真的打算好好参加百校联赛，她可能就只是这样对大哥说说而已，想表现出她学习很努力。

赵媛也不想久留了，直接担忧地问了最后一个问题："你什么时候回家？"

"不回。"

赵媛不想承认自己心底的确松了口气："家里人都很担心你。"

明溪听到这句话，用嘲讽的视线朝她看过来。

赵媛觉得自己好像被她看穿了，下意识地回避视线。

接着她听到赵明溪说："别担心，你想得到的，是被我当作垃圾的。你想要就都给你好了。"

"你——"赵媛想说"你怎么可以这么说大哥、妈妈他们"，但是这话未能说出口，便一阵心塞。她有种一拳打在棉花上，使不出力的感觉。

赵明溪以前很在乎家里的人，可现在居然能说出这种话，她真的不在乎了吗？

赵媛离开的时候简直快要维持不住自己脸上难看的表情。

走廊上听见的人看赵媛的眼神大多都是有点异样的。一个隔壁金牌班的女生经过时，给明溪比了个大拇指："姐妹对付'白莲花'嘴皮子利索，我喜欢。"

明溪眼眸澄澈，回了她一个飞吻。

但总有那么几个男生觉得赵明溪不可理喻。

方才陪李海洋过来起哄的人都是常青班的，与赵媛自然要熟悉得多，还没离开，旁观了这件事情，不自觉地就偏向赵媛。

有个男生忍不住道："长见识了，长相这么好看，嘴巴却不饶人。"

旁边的李海洋想拉他走，但是他还在继续道："赵明溪，赵媛也是关心你，你能不能别一句句夹枪带棒的？不知道的人还以为你嫉妒她呢！她都快过生日了，也没见你道一声生日祝福。"

少男少女的喜欢果然浅薄，只是看脸。

明溪不想理会这些男生，但也不想听这些什么都不知道的人在这里评价自己。

她刚要开口，窗户就猛然被"哐啷"一声推开了，傅阳曦冷着一张脸："嫉妒她？嫉妒她不如赵明溪的长相好看，还是不如赵明溪香甜？！你们搞清楚，赵明溪有我当同桌，怎么可能嫉妒别人？那个叫'李鲸鱼'的，你看什么看——"

傅阳曦话还没说完，眼见着他差点从窗户翻出来，走廊上的人都溜了，几个常青班的人逃也似的窜下楼。

明溪："……"

香甜？

明溪怀疑傅阳曦是不是语文没学好，没搞清楚人和甜品的区别。

明溪回了教室，在座位上坐下，没忍住对傅阳曦道："他叫李海洋。"

柯成文："噗——"

傅阳曦脸上的寒意收不住，没心情去计较赵明溪居然记住了那男生的名字，也没心情去管柯成文。

他立在那里，视线一直盯着赵明溪坐下。他喉结动了一下，像是想发脾气又忍住了，徒劳地憋着一肚子火。

见赵明溪拿起草稿纸继续复习，傅阳曦踹了下椅子，坐下来，盯着她看了会儿。

他脸上的表情很难看，问话的声音却很低很轻："你家里人都是那样的？"

明溪不太想聊这个话题。虽然傅阳曦又一次帮了她，两人好像建立起了一点兄弟间的友谊，但是这两年的事情明溪很难启齿，也不知道从何说起。

她沉默地翻了一页竞赛题集，没吭声。

傅阳曦抓了抓头发，有些烦躁。

他忍不住回头瞪了柯成文一眼。

柯成文："……"

傅阳曦完全没有安慰人的经验，他看着赵明溪的侧脸，张了张嘴，却又笨拙地闭上了嘴。

然后他又扭过头去瞪了柯成文一眼。

柯成文："……"

柯成文总算醒悟，懂了他的意思，赶紧对赵明溪慷慨激昂地说："转班生，你别不高兴了！你要实在不开心，我们就去收拾他们一顿！"

傅阳曦哼了一声，道："这是柯成文的意思，可不是我的意思，但既然你叫了我一声曦哥，我就勉勉强强不太情愿地罩着你吧。所以说，你想怎么着？"

明溪其实压根儿没把赵媛放在心上，但是见傅阳曦和柯成文两个大男生笨拙地安慰自己，她还是笑了一下。

她手里的笔不停，抄写着重点复习范围里的公式，开玩笑道："那还不如给我买架飞机呢。"

她说完没听到傅阳曦出声，赶紧侧头去看，就见傅阳曦仿佛在认真思考这件事做成的可能性。

明溪：？

曦哥对不那么看重的兄弟都这么大方吗？

之前他还赶自己走，不让自己和他坐同桌，现在对自己这么大方，明溪简直受宠若惊。

明溪生怕他想不开真买了，赶紧道："不，停止思考，我要飞机干什么？我又不会开，我不需要礼物！"

"礼物……"说到这里，傅阳曦想起来一件事，"刚刚他们说起那个赵圆的生日，所以你的生日是什么时候？"

"……"这又是一件明溪不想说的事情。

她出生日期比赵媛晚十天左右，当时在医院暖箱发生了意外。几年前赵家人把她找回来之后，除了把她的户口迁到这里来，还把她的生日也改了，改成了和赵媛同一天。

因为如果不这样做的话，以后无法解释为什么她和赵媛是姐妹，但是生日却是同一年不同的一天。

她身份证上的生日压根儿不属于她，她也不想过。

明溪含糊道："十月二十四日，你有什么事吗？"

傅阳曦竭力装作若无其事，道："如果你不想回你家过生日的话，你可以出来——"

他话没说完，明溪就道："那天我已经有安排了，我得回老家。"

傅阳曦还不知道赵明溪老家在哪儿，睁大眼睛，下意识地问："你老家在哪里？"

"北方的一座小城市。"

傅阳曦盯着她两秒，很不满意她的敷衍，但是觉得她可能正心情不好，于是便没说什么，寻思着以后再问。

柯成文在旁边插嘴道："转班生，不能过你的生日，你可以来过曦哥的生日啊。曦哥，你不是也快过生日了？就只剩大半个月了——"

"闭嘴！干吗随随便便把我的生日说出口？！"傅阳曦顿时炸毛，站起来就去捂柯成文的嘴,"万一到时候一大群人送我礼物怎么办？烦死了!"

但他下意识地就去看赵明溪的反应。

"十一月五日!"柯成文还是喊出了口。

"十一月五日。"明溪想着十月二十四日要回去祭奠奶奶,心不在焉地重复了一遍,"我记住了。"

她记住了!

傅阳曦耳根一红,松开了柯成文的脖子,嘟囔了句:"烦死了,可别送什么礼物啊!"

沈厉尧这边正在集训,今天的课程上完之后,几个人去旁边的奶茶店买奶茶。

孔佳泽刚在附近上完芭蕾课,听说Ａ校校竞队在这儿,便兴冲冲地披着衣服过来了。

她一进来,奶茶店的服务员眼睛都直了一下,卡其色风衣下的芭蕾服将孔佳泽的身材展现得很完美。

"你们集训怎么样了？"孔佳泽见沈厉尧眉毛蹙着正在看手机,有点尴尬,只好和旁边的叶柏打招呼。

结果叶柏也在瞳孔地震,盯着手机看。

仿佛根本没回神,完全注意不到她。

其他几个熟悉的Ａ校校竞队的男生也一样。

"你们看什么呢？"孔佳泽拢了拢风衣走过去,有些不悦地说。

"未免也太漂亮了吧——"叶柏扭头,震惊地盯着沈厉尧,"尧神,你是不是早就知道了？"

沈厉尧只皱着眉,并未表现出震惊,显然早就知道了。

叶柏简直后悔自己以前嘲笑赵明溪是跟屁虫了,早知道她那么好看,他说不定就去追她了,毕竟她性格也很不错。

"什么漂亮？"孔佳泽以为他是在说自己,下意识地低下头,扯了一下裙摆,笑了一下。

结果叶柏这时候才注意到她来了,抬头看了她身上的芭蕾服一眼:"嗯？你在附近上课？"

没等孔佳泽回答,叶柏的注意力又落到他手机上去了。

孔佳泽：这一群人到底在看什么？！

孔佳泽拿出手机，打开他们在看的 A 校论坛，结果就看到被她和鄂小夏投票投到第二名的赵明溪现在三千五百多票，已经是第一名了。

孔佳泽无法理解地看着新的照片上的女孩，那张照片很显然是今早照的。说是明星的生图她都信。

孔佳泽脑子转得很快，一瞬间明白过来发生了什么——怪不得赵明溪有胆量去追沈厉尧，原来她长得这么好看。

自己好像搬起石头砸自己的脚了。

孔佳泽脸色难看起来，盯着这群男生看了会儿，竭力用轻松调侃的语气道："我带来了一个百校联赛的消息，你们还要不要听了？只顾着看美女我可就走了啊。"

男生们这时才注意到她来了，有的抬起头来，问："什么消息啊？"

"是内部消息，看在尧神的面子上告诉你们。"孔佳泽故意卖了个关子，视线盯着沈厉尧，然而沈厉尧还是没看向她。

"快说吧。"叶柏的注意力这才从手机上转移，"到底是什么内部消息？竞赛还能取消不成？不可能吧。"

孔佳泽盯着沈厉尧，没得到任何回应，只好咬了咬下唇，道："是和你们学校有关的。你们学校那个高教授——就是你们金牌班班主任以前的老师，听说他去多申请了一个参赛名额。是不是他在你们学校看上了什么学生，想多给一个机会？内部消息啊，现在还不确定，别说出去。"

"怎么可能？"叶柏惊讶道，"这么大的事情，怎么可能一点风声都没有？"

一个男生道："高教授到底什么来路？我只知道他教学和编题都很厉害。教务主任和校长敬他三分也就罢了，可为什么他在各种竞赛组织方那里都有名？"

孔佳泽白了那男生一眼，嫌弃那男生没见识，道："多年国家级竞赛退役金牌教练，你说呢？"

叶柏对高教授了解一点，道："但是不可能呀，高教授给我们学校多申请一个参赛名额有什么用？"

"那就不知道了。"孔佳泽拉了把椅子，在沈厉尧身边坐下来，道，"反正你们别说出去。"

孔佳泽放出这个消息之后，校竞队一群男生的注意力倒是都转移到她身上了。

一个暗恋她的男生见她的视线一直往沈厉尧那边看，沈厉尧还在看手机上的照片，她的脸色就更加不悦了一点，也猜到了她的心思。

于是那男生故意讨好道："要我说，外貌不重要，智商才重要。长得再好看有什么用，参加百校联赛的资格都不会有。"

孔佳泽心里舒坦了点，冲着那男生笑了笑。

她没想到，她长得还真的不如赵明溪好看。

但是光那么好看有什么用，如果论起成绩、聪明和各方面能力的话，明眼人都知道她优秀得多。

就比如说这次竞赛，她能参加，而赵明溪挤破了头也参加不了。

"喝完了吗？喝完都闭嘴，回校。"

沈厉尧收起手机，脸色冷硬地站起来。

他走到柜台旁边，抬头看了眼菜单，接着又点了杯霸气芝士草莓。

"我差点忘了，我还没点呢。"孔佳泽四下看了看，见所有人都点了，就自己没点，还以为他是给自己点的，惊喜地走过去道，"谢谢啊。"

沈厉尧看了她一眼："不是给你的，你自己点。"

孔佳泽尴尬地往后看了眼，幸好几个男生都在讨论刚才她说的消息，没有注意这边。

叶柏倒是琢磨出几分沈厉尧的心思，他站在沈厉尧身边，小声道："赵明溪是不是快半个月没来找咱们了？"

不仅没主动来找，连电话和短信都没有。

叶柏不知道沈厉尧是否主动给赵明溪打过电话，但是看沈厉尧那天迫不得已去图书馆找了赵明溪，就知道他应该是打过，但赵明溪换号了——甚至都没告诉他。

一个经常出现在生活里的人，突然从生活中全方位地抽离。

别说沈厉尧有什么反应，就连叶柏都感到不习惯。

而且 A 校居然这么大吗？明明是在同一所学校，同一栋楼，同一所食堂，甚至是隔壁班，却几乎没有偶遇过。

不知道现在赵明溪是刻意避开沈厉尧，还是没有那么多巧合，以前只是赵明溪努力对沈厉尧好。

沈厉尧眼神冷峻，没说话。

叶柏又看了眼服务员递给他的霸气芝士草莓，抱着安慰他的想法，压低声音道："尧神，你也别多想了，我看她就是在欲擒故纵，想引起你的注意呢。"

"你看，这不就引起你的注意了？霸气芝士草莓我记得是赵明溪喜欢的，你要是买回去给她，那就是你先认输了。"

沈厉尧瞪了他一眼，又盯着自己手里打包好的奶茶。

犹豫了五秒，他把奶茶扔进了垃圾桶。

他从没输过。

这一次也不例外。

眼看着离生日宴越来越近，赵湛怀开始头疼。如果明溪在赵母生日之前还没被哄好，还不肯回来，那就纸包不住火了。

赵宇宁接连两日在学校都遇不到赵明溪，只好在放学后，将自己精心准备的礼物，让两个兄弟帮自己扛着，送去了赵明溪的宿舍楼下。

送礼物之前，赵宇宁打算写点道歉的话，但是以他的垃圾文笔根本写不出什么来，而让兄弟帮忙代写的又太肉麻了，他八辈子都没这样道过歉。于是赵宇宁索性将纸捏成一团，烦躁地扔了。

赵明溪没回来，他感觉自己都饿瘦了两斤。

尽管赵宇宁心里很不安，一直有种快要失去什么的感觉，但他还是感觉赵明溪会在生日宴之前回来的——今年可是母亲五十岁大寿，她不可能不回吧？

然而第二天早上，他再去赵明溪宿舍楼下等人时，就发现自己交给宿管阿姨的礼物连包装盒都没拆，直接出现在了满是脏污的垃圾桶里。

赵宇宁简直不敢相信自己的眼睛。

赵明溪知道他挑选了多长时间吗？！

他一时间气到脑袋嗡嗡响，下意识地就走上前去想把包装盒捞出来。

晨露本就湿重，垃圾桶底部又全都是脏污的水。

包装盒一拿出来就滴滴答答地淌着黑水，有几滴甚至溅到了赵宇宁裤管上。

从楼上下来不少挽着手臂的女生，经过他时，都奇怪地瞧着他，绕道而走。

和赵宇宁一块儿过来的两个男生挠了挠头，有点尴尬，过去拍了拍他的肩："怎么回事啊？连拆都没拆就扔了，该不会是宿管阿姨没给你姐吧？"

赵宇宁盯着盒子底部已经被垃圾桶里的脏污浸湿的牛皮纸，这东西捡起来也不能要了，脏水估计都把礼物给渗透了。

他呼了口气，总算冷静了点，松了手，扭头就往宿舍楼下的值班室冲——对，一定是这样，一定是宿管阿姨没交给赵明溪。

他一冲过去，还没等他开口，窗口旁的阿姨抬起头来，认出了他："欸，是你，你可别来问我东西是不是没转交给人家女孩子，昨晚她回来时我亲手交给她的，为此我都没换班呢！"

赵宇宁手撑着窗口，难以置信："那东西怎么会出现在垃圾桶里？！连拆都没拆！"

"人家女孩子自己扔的啊！从我手里接过去，看都没看一眼，转身下了几步台阶就扔掉了！"

阿姨说完，狐疑地看着赵宇宁："你不是她弟弟吧？她说以后你再来送东西，无论是什么东西，都拒收。"

赵宇宁快气死了："我怎么可能不是她弟弟？！"

阿姨道："是她弟弟那她干吗不收你东西？赶紧走，别在女生宿舍楼下鬼鬼祟祟的，而且我劝你这个娃好好学习——"

阿姨瞟了眼赵宇宁胸前的名牌："学别人追漂亮学姐，人家学习多认真，哪有时间理你？过来人劝你一句，你和她没结果的！"

赵宇宁心头有一团无处发泄的怒火。

除了吃瘪之后的恼怒，被两个朋友看到自己的礼物被扔掉的尴尬，还有一丝说不清道不明的夹杂着害怕的烦躁。

他甩手就走。

两个朋友连忙追上来，其中一个道："你姐也是轴脾气啊，这么久了还没回家呢？要我说，这和你有什么关系？你就别管了。她住校也没什么嘛，逢年过节她总不可能不回来。对了，你妈过阵子不是要过生日吗？刚好她有台阶下。"

"你才轴脾气！"赵宇宁心烦意乱道，"你不清楚我家的状况就别说废话！"

现在哪里是离家出走这么简单，现在赵明溪是要和他们断绝关系！

以前从没出现过他送礼物、接二连三地去讨好，还是没法哄好赵明溪的状况。

这次真的是头一回。

另一个朋友安慰道："我也这么觉得，你也别着急了，过一阵子你姐姐就想通了。我和我姐也经常吵架，吵得最厉害的时候她直接买了一张机票出国了，但我们好歹是家人嘛，过阵子她气消了也就好了。"

赵宇宁停下脚步，揉了揉额头："你们不懂，我家的情况真的很复杂。我和她之间……与你和你姐姐不一样。"

他和赵明溪之间，尽管之前空白了很多年，但是这两年却发生了很多事。

这段时间，家里没有了赵明溪，赵宇宁就经常不由自主地在脑海中回想这几年的画面。

他的房间和赵明溪的房间最近。有几次他半夜打游戏在沙发前的地板上睡着了，半夜起来去上厕所的赵明溪发现后会进来，搬一把椅子，踮起脚从衣橱上方拿一床毯子过来，轻手轻脚地给他盖上。

有两次赵宇宁中途醒了，就拉着赵明溪和他一块儿打游戏。赵明溪不肯，说第二天还要去学校，他就瓮声瓮气地威胁，并说我教你。赵明溪拗不过他，就同意了。

两人锁好门，戴上耳机，调低音量，在深夜做贼心虚地玩。

屏幕上出现"game over"的画面，蓝光闪烁，两人一块儿垂头丧气。如果闯关成功，两人还会兴奋地压低声音笑，击个掌。

赵宇宁年纪小，但也清楚赵明溪是因为想要融入这个家，所以才讨好他。一开始他对此有点排斥。

但是家里总没什么人，大哥、二哥都有事业要忙，赵媛要去上兴趣班，他没有别的玩伴，就只有刚刚来到这座城市的在家的赵明溪，两人相处的时间最多。

于是，一来二去，赵宇宁也就习惯跟赵明溪一起玩了。

他甚至渐渐地不再整天跟在赵媛屁股后面跑了，而是放学回家第一件事就是找赵明溪。

去年夏天，他和赵明溪还在别墅区停车场捡到一只蜷缩在车底下的奶猫。

赵媛过敏的东西很多，猫毛、花生，家里一向不养任何宠物。他俩也没办法把猫带回家，放在那里又怕两个月大的小猫会被炙热的夏日蒸熟。

于是两人从网上买了帐篷、猫粮、猫碗、猫砂盆等物品，将小奶猫带到了小区后山的阴凉处。

就那么养了两个月。

暑假过后，那只小猫长大了，能跑能跳，再也不见之前瘦弱的模样。

赵明溪在网上联络了一个愿意收养小猫的家庭，开学前的一天，两人偷偷摸摸将猫送了过去。

现在回想起这件事来都很清晰，那是很热的一天，两人不敢让家里的司机开车，而是打了辆出租车，路上晒得要命。

当时赵明溪的脸还没受伤，出租车司机一直盯着她热裤下那双又白又长的腿看，赵宇宁假装若无其事，其实心里很紧张，身体向前，悄悄挡着她。

四个月大的小猫意识到自己要被送走，在车子里叫得声嘶力竭。

把猫送走之后，他和赵明溪心里都空荡荡的，两人还去吃了哈根达斯。

这是他和赵明溪之间的小秘密。

赵宇宁这阵子也意识到自己嘴巴很毒，有时候还无法控制地偏向赵媛。他一直以为这就是他和赵明溪之间的相处模式。赵明溪是后来的，稍微吃点亏，她应该也不会在意。

但是现在，赵明溪宁为玉碎，不为瓦全，宁愿全都没有，也不要只拥有一部分。

她像是要斩断这一切一样。

再也不要她和他之间的这些联系了。

赵宇宁脸上愤怒，但心里真的很不知所措。

他该怎么办？

三个人一直走到教学楼那里，朋友见他心情实在糟糕，给他出主意："你不是说你姐喜欢沈厉尧嘛，要不你想办法撮合一下，撮合成了，你姐肯定就和你和好了。"

"去去去，什么馊主意！"赵宇宁觉得这朋友实在是不靠谱。

"我还是找我大哥吧。"

目前赵墨在国外拍戏，再加上他一向是家里最针对赵明溪的，自己肯定不能去找他。而老爸也正在国外谈生意，都还不知道赵明溪住校这件事，知道了肯定要大发雷霆，自己更不能去找他。

赵宇宁只能打电话给赵湛怀，催他赶紧想想办法。

赵湛怀怎么可能没在想办法。

但他毕竟公司事情多、应酬也多，明溪换号了联系不到她，他又不可能和闲得没事的赵宇宁一样，去她宿舍楼下蹲守。

于是他让家里的保姆收拾了明溪秋冬常穿的衣服，再放了张银行卡在里头，让司机载着保姆一块儿去给明溪送过去。

这次为了避免引起明溪的反感，他什么话也没让保姆带，就单纯只是因为天气变冷了他担心明溪感冒，将她需要的衣物送过去。

叮嘱完这些之后，赵湛怀想想又觉得哪里不太妥当。

这保姆在赵家待的时间久，算是忠心耿耿，家里人都敬她一分，但她却是照看赵媛长大的，赵明溪和她关系似乎很一般。

赵湛怀在家里的时间少，但是他在家的时候，就没见明溪主动和这保姆说过话。

让这保姆送过去的话，恐怕不能起到让赵明溪收起浑身尖锐的刺的作用。

于是赵湛怀又让自己的助理开车过去一趟。

要是放在以前，赵湛怀未必有这个心思去照顾赵明溪的情绪。

然而现在怎么劝她也不肯回来，赵湛怀自然会将精力多分给她两分。

结果，当天下午，他这边和赵宇宁一样。

东西怎么送去的，就怎么送回来了。

保姆张玉芬还没意识到事情的严重性，拎着东西下了车，在停车场对赵湛怀喋喋不休地抱怨："明溪小姐真不好伺候！"

"我把东西放在车子里，去教学楼找她。可我都没见到她人，就被一个红头发的男生找人赶出来了。她是不是学坏了？身边的同学都那么不讲理。"

"这要是换作媛媛，肯定会把我带到宿舍楼，再给我倒杯水。"

"行了，你先回去。"赵湛怀脸色已经抑制不住地变得难看了，他不想听她废话，对匆匆赶回来的助理道，"东西先拿来放在我车上。"

助理接过保姆手里的东西，打开赵湛怀的奥迪的后备厢。

保姆还想说什么，被赵家的司机拉走了。

等两人走后，赵湛怀看了眼后备厢被原封不动送回来的东西，蹙眉道："她和家里人闹翻了就算了，连这些东西也不要。天气说变冷就变冷，这孩子未免也太倔了。"

"还有你。"赵湛怀看向身边的助理，"我不是让你赶紧追过去，让你去送这些东西吗？"

"您家里的司机车开得太快了，我没追上。"助理委屈地解释道，"但是有件事……不知道当不当说。"

"什么？"赵湛怀心绪烦乱，转身往电梯走，"有话就说。"

助理连忙跟上去，犹豫了下。

赵湛怀侧头看了他一眼："到底是什么事？"

"我怕说了就是挑拨是非，干涉您家的家务事。"助理道。

赵湛怀眉毛蹙起："你是不是撞见什么了？"

"对，我看见的怎么和您家保姆说的不一样？我去的时候正好撞见她们，赵明溪明明就出来见她了。"

助理看了眼赵湛怀的脸色，继续道："两人当时在教学楼底下，您家保姆脸拉得老长，阴阳怪气地把东西给她，具体说了什么我没听清，但是看您家保姆那神态，换了我，我也不想接受这堆衣物。

"中间您家保姆还说了什么'不识抬举'之类的话，赵明溪这才不耐烦了，转身就走。之后她遇见几个从操场回来的男生，才发生了后面把您家保姆撵走的事——而且您知道您家保姆说的红头发的男生是谁吗？"

赵湛怀停住脚步，他的注意力完全没放在最后一句，而是在前面。

他向来温和，但此时他的脸色已经难看到极点了："李潇，你说的是真的还是假的？！"

"当时应该有学生在看，您要是不信，我去找几个来。"

赵湛怀根本没想过会是这种情况！

公司的事情就已经够忙的了，他一向不太管家里的事。

都是赵母在管。

这次明溪说要和他们断绝关系，把事情闹得很大，要不是他怕父母知道，也不会插手。

但是在他的认知范围内,也绝对不可能发生这种事!

保姆就是保姆,在他家干了再多年,他们再把她当亲人,她也只是保姆。

即便明溪有什么错,她有什么资格对赵明溪冷嘲热讽?

而且赵湛怀还猛然意识到一个问题。

这次是这样,那之前这个叫张玉芬的保姆是不是也针对过明溪很多次,而家里人都不知道?!

赵湛怀心里又刺又乱,吸了口气,把车钥匙往李潇怀里一扔,转身就往反方向走。

李潇连忙接住车钥匙:"您干吗去?待会儿还要开个会。"

"会议延后,你开车,我回去一趟,看看究竟是怎么回事。"

这边,傅阳曦气急败坏,跟个炸药桶一样冲到教室,冷着脸把夹克一脱,抓起桌上的杯子猛然灌了口冷水。

教室里的男生见他风风火火地冲进来,生怕他在哪里磕碰一下,让他们倾家荡产,简直都被吓坏了。坐在过道旁的男生慌忙把桌子一挪,让本就宽阔的"曦哥专属通道"变得更宽敞。

赵明溪和柯成文走进来。

男生们都用企盼的眼神看着赵明溪,希望她能让傅阳曦冷静下来。

面对一双双寄托着生死存亡的希望的眼睛。

明溪压力好大。

她走过去,看着傅阳曦,犹豫了一下,道:"你别生气了,这有什么好气的,我家保姆本来就那样。"

傅阳曦不敢置信道:"她看你的眼神居然是用瞥的!"

"那有什么,"明溪道,"她本来就是斗鸡眼啊。"

傅阳曦忍无可忍:"她竟然直接把东西扔你怀里!"

明溪:"不然还要花式摇手、花滑跳跃、飞翔着递到我面前吗?"

傅阳曦:"……"

明溪:"而且你已经把她撵跑了,就别生气了,好不好?"

傅阳曦还是臭着一张脸,不过听到明溪半哄半劝,他的脸色还是好了不少。

他伸脚钩了下椅子,抱着臂坐下来,道:"你不是有我的电话号码吗?

下次再有这样的事情，打电话给我——"顿了顿，傅阳曦又冷酷地找补了句，"或者柯成文。"

柯成文也忙道："对，打给我！乐意为美女服务！你家那个保姆也太嚣张了吧！再有这样的事你打给我，我替你教训她！"

"那我打给柯成文。"明溪觉得这种小事总不好麻烦傅阳曦，要是傅氏那群人知道她让他们家太子爷替自己赶一个保姆，会不会找自己麻烦？

她转头看向柯成文："我还没有你的电话号码呢，顺便存一下吧。"

柯成文当然是赶紧掏出手机。

傅阳曦攥起拳头，用凉飕飕的眼神看向柯成文。

柯成文假装没看见，乐呵呵地和明溪交换了手机号码。

摘了口罩后的明溪这么好看，他被傅阳曦捶一顿也值得。

傅阳曦脸色又变臭了，将书本翻得哗啦哗啦响，十分扰民："交换完电话号码没有？上课了！遵守点纪律行不行？"

明溪现在也不是很怕他，抬头一看黑板上的挂钟，一头雾水："还有五分钟呢。"

傅阳曦："……"

明溪交换完手机号码，坐下来，从桌兜里掏出今天的甜品，给他递过去："给。"

傅阳曦不甚满意，用凉薄的眼神盯着赵明溪："你今天只做了一份吧？"

明溪乖乖点头："嗯，一份。"

昨天见材料很多，她做了三份，另外两份分别给了柯成文和另外一个前两天帮助过她的同学。傅阳曦那眼神嫉妒得要死，大半天都没理睬她。他不理睬她，她气运值增长得都慢了。于是今天明溪就只带了一份。

傅阳曦的脸色这才缓和，他接了过去，打开盒子就用小勺子开始吃。

后面的柯成文和他的一干兄弟闻到香甜的味道，羡慕得流口水。

傅阳曦吃了两口觉得不满意，想了想，突然宛如产生了什么新灵感一般，"噌"地一下拿着盒子站起来。

明溪：？

然后就见他单手托着甜点离开座位，一边用小勺子舀了一勺榛子奶油放进嘴里，一边迈着长腿，绕着过道慢悠悠地走了一圈。

他理直气壮地说："大家别动，今天我值日，我巡视一下卫生状况。"

全班同学：滚啊！

太香了吧，好饿啊！

明溪：……

刚才是谁说的要遵守纪律？

傅阳曦心满意足，趾高气扬地走回来。

明溪让了让位子，让他进座位。

明溪看了他手中的甜品一眼，问："很好吃吗？"

傅阳曦手中甜品的奶油都快被他刮光了，他专心致志地盯着手里的透明盒子，正在捏着小勺子努力搜刮最后一点，道："一般般吧。"

明溪忍不住勾唇笑。

明溪用左手撑着脑袋，靠在桌上，第一次正儿八经地打量他。

傅阳曦每天都顶着那头嚣张的红毛，但是从红毛被压的痕迹就能看出他是睡眠不足还是完全失眠。如果是睡了一会儿的话，额前的短发会飞起一撮，脑后的有被压过的痕迹。但明溪观察到，他经常第二天后脑勺完全没有被压过的痕迹——是一整夜没睡吗？

但明溪不知道以两人现在的关系，她有没有资格打听。

快上课的时候，明溪想了想，还是忍不住问："怎么刚刚在楼下，你比我还生气？你该不会……"

明溪还没问完，傅阳曦就握着小勺子心中一紧。

他立刻像是听到什么天方夜谭一般，发出一个"哈"的单音节，冷酷道："别东想西想，我不会，我没有！我之所以生气，是因为你是我兄弟，居然在我眼皮子底下被人欺负，懂吗？"

明溪想了想，傅阳曦对待柯成文的事情好像也是这样的，被他纳入兄弟范畴内的，他都很仗义。

有点感动怎么办？

她努力了这么久，终于要被傅阳曦当作兄弟了吗？

"那你从什么时候起……"明溪想问傅阳曦从什么时候起正式把她当兄弟的。他们"门派"没有什么入派仪式吗？她什么都不用做，也不用滴个血"歃血为盟"什么的，就直接入派了吗？

傅阳曦心跳得快爆炸了，匆匆打断她的话："什么什么时候，说了没有，还没喜——"

声音戛然而止。

他浑身僵硬。

明溪："什么？"

傅阳曦生硬地转移话题："我还没洗衣服。"

明溪："啊？"

明溪还要再问，傅阳曦用书挡着脸，把她的脑袋不轻不重地推开，白皙的脖子发红："你这个女人到底想干吗？问东问西的。小口罩你不戴口罩之后话就很多啊。"

"小口罩又是什么鬼？"明溪趁着傅阳曦没在看她，赶紧用"你脑袋里一天天的都在想什么"的嫌弃眼神看着傅阳曦。

现在不嫌弃，等他看过来，自己就不敢嫌弃了。

柯成文坐在他俩后面一排，宛如乌龟出洞，适时地探出了脑袋，小声道："曦哥给你起的外号。既然是兄弟嘛，都有外号的。"

明溪："……"什么难听的外号。

好吧。

难听是难听了点，但是她也不介意这点小事。

"那傅阳曦叫什么？就叫曦哥？"

柯成文刚要说话，傅阳曦又从竖起来的书本后面僵硬地发出声音："你可以给我起一个。"

"我起？"明溪不可思议地指了指自己的鼻子。

她现在地位如此之重吗？

是把她当左护法了吗？

她何德何能还能帮曦哥起名字？！

既然如此，她看了眼傅阳曦露出来的红毛，敷衍道："那就叫傅红吧。"

傅阳曦："……"

柯成文："……"

赵湛怀回到家里，先把赵母叫到书房，与赵母简要说明了情况。

赵母还不大信："张阿姨在我们家干了这么多年，一直老实本分，她有什么好针对明溪的？你助理是不是看错了？"

赵湛怀想到明溪扔照片时的决绝，心里憋着一股气，对赵母道："那我们把所有人挨个叫进来，对一下细节。"

赵家别墅的员工，除了保姆张阿姨，还有另外一个钟点工阿姨，一个厨师，一个司机和一个园丁。

张玉芬压根儿不知道赵湛怀一回来就把赵母叫到书房去，接下来又把除自己之外的人挨个叫到书房是干什么。

只知道这些人出来之后，都忍不住看了她一眼。

"发生了什么？"张玉芬莫名有种不好的预感。

其他几个人都避开她走。

和她关系不大好的另一个钟点工阿姨用异样的眼光看着她，说了句："您自求多福吧。"

赵明溪几年前才来，赵家对他们说的是赵明溪因为身体不好，从小被养在乡下，现在该接回来了。

众人也没有多想，毕竟他们也就是这几年才来赵家干活儿，也管不着赵家的家务事。

但张玉芬和他们不同，她在赵家十几年了，是老员工，仗着自己照顾过赵媛很多年，经常倚老卖老。

见赵家人在赵明溪来之后，放在赵媛身上的注意力一半都落在了赵明溪身上，张玉芬就经常忍不住为赵媛抱不平。

她倒也没做什么特别过分的事，就是冷眼看人几次，阴阳怪气几句。

赵明溪之前有一次想和家里人说，却又拿不出张玉芬苛待她的证据，只好不了了之。

其他几个员工则觉得张玉芬资历老，没必要和她过不去，于是也不可能和赵家人打小报告。

而赵家人更没人察觉。

但没想到今天赵湛怀特地从公司回来，就是为了质问这事。

张玉芬瞬间明白了是什么事，却不以为意，还对那钟点工阿姨道："大惊小怪。即便是知道了我对明溪态度不好，又能怎样？总不能因为这点小事就把我开除了吧？顶多也就是口头教训两句。"

钟点工阿姨不太服气地看着她敲门后进了书房。

虽然觉得她很讨厌，但也觉得她说的是事实。

不过是态度问题而已。张玉芬在赵家干了这么多年，赵家人一直都很尊敬她，不可能为了这点小事……

结果这个念头还没闪过，书房里猛然传来赵湛怀提高了一个八度的声音："小事？你管这叫小事？！你知不知道因为你做的这些小事，明溪她——"

书房里的赵母讶然："明溪她怎么了？！"

"没什么。"赵湛怀焦头烂额，不敢说赵明溪要和他们划清界限的事情，只能道，"就因为这些事情，明溪离家出走了。"

赵母莫名其妙："明溪离家出走的次数还少吗？你上次不是还去看过她，说她生日宴过后就会回来吗？你今天突然发这么大火干吗？"

赵湛怀不知道该怎么解释，只铁青着脸盯着被吓得战战兢兢的张玉芬："行了，你拿笔钱走人吧。"

要让明溪回来，赵湛怀目前也没有别的好办法。送东西过去好像没有诚意，如果解雇张玉芬的话，明溪说不定能在生日宴之前回来，那样的话家里还能维持稳定的局面。

张玉芬脑袋"嗡"的一声，她脸色煞白，不敢置信地张大了嘴巴。

赵母也一头雾水地站起来："让她给明溪道个歉不就行了吗，为什么还得把人赶走？她也四五十岁了，一大把年纪还能去哪里工作？"

外面的几人听见了书房里的动静，全都面面相觑，惊讶至极。

今天赵湛怀是怎么了，平时很温和的一个人，为什么突然要解雇人？

赵湛怀那边还在僵持。

明溪则被国际班的辅导员叫出去。

明溪还以为辅导员是要责怪自己快上课了还在说话，但没想到辅导员是关心她从普通班转过来有一段时间了，学习是否吃力，是否跟得上。

辅导员卢老师和颜悦色道："明溪，明后两天要进行十月的考试，你要是觉得学习吃力的话，可以以进度还没赶上为由，申请不参加。"

明溪有些不解，怎么卢老师话里话外的意思好像是不想让自己参加这次考试？

辅导员避开她的视线，呷了口茶，愁苦地压低声音道："其实是这样的，主要是国际班的平均分每次都和另外两个班差很大一截——所以你要不从十一月的考试开始参加？转班这种情况，学校是允许申请第一次考试缺考的。"

明溪瞬间懂了。

在 A 校，这三个班是独立于其他班之外的，学习进度比普通班快了何止几本教科书。

别说年年参加国家竞赛、独步凌霄的金牌班和成绩均衡发展的常青班了，就连国际班，所学习的知识范围也超过了普通班一大截。

可以说普通班没办法和这三个班相提并论。

换句话说就是明溪不够格。

本来班上就有傅阳曦这种心情好时飙到全班前几名，心情不好时乱填答题卡的人，不定时拉低班级平均分。

再来一个从普通班转过来的，岂不是又要再拉低一些平均分？

辅导员最近其实很心塞，只是没表现出来。

明溪不知道该怎么跟卢老师说自己以前考试都是被下了"debuff[①]"，现在通过吸收傅阳曦的气运，已经攒到了六十六棵嫩苗，对自己的负面影响已经大大减少了。

以她的水平，她绝对不可能是国际班的倒数第一！

她只能装作没听懂："但是老师，我想参加考试。我这阵子把进度都追上了，刚好也想看看自己现在到底什么水平。"

卢老师有点着急："主要是咱们国际班每次都是垫底的……"

明溪打断他的话："万一我这次能考进前二十名呢？那应该就不会是拉低平均分的存在了吧。"

卢老师张大嘴巴看着她。

小女孩真爱做梦。

前二十名那都是什么人，沈厉尧那一队校竞队的人就占了六个，其他的也全都分布在金牌班和常青班，他们国际班几乎没人考进前二十名过。

见劝说明溪无用，卢老师只好放她走。

但是卢老师想到即将到来的考试，更加愁眉苦脸了。

因为有了这档子事，明溪心里也压了个包袱，这场考试她一定要考好。

回到教室之后，午休时间她都在学习。

[①] debuff：意为"去除效果"，指给角色施加了"负面效果"，影响角色发挥出自身真正的实力。

傅阳曦知道她把考试看得很重要，于是也没打扰她，中午点外卖时故意说自己手滑，多点了一份饭，只能给她吃。

明溪风驰电掣地写完一份试题，匆匆吃完饭后把盒子往旁边一放，也没注意到傅阳曦为了不从她身后走，翻窗子去丢了外卖盒。

全班同学震惊地看着这一幕。

明溪学习学到天昏地暗，直到下午文艺部的杨老师来找她，说过段时间校庆活动让她报名主持人的事情。

"为什么是我？"

"你还不知道吧？你现在热度很高。"杨老师笑着眨眨眼，道，"不过还没选定是谁呢，看你报不报名。我建议你报个名。"

杨老师走之后明溪打开论坛看了一下，才发现在鄂小夏那件事情之后，自己就已经变成今年的校花了。

往年校庆、元旦这种活动的主持人，不是赵媛，就是另外一个擅长主持和表演的男生。

而今年可能因为自己的面孔比较新鲜，在论坛的呼声竟然格外高。

但同时论坛也有人质疑："这不是抢了赵媛的校花名头又要抢赵媛做主持人的权利吗？"

"而且咱们学校的校庆视频是要上电视的！别光论长相好吗？不管怎么说，得选一个成绩特别好的吧？普通班转来的绣花枕头成绩怎么也好不过前校花吧？"

不过也立马就有普通班的人反驳："普通班和你们那三个班考的一直都不是一套试卷，也就是说，两个校花从来没同台比拼过，谁给你的脸就这么断定赵明溪没有赵媛成绩好？她好歹也考过普通班第三名。"

三个班的人一向"高高在上"，下面立刻有人开始嘲讽："就你们普通班那简单到用脚趾头都能考满分的试卷，考第三名有什么难的？姐姐闭着眼都能考到。"

接着就吵起来了。

最后有一层楼一锤定音："吵什么吵，不是马上就要考试了吗，等着看两人的成绩呗。"

明溪目瞪口呆：妈呀，这是什么情况？

这主持人谁爱当谁当去！她又没说要和赵媛抢！

但是十月的考试她还真是非参加不可了。

还说她是绣花枕头，她倒要看看谁才是绣花枕头。

明溪撸起袖子就回到班上继续学习。

赵明溪这边压根儿没有想当主持人的心思，但是常青班那边却先不乐意了。

往年主持人毫无疑问都是从他们班出，今年凭什么论坛里一大部分人都倾向于让国际班的赵明溪当？

"你们不要只看脸好不好？"蒲霜见赵媛趴在桌子上，忍不住为她打抱不平。短短几天，赵媛什么东西都被赵明溪抢了，当了两年的校庆主持人也要没了。

有个男生道："她的确很好看。"

蒲霜鄙夷道："你们男生就知道看脸，除了脸她还有什么？！普通班的就算是前几名，来了咱们这栋楼也是倒数！更别说赵明溪也就那一次发挥超常！而媛媛每次考试稳定在咱们三个班的前二十名，有这种光辉战绩的人当主持人，宣扬出去不是更正能量？"

男生说不过她，只好认同了："只有脸好看，脑子不聪明，确实是少点什么。"

校花事件赵媛输了赵明溪一筹。

赵媛本来以为自己可以不在意的，毕竟自己有家人的宠爱，成绩好又聪明，芭蕾和钢琴都会。

但是这是一种很奇怪的感受——看到论坛上以前经常讨论自己的那些ID，现在都纷纷开始讨论国际班的赵明溪，她很难不产生一种微妙的嫉妒感。

她告诉自己，这只是暂时的，这些人图新鲜，过阵子就会将注意力转回自己身上。

但她忍不住开始点开和赵明溪相关的那些帖子看，并且搜索"赵明溪"和"zmx"两个关键词。她像成了瘾一样，试图从那些照片里找到她不完美的地方，然后告诉自己，她也没什么了不起。

赵媛也觉得自己这种状态不行，输了一次，并非会一直输下去。

很快她就可以在别的方面赢回来。

她定了定神，开始准备十月的考试。

正如那些人所说，这是她和赵明溪第一次同台考试。

考试很快来临。

考试当天的早上，卢老师从外面巡视，发现赵明溪虽然是从普通班转来的，但是认真又刻苦，光是这种精神和态度，卢老师就对她好感倍增，都有些后悔昨天上午说让她别参加考试那种话了。

明溪自己的最终目标是摆脱女配角厄运，一场普通的考试固然只是小事，但她也必须全力以赴。

她就这么一心刷题，两耳不闻窗外事，转眼就到了发考卷之前。

这还是明溪重生以来的第一场考试。

说不紧张是假的。

她看着自己盆栽里羸弱的六十六棵小嫩芽，扭头对一只手支着像刺猬一样的红毛脑袋，另一只手胡乱翻着书页，视线不知道为什么一直呆呆地落在自己身上的傅阳曦道："我有点紧张。"

她一看过去，傅阳曦立马收回视线。

听到她的话后，傅阳曦才假装若无其事地看她一眼。

"那怎么办？"傅阳曦被她弄得也紧张起来，摘下降噪耳机，"不就是场考试吗？你当了我的兄弟，考不好谁会说你？"

明溪把手摊开，看着他。

傅阳曦：？

明溪："那我就直说了，你能不能把手给我，让我握几分钟？"

傅阳曦差点从椅子上摔下来。

明溪一动不动地把手摊在他面前，那两只手手指细长，肤色葱白。

傅阳曦看了一眼她的手，又抬头瞟了她一眼，顿时脸红了。

想牵手就直说，还扯什么"紧张啊""借勇气啊"之类的说法。

他怀疑赵明溪是不是地摊言情读物看多了。

"就在这里？"傅阳曦臭着脸，慢吞吞地假装一点也不想牵她手般直起身子。

班上这么多人，没下雪，也没下暴雨。

第一次牵手好不浪漫。

"快快快！"明溪都急了，还有十五分钟就要开考了。

"急什么？"傅阳曦被催得心脏直跳，很不情愿地伸出一只手去。他转脸瞥到柯成文正看着他俩，傅阳曦脸上露出"我能怎么办，她就是这么黏人"的得意表情。

谁知他刚伸出一只手，两只手就都被赵明溪急不可耐地握住了。

傅阳曦完全是晕晕乎乎地过完这十五分钟的，除了被赵明溪抹药那一次，他长这么大还是第一次和女孩子牵手。

还是两只手紧紧牵着的那种。

他胡思乱想，就是不敢去想那两只手。

虽然他觉得他和赵明溪的进度也该到这一步了，但是她这样也太随便了吧？！

突然就在考前牵手！

外面突然走过一个很熟悉的人影，傅阳曦下意识地瞥了一眼，觉得眼熟，他在图书馆见过，叫沈什么尧。

傅阳曦刚注意到这个人，考试铃声就响了起来，那人脚步匆匆地朝金牌班走，赵明溪把他的手直接甩下，道："赶紧考试，祝你考好。"

十指相握十五分钟，直接长出了十棵小嫩芽！明溪对考试又有信心了一点！

——就这？

傅阳曦不可思议地看着赵明溪。第一次牵手不是应该写进日记本吗，为什么她这么敷衍？就跟那天她在图书馆表白一样敷衍，连正儿八经表白的话都没说！这样还怎么让他答应她？

傅阳曦盯了赵明溪一会儿，盯到讲台上的监考老师忍不住咳嗽，走到他面前来挡住他视线："好好考试。"

傅阳曦才收回视线。

过了一会儿监考老师走开，傅阳曦忍不住又盯了过去。

但这次注意力落在了明溪的答题速度上。

搞什么鬼，她在瞎写吗？为什么写得那么快？

赵湛怀直接不顾赵母的惊讶和阻拦，把张玉芬开除了。他打算自己再正儿八经地去找明溪一次。

这次好好谈谈。

距离生日宴就只剩下一周了,把她带回来迫在眉睫。

听说他们学校在考试,赵湛怀还特意耐心地等了两天。等到考完试的这天下午放学后,他让助理开着车,两人直接带着之前被保姆原样拎回来的衣物去了 A 校。

这一次赵湛怀没有和上次一样去国际班找赵明溪。他也认清了现实,像上次那样去找,估计没说上几句话,明溪就会转身走掉,到时候事情根本不会有什么进展。

他打算先去找明溪的教务主任和辅导员,让他们把赵明溪带过来,然后给他和赵明溪一个谈话的空间。

赵湛怀也头疼,这种拉回叛逆少女的事情,他一个二十五岁的年轻男人从来没做过。

而且他以前只找过赵媛,从没单独找过明溪——所以他将车子停在学校外面,进了学校之后就两眼一抹黑,不知道教务主任和明溪的辅导员该去哪里找。

老师们刚监考完,应该不在办公室里吧?

赵湛怀将车钥匙扔给助理,让他去停车,突然就见到一个熟悉的人正从便利店出来。

那女生手里拿着零食,先看到了他,惊喜道:"湛怀哥!"

赵湛怀:"你是?"

那女生走过来:"我是蒲霜,平时和媛媛玩得很好,上次还去过你家,不过当时你刚从公司回来,直接去书房了,可能没留意。"

赵湛怀点点头:"哦,你好。"

赵湛怀长得很帅,又年轻,穿白衬衣和黑色西装,剪裁精致,校园里经过的人都会多看他两眼。

于是顺带着也多看了两眼蒲霜。

蒲霜的脸顿时有点烫,问:"你是来找赵媛的吗?"

"不是。"赵湛怀摇摇头,想到蒲霜和赵媛一个班,常青班又和国际班在一栋楼,教务主任应该是同一个,于是问:"我找你们教务主任,你知道他这会儿在哪儿吗?"

赵湛怀长得帅,蒲霜忍不住多说两句:"你找我们教务主任做什么呀?"

赵湛怀却道:"你告诉我他在哪儿就行了,你不知道的话,我再去问问。"

蒲霜越过他看向他身后,见到他的助理正拎着大包小包,遥遥地站在车前。

那大包小包好像是什么礼物。

蒲霜了然,心中一时更加羡慕起赵嫒来,哥哥长得这么帅,这么宠她,还会细心地为她准备礼物。

蒲霜雀跃道:"我带你去吧。"

赵湛怀进了教务主任办公室。

蒲霜转头离开。

她从教务主任办公室出来,刚好遇到从琴房出来的赵嫒,她过去挽住赵嫒的胳膊:"你猜我刚刚见到谁来学校了?"

赵嫒:"谁?"

"你大哥。"蒲霜笑着贴到赵嫒耳朵边上说,"他助理拎着大包小包来的,我估计他是为了你生日宴的事情来的。"

赵嫒看向教务主任办公室,脸上浮现了一抹羞涩。

全家都很宠爱她,算起来二哥赵墨对她最为维护,但不知道为什么,大哥赵湛怀总是对她格外有吸引力。

可能因为他说话做事格外温柔。

小时候她就喜欢黏着大哥,而当她长成少女,得知自己并非赵家的亲生女儿之后,她先是难过和慌张,随后她看向赵湛怀,却从心底涌出来期盼和喜悦。

赵嫒心底隐隐约约出现了悸动,但是她还不能确定这种情感是什么。

但是大哥无疑是对她很好很好的。

上次在客厅大哥没来安慰她的微小的不愉快,顿时一扫而空。她猜那天大哥应该是公司有什么事缠身,心情不大好,

"我请你吃火锅。"赵嫒高兴地说,"吃完打电话让大哥送我们回去。"

蒲霜不无羡慕:"感觉你像公主一样,真的太幸福了。"

两人正说着话下楼,忽然见赵明溪正往楼上走。

她们在楼梯间遇上。

蒲霜看到赵明溪,声音故意大了一点:"嫒嫒,你大哥又来学校找你了,还给你送那么多东西,他对你真好!"

赵明溪无语。

所以呢，她要配合地露出羡慕的表情吗？

赵媛连忙捂住蒲霜的嘴，对明溪点点头，拉着蒲霜说笑着跑了。

明溪继续上楼，不知道教务主任突然找自己干什么。

而这边，教务主任办公室。

普通班的辅导员收卷子晚了点，将监考考场的试卷拿到主任办公室，正好碰到了等候在这里的赵湛怀。

他不经意地瞥了赵湛怀两眼，顿时仔细端详起来，觉得有点眼熟，好像是以前他带过的……赵明溪的家长？

赵湛怀见这位戴眼镜的中年男人一直盯着自己看，连忙起身握手："您好，您是——"

"我是普通班的辅导员黎勇。"黎老师却没去握他的手，而是没好气地把试卷往桌子上一搁，道，"您又来学校接另一个妹妹啦？"

"您是明溪转班之前的老师？"赵湛怀不知道这位老师为什么突如其来气势汹汹的，但还是礼貌地解释道，"我今天来不是接媛媛，是来找明溪的。"

"哼。"黎老师从鼻子里哼了一声，"难得你们家会有人来找她。去年她在我班上突发肠胃炎，都没有家里人过来，还是我叫班上的两个学生把她送去医院的。"

"她没说过啊！"赵湛怀急道，他完全不知道明溪得过肠胃炎这件事，在脑海中回想了一遍，确定道，"她没和家里人说过！"

"当然不可能说啦！和你们说有什么用？"黎老师有点轻蔑地看着他，"参观日你们家就没人来过！我去年还特地去问过，怎么常青班那边的赵媛就有家长来，我们班的明溪却没人来。我还想去看看你们家到底是怎么搞的，结果只看到你带着你的另一个妹妹上车！"

赵湛怀心头一梗。

去年参观日，他去了赵媛的班级，让母亲去明溪的班级，但是当天母亲打牌忘了时间，于是就没去。

"是我母亲忘了。"赵湛怀只好道歉，"抱歉，不过就只是这一件事，您……"

"什么就只是这一件事，你以为就只有这一件事吗？"黎老师恨不得拿卷子砸他脸上，"有段时间，赵明溪那么勤奋刻苦的一个孩子天天上课打瞌睡，我问了好几次，甚至把她劈头盖脸地骂了一顿，她才说头天晚上在家做晚饭，任务来不及做，就熬了夜，白天才没精神——你们家不是很有钱吗，开的车都是几百万元的，为什么天天让赵明溪晚上做饭？！"

赵湛怀愕然："明溪她上课会犯困？"

他从没想过。

他以为晚上做饭是一件让明溪很开心的事，她擅长做饭，也想讨好家里人。

但是他根本没关注过这件事情对明溪产生的影响。

赵宇宁和赵媛回家休息的时候，她在厨房里，和那个对她有些刻薄的保姆一块儿将手浸入水中。

她也是人，她也会困。

她来到家里时还是个很瘦的、不敢抬头的小姑娘。

当时他也说过不用让明溪做晚饭。

但是赵宇宁不太懂事，闹着要吃明溪做的饭。

明溪就眼睛亮晶晶地说："没事的，大哥，也花不了我多少时间。"

赵湛怀碍于与明溪并没那么亲近，关系还比较生疏，便只能由她去了。

但是如果换成是赵媛的话——

赵湛怀无法想象，全家人会让赵媛进厨房，让她用那双弹钢琴的手洗菜。

赵湛怀心中发酸。

"她又不是铁，怎么不会困？"黎老师冷哼道。

他一直都觉得明溪很有天分，但不知道为什么她经常会出大大小小的事故，受伤或生病。

导致他觉得明溪是不是缺乏维生素。

他给明溪买了维生素和微量元素，让明溪坚持每天吃，明溪给他钱还和他道谢之后，他就忍不住去常青班看了看赵媛是什么样子，结果就看到了一个截然不同的、自信的、被人宠爱着长大的小孩。

作为一个老师，他心里都难受。

这样一来，他自然对明溪家人有怨言。

"去年校运动会她膝盖磕破了，也没有家里人来。"黎老师继续抱怨，"后来脸受伤了，又耽误了学习进度。现在听说她住校了，我都为她高兴，晚上终于不用做晚饭了,多了多少时间学习?!

"一个小孩的成长,不是光给钱就够了。你们会这么忽视你另一个妹妹吗?"

赵湛怀心里被刺了一下。

黎老师的话像是一把钝刀,一下一下地戳着他的心脏。

不会——

因为赵媛会说出口,她从小到大在蜜罐子里,被教育得天真无邪,有需要就会说出口。

而明溪却不会,她从小生活的环境不同,习惯了什么事都自己扛。

可是他们一家却用同样的方式来对待两个性格不同的小孩。

是他们傲慢,还是他们不够关爱明溪?

本应更关心明溪一点,但是他们却没有。

赵湛怀以前以为自己只是错过了这个妹妹过去的成长,但现在却发现,自己连她这几年的成长也错过了。

赵湛怀一阵颓然。

黎老师有一点说得没错,如果他们一家做得够好的话,为什么明溪要去讨好他们?难道不是他们亏欠明溪吗?

赵湛怀突然觉得,明溪选择住校,或许是个不错的决定。如果她待在家里只会受气的话,倒不如就让她搬出来自己住。

此刻赵湛怀心里很难受,他迫切地想见到明溪。

他还记得几年前自己带明溪去办理转学手续时,明溪还是个眼里充满鲜活和期待的女孩。

直到身后的门被打开,赵湛怀才回过神来。

明溪一见到他,立刻往教务主任办公室里看了一眼,见只有赵湛怀,她顿时皱起了眉,意识到是赵湛怀让教务主任把自己叫到这里来的。

明溪转身就走。

这一次赵湛怀却不知道该如何对待她。

不同于前两次态度傲慢地劝说,这一次赵湛怀意识到了家里对于明溪而言可能是个煎熬的火坑,他如果真的为了她好,应该做的不是将她强行拽回去。

"明溪。"赵湛怀深吸了口气,还是叫住了她,"我这次来是想和你说,你要是不想回家就不回，但是我希望我还是你大哥，你有什么困难我都会帮你。"

见赵明溪不理不睬地往楼下走，赵湛怀心中愧疚，连忙追了上去，把一张卡塞她手里，道："这是我的副卡，你直接拿去用，我不会和家里人说，就当是我俩的秘密。"

明溪搞不清楚赵湛怀又想干什么。

她道："副卡，能刷的额度是多少？别假仁假义的，万一被我刷光了怎么办？你不是喜欢赵嫒吗，这钱不留着和她结婚用？到时候是不是还得让我掏出来还给你们，祝你们百年好合？"

明溪说完，见赵湛怀惊愕地看着她，她才意识到：糟糕，现在的赵湛怀好像还没和赵嫒发展出感情线。

她嘴快了。

"我不要。"明溪把卡扔回赵湛怀身上。

"这是家里人欠你的，我先给你一部分，你不明白吗？"

明溪不信赵家人有那么好，而且也不信男主角的光环会放过自己——敢拿男主角的钱，还不得走霉运？等下辛辛苦苦攒的气运没准会"一朝回到解放前"。

明溪头也不回地走了。

赵湛怀感到一阵无力，在原地站了会儿后，平复了下心情。他找到方才那位黎老师，将卡交给了对方，说明了情况，拜托对方好好照顾明溪。虽然又遭到了一顿嘲讽，但是这位黎老师倒是答应了。

赵湛怀这才稍稍安心。

他带着沉重的心情回到校外停车场，看着助理拎着的那些东西，沉声道："她不要。算了，先回公司。"

而赵嫒这边吃完火锅，还以为赵湛怀今天要来接自己——结果又没来。

打电话也不知道对方因为什么事没有接。

又忘了吗？

赵嫒等得心急，忍不住和蒲霜一块儿回学校，去了教务主任办公室，却发现门早就被锁上了。

校外赵湛怀的车子也不在，看起来赵湛怀早就走了。

赵嫒心中生气又尴尬，快要维持不住表情："你不是说我大哥来找我了吗?"

蒲霜窘迫道:"我是猜的,他就是问我教务主任办公室在哪里。但他如果不是为了你去的,总不能是为了赵明溪去的吧?"

难不成还真是为了赵明溪去的?蒲霜在心里揣测。她看着赵媛的脸,心想,难道赵家其实也没有那么偏向赵媛?

赵媛感受到了她的目光,面上一刺,不想多说什么,坐上司机开的车子就回家了。

一回到家,她就发现张阿姨被开除了。

赵媛简直无法理解。

"为什么不经过我的同意,你们就把她送走了?"

赵媛冲到张玉芬的房间去,见里面空无一物,眼圈顿时就红了:"她到底干什么了,犯了什么错,非得被开除?"

赵母去外面逛街了,还没回家,家中就只有赵宇宁和另外几个员工。

赵宇宁一向不太管闲事,而且还在挂念今天赵湛怀去找赵明溪结果到底怎么样。

他便随便安慰了赵媛两句。

但是他听着耳边的吵闹声,觉得心烦,便去院子里的秋千上坐着。

司机对赵媛解释道:"媛媛,你最近忙着考试,我们没来得及对你说。你哥哥让张阿姨去学校给明溪送东西,但是张阿姨却态度恶劣,还撒谎,你哥哥一气之下就把她开除了。"

"我大哥?"赵媛不敢置信,"可是大哥知道张阿姨和我很亲近呀,她对我很好很好,即便犯了点错,也不该——"

司机不敢搭话,本来他们也都是这么觉得的,但是昨天赵湛怀发怒,让他们感觉最好还是不要站在张玉芬那边。

赵媛没有得到回应,心里有种不好的预感。

为什么大哥会为了赵明溪的一点小事开除她身边最亲近的人?

以前她在大哥心里才是最重要的人。

外面传来车子刹车的声音。

赵媛红着眼圈,脸色发白地走到门口,见到赵湛怀从车子上下来,这阵子心中积攒的满腔委屈再也忍不住。校花成了赵明溪,大哥连续两次没去接她,张阿姨也莫名其妙被开除了。

她鞋子也没换，冲过去就扑进了赵湛怀的怀里。

司机和赵宇宁对这一幕见怪不怪，赵宇宁本来也想冲过去抓住赵湛怀问问赵明溪的事情，结果却被赵媛抢了先，有些不快地皱了皱眉。

两者一对比，最近他越发觉得赵明溪更好了，她会做好吃的菜，会陪他打游戏，还会和他一起养猫。而赵媛除了小时候和他玩，长大后就一直跟着大哥了。

有时候赵宇宁会恍惚地意识到，在这一点上，果然赵明溪和他才是家人——

家里除了赵媛，就没有对猫和花生过敏的人。

赵湛怀张开手臂，无奈地任由赵媛抱上来，不自觉地放柔了语气："怎么了，谁欺负你了？"

听见大哥温柔的语气，赵媛一颗心才落了下来，委屈得眼泪都掉了下来，在他怀里蹭了蹭："你为什么要把阿姨给开除了，回答我？！"

赵媛平时温柔大方，这种带着点娇憨的语气只会在对赵湛怀说话时才有。

以前赵湛怀也习以为常，但是此时此刻耳边猛然不合时宜地响起明溪的那句话："祝你们百年好合。"

什么意思？明溪觉得他喜欢赵媛，还是赵媛喜欢他？但他一直都是把赵媛当妹妹的，从来没有逾矩的意思。这怎么可能，是不是明溪多想了？

但是赵湛怀猛然察觉到赵媛的语气和在他怀里撒娇的动作。

"大哥，我今晚可不可以去你房间，像小时候一样？"

赵湛怀脸色忽然一变。

难不成媛媛对他——

这不可以。

赵湛怀脸色变了又变。

假如今天没有赵明溪提醒的这句话，可能他会放任两人的感情自然生长，但是今天从明溪那里听到的这句话，却已经如一根不上不下的鱼刺一般扎进他脑海里。

他不可能明知赵媛对自己产生了悸动的想法，还放任这一切继续发展下去。

赵媛刚想继续哭诉，就感觉到赵湛怀突然非常生硬地将她拉开，他眼神闪躲,抬步朝台阶上走去。

"你都长大了,别为这点小事哭哭啼啼。在你自己的房间睡。"

赵嫒震惊地看着大哥一下子与自己生疏地拉开距离,就这么直接进了门,拒绝了自己。

她宛如被扇了一个耳光,接下来要撒娇的话都戛然而止。

赵嫒看着眼前这一幕,血液都凝固了。她后知后觉地感觉到不对劲,心中猛然涌出一阵惊慌。

以前赵湛怀从来不会拒绝自己。

到底从什么时候起……

赵湛怀回到房间才发现,自己的房间里居然一直有很多赵嫒的东西:沙发上有两个抱枕,她的一件短外套也落在了他的房间。

赵湛怀太阳穴突突直跳。

如果只是兄妹之间的感情的话,在外人看来好像的确是过分亲昵了,而且嫒嫒好像对家里的其他人都没有这般依赖。

以前赵湛怀没有往这方面多想,他相信现在的赵嫒也未必对他真的是那种感觉,可明溪的那句话像是一记警钟,让他猛然醒悟——无论有没有那个苗头,他都要将其扼杀在摇篮中。

拉开距离十分有必要。

赵湛怀痛定思痛,很快就让助理把赵嫒落在自己房间的东西收拾了一番,用纸箱子装着拿去还给了赵嫒。

还有一些不知道是不是赵嫒的,只要是女生的用品,他也都让助理装了进去。反正他洁身自好,没往家里带过异性,应该只能是赵嫒的。

收拾着东西,赵湛怀便越发感觉到曾经的自己不自觉的偏心。

他房间里竟然一件明溪的东西也没有。

若要仔细回想起来,明溪好像从来没进过他的房间。

赵湛怀心情又沉重了点。

赵嫒从助理手中接过纸箱子,委屈、生气到了极点,胸膛迅速起伏,"砰"地一下就把门摔上了。到了吃晚饭的时间,她也没有下楼。

阿姨去敲了两次门,她把头蒙在被子里拒绝吃饭。

赵嫒很少在家里这样,因为家里人都是宠着她的,她也从未受过什么大的委屈。

但是一旦她不开心到不吃饭的程度,以往家里人绝对会轮流过来哄她。

可今天赵母还没回来,家里就只有赵湛怀和赵宇宁。

赵宇宁是个缺心眼儿的,对谁说话都不客气,过来敲门时道:"媛媛姐,你还吃不吃啦?不吃拉倒。不就是把张阿姨开除了吗,你至于吗?大哥说张阿姨一直对明溪姐很苛刻,是张阿姨重要还是明溪姐重要?"

赵宇宁兀自念叨:"废话,开除一百个张阿姨都不如明溪姐回来重要。"

赵媛心里堵得要命。

赵湛怀本来应该去关心她,但是一来他决心与赵媛拉开距离,二来他一晚上都忍不住想明溪之前的辅导员对自己说的那些话。

对赵明溪的愧疚感压过了所有——以前明溪没吃饭,自己好像都没去关心过。自己为什么非得将媛媛捧在手心里呢?

犹豫了一下,赵湛怀皱眉道:"随她去吧。"

一直等到晚上十点,也没有一个人来安慰赵媛。

赵媛眼睛肿得像核桃一样,渐渐地,她犹如热锅上的蚂蚁,终于慌了。这完全是她始料未及的事。到底为什么会这样?

大约十一点的时候,外面有车灯扫过,张罗生日宴的赵母回来了。

过了一会儿,赵媛的门被推开,赵母走进来,坐在床边轻轻掀开赵媛的被子,叹了口气,安慰道:"媛媛,为了一个张阿姨,你何必呢?这次本来就是张阿姨做错了事情,你大哥正在气头上。

"你要实在舍不得,等生日宴明溪回来后,让张阿姨给明溪道个歉、认个错,再把张阿姨叫回来。"

赵母还是在意她的。

赵媛安心了不少,她坐起来,哽咽了下:"嗯……"

可她其实是为了张阿姨的事吗?她在意的是大哥和赵宇宁的态度。

赵母安抚完她,又看了眼窗外冰凉的月色,忍不住道:"也不知道明溪这丫头在学校过得怎么样,她都好久没回来了。上次骂完她我就有点后悔,但是又没有台阶下。"

赵媛刚刚安心一点,表情顿时僵住。

她放在被子底下的手无声地攥了起来。

"她想开了就会回来的。"赵媛只能勉强挤出笑容,安慰道。

赵母点了点头:"等生日宴她回来后,我们都给她买点她喜欢的礼物。"

赵母也有点累,没和她多说什么,转身就出去了。

这一晚赵嫒整夜无眠,心里慌乱又煎熬。

不知道是不是她的错觉,仿佛因为赵明溪离开家这件事,家里的一些事在悄无声息地发生着改变。

第二天赵嫒眼睛有点肿,拿粉底遮了遮,也没办法完全遮住。

蒲霜立马就看出来了,问:"你怎么了,昨晚你家里发生什么事了吗?我昨天误导了你,是我的错,我也不知道你大哥居然是去找赵明溪的……"

蒲霜想了想,安慰道:"我觉得是因为赵明溪现在离家出走,所以你家里人的注意力才会全都集中在她身上。"

"我知道。"赵嫒侧头,视线不由自主地落在了不远处的赵明溪身上。和她一样,很多人都在悄悄朝赵明溪看。

摘下口罩后的赵明溪一天比一天好看,她立在朦胧的薄雾里,面庞白皙,五官明艳,站在人群中什么都不用干,就把别人衬成了背景板。

而且她从家里离开时没带什么衣服,但不知道为什么最近穿的全都是剪裁大方的名牌,将她衬得更加出众。

赵嫒皱眉:"但我总不可能也离家出走。"

"怕什么?"蒲霜小声道,"老师说今天考试的成绩就要出来了!赵明溪的成绩肯定很难看,而你的成绩一向很好。"

"你把成绩单拿回去给你妈妈和大哥看看,他们的注意力肯定就转回你身上了。"

明溪脑海里还在回想着上周的考试,以及昨天周日去高教授那边问的几道题。

在高教授那边,明溪感觉到了一种久违的、单纯的学习的快乐。

就像以前在北方小镇时那样,什么都不用想,什么也不用管,只需要铆足了劲儿学习。

仅仅是在期末得到老师的夸奖,拿着成绩单回去给奶奶、董叔叔和董阿姨看,她就已经足够快乐了。

可惜每周只能去那边一次。

明溪正在漫不经心地想着这些，忽然身后传来"呲呲——"两声，她身后的一个女生小心翼翼地拽了拽她的手。明溪回过头去，那女生将一个手机壳塞进她手里。

明溪一头雾水，这是什么东西？

"呲呲——"

她下意识地回头一瞧，见个子高挑的傅阳曦站在远处，晨雾与寒风中的红色短发宛如刺猬，白皙的一张脸还带着些许的起床气，但是脸上却露出得意的神色。

见她回了头，傅阳曦赶紧抬起手来，冲她晃了晃手里拿着的东西。

让她看他的手机？

明溪仔细一看，才发现他的手机壳是黑的，款式和刚刚那女生塞到自己手里的一模一样。

唯一的区别就是，他黑色手机壳的背面是个白色的线条简约的小太阳。

而给自己的白色手机壳背面是个黑色的线条简约的小口罩。

情侣手机壳？

明溪差点被吓坏了。

但是她再扭头一看，发现身后十几个男生都齐刷刷地掏出手机给她看。全都是款式一模一样的手机壳，只是颜色不同，橙、黄、蓝、绿、紫都有。背后的图案也不同，他们的有的是简约的卡通人，有的是简约的一坨……

被分到黄色手机壳的那个男生用凄苦的眼神看着赵明溪。

明溪怦怦加快跳动的一颗心脏这才落下。

吓死了。

她还以为傅阳曦突然送自己情侣手机壳呢。哦，原来是"门派"定制的手机壳。

幼稚不幼稚啊？

虽然觉得又幼稚又臭屁，但明溪还是从这种做法中找到了一种归属感，就像是有一群人接纳了她一样。

明溪弯了弯唇角，回头看了傅阳曦一眼，然后低下头掏出手机，把手机壳换上，再举起手机，头也不回地冲着傅阳曦扬了扬。

傅阳曦顿时耳根一红，冲着身边的柯成文道："我就说她会换上的。"

柯成文悄悄挡着隔壁金牌班沈厉尧投过来的冷冰冰的眼神，欲言又止。他对傅阳曦说:"低调点曦哥,大家全都看着你呢。你想买情侣手机壳就直接买,干吗还逼着大家伙全都换上?"

"什么情侣手机壳?是她喜欢我好吗?那种玩意儿必须等到她买。"傅阳曦不承认,瞪了柯成文一眼,"我买的就是'门派'手机壳!还不准我有点个人爱好了?"

柯成文立马道:"准!"

傅阳曦:"滚。"

换上新手机壳的傅阳曦心情大好,步伐格外六亲不认,上次罚他扫厕所还没结束,他回到教室后主动去把本楼层的垃圾倒了。

明溪一见他去倒垃圾就眼睛一亮,赶紧跟了上去。

傅阳曦腿长,几步就下了楼。

明溪一路小跑,在教学楼下的小巷子里好不容易追上了他。

傅阳曦听见身后的脚步声,回过头来,见到是她:"你下来干什么?"

"我帮你!"明溪劈手就把傅阳曦单手拎着的垃圾桶抢过来。

最近盆栽的长势有点停滞不前了。

主要是送甜品送的次数太多,帮傅阳曦干活儿也干了太多次,边际递减到几乎为零。

除此之外,抱也意外抱过了,握手也握过了,这两样肌肤接触能带来的气运也已经增加完了。

明溪一时半会儿都想不出还能做点什么。

倒垃圾倒是还没做过,可以试一下。

傅阳曦拽着垃圾桶不松手,但见明溪坚持,眼睛还亮晶晶的,他只好松开手。

明溪接过来才发现有点重,得两只手拎着,她赶紧道:"曦哥,你上去吧,我来倒就可以!"

傅阳曦有时候都感觉她是不是对自己太好了,连倒垃圾这种小事都要为他做。这难道就是相濡以沫吗?

他定定地看着她。

十月的风很凉,明溪站在他面前,微微仰头看他,傅阳曦觉得自己像是吃到了一颗草莓味的糖。

傅阳曦低下头，注意到赵明溪的鞋带散了，他道："你平时就是这样系鞋带的？"

明溪低头看了眼自己的白色运动鞋，不明所以："怎么了？"

她系鞋带的手法很怪，就是胡乱地打两个结，虽然不至于散开，但是看着也怪不利落的。

"过来。"傅阳曦忽然道。

明溪愣着没动。

傅阳曦不耐烦了，冷酷道："走近一步。"

"干吗？"明溪嫌弃地问。她拎着垃圾桶，一头雾水地朝他近了一步。

傅阳曦忽而躬下身去，手指触碰到她的鞋带，将她左右脚的两根鞋带解开，然后重新绑了两个漂亮完美的蝴蝶结："这样才是对的。"

小巷子里，明溪站着，傅阳曦半蹲在她面前，身影被橙色的朝阳拉长。

明溪垂眼看着他的红毛，捏着垃圾桶边缘的手指不自觉抓紧，莫名紧张。

她觉得傅阳曦最近有点怪。

——对她怪好的。

她视线又落在傅阳曦给她系好的鞋带上。

明溪怔了怔，长这么大，除了奶奶给自己系过鞋带，傅阳曦还是第一个。

明溪立刻不太自然地缩回脚，退了一步。

傅阳曦手指还落在她鞋子上，忽然落了空，他顿时也浑身僵硬起来。

意识到自己在做什么之后，他心脏怦怦直跳，耳根红透，像块石板一样，慢吞吞地站起来。

他用一脸"你看看你这个没见过世面的小口罩"的神情看着赵明溪，双手插兜，用嘚瑟的语气道："你这么紧张干什么？大家都在一个班，你又是我兄弟，互相帮助是应该的嘛！除非你——"

明溪不用听就知道他又要说什么不着边际的话了，可惜垃圾桶在手，不能捂住耳朵。

"闭嘴。"明溪真想把垃圾桶盖到他脑袋上，拔腿就继续往前走。

傅阳曦喉结动了动，跟在她身后。

傅阳曦忍不住笑了。

他看着她清秀的背影，突然冲动地想说："我们谈恋爱吧。"

但是话到嗓子眼，又羞赧地咽了回去。

小口罩还没表白呢,她可能还没做好准备。

他不能贸然行动。

"一起倒吧。"傅阳曦几步追上去,一只手插兜,竭力控制住自己想要上扬的嘴角,伸过去另一只手,将垃圾桶一侧拎起来。

明溪恨不得扛着垃圾桶跑:"不用,没关系,我自己可以。"

傅阳曦:"别以为我不懂,女生说的'不要'就是'要',女生说的'没关系'就是'有事'。"

明溪:你懂个头!

傅阳曦不管三七二十一,继续拎着垃圾桶。

明溪搞不清楚他为什么能让别人替他倒垃圾,但是到了自己,倒垃圾、扫厕所这种事他却都不让。

明溪只能将其归因于他也有绅士风度。

能倒一半,总比没得倒好。

"好吧。"明溪心情低落了下来,只好拎着铁皮垃圾桶另一侧,和傅阳曦一块儿朝学校垃圾场走。

倒完垃圾,拎着空的垃圾桶回教室时,傅阳曦被正从教学楼出来的教务主任逮个正着。

傅阳曦臭着脸,只好把垃圾桶交给明溪,让明溪自己先上去。

明溪乐得傅阳曦不在,一边拎着垃圾桶晃悠悠地上楼,一边数了下自己的盆栽。因为是第一次帮傅阳曦倒垃圾,所以长了三棵小嫩芽。

到目前为止就有七十九棵了。

明溪心情振奋,整个人都精神焕发起来,带着笑容回国际班。

结果还没进班级,她上楼时,抬头见到了和校竞队其他五人从楼上下来的沈厉尧。

他们金牌班一向是走教学楼的左侧楼道,今天不知道为什么居然从右侧楼道下来。

一行人看着赵明溪,神色都有些尴尬,下意识地看了眼沈厉尧。

沈厉尧见到赵明溪脸上的笑容,只觉得十分扎眼,裤兜里的手忍不住攥紧。

刚刚在楼上的走廊,他看见了。

看见赵明溪和傅阳曦一块儿去倒垃圾,两人有说有笑。

傅阳曦还帮她系鞋带。

沈厉尧的视线无法控制地落到了赵明溪的鞋子上，内心充斥着一种焦灼的情绪。

他不由自主地走过去，被叶柏一下子攀住肩膀，叶柏在他耳边道："她可能是故意的呢，尧神，忍住。"

这一次沈厉尧却直接打掉了叶柏的手。

他脑子里像是绷着一根弦，全是刚才赵明溪和傅阳曦在一块儿的画面。他无法冷静，更无法忍住。

她到底想干什么？

即便在没有他的场合，她也和傅阳曦关系那么好。

考试之前，他还看见他们握着手。

沈厉尧裤兜里的手用力攥住，保持着几分理智，在赵明溪面前站定："我这边来了消息，下周董家好像要回国，你知道吗？有需要的话——"

顿了顿，沈厉尧抬眸，竭力用漠然的语气道："我陪你去接。"

几年前沈厉尧见过董家人，也知道董家和赵家以及赵明溪之间的关系。

"啊？"明溪愣了一下，才反应过来董家应该是已经跻身赵家和沈家的社交范畴了，所以他们回国的消息会传到沈厉尧耳朵里，也不足为奇。

她赶紧摇摇头："不用了，不需要。谢谢你的重点复习范围，我收下了，但是我自己去接人就可以了。"

沈厉尧眉毛瞬间蹙了起来："为什么？"

明溪道："什么为什么？到时候他们误以为你是我男朋友怎么办？"

沈厉尧不明白赵明溪这阵子到底是怎么了，正如他不明白为什么赵明溪不再希望别人这么误以为——

他心里翻腾着无法疏解的躁意，忍无可忍道："这不是你所希望的吗？"

明溪明白了，原来沈厉尧还以为自己喜欢他呢。

虽然当着这么多人的面，不太好说这件事，但是既然沈厉尧主动问出了口，明溪还是决定就在这里说清楚。

不然还要花时间约他去外面的咖啡馆吗？

本身以前追沈厉尧就是一件很草率的事。他没有松口过，想必也没有当回事过。

"我不再喜欢你了。"

明溪看着沈厉尧，认真地说："以前喜欢你，可能是因为你帮过我。但毕竟那时候我还小，做事不得体的地方，你不要放在心上。"

明溪说得再清楚不过。

楼道口一阵死寂，仿佛只有风声。

叶柏震惊得张大了嘴巴。

沈厉尧就这么看着赵明溪一字一顿地说出了"不、再、喜、欢"这四个字，脸色僵硬难看，犹如石膏像。

一时之间心里竟然有隐隐作痛的感觉。

他身后的几个校竞队的兄弟看着他的脸色，大气都不敢出一下。

这阵子虽然沈厉尧早就隐隐约约猜到是这样，但是始终不敢相信。可没想到在他说服自己之前，她先亲口说了出来。

沈厉尧不知道该称赞赵明溪是果决还是什么，记忆当中，她想要干什么，她做好了什么决定，就从不拖泥带水。

果断到之前的追逐仿佛都是一场笑话。

沈厉尧原本以为赵明溪不再出现在自己的视野当中，他会松了一口气，节约不少应付她的时间。

但是这一瞬，他居然并没有解脱的感觉，而是钝痛感排山倒海而来。

彻底失去了什么感觉从未如此清晰……

沈厉尧脸色难看极了，冷冷地盯着赵明溪。

赵明溪估计是自己让他尴尬了，只好尴尬地说："那就这样？拜拜，我还得上课。"

赵明溪说完，也不去看沈厉尧和他身后的队友是什么反应，立马就溜了。

他们盯着赵明溪的背影看了几秒。

叶柏还是不敢相信："她在开玩笑吗？说不喜欢就不喜欢了，哪有人从喜欢到不喜欢完全没有过渡期的啊？还是她在激你呢？"

沈厉尧脑子嗡嗡响，没有心思去管叶柏说了什么。

事情到底为什么会变成这样？！

他甚至开始去回想，她突然开始远离他的那一天，是因为他做了什么吗？

可是没有，沈厉尧想不到。她突然放弃他的那一天，就只是风和日丽的平常的一天。

越是这样,越让沈厉尧胃里一阵难受地翻搅。

叶柏道:"但是刚刚傅阳曦给她系鞋带,她下意识的动作就是退一步——看起来她也并没有移情别恋啊?"

"让我一个人静静。"沈厉尧甩开他的手,转身往下走。

"尧神,待会儿要做实验,还得计分!"一个校竞队的男生连忙道。

叶柏连忙追上去,道:"你喜欢她吗?你该不会喜欢上她了吧?你不喜欢赵明溪的话,完全没必要在意啊!"

沈厉尧脚步在楼梯上顿住,几乎是从喉咙里迸出几个字:"我不喜欢。"

叶柏道:"对啊。"

沈厉尧告诉自己,他不喜欢她,无所谓,没关系,不是什么大不了的事。

每天往他桌子里塞情书的人那么多,不缺她一个。

即便他欣赏她,也可以继续做朋友——她只是不喜欢他了而已。

可这一瞬,沈厉尧还是心烦意乱得说不出话来。

所有的事情都脱离了他的掌控。

他完全没心思去做什么实验,抬脚往楼下走,冷冷道:"别跟来。"

与此同时,办公室内,几个老师正围成一团,惊奇地端详一份试卷。

"最后一道大题是我特地出的拉开分数差距的题目,考的知识点远超大学竞赛范围。令我欣慰的是,总共有七个人答题有一点清晰的思路,其中有三个人甚至步骤全对,说明知识面涉猎非常广。"

金牌班的姜老师说道。

"这份是沈厉尧的。他的字迹我看了两三年,是他的卷子没跑了。"他扬了扬左侧的一份试卷,神色中不无得意,又扬了扬右侧的试卷,"这份是我们班的邱伟的——"

优秀的学生,就连他们的字迹这些老师都一清二楚。

"那么问题是,桌子上那份是谁的?"

姜老师道:"我完全没见过这个学生的字迹!"

现在试卷都批改出来了,但是还没启封,都看不到姓名,他们仨实在是对这份试卷感到震惊,一边吃早饭一边讨论。

卢老师啃着煎饼馃子,对常青班的叶冰老师说道:"应该是你们常青班的了,你辨认一下字迹。"

姜老师也道:"是你们常青班的没跑了。"

叶冰虽然辨认不出这份试卷是自己班上谁的,但是她也认为是自己班学生的。

她勾了下红唇,将那份试卷拿起来掸了掸,道:"不猜来猜去了,还是赶紧把别的科目的试卷拿来放一块儿吧。"

过了一会儿,其他科目的老师把试卷送过来,都说有个字迹有点陌生的学生好像成绩很不错。

三个辅导员顿时狐疑起来,别的科目的老师也觉得字迹陌生?

因为格外注意这个字迹陌生、数学又考了满分的学生,在把试卷分类整理的时候,他们就格外注意这学生到底是谁。

开启密封条的时候三个辅导员围在一块儿。

卢老师虽然觉得没自己什么事,但还是苦涩地围了过去。

结果等那个姓名露出来的时候——

卢老师都不敢相信自己的眼睛!

而叶冰老师和姜老师都愣住了:"啊,这个赵明溪是谁?"

到了他的学生考了满分,这两人就对他的学生一无所知,卢老师怒道:"是我们班的啊!就是上个月从另一栋楼普通班转来的学生!"

"什么情况啊?!"卢老师愣了足足五秒钟,火速去翻赵明溪别的科目的试卷。他的手开始颤抖,内心宛如寻宝,带着不敢置信和害怕,害怕接下来翻出来的试卷显示她别的科目考得很一般——

结果把她几科试卷全都找出来了,除去有一科居然没做完,考得一般,其他科目分数都很高。

"什么情况?她真是从普通班转来的?"叶冰忍不住道。

本来只是一场考试而已,对于常青班而言是家常便饭,压根儿没人在意。

但是因为这次涉及校庆主持人花落谁家,又是新晋校花和前校花两人第一次做同一套试卷,于是常青班的人都忍不住关注赵明溪到底考得怎么样。

赵媛以前也从不在意这种考试,反正她成绩足够好,虽然比不上智商偏高的校竞队成员,但是也足够秒杀全校百分之九十九的人。

但是这次因为有赵明溪参与,她心底也有点紧张。

吃完早饭后她便来教室等着,看起来在事不关己地看书,但她一直注意着门口的动静,等着老师过来。

金牌班校竞队的叶柏等人因为早晨在楼道发生的那件事,亲眼看见赵明溪拒绝沈厉尧,都在私下议论赵明溪到底怎么了。

于是平时从不在意成绩——因为无论怎么考,他们都是前六名排列组合的几个人,也忍不住关注考试结果。

赵明溪这边则紧张得坦坦荡荡。

她听说百校联赛还没选人,一般都是选二十个人,如果她能考进前二十名,那就能参加今年的百校联赛了。

天知道她有多想参加。

这次考试她考前几科的时候,高兴地感觉"debuff"完全消失了,不知道是不是考前增长的那十棵小嫩芽的缘故。

但是考到最后一科时,那种熟悉的写不出来字、眼前发黑的压迫感又来了,所以她那科应该没考好。

也不知道结果到底怎么样。

她不停地看时间,回头去问柯成文:"国际班老师一般什么时候来公布成绩啊?"

"八点五十分左右吧。"柯成文坐在桌子上晃荡着腿打游戏,"小口罩,你很紧张啊?"

话音刚落,傅阳曦就把书卷起来,重重地抽了一下他的腿,用威胁的眼神看着他。

傅阳曦不准别人叫这个绰号。

柯成文连忙改口:"赵明溪,你很紧张啊?"

"当然紧张,我想参加竞赛。"

听说参加竞赛并入围决赛,学校就会给每人发五万块钱的奖金。

如果再在决赛拿到奖,不仅是学校,市里还会发钱!还加分!哪有这么好的事情!

当然,决赛拿奖明溪不太敢想。

"但是你的成绩——"柯成文上下打量她一番,犹豫地说,"应该不怎么样吧。"

"怎么说话呢?"傅阳曦又抽了他一下。

柯成文腿都肿了,也不敢坐桌子上了,急忙爬了回去。

先前不怀好意问明溪口罩下的脸长得怎么样的那个男生不知死活地小声说了句："考试这种事，重在参与。"

他本以为说话的声音很小，教室这么吵别人根本听不到，结果傅阳曦立马站了起来，眼神霸道："陶晗，你出来一下。"

柯成文忍不住说："……他叫汪晗。"

那人顿时钻到桌子底下去。

教室里一片混乱。

傅阳曦怒气冲冲地要从明溪身后把汪晗揪出去，明溪寻思着他早上刚被教务主任叫去过，赶紧挡住他。

傅阳曦见没法从明溪身后过去，拉开右侧的窗户，就要从窗户走。

正在这时，辅导员卢老师突然冲了进来！

大家都看着卢老师满面红光，大步流星冲着赵明溪走过去，看她的眼神犹如看亲闺女！

然后——

卢老师猛然拉起她，一下子抱住她，然后叫嚷着"啊啊啊，翻身了"，抱着赵明溪兴奋地蹦了两下！

赵明溪头晕目眩。

"你干什么啊？！"傅阳曦气急败坏，一把把赵明溪拽出来。

叶冰老师抱着卷子走进常青班的时候，紧紧抿着红唇。

常青班都只觉得风雨欲来，老师马上就要发火了。

当听到她的第一句话"这次咱们班总体水平还行，和以前没多大区别"时，还松了口气。

但下一秒，就见她把试卷往讲台上一摔！

"但我的科目你们考得也太差了！

"一个得满分的都没有！

"总共三个得满分的，就连楼上国际班都有一个，为什么我们班却一个都没有？！"

"国际班的碰运气吧。"底下有学生小声道。

那道题那么难，看都看不懂。

别说超出所学知识的范围了，就连竞赛范围都超了。

听叶老师说整栋楼只有三个人能做出来就知道了,连校竞队的六个人都没能全部做出来——向来处于尾部的国际班能有人解答出来?

没人放在心上,一道题而已,总成绩绝对还是他们班比国际班强。

赵媛也没怎么在意,她虽然没做出来,但是她的优势在于各科分数非常均衡,总分的排名从来不会太差。

反正国际班那唯一一张满分的卷子,总不可能是赵明溪做出来的。

她继续低着头,视线落在书上,但是心思全飞到了接下来公布排名的步骤上。

随着投影仪打开,赵媛越来越紧张,她面上没表现出来,但是手却不由自主地将书页捏得全是汗。

蒲霜坐在她旁边,小声道:"你不用紧张,只要你正常发挥,就是三个班前二十名内。赵明溪上个月才从普通班转过来,学习进度只怕都没赶上,怎么和你比?"

"我不紧张。"赵媛摇摇头,道,"我的成绩高过她是一定的,怕就怕——"

怕就怕甩开赵明溪的差距不够大。

怕就怕赵明溪相较于以前,成绩有了很大的进步。

赵媛没说下去,但蒲霜很快明白:"也是,赵明溪起点低,有一点进步你家里人都会注意到,而媛媛你成绩好了这么多年,你家里人都习以为常了。"

赵明溪从普通班转来这栋楼,得狠狠地摔上一跤,摔到末尾的倒数几名,赵媛家里人才能看出她们俩的差距。

"嗯。"

赵媛闭了闭眼,定了定神。

再一睁开眼时,成绩已经被展示出来了。

她屏住呼吸,寻找着自己的排名,每科成绩一科一科地看过去。

蒲霜从上往下看,先把她的名字找出来,道:"媛媛,你好厉害!班上第五名,三个班排名第二十!"

"这次又进了前二十名!"

赵媛陡然松了半口气,对蒲霜笑了笑道:"这次发挥得不是特别好。"

正在两人说着话时,叶冰按了一下按键,把屏幕上的全班成绩调到了全楼成绩,冷着脸道:"你们也别以为考好了就很得意,看看人家校竞队的成绩，比较一下自己和人家的差距。"

常青班的人纷纷在全楼排名里寻找着自己眼熟的人的成绩。

非常突然地，不知道谁忽然说了声："等下，我没看错吧，那是赵明溪的名字？"

"她是第几名？我怎么感觉我瞎了，老师你能不能把表格调大一点？！"

"李海洋，她是上次拒绝你的那个？"

"叫什么李海洋，叫李鲸鱼。人家傅阳曦亲自取的名，刺激不刺激？"

李海洋："闭嘴。"

发生了什么？

赵媛和蒲霜莫名听到有人叫赵明溪，还以为自己幻听。

叶冰投屏成绩一向是从上到下慢慢滚动，现在全楼排名才放出来几分钟，应该还在第一页，也就是前五十名。

赵明溪考进了前五十名？

赵媛心中咯噔一下，迅速抬头朝屏幕看过去。

接着就看见了她完全无法理解、不可思议的一幕。

白色的背景，黑色的表格，赵明溪的名字前面的序号是19。

从左到右挨个看过去，最为瞩目的是高数那一栏。

满分。

她是满分。

耳边不断响起声音：

"赵明溪排第十九名？她进前二十名了？"

"什么情况啊！前二十名那么难进，每次金牌班就占据十几个名额了，我们班顶多就五个人能考进去，他们国际班还从没有人进过前二十名！这次怎么——赵明溪不是说她是从普通班转来的吗？"

越来越多的人注意到了夹在中间、第十九名的赵明溪。

接着就有人和赵媛一样注意到了——

"等等，她就是那个得满分的？！"

这话一嚷出来，震惊四座。

全班一下子像烧开的水一样沸腾了。

刚才叶老师说的三个得满分的，其中一个国际班的就是她？？

赵媛看着刚好压在自己上面的那个名字。

整整五分钟都如处于梦中。

她脸色非常难看。

她整个人仿佛处于真空当中，定了定神，忍不住低声问蒲霜："……我没听错吧，是明溪吗？第十九名？排在我前面？"

蒲霜还处于震惊当中，张着嘴巴没回过神来："啊？"

赵媛前面的男生听见了，以为赵媛看不清，好心地扭头对她道："对，就是赵明溪，她居然有一科是满分哎！没想到啊，这次的题目还这么难！那她以前是怎么混到普通班去的？

"你姐她是不是偏科——等等，也不算偏科，就只有一科特别差，其他科目分数都好高。

"等等，你怎么脸色这么难看，你是不是哪里不舒服？"

卢老师冲进来兴奋地抱住赵明溪的时候，就直截了当地告诉了她，她这次总分是国际班第一名，全楼第十九名。

全班都愕然地看向赵明溪。

"小——不，赵明溪，你有点东西啊！"柯成文惊讶地说。

傅阳曦扬起了骄傲的笑容，看了赵明溪一眼。

"我第十九名？"赵明溪还没反应过来，指着自己的鼻尖，看向傅阳曦，"卷子没批改错？真的假的啊？"

主要是她以前在桐城的时候，总是第一名，但自从来到这里，从来没考过好成绩，导致她完全不知道自己的真实成绩到底如何。

但没想到不受负面气运压制之后，直接考了三个班的第十九名！

她怎么傻乎乎的。

傅阳曦心都化了，忍不住伸手在她头顶乱揉了一把，止不住笑意："小口罩你别狂，考了班级第一，还来问我这种倒数的你是不是考了第一，你在故意炫耀吧？"

赵明溪头发乱糟糟的，被傅阳曦拽着坐下来。

坐下来后，她心脏狂跳，努力去接受自己真没那么差的事实。

想着想着，她就忍不住激动得捧住了脸，但是……

"确定没批改错误吗？而且教室里都有监控，可别怀疑我作弊。"

明溪可不想心情像坐过山车一样。

"傻孩子。"卢老师此时此刻看她的眼神非常慈爱。

他回到讲台上，还在用一种"我家终于有孩子出息了"的眼神兴奋地看着赵明溪所在的方向。

"喀喀，大家安静，我想说几句。

"今天是卢老师我教学以来最开心的一天，我们国际班还从来没有同学高数考过全楼第一，虽然是和金牌班的另外两个校竞队的学生并列第一，但也是第一了！这说明我的教学取得了非常大的成果，这说明我的努力没有白费……"

接下来是一大段滔滔不绝的伤痛感言，追溯到卢老师毕业后还没秃顶时毅然决然地投身教育事业的那段青春。

在国际班的一群人恨不得砸臭鸡蛋时，让人心情像坐过山车一样的事情还真的发生了。

教室门口来了个老师，把卢老师叫出去，说有两个学生的成绩出了点问题。

总分的名次还得重新排一下。

"啊？"卢老师吓了一跳，他们班好不容易出了个总分排名进了全楼前二十的，可别是赵明溪的成绩出了问题。他一边心里发慌，一边问，"哪两个学生？"

"一个是你们班的赵明溪，一个是金牌班的单祁。"

卢老师提心吊胆地跟着那个老师走了。

国际班的气氛一下子紧张起来。

傅阳曦往窗外看了眼，皱眉道："分数不核对好就放出来，现在重新去排，万一分数比之前低，这不是让人白高兴一场吗？"

明溪叹了口气，她反而觉得这才是正常的走向——她怎么可能那么轻而易举地考进全楼前二十名呢。

她倒不是不相信傅阳曦的气运，而是不相信她自个儿。

她好几年成绩都很糟糕，突然飙升到这么高，她自己都觉得在做梦。

"淡定。"明溪这时候反而冷静下来，拿起桌子上的牛奶把吸管插进去，喝了一口。

常青班这边也接到了要重新排名的消息，说是国际班的赵明溪和金牌班的单祁成绩有问题。

这消息一出，叶冰也去办公室帮忙了。

严厉的叶冰一走，常青班议论的声音更大了点。

"我就说赵明溪怎么能考那么好呢，原来分数出了问题。"

李海洋忍不住替赵明溪辩驳道："你没听说只是一道填空题出了问题吗？这才三分，即便把这三分扣掉，她也还是很厉害啊。"

"但是那样的话，她就要往下掉几名了——应该会位于……"那人抬头看了眼，道，"会位于赵媛下面，第二十二名。"

赵媛血液涌到头顶，脑袋嗡嗡响的感觉总算缓解了一点，她勉强去计算了下如果赵明溪扣掉那三分的名次。

如果扣掉，那么自己便是第十九名，赵明溪则是第二十二名。

蒲霜也飞快地算了一遍，咽了下口水，道："没想到赵明溪这次考得这么好，可能是巧合？是不是沈厉尧帮她画过复习范围？但是如果重新排名的话，她就在你下面，这样——"

蒲霜想说，这样总比刚好直接压过你好，但是看着赵媛依然难看的表情，她还是不敢说出来。

等待的这几分钟，对于三个班来说都很难熬。

赵媛一直死死盯着那投影仪，直到大约五分钟后叶冰回来。

叶冰替换了投影的内容。

因为刚才那一出，所有人都下意识地直接去寻找赵明溪和单祁两人的名字，想看他俩排名的变化。

然后就看到——

赵明溪的名次居然是往上移动的！是加分，不是扣分？

她上移到了排行榜的第十七名？！

不同于刚才的沸腾，常青班的教室一时之间鸦雀无声。

叶冰冷冷解释道："有道填空题有两个答案，但是另一个答案用的是竞赛的思路，不在我们所学的范畴，所以当时批改错了，现在重新修改回来。只有这两个学生填了另一个答案。

"我在这里提醒一句，你们打算参加竞赛的人，还是尽量拓宽知识面。"

赵媛血液都凝固了，眼睁睁地看着赵明溪因为加了三分，上升到了第十七名。

而排在自己后面的单祁因为这三分,也移动到了自己前面。

自己一下子掉到了第二十一名?!

由于这一次移动名次赵媛也被牵扯,全班同学都下意识地多看了赵媛一眼。

赵媛努力想要保持脸色平静,可怎么也平静不下来,她脑子都是空白的。

为什么会这样?

赵明溪以前成绩那么差,怎么会在短短一个月内直接碾压她?

她是去补习了吗?但是谁给她补课,才能让她的成绩一下子超过自己?

赵媛呼吸急促,怕被人看到自己难看的脸色,她只好低下头。

鄂小夏看向赵媛,阴阳怪气地说:"看来赵明溪也不是那么差嘛。"

相比常青班的低沉,国际班则再一次炸开了锅。

"我真高兴!第十七名,第十七名,我教出了一个第十七名!这意味着什么,这意味着整个国际班开了一个好头!"

卢老师迈着大步过来,脸激动得涨红,竟然眼眶微微湿润,冲过来就要把明溪拉起来。

傅阳曦及时拦住了他,愤怒道:"卢老师,为人师表,你冷静一点!"

国际班众人敬佩地看着赵明溪。

先前多嘴多舌说过赵明溪成绩烂的汪晗脸都被"打"肿了,讪讪地不敢抬头。

"第十七名?这次不会再出错了吧?"

明溪惊愕道。

她虽然表面努力维持镇定,但是心里的高兴不比卢老师少。

虽然只是一次考试,但是这意味着的确有彻底改变她命运的可能性。

傅阳曦不知道为什么,看她这么高兴,自己也像是游戏通关一样有种异常的满足感。

见明溪"噌"地一下站起来,表情激动无比,他也赶紧站起来。

明溪转头看向傅阳曦,惊喜的情绪被打断了一下。

啊?自己站起来,他跟着站起来干什么?

傅阳曦以为这时候小口罩是激动到了极点,看她那眼神似乎是想突然一下子抱住他。

他把外套拉链一拉，面红耳赤，扬起下巴，视死如归地说："来吧！"

明溪没反应过来他要干什么。

傅阳曦一天不止发一百遍疯，她见怪不怪，赶紧坐下了。

原来不是要抱他的意思吗？

傅阳曦又气又羞，摸了摸鼻子，赶紧当作无事发生，扭头若无其事地坐下。

这天下午，之前叫明溪去做主持人的杨老师又来了一趟，不过她来时明溪刚好去上厕所了，没碰到，于是她只让人带话给明溪，让明溪这几天去她办公室找她一趟。

下午卢老师则把明溪叫到了办公室，先是夸了明溪一顿，然后又问了问明溪学习的情况。

他本来就对明溪很关心，现在觉得明溪是个可以培养的好苗子，就更关心了。

"不过我很奇怪，你为什么以前每次都没考好？"卢老师疑惑地说。

明溪还没说话，办公室的门就被推开，黎老师拿着茶杯进来，道："我也很好奇这个问题。"

"你来了？"卢老师看了黎老师一眼，对明溪道，"你以前的辅导员在你转班过来时，还让我帮忙照顾你呢。"

明溪连忙说："谢谢黎老师！"

"这有什么好谢的。卢王伟，你别说些有的没的，让人家受宠若惊。"黎老师见明溪站在卢老师办公桌前，拉了把椅子给她，道，"坐。"

明溪看到黎老师就觉得挺温暖的，以前他一直对自己很好。

黎老师笑道："我们明溪有出息了啊，今天吃午饭几个普通班的老师都在讨论，说从我班上转出去的学生比那三个班的大部分人还厉害，我脸上都有光了。"

"都传到您耳朵里了吗？"明溪有点不好意思，挠了挠脸。

她根本没办法解释以前每次考试都会出现的各种状况，正在想该怎么回答，脑子里突然想到了高教授，便说："我找到了一个很厉害的老师为我补习了，最近也刷了很多题，可能成绩就这样提升上来了。"

这种成绩突然飙升的情况之前也不是没有。

两个老师倒也没多问，只觉得可能是明溪以前不用心，家庭的因素对她也有影响。

现在住校了，远离了干扰因素，又进行了补习，成绩自然就提上来了。

"那你可能属于成绩不太稳定的黑马，之后还得继续努力，不能掉下来了。"

说到这里，明溪忍不住问了一下自己最关心的问题："卢老师，那个百校联赛的参赛人选定了吗？以我现在第十七名的成绩，不知道能不能参加。"

"我也很希望你能参加。"卢老师神色却凝重起来，叹了口气，说，"但是难啊！这事是由金牌班的辅导员姜老师决定的，他是那位特别有名的退休的金牌教练高教授的学生，也是每年的带队老师。

"一般能被选上去参赛的选手，平均绩点都得排在这栋楼的前十八名——还有另外两个名额是给我们国际班的两个外语特长生的。

"你这次虽然是第十七名，但是平均成绩被你之前的成绩拉下来太多了，"卢老师道，"所以实在是有些困难。不过我会和姜老师提一提。"

卢老师说着也有些愁苦，他又何尝不想让赵明溪参加呢？

明溪虽然有些失望，但还是点了点头。

考试只是一个小小的插曲，却直接让赵明溪跻身三个班名列前茅的一队人当中，至少第一炮是打响了，她在三个班立足了。

叫她"转班生"的人也越来越少，逐渐有人忘记她是从普通班转来的。

金牌班这边公布成绩则一向没有常青班那么兴师动众，姜老师就只是给每个人发张成绩表，然后再简单说两句。

沈厉尧从来都不怎么看每次发下来的那张成绩表，反正无论扫不扫那一眼，他都是第一名。

然而这次他却紧紧攥着纸张，指骨攥得发白，脸色晦暗不明，盯着看了好久。

一如他以前喜欢绕远路，去普通班那栋楼，扫一眼每次考试之后普通班的成绩排行榜一样。

赵明溪第十七名，倒也在他意料之中。

与他的差距越来越小了。

沈厉尧心里有种莫名的预感，总有一天她会渐渐爬到与自己并肩的位置，让所有人看到她的光芒。

但是，以前他能确定她是为了自己在往上爬。

这一次，他却彻底不确定了。

她依然抬着头，但是看向的好像不再是他所在的方向。

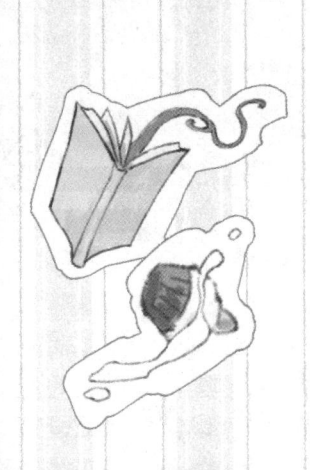

Chapter.04

好生气

· 第四章 ·

For my sweet heart.

周三赵宇宁才从别人嘴里得知，赵明溪飙升到了年级第十七名，甚至排在赵媛前面。

他心中又诧异又惊喜。

好不容易熬到中午吃饭，他立马飞奔去了赵明溪校区那边的食堂。

整整一个月了，赵宇宁没有再吃到赵明溪亲手做的一顿饭，也没有再被赵明溪揪回学校过。

他始终不相信赵明溪对他所说的那番话，不相信她真的能就此与他们一家划清界限。

他把希望寄托在大哥身上，然而这阵子大哥都不怎么回家，一副不知道怎么跟他说的样子。

赵宇宁就知道了，大哥也没能把赵明溪劝回来。

赵宇宁本来以为，没了赵明溪，他和家里人顶多是回到几年前的状态。

但是他没想到，等他真的失去赵明溪时，他却过得一团糟，远比他以为的更加失落。

赵明溪一个月没出现在他的生活里。

他才突然发现，他并没有他以为的那么烦这个姐姐，赵明溪也并没有他以为的那么不重要。

"我看论坛上说，今年的校庆主持人有可能是赵明溪，这是真的还是假的？"

赵宇宁过来的第一件事就是问赵明溪的情况。

赵媛握筷子的手不由自主地紧了紧。

蒲霜道："论坛上都是流言，文艺部的老师确实去找过她，但是主持人到底是谁，还没选定呢。再说了，往年都是赵媛，今年不可能换人！"

"哦。"赵宇宁有些失望，往年都是赵媛，今年要是换成赵明溪，其实也挺好的。

蒲霜忍不住道："赵宇宁，同样是你姐姐，你怎么都不问一下媛媛啊？她这次没考好心情得有多——"

"没考好？"赵宇宁扒饭的动作顿了一下，问赵媛，"你这次不是第二十二名吗？你平时也是这个名次啊，怎么就没考好了？"

赵宇宁的心思还是放在赵明溪身上，若有所思道："话说，赵明溪怎么进步这么快啊？要是回家一说，妈妈都得高兴死了……"

赵媛知道有赵宇宁这个大喇叭，她输给赵明溪的事情应该是瞒不住了。

考试输了，至少在百校联赛和校庆上得扳回一城。

她半晌没吭声，片刻后咬唇道："你要是真那么想看明溪主持校庆，今天下午我去和文艺部的老师说一下，举荐一下明溪。"

换了赵湛怀或者其他人可能会察觉到赵媛语气里的委屈，但赵宇宁是个傻子，他立马惊喜道："真的啊？！"

赵媛死死攥紧了筷子。这段时间她甚至希望赵明溪尽快回家。

赵明溪一天不回家，家里人的注意力就都在她身上。

天气转冷，有的女生都戴上了围巾，大衣上方毛茸茸的一圈，又好看又保暖。

赵明溪在北方长大，比这边的人都要抗冻，白皙的脖子光溜溜的，什么都不戴也并不觉得冷。

下午在阶梯教室上公共课，傅阳曦戴着降噪耳机趴在桌子上盯着她，看得直皱眉。

小口罩她家里人还能不能行，买围巾的钱都没给她吗？

怎么中午他见楼下那个班的赵圆穿得就格外暖和？她脚上穿的还是黑色马丁靴，但是小口罩整天就穿运动鞋。

傅阳曦越想越心烦，对右后侧一个男生勾了勾手指头，随后掏出一张卡给那人。

傅阳曦回过头来，长腿伸直，一不小心踹到了前面女生的座椅。

那女生一回头，看见傅阳曦的脸，面色一红，捂住嘴巴小声对身边的人说："是国际班的那个谁。"

前面两个女生频频回头看傅阳曦。

傅阳曦以为她们要找碴儿，脸都臭了，回瞪了一眼："怎样？"

那两个女生吓得匆匆回过头去。

过了一会儿其中一个女生叠了个千纸鹤，面红耳赤地悄悄伸手递过来，放在了傅阳曦面前的桌上。

情书？

傅阳曦下意识地反感地皱眉，伸手要把它捏成一团扔掉。可忽然想到了什么，他赶紧用余光朝赵明溪瞥去。

完蛋，小口罩这下该吃醋了，他是不是要哄好久？

他好头疼。

可谁知赵明溪压根儿没看到，还在专心致志地做着竞赛题，笔尖写得"沙沙"响。

傅阳曦心情顿时不爽起来。他盯着赵明溪看了会儿，竭力装作只是不小心，用手肘碰了赵明溪一下。

赵明溪以为傅阳曦嫌弃自己位置占得太多，诧异地看了他一眼，用眼神示意："你的位置已经够大了，还挤我干什么？"然后她还不与他计较地把书往左边挪了挪，继续埋头做题。

傅阳曦有时候真的要被赵明溪的迟钝气坏了，简直要怀疑她到底喜不喜欢自己。

为什么她从来没有吃过醋？！

为什么今早看到两个女生故意和他搭讪，她也不嫉妒，反而悠然地在后边等？！

到底是她太大度，还是笃定他就认定她了？！

明溪低头做题，感觉到傅阳曦一直蹙眉盯着自己，自己哪里又惹到他了？她抬起头来，看了眼傅阳曦，又下意识地看了眼自己桌上的保温杯。

明溪迟疑了下，把保温杯递过去："里面装了豆浆，你是想喝吗？"

是没吃饱吗，还是怎么了？

可保温杯自己用过，这位曦哥应该会介意吧。

傅阳曦的视线落到她递过来的保温杯上，脸上的冷酷一秒破功，好不容易组织好的"我没那么好追，你要时刻保持警惕，不要让别人挖墙脚"之类的话也一瞬间被置诸脑后。

傅阳曦耳根顿时一红，她还把嘴唇沾过的杯子递给自己。

这是什么暗示吧？这绝对是什么暗示。

傅阳曦眉头蹙得更厉害了，手指不由自主地在桌子上画圈圈，装作不情不愿地说："你非要让我尝一下的话，我也只能勉为其难地尝一下了——"

话还没说完，就见赵明溪掏了掏身后的书包，忽然掏出几个一次性杯子，从中间拿出来一个干净的。她拧开保温杯，小心翼翼地匀了一小杯豆浆出来。

傅阳曦：搞什么鬼？她嫌弃自己？

这杯豆浆傅阳曦忽然喝得没那么高兴了，他盯着赵明溪，咬着纸杯一口喝光了。

明溪本来以为送豆浆不会增长小嫩苗，毕竟送甜品都已经不长了。但万万没想到，傅阳曦喝完之后，盆栽居然奇异地动了一下！

五十棵小嫩芽可以长成一棵小树，现在她已经有了一棵小树和三十棵小嫩芽。

再接再厉。

明溪立刻又倒了一杯给傅阳曦，眼神晶亮："再来一杯？"

傅阳曦不明所以地又喝了一杯。

"再来一杯。"

又灌了一杯。

"再来一杯？"

又灌了一杯。

一棵小树和三十二棵小嫩芽。

明溪："再来最后一杯？"

傅阳曦快喝吐了，紧紧闭上了嘴巴。她当是喂猪呢，哪有人一次性把八百毫升豆浆全灌进肚子里的？除非她是故意的，惩罚他刚刚和别的女生说话？

傅阳曦嘟囔道："我就说了一句。"

好在保温杯里也已经没有豆浆了。明溪小声对傅阳曦道："你要是喜欢喝的话，以后每天一杯，把甜品换成这个吧？"

小口罩这嫉妒心，不鸣则已，一鸣惊人。傅阳曦虽然心中甜蜜，但还是立马道："拒绝，我要甜品！"

明溪看着新长出来的几棵小嫩芽，意犹未尽，只好道："好吧。"

傅阳曦那一头红色短发十分显眼，台上的音乐老师忍不住把他叫上去弹一段钢琴。

换作之前，傅阳曦站都懒得站起来一下。但今天，看着坐在旁边的赵明溪，他有意露一手，于是嘴唇一勾，懒洋洋地上台了。

上台之后，傅阳曦行云流水地弹了一段。

赵明溪忍不住放下笔，对傅阳曦刮目相看。

不过想想也是，虽然他平时看起来慵懒散漫，什么都懒得干，但他好歹是傅氏继承人，从小被熏陶，弹钢琴不在话下，会的东西可比一般人多多了。

过去的明溪，十八岁之前倒的确不会什么乐器。

但是之后，她学过几年大提琴。

现在很久没拉了，有些生疏，不过演奏曲子应该是不成问题的。

于是轮到她的时候，她便拉了一小段熟悉的乐曲。

低沉优雅的乐声缓缓流淌，明溪面庞姣好，下午的暖阳光晕落在她身上。

教室里的视线一时之间全都落在了她身上。毕竟别人演奏他们早就都见过，但这还是第一次见赵明溪演奏乐器。

沈厉尧坐在最后一排，抿紧了唇，视线紧紧盯着赵明溪。

他一向不会来上这种大课，但是今天看到国际班的人过来上课，三三两两的人群中有一个熟悉的身影，他不知道为什么脚步跟着一拐。

等他回过神来时，已经进了阶梯教室。

身边的叶柏正和另外一个校竞队的男生议论："赵明溪居然会乐器？以前没听说过啊！"

沈厉尧也同样不知道。他认识赵明溪好几年了，却好像最近才真正认识她一般。

他眼睁睁地看着她宛如蒙尘的珍珠，正在一层一层地将身上的灰拭去。

赵媛身边的几个女生则更加惊愕。

蒲霜张大了嘴巴："赵明溪什么时候会的大提琴？！而且演奏得还、还——"

还真的很不错。

如果说她的大提琴有八分的话，那么她的身段和脸，就完全填补了另外两分。

阶梯教室简陋的讲台都像是舞台一般。

"不过还是你更好。"蒲霜回过神来，赶紧对赵媛道，"你的钢琴都十级了。"

赵媛唇色苍白，放在口袋里的手指冰凉僵硬，指甲慢慢掐进掌心。

她忽然站了起来，从教室后门离开。

傅阳曦手撑着脑袋，看着赵明溪拉大提琴时，余光注意到了赵媛。他眉心一皱："她那是去什么方向？"

柯成文看了眼："好像是文艺部办公室的方向。"

傅阳曦忽然想到了什么，勾起一个有些恶劣的笑："你是不是认识很多人？"

柯成文只觉得大事不好："曦哥，你要干什么？"

教室里。

柯成文还在谈论赵明溪刚才拉的那一段旋律。

"明溪，你深藏不露，以前怎么没说过你会这个？！"

"也不是什么重要技能。"明溪正在收拾桌子。

而且是过去学会的技能，她也不确定自己还会不会。

但没想到一碰到大提琴，刻在脑子里的旋律就出来了。

看来什么都是虚的，学到脑子里的知识才是实打实的。

"收收你那垂涎三尺的表情。"傅阳曦暴躁地把柯成文的脑袋推开。

几人刚坐下，明溪见傅阳曦倒了杯热水，然后从他的那些瓶瓶罐罐里倒了几片白色的维生素一样的东西，就着热水吃了下去。

明溪刚要问他吃的到底是什么，就见傅阳曦忽然朝教室门口懒懒地招了招手："过来。"

一个兄弟赶紧跑过来，把一只大箱子搁在明溪桌上，让明溪先挑。

"这是什么？"明溪的注意力被转移。

她看着一整箱毛茸茸的围巾，看起来柔软蓬松，挂着的吊牌她不认识，但很精致，应该是名牌。

因为买太多了，只能用箱子装着。

柯成文解释道："'门派'围巾。"

傅阳曦把几个白色瓶子扔进桌兜里面，坐在桌子上，双手朝后撑着，长腿晃荡，得意扬扬地垂眼看着赵明溪。

他眼角那颗细小的泪痣，从这个角度看格外明显。

"现在你是我的头号兄弟，让你先挑。"

明溪："……你们的东西真别致，又是手机壳又是围巾的。"

她用了一个月时间，终于彻底打入内部，成为傅阳曦的头号兄弟了吗？

虽然明溪完全不冷，但既然是集体行动，她也不好不参与。

她挑了挑，将一条白色的拿出来，低头绕在脖子上。

围巾很舒服，戴上之后倒是的确暖和了很多。

傅阳曦见状，假装若无其事地咳了声，伸手一抓："既然如此，我也随便挑一条好了。"

他随便一拿拿出了条粉色的，脸都黑了，又把粉色的扔了回去。

他看了眼明溪的围巾的图案，又去拿了条黑色的出来。

柯成文：这就叫随便挑一条？我看您挑选得蛮精准的嘛。

班上喜气洋洋地分发围巾。

在一片其乐融融的氛围当中，明溪坐下来继续做题。

傅阳曦坐在桌子上，跷着腿，美滋滋地正要摘掉自己脖子上原先戴的围巾，将新的和明溪同款的戴上。

明溪一抬头，忽然发现他脖子左侧靠近颈后的地方，有两道深长的血痕。

和上次手背上的血痕一样，像是被炸开的碎玻璃割伤。现在已经结痂，但是刚割开时伤口想必触目惊心。

明溪立马站了起来，把傅阳曦的脸扳了过去。

两人一下子离得很近，明溪的呼吸声都传了过来。

她的眼睫宛如鸦羽，又黑又长，清晰可见。

"你干、干吗？"傅阳曦吓了一跳，还以为她忽然要强吻自己，脸顿时涨红，浑身僵硬如石块——但是等了两秒钟，也没见明溪有所动作。

傅阳曦眼皮一跳，才意识到她在看他脖子上的伤口。

傅阳曦脸色一变，立刻把明溪推开，站直身体，后退两步，把围巾飞快地裹上。

"你脖子怎么了？"明溪愕然地盯着他脖子。

一周前她没在傅阳曦脖子上看到这划伤，不出意外的话是最近这一周弄的。

但因为最近天气变凉,傅阳曦一直戴着围巾,再加上他又坐在她左边,他脖子左侧她看不到。

所以她居然直到今天才发现。

傅阳曦神情缓和,摸了摸被围巾裹着的脖子,不以为意道:"泡面,水的温度太高,玻璃碗炸了。"

明溪:"上次也是?"

傅阳曦看着她:"嗯。"

"你这也太不长记性了,这都第二次了,再不走运一点,伤口都要碰到颈动脉了。"

明溪不知为什么,心里莫名有点生气:"你总是这样吗?"

傅阳曦看见她的表情,内心忽然变柔软。

他试图掩饰自己心里的真情实感,屈起一条腿将椅子钩了过来,一屁股坐下,抱起手臂看着赵明溪,得意扬扬地扬起眉梢,臭屁道:"小口罩,你没听说过吗?伤疤是男人的勋章。"

明溪:章什么章。

明溪一下午都有点心神不宁。她觉得是不是自己吸走了傅阳曦的气运,才导致傅阳曦这么倒霉。

他已经接连两次都被玻璃割伤了。

且不说傅阳曦现在对她很好,把她当自己人罩着,她得知恩图报。

就算傅阳曦和她并非朋友关系,只是陌生人,她也不可能允许自己干出把霉运往傅阳曦身上转移的事情。

系统对她道:"这种情况不可能存在的,你只是蹭气运,不是吸收,你明白吗?傅阳曦被玻璃割伤绝对不是你的原因。"

明溪听到系统的话,多少松了口气,但心里还是有些不安。

她打算先暂停蹭气运,这几天观察观察情况。

而这边,赵宇宁下午第二节课下课时,忽然被一个朋友火急火燎地拉去文艺部办公室:"有个学长找你。"

"什么鬼?"赵宇宁压根儿不认识什么学长,但是朋友钳制着他,他根本挣不脱。他抱着烦躁的心情，被拽到了文艺部那边。

还未走近，便忽然听到了一道熟悉的声音。

赵宇宁下意识地顿住脚步。

"老师。"是赵媛软软的声音，"下个月校庆主持人的人选确定了吗？"

"怎么了？"传来另一道温和的女声。

赵宇宁以为赵媛是要按照中午吃饭时说的那样，举荐赵明溪，于是越发不敢打搅，就站在外面等她出来。

他心想，还是媛媛姐大度。

"我已经当了好几年主持人了，有经验和能力，也有资格胜任这一次校庆的主持人。

"我知道现在明溪呼声很高，但是老师您没看论坛吗？很多人都怀疑明溪作弊了——她是我姐姐，她的成绩我清楚。

"校庆的照片还要放在学校网站首页，恐怕影响不好吧？还是希望您能继续给我这个机会。"

"作没作弊有监控证明，不是论坛上学生造谣两句就能变成真事的。"那老师道，"但还是感谢你告诉我论坛上有这样的话题……"

接下来还听到了什么，那位老师似乎还对赵媛说了什么，赵宇宁完全都不知道了。

他肾上腺激素急剧分泌，脑子嗡嗡作响，仿佛坏掉的老旧电视机一般。

如果站在里面说这些话的是鄂小夏那样的人，赵宇宁此刻的反应不会是这样。

但是怎么会是赵媛？

为什么会是赵媛？

赵媛从来都不争不抢的啊。

可是随即赵宇宁反应过来，赵媛虽然从来没有争抢过，但是家里所有人，包括她身边的朋友，都会主动为她对付赵明溪——就像上次的鄂小夏事件。

回想着过去的一件件事。

赵宇宁血液蹿到头顶，震惊到忘记了离开。

他脸色变了又变，连把他带过来的男生匆匆溜了都不知道。

不知道过了多久，门被"啪嗒"一声打开。

赵媛从里面出来，礼貌地关上门，嘴角已经染上了几分笑意。

她一回头，正对上赵宇宁不敢置信的眼神。

空气死寂了半晌。

赵媛吓了一跳，悚然一惊："你怎么会在这儿？"

这天放学后，赵家的气氛相当僵。

赵湛怀没回来，赵母不知道赵宇宁和赵媛这俩孩子又闹了什么矛盾，赵宇宁铁青着脸，回来之后就把自己关在房间里打游戏，直到吃晚饭也不出来。

而赵媛则眼圈发红，问她发生了什么她也不肯说，也回了房间。

赵母认定是赵宇宁欺负了赵媛，皱着眉上楼敲门，将赵宇宁拽了出来："给你姐姐道歉，你又干了什么混账事？"

赵宇宁简直要气疯了："关我什么事？你怎么不问问她干了什么？她在学校对老师说赵明溪作弊——"

"你发哪门子的神经？"赵母不信，"媛媛干吗要这么说？"

赵宇宁咬牙切齿，只恨自己没有录音。

赵媛听见门外的动静，赶紧开门出来，对赵母道："没事，妈，和宇宁无关，我是遇到了别的事。真的！"

赵母见赵媛不敢说的样子，更是认定赵宇宁欺负了她，越发生气："宇宁，你还是不是男子汉了，敢做不敢当？！"

赵宇宁气得脑袋嗡嗡作响，他狠狠地瞪向赵媛。

他现在算是明白赵明溪当时有理说不清的感受了。好憋屈！他拳头都攥起来了！

"下来吃饭。"赵母丢下一句话，转身下楼。

"牛。"赵宇宁像不认识赵媛一般盯着她，"把我们所有人都玩得团团转，爽吗？"

赵媛道："宇宁，你听我解释，我也是迫不得已！我只是不想失去这个机会——"

"你和我想的，很不一样。"

赵宇宁盯着她，失望地打断了她："至少这件事你做错了，你要做的是道歉。不是向我道歉,而是向那个老师道歉,因为你在她面前胡说八道。向赵明溪道歉,因为你诋毁了她。可是你还在狡辩,你根本就不感到愧疚。"

赵媛害怕赵母听到,压低了声音:"我们从小一起长大,为什么你一定要偏向赵明溪?"

"因为你鸠占鹊巢,你懂吗?!"赵宇宁气得口不择言,连日以来积攒的因为赵明溪离家出走而烦躁不安的情绪一并到了极点。

他吼道:"你鸠占鹊巢,你配让所有人偏向你吗?"

"还不让我养猫,这是我家,为什么我不能养猫?我就要养猫!我要养一百只猫!"

赵母赶过来打了赵宇宁一巴掌。

当晚,赵宇宁顶着一张带着巴掌印的脸,搬离赵家,住进了酒店。

等赵湛怀回来后,赵母才知道赵明溪考了第十七名,甚至比赵媛还要高。

她心里自然是高兴的,百感交集道:"明溪的确是非常努力了。"

"本来她考得这么好,如果在家里的话,应该给她准备一顿丰盛的晚餐,我们一块儿庆祝庆祝。"

"可惜她不在。"

"要不我明天去学校看看她?"赵母忍不住直起身子道。

赵湛怀头皮一紧,急忙道:"还有三天就是生日宴,她会来的,您别去学校了。到时候您说话不好听,她又生气。"

赵湛怀心想,无论如何,即便明溪以后不回来,生日宴当晚也一定要把她带回来。

不然这场生日宴真的会直接导致赵家支离破碎。

赵母只好又坐了下去。

看着家里一片冷清,赵母心情又低落了,烦躁了起来。

到底为什么会这样,一家人好好相处不行吗?明溪和宇宁非得先后离家出走,还全都拉黑了她。

到底是哪里出了问题?

赵母虽然并不想埋怨赵媛,也认为是赵宇宁欺负了赵媛——毕竟赵宇宁从小就性格暴躁,而赵媛性格乖巧。但是现在见到赵明溪和赵宇宁都因为赵媛离开这个家,心底仍然不可避免地对赵媛生出了一些怨气。

赵媛坐在沙发上哭:"对不起,妈,我明天去把宇宁劝回来。"

赵母拂开她的手,心烦意乱地直接上楼:"算了,你别去招惹他了,等过几天让他大哥去。"

赵媛万万没想到事情会变成这样,她张了张嘴,看着赵母的背影,又闭上了嘴。

她泪眼蒙眬地看向赵湛怀。

赵湛怀给她递了杯水:"早点休息。"

赵媛想从赵湛怀这里得到一些安慰,像以前那样。

但赵湛怀看到她,就不由自主地感觉到运动会摔坏了腿没有任何人关心的赵明溪在看着自己。

再加上这阵子又被反复提醒,他和赵媛没有血缘关系。

他感觉很不自在,避开了赵媛的视线,匆匆转身,逃也似的上了楼。

赵媛不敢置信地看着他的背影,顿时站了起来。

她心里越来越慌张,即将失去什么的恐惧感割锯着她的神经。

家里这群人到底都怎么了?他们变成这样就只是因为赵明溪离家出走吗?

……如果她也离家出走,他们会更关注谁?

赵媛想不通为什么昨天赵宇宁会突然出现在文艺部门外,她总觉得会不会是赵明溪在捣鬼?但是问了蒲霜和班上几个人,都说她离开阶梯教室时,赵明溪还在教室前面演奏。

那会是谁?

赵宇宁和她正在僵持,她也不可能去找他问这个问题。

直到上午第二节课后做午间操时,赵媛做着转体运动,下意识地抬头。

忽然对上了一道从教学楼五楼投过来的视线。

隔得太远,看不清那人是谁,但是张扬的红色短发在阳光下被金色晕染了一层,已然说明了他的身份。

那人皮肤白得耀眼,眼神却冷幽幽的。

赵媛只感觉冷风吹来,浑身打了一阵哆嗦。

再往上看去,傅阳曦已经和另外两个少年勾肩搭背地离开了。

——会是傅阳曦做的吗？还是只是个巧合？

赵媛不太敢相信堂堂傅氏继承人会为赵明溪针对自己一个小女生。

明溪经过常青班那栋楼时，忽然被叫住："明溪！"

卢老师气喘吁吁地从后面追上来，对她道："你怎么走得这么快？边走边说。"

"怎么了，老师？"

卢老师道："我这里接到了一个消息，听说我们学校这次百校联赛多了一个名额。"

明溪惊呆了："真的假的？"

明溪心脏怦怦直跳，难掩脸上的激动。

如果A校多一个名额，是不是就意味着她参加百校联赛的概率又大了一点？！

"对，消息无误，我去帮你和金牌班的姜老师说一声，说不定能让你去呢。"

卢王伟说完，也不管明溪是什么反应，赶紧继续爬楼，大汗淋漓地去办公室找姜老师了。

明溪在原地呆呆地站了一会儿，平复了下心情，才继续上楼。

还是不能抱太大希望，否则到时候要是没被选上去参加竞赛，心情一定会很低落。

这是奶奶教给她的——放平心态。

卢老师不算是学校消息灵通的达人，消息能传到他这里，其他班的几个老师早就都知道了。

甚至金牌班和常青班的许多学生都知道了。

"上次孔佳泽说的还真没错，我们学校真的多了一个名额！她的消息也太先人一步了！"

叶柏放下手中的实验仪器，感叹道。

见沈厉尧挽着袖子，闷不吭声地冷着脸在旁边组装那几个小小的灰色机器人，桌上已经堆了一堆组装好的零件。

昨天晚上沈厉尧大概率又没回家，在实验室睡的。

叶柏忍不住道："尧神，其实以你现在的水平，到时候全国比赛夺冠压力也不大……"

"闭嘴。"沈厉尧脸色冷得吓人,手上动作不停。

叶柏讪讪地闭了嘴。

他将注意力放到沈厉尧已经组装完的零件上。

然后又看了眼沈厉尧自己手写的计时板。不知道是不是他看错了,近几天沈厉尧出错的频率好像比以前高了不少。

好像就是从赵明溪在走廊上说"我不再喜欢你了"那一天开始的。

叶柏忽然看出了一点端倪。

"要不然——"叶柏忽然说道,"你去把赵明溪追回来?其实你俩也还算般配。她除了成绩一般,其他方面都挺好的,而且现在她的成绩也在慢慢往上爬了……"

叶柏抬头去看沈厉尧的表情。

"叫你闭嘴,再吵出去。"沈厉尧的神色倒是没什么波动。

叶柏又去看沈厉尧的手。

沈厉尧的手也没停。

但是——

再明显不过,有三根线路都连错了,红线和蓝线完全连反了。沈厉尧眼神清冷,眉毛拧着,却似乎没有察觉到。

完了。

叶柏心想:真完了。

多了一个名额这件事也传到了常青班。

常青班的慕娇每次都刚好和参赛名额擦肩而过,可是这次突然传来消息说多了一个名额,那参赛的不稳稳的就是她吗?

名单还没宣布之前,常青班都已经开始为慕娇祝贺了。

以前她都是与参加竞赛的机会擦肩而过,这次总算有机会能参加了。

"今天在楼道口,我还看见国际班的赵明溪和他们班的辅导员在那里说话,说的也是新增名额的事。"

常青班有人道:"国际班的那个辅导员卢王伟,他是怎么想的?难不成还觉得新增的名额可能会是赵明溪的?"

"赵明溪就算考了一次第十七名,但是她的平均绩点根本被我们班所有人都甩在后面好吗?"

赵媛静静地低头写作业，回头看了那人一眼。

那人以为她是在警告自己别说赵明溪的坏话，立刻闭嘴了。

校庆主持人、百校联赛。

赵媛捏紧了笔，心里想着至少这两件事自己会赢。

然而周四下午，出乎所有人的意料，一枚重磅炸弹在这栋楼炸开了。

名单公布后，最后一个参加竞赛的，赫然是赵明溪。

这个消息爆出来后，传遍了整栋楼。所有人都是张大了嘴巴听这个消息的，包括卢王伟自己。他都傻了——他虽然请求了金牌班的姜老师，但其实心底根本没抱希望！

常青班的人反复确认："真的是赵明溪？"

"你自己去楼下看，名单上白纸黑字，她的名字就在上面。"

常青班简直要对这三个字、这个名字 PTSD[①] 了。

"这不公平！"

"凭什么是赵明溪？论平均绩点，应该是慕娇参赛，为什么慕娇就这么被刷掉了？"

"又是暗箱操作？气死我了！"

有人道："而且这个名额听说还是高教授特地为我们学校申请的，结果就被学校这么草率地给了赵明溪，高教授是最讲公平的一个人，知道了得气死吧——"

慕娇希望落空，眼泪大串大串往下掉，趴在桌上哭，整个常青班都看不过去。

常青班快要闹到教务主任那里去了。

何止是常青班在闹，叶冰也觉得不公平，在办公室里追着姜老师问："为什么这个机会给了国际班？你知道一个名额千金难求，为什么不按公平的方式来选人？参赛的明明应该是慕娇！"

"你问我，我问谁去？教务主任就是这么说的。"

叶冰也开始怀疑起傅阳曦来："不行，我得找教务主任去！属于我们

---

① PTSD：创伤后应激障碍。

班学生的名额，我一定要替她争回来！"

国际班这边也吵成一片，不过是那种"哈哈哈，你们再怎么生气，名额还是落到了我们班的赵明溪身上"的欢欣鼓舞地吵。

课间几个常青班的到国际班来理论。

"吵死了。"躺着也中枪的傅阳曦往外看了一眼，他虽然疲倦，但也睡不着了。

他诧异地挑起眉，笑着对赵明溪说："我真没找过教务主任让他把这个名额给你，和我没关系的功劳我不认啊。"

"嗯……"明溪整个人处于一种被一张巨大的饼突然砸中的眩晕状态，她怀疑这消息是否真实。

她觉得这事可能和高教授有关——上上周他孙子突然发高烧，明溪冒雨过去帮他把小孩送进医院。但是就因为这个，高教授就帮了自己一把吗？

这不可能吧？！

自己从来没得到过这种好运啊！

明溪努力让自己保持镇定："还是再等等看，说不定又是和考试分数一样，搞错了。"

然而常青班只敢在教室门外叫嚣。

傅阳曦黑着一张脸出去，红头发只从后门那里冒出半撮，乌泱乌泱的一群人便顿时四散开去，宛如逃窜回去守塔的小人，后背警惕地贴墙，生怕傅阳曦靠近半步。

只敢拿眼睛虎视眈眈地继续盯着国际班。

"吵什么吵？"傅阳曦把银色耳机挂在脖子上，双手插兜，懒洋洋地扫了常青班的人一眼，"既然名额给了赵明溪，就说明她有这个实力，你们这群歪瓜裂枣有什么好叽叽歪歪的？"

国际班的一见傅阳曦出来，登时有了底气，腰杆儿都挺直了。

常青班的一群人快被气死了，为首的班长道："傅阳曦，这次不是上一次那种小事，事关竞赛，有本事就公平竞争，别在背后耍这种下三烂的手段！"

五楼这条走廊聚集的人越来越多，金牌班的人忍不住从窗户探出头，也来看热闹。

赵明溪起身要出去,被柯成文一把拽住:"你出去就是火上浇油,还是等曦哥解决好再说。"

眼看着战况就要升级,教务主任焦头烂额、满头大汗地赶过来:"干什么!都在干什么!又想扫厕所是不是?"

与此同时,叶冰沉着脸,带着眼圈通红的慕娇赶过来。

叶冰冷冷道:"反正这栋楼的学生们都已经知道了,那主任,我们就在这里说个明白!到底为什么会出现这样的情况?!你总得交代清楚,给出一个公平公正的说法!"

教务主任解释得舌头都要起泡了:"都说了这是高教授特地给赵明溪申请的名额!你们到底在吵什么?!"

人群立刻窃窃私语。

"谁信啊?!"

"怎么可能?如果名额是专门给赵明溪的,我就吞三百个篮球!"

"赵明溪一个月前才从普通班转过来,高教授都没去过普通班那栋楼,都不认识她,还特地给她申请?哈哈,高教授怎么不特地给我申请一个?"

没有人信。

他们不可能信。

且不说高教授脾气古怪,根本不会干这样的事。金牌班的姜老师是高教授的学生,连姜老师都没听说过这个消息,这件事情绝对是暗箱操作!

简直天理难容!

慕娇跟在叶冰身后,越想越心酸,眼泪像连成线的珠子似的往下掉。明明应该落到自己身上的机会,就这样被国际班的赵明溪斜插一脚抢走了。

慕娇是个小个子女生,平时不争不抢,低调地学习,现在被人欺负成这样。

常青班包括叶冰在内的所有人都出离地愤怒了。

叶冰道:"教务主任,您必须说出真相!"

教务主任要发飙了:"我说了啊!"

卢老师揣着手站在墙角不敢说话。虽然大家吵得很凶,但是想想参赛名额落到了他们班,他差点都要咧开嘴笑出声来。

姜老师是金牌班的辅导员,也是竞赛人员的带队和选拔老师,在这几个班里最有话语权。

他出来打圆场，对教务主任道："主任，这样，我斗胆做个主，这参赛名额还是按照规矩来，给常青班的慕娇同学。"

就在这时。

"姜广平，你在胡闹什么？！"

一个严厉的、不近人情的声音忽然打断了走廊上的混乱。

这声音怎么好像、好像……

众人一看，气急败坏的教务主任举着手机，正在进行视频通话。

而电话的那边——

虽然信号不咋的，但屏幕上赫然是高教授那张让他们闻风丧胆的脸！

常青班的众人顿时一喜，高教授是不是也知道名额被塞给了赵明溪，才打了这通视频电话过来？高教授向来是个公平公正、铁面无私的人，要是了解了情况，根本不会允许这种事情发生！

慕娇眼中流露出希望。

叶冰也赶紧抓住机会走过去，语速飞快地说："是这样的，您不是给这些后辈特地申请了一个参加百校联赛的名额吗，按道理来说应该从上往下按照平均绩点选人，那么名额应该是我们常青班的学生慕娇的。但是现在教务主任公布出来的名单中，新的名额却给了赵明溪，您主持一下公道——"

她的话还没说完就被打断："就是赵明溪。"

走廊上一时之间一片死寂，几十号人目瞪口呆。

"……啊？"叶冰没反应过来高教授是什么意思。

整个走廊上的人，包括常青班和国际班的学生，都没反应过来。

就是赵明溪，是什么意思？

高教授绷着那张古板严肃的脸，强忍着不发作，耐着性子道："我本来就是给我看好的苗子，也就是我的关门弟子赵明溪多申请一个名额，你们在这里闹腾什么？！还嚷嚷着不公平，我现在连当举荐人的资格都没有了是吧？！"

叶冰简直都被吼傻了。

"王志，我不是把申报资料都传给你了，也已经说得够清楚了吗？"高教授又对教务主任说道，"我很看好赵明溪，上次考试最后那道大题只有三个人做出来，她不也是其中一个吗？"

教务主任连忙道："是是是。"

"那还有什么疑问？别再打过来了！"高教授冷着脸，"啪"地一下把视频电话挂断了。

电话一挂，整条走廊凉飕飕的。

众人面面相觑。

傅阳曦："噗。"

国际班众人："噗噗噗。"

常青班闹了大半天，闹了一场笑话。

关门弟子？赵明溪什么时候又成高教授的关门弟子了？！这名额还真是专门给她申请的，那他们这一大群人在这儿整啥呢？还说她抢人家的名额，跳来跳去蹦跶得跟蚂蚱一样。

常青班的人脸都被"打"肿了。

教务主任气急败坏道："我说了你们不信，非得打扰人家高教授一回你们才信是吧？！"

众人无语。

慕娇人都傻了——专门为赵明溪申请的？

那她刚才是为了什么哭？岂不是显得很二百五？

她连忙抹了抹眼泪，恨不得找个地洞钻进去。

叶冰觉得自己遭遇了教学生涯最大的滑铁卢，脸色也难看到发白。

她铁青着脸，一声不吭，转身下楼。

常青班的人脸纷纷涨成猪肝色，匆匆地蜂拥着往下溜。

国际班的一群人反应过来：什么鬼？名额本来就是高教授专门给他们班赵明溪申请的，常青班的这群人在这里撒泼打滚干什么呢，要不要脸？！

他们赶紧乘胜追击，奚落起常青班。

起哄的嘲笑声一响，常青班的人跑得更快了。

相比常青班那边的灰头土脸，国际班这边则爽得不行。

卢老师万万没想到居然是这么个结果，兴奋得眉开眼笑，又把明溪叫到办公室去鼓励了一番，还从抽屉里掏出一个精美的笔记本和一支钢笔，送给了明溪，祝她竞赛旗开得胜。

关门弟子？

明溪从来没听高教授提过。她猜是高教授怕她被学校里这群人质疑，所以才故意那么说的。

不管怎么样，事情尘埃落定，这个参赛名额是她的了。她终于也能参加竞赛了。

明溪雀跃地出了办公室。

楼下常青班的人则敢怒不敢言，躲在教室里，只觉得脸都被"打"肿了。

国际班真的好讨厌！以前有傅阳曦就已经够讨厌了，现在又来了个赵明溪，在颜值和运气上更加压他们一头。

慕娇听着教室里此起彼伏的骂声，趴在桌子上，尴尬得脸颊发烫，不敢说话。

李海洋倒是没有参加下午那场"讨伐"活动，他去打篮球了。

放学时，两个男生从他桌兜里发现一份准备好的用卡通盒子包装的礼物，登时都惊恐起来："你不会还想追赵明溪吧？"

"还给我。"李海洋不悦地一把夺过礼物，塞回桌兜里。

两个男生看见他桌上日历标注的"十月二十四日"，都觉得有些奇怪。

其中一个拿起日历看了眼，问："李海洋，你是不是弄错了人家女孩子的生日？赵明溪不是应该和赵媛一样，生日是十月十四日吗？"

李海洋被这么一提醒，才注意到这茬儿，也觉得有些奇怪："但是这是赵明溪亲口说的，他们班汪晗听到后告诉我的。

"奇怪，她应该和赵媛同一天出生才对啊。"

另一个男生道："指不定就是哪里搞错了呗，估计是汪晗听错了。算了，别纠结了，管她呢，打篮球重要。"

李海洋皱了皱眉，也觉得可能是汪晗听错了，他要送礼物的话，还是得十月十四日送。

几个男生在教室后面吵吵闹闹，没什么人注意他们。

赵媛在得知参赛名额给的就是赵明溪之后，一下午都没吭声，一放学就直接回去了，听说要提前去试生日宴的礼服。

就只有鄂小夏和两三个女生还在教室里收拾书包。

鄂小夏多听了一耳朵，忍不住就多留了一个心眼儿。

什么情况啊？

是国际班的汪晗听错了，还是赵明溪记错了她自己的生日？

或者是赵明溪叛逆，不想和赵媛同一天过生日，于是随便告诉别人一个日期?

还是说——

鄂小夏也不知道是不是自己脑洞太大。

她联想起以前去赵媛家,赵媛的家人对待赵明溪那些生疏的场面。

心中忽然有了一个令人悚然一惊的猜测。

参赛名额的事情暂时告一段落,有人欢喜有人愁。常青班偃旗息鼓,国际班趾高气扬。

当事人明溪则没把这种斗气放在心上,她欢欣鼓舞,一门心思投入学习。

而且刚好因为傅阳曦脖颈受伤的事情,她有些担心,打算先暂停一段时间与傅阳曦的接触。

傅阳曦就有些闹不明白了,怎么从周四下午开始,小口罩就对他一副退避三舍的样子。

"漫画书别丢在我桌子上。"明溪刚准备替他收拾,想了想,又把手缩了回来,"你自己收拾。

"倒垃圾吗?你自己去吧。

"甜品?今天没有。"

傅阳曦很闹心,觉都睡不着了,拧着眉紧紧盯着赵明溪看,不明白她在生什么气。

还在气音乐课上他和那两个女生说话的事?——可他就说了一句!

还是说在气昨天常青班来找碴儿,他没直截了当、干脆利落地解决?——可那不是她让他不要冲动嘛。

还是说他还有别的地方做错了?

于是这周五一上午傅阳曦都在冥思苦想地进行反思,饭都没胃口吃。

赵宇宁从家里搬出来之后,被赵母打了一巴掌那事他越想越愤怒,蒙头睡了一整天。

本来周五赵宇宁也火大地准备去和自己那群朋友打游戏。

但是见到自己那群朋友后,他不知怎的就想起赵明溪,忽地就没了继续鬼混的兴致。

于是他玩了一上午，意兴阑珊地又回了学校。

没了赵明溪的便当，赵宇宁宛如没了落脚之地，中午都不知道该在哪里吃饭。

至于赵媛，他现在最不想见到的就是她。

赵宇宁在食堂二楼转了一圈，又上了食堂三楼，正巧见到不远处，赵明溪和贺漾正在角落里吃饭。

赵宇宁看见赵明溪桌子旁边打开的保温盒，眉梢一挑，下意识地就要走过去。

但走了两步，他才后知后觉地想起来，现在赵明溪已经不愿意和他在一张桌子上吃饭了。

赵宇宁心中顿时涌起一阵无处发泄的烦躁和难过。

他冷静了一下，去打了份饭，然后回头朝赵明溪那边看了一眼。

见她们还坐在那儿，赵宇宁犹豫了一下，还是走了过去。

明溪和贺漾一抬头，赵宇宁正朝这边走过来。

"姐，听说你考得很好。"赵宇宁绞尽脑汁找了个话题，在赵明溪对面坐下来，"恭喜你啊。"

贺漾立刻把筷子一放，排斥道："你过来干什么？那么多空位。"

赵宇宁按捺住自己的脾气，递给赵明溪一张卡，道："这是我的饭卡，够你吃一阵子，我这边反正大哥还会给我钱，你别打工什么的——"

赵明溪接都没接，手都没抬一下，直截了当地拒绝："不必了。"

贺漾也道："别假好心了，现在拿了你们家的卡，以后是不是又要做牛做马给你做便当，然后一不小心就要被你们家赶出去？当明溪招之即来，挥之即去啊？！"

赵宇宁捏着卡，心中发酸发涩。

他想和赵明溪诉苦，说自己昨天和赵媛大吵一架，现在也不住家里了。

但是又觉得现在的赵明溪好像不会有耐心听他诉苦。

而且他说这些话到底有什么意义呢？

以前帮着赵媛欺负赵明溪的是他，现在舍不得赵明溪的也是他。

但赵宇宁还是忍不住脱口而出："姐，明天的生日宴，我……"

明溪看了他一眼，蹙了蹙眉："赵宇宁，你是不是没搞清楚状况？我已经说得够清楚了，划清界限的意思就是——你们别来管我的事，我也不会再管你们的事,这个'你们',包括你。你有你自己的家人,你们其乐融融,你还在指望我关心你?"

"可是以前不是这样的!"赵宇宁忍不住道,"以前你都会——"

她话没说完,明溪看起来不想再听下去,和贺漾一块儿端着盘子换位子了。

赵宇宁实在不明白,为什么一个人能够这么果断地把情感收回去。

这两年赵明溪对别的家人怎么样,他不清楚,但是赵明溪对他一直都是很好很好的,他敢肯定赵明溪很在意他这个弟弟。

赵母骂他的时候,赵明溪还会为了他和赵母顶嘴。

但从赵明溪离开家的那天开始,一切就都变了,她忽然将所有的感情利落地收了回去。

她能收回去,但他却无法适应。

他至今都无法适应。

赵宇宁看着赵明溪和贺漾吃着饭,过了一会儿有两个国际班的人端着盘子走过去和她们坐在一起吃。赵明溪和国际班的那两个傅阳曦的兄弟在一块儿,都比和他在一块儿神情更放松。

她交到新朋友了。

她会和别的人一起养猫了。

赵宇宁又看到赵明溪把菜分给别人。

本来以前坐在她对面的都是自己,她也只会把好吃的菜拨给自己。

但现在她再也不会对自己那么好了,她以后会不会有"新弟弟"彻底取代自己?

赵宇宁心烦意乱。

一眨眼到了周六这天。

赵家包了酒店,毕竟是赵母五十岁生日,全家都想把生日宴办得隆重点。

赵父和赵墨都推掉手头的工作,搭乘最早的航班赶了回来。

"宇宁还有点不开心,不过他说晚上六点左右他会过来,他的西装我已经让人给他送过去了。"

赵湛怀穿着一身剪裁精致的西装推门进来,看起来帅气俊朗。他眉毛蹙着:"不过等他来了,您别又冲他发脾气。"

赵母将几个太太圈的好友送出去,被她们夸年轻,赵母笑吟吟的。

她对赵湛怀道:"知道了,他不惹我生气就行了,我干什么要冲他发脾气?你是他大哥,有空也多管教管教他,都这么大了,脾气别那么臭。"

赵母说完,忍不住问她最关心的问题:"明溪呢?你让人去接了没有?"

赵湛怀卡了一下壳。

赵母没注意他的神情,对换衣间里的赵媛道:"媛媛,试好了吗?再出来试试这件。"

里面的赵媛应了一声,赵母进去帮她拉拉链。拉完拉链出来,赵母又催赵湛怀:"问你话呢,你让人去接了没有?"

"去了去了。"赵湛怀抬起手腕看了眼表,"顶多两小时后她就来了。"

赵母不悦道:"还得两小时?!现在都下午五点了!你让她赶紧的!再不来都来不及试晚礼服了!"

赵湛怀:"……"

"哦,对了,我买了四套晚礼服,两套是她的尺寸,两套是媛媛的,刚才媛媛说想穿那身白色鱼尾裙,我就先让媛媛穿上了,剩下的三套,估计只有一套是明溪的尺寸,怕她待会儿来了穿上不合适,你让设计师把备选的送过来。"

放在以前,赵湛怀可能不会注意这些细节,但是此时赵湛怀莫名觉得这话有些刺耳。

赵湛怀压低声音:"所以您让赵媛先穿明溪的晚礼服干什么?明溪的不就应该是明溪的吗?"

赵母莫名其妙:"你蹙着眉干什么?一件衣服而已。明溪要是喜欢别的,可以再买啊,还有很多备选的呢。明溪不会介意的。"

赵湛怀扶额,他觉得自己无法和赵母说清楚目前的状况。

现在不是赵明溪喜不喜欢被剩下的这件衣服的问题。

而是她人会不会来的问题。

他是派人去接了。

如果没成功,他可能还得亲自去请一趟。

可是赵湛怀觉得,就算他亲自去请,明溪今晚都未必会来。

赵墨端着酒杯推门进来，正好听见两人的话，嗤笑一声："离家出走搞得这么大阵仗，还得大哥亲自派人去接？我们家这位小妹妹不简单。"

赵墨下午刚风尘仆仆地回来，在酒店套房睡了一觉，这会儿刚起来。吊梢狐狸眼，微乱的银发，显得他有几分慵懒。

"好了好了，你在国外拍戏都快一年半没回来了，也不清楚情况，少说两句。"赵母劈手把他的红酒杯夺了，道，"的确是我们先冤枉了她，她才离家出走的。"

赵湛怀素来和招蜂引蝶的赵墨性格不太合，懒得多看他一眼，和他擦肩而过出去："那我去接人了。"

赵墨百无聊赖地手插着兜："家里人我都见了，还没见到赵明溪呢，我和你一块儿去接。"

"随你。"

赵墨也不介意赵湛怀的冷淡，拿起车钥匙就追了出去。一边快步追着他进地下车库，一边笑着道："哥，你真是转性了，居然会去接赵明溪，以前你不是只接赵媛吗？有两次赵明溪还是我接的，把她吓得呀！逗死我了。"

赵墨说的话，正好戳中赵湛怀最近最心塞的事情。

"闭嘴。"他冷冷道。

赵墨耸了耸肩膀："正好去看看小女孩长开了没有，我记得几年前她还是很小一只。但是我们家的人身材都修长，她应该也不例外吧？很是期待呢。"

赵湛怀顿住脚步，对赵墨道："你今天最好不要什么乱七八糟的都对赵明溪说，也别像以前那样嘴巴贱兮兮对她冷嘲热讽的，她现在……她……"

赵墨的性格一直很惹人厌。

明溪刚到家的时候，赵墨嘴巴很恶毒，经常故意损人，欺负得明溪怒气冲冲。赵墨仿佛以此为乐，乐此不疲。直到后来明溪根本不理会他了，对他视若无睹，他才觉得无趣。

不过赵明溪毕竟在家两年了，两年下来，赵墨觉得自己多少和这个没怎么相处过的亲妹妹有了点感情。

"她怎么了？"赵墨失笑，"叛逆期？总不至于谈了男朋友不回家吧？"

赵湛怀烦躁道："你见到就知道了。"

赵墨无法想象今天会是怎样混乱的一天。

大约二十分钟后,他的确见到了现在的赵明溪。

但又过了十分钟,他就和传闻中的傅氏继承人一块儿被逮进了警察局。

赵湛怀还在找停车位,赵墨就迫不及待先行一步跳下了车。

"你先别下车!我警告你,见到赵明溪你别——"见赵墨已经急着去找人了,赵湛怀拧眉,匆匆把车子泊进一个狭窄的车位。

赵墨率先在图书馆找到赵明溪。

他虽然不是什么流量明星,但也算是小有名气的艺人。他戴着鸭舌帽,压低了帽檐,故作神秘地快步走了过去,嘴唇勾着,重重拍了一下明溪的右边肩膀。

明溪还以为是贺漾或者傅阳曦,往右边转头一看。

赵墨的声音却出现在了左边:"小豆芽菜,又在装模作样地学习呢,让我看看你做的什么题?"

话没说完,他伸手去拿明溪桌子上的竞赛题集,嘴里"哟"了一声,习惯性地讥讽道:"居然是竞赛题集,我劝你还是放弃吧,你再怎么学,智商也就那样。"

明溪万万没想到来人是赵墨。

她顿时太阳穴突突直跳。

不过想想也是,赵母生日宴,赵墨再忙也该回国了。

明溪立马站了起来,把赵墨往后一推,劈手将书本从赵墨手里夺了过来,然后飞快地将笔袋等物品收拾进书包。图书馆不适合吵架,明溪把书包甩到肩上,一言不发,转身就走。

明溪用了很大的力气,赵墨差点没站稳。

他扶住桌子,有些诧异地看了一眼赵明溪的背影——她这是怎么了?

自己以前拿她开玩笑,她也没这么大反应啊,反而还怯怯地给他削水果,叫他二哥。

怎么半年没见,小妹妹气性这么大了?

赵墨迅速跟了上去。

图书馆外,明溪飞快地下着台阶。

曾经,她刚进赵家门的时候,赵墨是很讨厌她的,和她说话少不了嘲讽。

随后几年,她做了很多事讨好全家人,赵墨才真的有把她当妹妹的迹

205

象——只不过他毒舌成性，说话还是很难听。

她二十三岁离开之前，全家人包括赵墨在内，终于有了彻底被她暖化的迹象。但那已经是几年之后了——简直就是浪费时间！

"小豆芽菜，你变嚣张了啊，现在不学赵媛了，改走叛逆路线？"赵墨追了上来，习惯性地恶劣地伸出手，想要掐一掐明溪的脸。

却被明溪"啪"地一下打在手背上。

"滚。"

"你说什么？"赵墨还以为自己耳朵出了问题。

赵明溪让他滚？

他手都僵住了，用难以置信的眼神看着赵明溪，呆愣地重复了一遍："你让我滚？"

"就是让你滚。"明溪眼里实打实地带上了一丝厌恶。

以前她还小，不知道赵墨这种人就是欠教训，还以为娱乐行业的人都带着点"艺术性格"。

后来才知道，什么"艺术性格"，他就是让人憎恶。

"……"赵墨此刻的心情不比被一道雷猛然劈了好多少，劈得他震惊无比，都忘了该如何反应。

反应过来后，他火气噌地上来了。

他三步并作两步在林荫道上追上赵明溪，怒道："我刚从国外回来，你不打声招呼就算了，还让我滚？赵明溪，你是不是太叛逆了？"

这人还以为她是叛逆呢。

赵墨呼了口气，扣住明溪的手腕，道："好了，跟我去酒店。今天办生日宴，我没心思管教你这种不知好歹的小屁孩。"

他的手指还没碰到明溪的手腕，明溪蓦地将手腕一扬，将他的手拍开。

空气中响起清脆的"啪"的一声。

不知道是不是赵墨的错觉，他觉得赵明溪看他的表情像是看一只曾经接近过自己的苍蝇一样，带着后悔——她后悔什么？

后悔讨好过他这个二哥，还是后悔来过这个家？

赵墨被她嫌弃的眼神看得瞬间暴怒："赵明溪你——你那是什么眼神？为什么用这种眼神看我？"

"你觉得是什么眼神就是什么眼神。"明溪，"回去？做梦吧你！你再不走开我就要叫保安了,不想明天出现在社会新闻版面,你就赶紧滚!"

赵墨:"你叫——"

明溪打断他:"哦,我忘了,你只是个不温不火的十八线艺人,粉丝没几个活跃的,这点事未必有人会关注你。"

赵墨气得血压直线上涨,眼珠子涨红,在愤怒之余,他看着明溪冷淡和厌恶的神情,同时还有一种被针使劲儿往心中刺一样的刺痛感。

他算是明白赵湛怀出门之前为什么欲言又止了。

明溪对他的尊重和讨好全无,有的只是对纠缠不休的陌生人的反感。

到底为什么会这样?

赵墨冷冷吸了口气,见周围隐约有几个正在打篮球的人看了过来,知道这里不是吵架的地方。他伸手便去拽明溪的手腕:"跟我回酒店再说!"

林荫道不远处,傅阳曦正和柯成文拎着外卖往图书馆走,还没走近,便见一个戴着鸭舌帽的陌生男人和赵明溪拉拉扯扯的。

傅阳曦脑袋"嗡"的一声,理智的弦"咔嚓"一声断了。

他跑过来,一脚就将赵墨踹飞。

明溪去拦,已经来不及了。

赵墨猝不及防"砰"地一下横腰撞在篮球场的铁网上,眼冒金星。帽子被撞飞,砸到鼻梁上,挡住他的视线,他还没看清楚对方是谁,就又被人怒气冲冲地捏着肩膀拎了起来,一拳揍过来,摔在地上。

就听见那边几个打篮球的男生朝这边喊。

"曦哥?曦哥在揍人?谁啊,流氓吗?"

"有流氓溜进学校非礼女生?拳头硬了!"

赵墨心里不停地爆粗口,到底是什么情况?!

三十分钟后。

"你们做这件事之前过脑子没有,知不知道在校内打架会给你们处分?!"

民警仰着头呵斥眼前的一排高个子男生,怒气冲冲:"还有你,你为什么要带头打人?!"

傅阳曦的一群兄弟小鸡啄米一样低着头。

"他是个变态,不揍他揍谁?"傅阳曦昂头不服气道。

傅阳曦说完,扭头看了眼匆匆拎着公文包赶过来的律师:"赵明溪她人呢?"

干练利落的张律师连忙走过来,道:"在外面等着呢。"

傅阳曦:"别让她和那个臭流氓在一块儿。"

"谁是变态,谁是臭流氓?!"被另外一个民警训斥的赵墨愤怒道。他一开口说话,破了的嘴角就直流血。

他咬牙切齿道:"我是她哥!她二哥!今天让她回去参加生日宴的!"

赵湛怀皱眉:"赵墨,你少说两句,闭嘴。"

民警也呵斥他:"你也别捣乱!既然是哥哥,为什么在大庭广众之下被人误以为是流氓?谁让你动手动脚了?"

赵墨怒道:"我是艺人!当时见有人朝这边看过来,我怕被粉丝发现,就急着想带赵明溪先回去——"

"哈哈。"柯成文和傅阳曦的兄弟们纷纷笑了,"还粉丝,你的粉丝还没我们曦哥多呢。"

赵墨气得快要心肌梗死,血压一晚上升降好几个回合。要不是在警察局,他非得好好教训教训这帮小兔崽子。

傅阳曦:"喀,虽然是事实,但也别太张扬了。"

赵墨和赵湛怀哽住了。

傅阳曦对张律师道:"哦,我觉得我掉了好几根头发,你去现场数了吗?"

"数了,放心吧。"

张律师对气得发抖的赵墨和一旁脸色发青的赵湛怀道:"两位,接下来的事情全由我作为代理人和你们交涉。"

傅阳曦和两个兄弟从办公室出来。

赵明溪在走廊外抱着书包不安地等着,影子拉得长长的。见他们出来,她连忙站起来:"怎么样了?"

"没多大点事。因为揍人的还有柯成文和别人,为了不连累他们,所以张律师可能会选择私了。"傅阳曦去看明溪的手腕,见她细白的手腕上没有留下什么勒痕,心头憋着的那把暴躁的火才熄下来。

卫生室的人催:"快点过来!"

"等一下。"傅阳曦冲着走廊那头说道。

他顿了顿,脚尖磨蹭着地面,因做错了事不敢抬头看赵明溪。

明溪看着他。

过了一会儿，卫生室的人又催了一遍，傅阳曦才挠了挠脑袋，小声道："不好意思啊，小口罩，打了你的哥哥。我不知道他是——"

明溪道："没关系，我才不在意他们呢。"

原来他是要说这个。

明溪鼻腔有点酸，除了自己曾经认识的贺漾和董深几个朋友，还没人为她这么出过头呢。

其实有的时候，家人不家人的，好像也没那么重要。

对自己好的人才是最重要的。

她看向傅阳曦和他身后的几人："你们没事就行。"

柯成文忙道："我们没事，兄弟就是要讲义气嘛。而且你放心，曦哥已经提醒过了，我们几个不会把今天撞见你家里人的事说出去。"

傅阳曦揉了下赵明溪的头发，语气变得轻快起来："那你在这里等一下，别走开，我们去卫生室处理一下伤口，待会儿咱们一起离开。"

他们几人倒是没受什么伤，就拳头上破了点皮。

赵墨那德行，估计待会儿得去医院了。

明溪点点头："好。"

都已经晚上七点了，生日宴早就已经开始，而赵湛怀、赵墨、赵明溪三人全都没有到场，甚至电话都没人接。

赵母那边已经急坏了。

事情闹这么大，想要瞒住赵家其他人是不可能的了。

赵湛怀烦躁地看了一眼闯祸的赵墨，心事重重，拧着眉走到窗户边上去打电话。

这一晚，赵母的生日宴整个都被破坏了，赵家所有人都心烦意乱。

赵墨被送到医院去了。

赵媛和赵湛怀的助理，以及赵墨的经纪人跟着一块儿过去。

赵父赵母得知赵墨是被傅阳曦揍成这样之后，脸色瞬间难看。

除此之外，两人还得知了一件更加具有爆炸性的事情。

大院外。

赵母拢着风衣，脑袋转不过弯来，身子摇摇欲坠，完全无法理解赵湛怀刚才所说的："什么叫明溪要和我们家划清界限？你说清楚，到底怎么回事？！她不就只是离家出走吗？你还经常去学校看她。你现在说的又是什么话？！"

赵湛怀看起来疲倦无比，揉着眉心道："事实上，她从上次离开家之后，我就没办法把她劝回来，只是我怕你们知道了会是这个反应，所以一直瞒着，但今天还是纸包不住火。"

赵父脸色铁青："我不在的时候家里到底发生了什么事？怎么会闹成这样？！"

"不要问我行不行？"赵湛怀无法解释，一向温和的他表情也有些绷不住，"我怎么知道事情居然会发展成这样！二位先问问自己，你们关心过明溪吗？"

赵宇宁蹲在一边，听着三人吵架，同样心情烦躁。

"她就是小孩子脾气，今天闹这么大一出，所有人都去找她，吸引了所有人的眼球，她就高兴了。"赵母笃定道，"你去叫她，她不回来，那我去把她叫回来！"

赵湛怀向下扯了下嘴角，做了个"请"的手势。

赵母刚往警察局走了两步，赵明溪就出来了。

她身后乌泱乌泱地跟着几个人高马大的男生，为首的那个，红色的短发在夜色中格外清冷，看起来就嚣张跋扈，嘴角还贴了块创可贴。

赵父赵母看见，心里腾地就冒出了一把火。

明溪扫了院外的几人一眼，转过身对傅阳曦道："你们等我一会儿吧，有些事情还是得我亲自处理好。"

柯成文有些担忧，道："赵明溪，你不会真的要和你家里人断——"

断了之后，她还是个学生，能去哪里？再说了，她家里人也只是偏心而已。

柯成文是觉得不至于。

但他话还没说完，就被打断了。

"停，打住啊。"傅阳曦道，"不要叽叽歪歪地劝，如人饮水，冷暖自知，旁人置喙很讨厌。赵明溪，你别听别人的，也别听我的，自己做决定。只要想清楚了，什么决定都是好决定。"

明溪看着傅阳曦，坚定地点点头。

"需要帮忙吗？"傅阳曦指了指他身后的律师。

明溪摇头："我自己解决。"

傅阳曦越过赵明溪的头顶，冷冷地扫了那一大家子人一眼，心里有些不是滋味，但他也清楚，总得给小口罩点空间，让她自己解决问题。

他想了想，把她的书包接过去，伸出手道："你手机。"

明溪把手机掏出来。

傅阳曦又道："指纹。"

明溪用指纹把手机解锁。

傅阳曦把她手机飞快地调到电话界面，输入了他的手机号码。

然后他把手机塞进明溪手里，语气意外地稳重："给你设置了屏幕常亮，待会儿你一按拨号键，电话一打过来，我就过去。"

柯成文道："我们也过去。"

明溪点点头，转身朝赵父赵母那边走去。

夜晚很凉，但她感觉身后有了一堵坚实的墙。

见明溪冷冷地走过来，看他们的眼神像是在看几个上门找事的陌生人，赵父额头上的青筋开始跳动。

"别来找我了。"明溪先开的口。

赵母还没开口就被噎住，脑子瞬间乱成一锅粥。

她蓦地意识到赵湛怀所说的可能不是假的——明溪这架势好像是真的要和他们断绝关系。

赵母脸上的表情开始变化，身体因为难以置信而轻轻抖动："赵明溪，你到底在说什么？今天你同学和你二哥打架的事情是一场误会，爸妈就不怪你了，你赶紧跟爸妈回去！你知道你已经一个月没回家了吗？有什么事，回家慢慢说！"

"还没懂我的意思吗？"明溪冷冷道，竭力说得更清楚点，让这家人一次听懂，"断绝关系，就是说你们无须再养我。从法律意义来讲，就是两不相欠。"

明溪掏出了一张卡，丢给了赵湛怀。

角落里的赵宇宁顿时站了起来。

赵宇宁道:"姐——"

"不要叫我姐。"明溪直接打断了他。

赵宇宁喉咙发涩。

赵湛怀脸色惨白,接住:"这是——"

明溪道:"这是我从贺漾那里借来的一笔钱,还清这几年你们赵家花在我身上的钱。贺漾的钱我可以再慢慢还给她,但是你们的钱,我不想再欠。至于你们欠我的,我也懒得要。"

明溪想了想,又道:"哦,有些东西我还是想索要回来。我的照片,请你们从手机里删掉,或者把我裁掉,不要用我的照片做非法勾当。我成年了,有索回自己东西的权利,请把我的图像信息抹去。

"至于你们的照片,我早就全都清除了。"

赵母有那么一瞬间差点没喘上气来。她狂喘着气,捂住胸口,道:"今天是你妈妈生日,你就一定要在我过生日这天说这些气话吗?!"

赵父不敢置信地看着明溪,忍不住去呵斥赵湛怀和赵宇宁:"我不在的时候到底发生了什么?!"

赵湛怀心里又刺又痛,他有种感觉,假如今天还没能挽留住明溪,那以后她就真的和他们决裂了。他忍不住也道:"明溪,至少在今天,在妈的生日这天你别说这种——"

"不是气话。"

为什么他们都认为她说的是气话?是笃定她离不开他们一家人吗,还是笃定她一定要讨好他们一家人?

明溪吸了口气,说:"一开始就是我错了,我不该期待和亲生父母相认,不该期待来到这里之后的有你们的新生活,不该惦记不属于自己的一切。现在我已经搬出来了,也没有人会让你们夹在我和赵媛中间左右为难,更没有人碍你们的眼。

"你们现在就当是最后一次尽责,最后一次对我好点,放过我,别来打搅我,行不行?"

一时之间,空气死寂无比。

隐隐约约传来风声,像在哭号。

赵父和赵母原本在明溪从警察局出来的那一刹还有怒气,但这一瞬间大脑却完全一片空白。

他们找了亲生女儿很长时间,把她接回来以后,他们以为终于可以了却心愿了。

谁知道,她要和他们断绝关系。

断绝关系。

这话光是说出来,无论真假,就已经像是一把刀子,一下一下地切割着人的心。

赵母的心脏仿佛被一双大手给攥住,揪得生疼,她从来没想过会有今天这一刻。

她脑子里猛然闪过很多和明溪待在一块儿的瞬间——她试衣服的时候明溪耐心地等着并说她穿着好看,明溪是家里最有耐心的一个人;她肩膀酸时,明溪主动过来给她捶肩膀;她抱怨赵父整天不着家时,明溪给她出谋划策……

而这一刻,这些点点滴滴的瞬间迅速聚拢,变成了明溪冷冰冰的眼神。

到底为什么会走到这一步?

赵母揪着心口的衣服,一句话也说不出来,只能僵硬地站着,仿佛哑了声。

赵父脑袋也是嗡嗡作响。他一回来就遇到这么多事,根本反应不过来,只是下意识地往前走,想把赵明溪带回家。

但是明溪看着他的动作,往后退了一步。

退后一步的动作非常伤人。

意味着——别靠近我。

几年前她还是个用力奔向他们的女孩,但今天却宛如对待陌生人一样往后退。

赵湛怀和赵宇宁心头钝痛。

此时此刻,他们已经不知道该说什么了。

明溪不再看向他们。

十秒后,她拨通了手机屏幕上的电话号码。

片刻后,一辆从未见过的银色越野摩托车开了过来,身后还跟着好几辆车。

引擎的嗡鸣声中,傅阳曦摘下头盔,眉眼俊俏,红发嚣张。

他俯身，将冰凉的头盔戴在明溪脑袋上。

明溪看着他。

尘埃落定，她和赵家人彻底断绝关系了。

她肩上的一块大石落了地。或许早就该这样，是曾经的她看不清。

但是背对着赵家人，她眼睛还是红了。

明溪固执地不想承认是自己软弱，她只承认难过是因为自己浪费了那几年。

她低声对傅阳曦道："谢谢。"

傅阳曦把她下巴上的搭扣系上，指尖轻轻一弹，不着痕迹地将赵明溪眼角的一点泪光拭去。

"离开赵家这种鬼地方这么开心？"傅阳曦抬眼，冲着赵家人扯了下嘴角，"上车，走咯。"

他们不要小口罩，小口罩就是他的了。

夜风中，赵家几个人心头坠着沉沉的大石，看着那辆摩托车一路破开风，顺着霓虹灯而上，驶上大桥，过了江。

赵明溪的黑发被风吹拂，离他们越来越远。

赵明溪一次都没回过头。

赵家人的心情乱成一锅粥，完全不知道自己是怎么回到家的。

赵母回到别墅时指尖都在抖，她竭力让自己冷静下来，但是脱下高跟鞋时心神恍惚、站立不稳，差点摔倒。站在一边的赵湛怀将她扶住，欲言又止。

赵母什么也没说，拢着衣服匆匆回了房间。

没过一会儿，房间里面就传来啜泣声。

赵母的哭声传来，整栋别墅都非常低气压。

保姆和厨师搞不清楚发生了什么，不敢在别墅内多待，都纷纷去院子里了。

赵父脸色难看，看了眼赵母房间的方向，对赵母隐隐有几分责怪的意思。但是他满脸疲惫，倒也没多说，只道："生日宴那边还有很多宾客没送走，我得过去一趟。"

今年这场生日宴，算是彻底被搅黄了。

而且，这只怕是赵母永生难忘的一场生日宴了。

赵母刚换上晚礼服，还没来得及和宾客觥筹交错一会儿，甚至很多宾客都还没到，就接到了赵湛怀打来的电话——然后就成了现在这个局面。他们一家人哪里还有心思回到生日宴上去继续接待客人？

赵湛怀点了点头，道："我待会儿去医院。赵墨的伤没什么问题，没骨折，您放心。"

"我放哪门子的心？你们一个两个的都不让人省心！"赵父理了理领带，脸色铁青，一边朝外走一边道，"明溪的事情等我回来再说，我倒是要好好问问你们，我不过出差一个月，事情怎么就变成这样了？！"

赵父一离开，赵宇宁神情冷倦，转身也要出门。

赵湛怀连忙一把抓住他胳膊，心情烦乱："跑什么？赵宇宁你又要去哪儿？！"

"哥，你是不是忘了我还在生气？"赵宇宁嗤笑道，"今天来生日宴是给你个面子，不然我根本不想来！气死我了，妈不问青红皂白就打了我一巴掌，还没给我道歉呢！"

赵宇宁说完也不管赵湛怀的表情，把身上的燕尾服一扔，丢在玄关的柜子上，转身就走。

赵父和赵宇宁一走，整栋赵家别墅像是一座空坟。

只隐隐传来赵母的啜泣声。

冷清得几乎不能待。

赵湛怀一屁股坐到沙发上，焦头烂额地揉了揉自己的眉心。

他喘了口气，意识到除了自己，无人收拾这烂摊子。

过了半晌，他还是上楼去，敲了几下赵母房间的门。

"妈，您还好吗？"

"……事情怎么会变成这样？还有回旋的余地吗？"赵母回想着赵明溪说已经把他们的照片全删了，让他们也把她的照片删掉，不要用来干非法勾当时的冷漠口吻，脑袋里像是被针一下一下地扎，胸闷气短，也心悸得很。

她哭得上气不接下气："我到底哪里亏欠她了呀？明明把她找回来之后，卡我让她随便刷，衣服随便买，想吃什么就吃什么！我还亲手给她布置房间……怎么就，怎么就让她这么讨厌我了呢？！"

赵湛怀被赵母的哭声吵得头疼，宛如脑袋里有一台搅拌机。

他闭上眼强忍着，劝道："或许我们该反思自己的态度。"

赵母只是哭。等她稍稍冷静下来后，问了几句赵墨的情况，问完后安心了点，随后不知道想起了什么，情绪又崩溃了。

赵湛怀头都大了，打算让她一个人冷静一下，转身朝楼下走。

外面响起汽车停下来的声音，赵媛也回来了。她一进门，听见赵母隐隐的啜泣声，就知道发生了什么事。

"我来安慰安慰妈。"赵媛拎起裙角朝楼上走。

赵湛怀下意识看了眼她身上的长裙。

他莫名觉得喉咙有点堵。

明溪已经被排挤出了家门，在冰冷的夜风中一去不复返。

赵媛却还穿着明溪的裙子。

其实这条裙子在赵媛身上很不合身——她比明溪矮很多，本该及膝的利落鱼尾裙被她穿得格外拖沓松散。

但是，明明很不合身，赵媛却还是理所当然地穿在了自己身上，就像以前的很多事情一样。

大到一个参赛名额，小到一只兔子娃娃。

明溪有的她都有，她有的明溪却不能碰。

——这些明明该是赵明溪的。

赵湛怀心烦意乱地收回视线。

赵媛匆匆走进了赵母的房间。

很快，哭声不再传来。

赵湛怀的头疼也算是好了一半。

助理从医院回来，问他："今晚在家住吗？"

"去公司吧。"赵湛怀心事重重地说。

他也将身上的晚礼服扔在了沙发上，离开了这栋别墅。

不知道为什么，他今晚格外不想在这栋冷冷清清的别墅里待着。

赵媛说了些"妈，你还有我"之类的话，赵母得到了赵媛的安慰，被转移了一点注意力，心情好了一些。

只是她的视线也无可避免地落到了赵媛身上的晚礼服上。

她莫名觉得有些扎眼，忍不住问："你怎么还穿着？"

赵媛伏在她膝盖上："妈妈的眼光真好，今晚很多人夸裙子漂亮呢。"

赵母只感觉，一瞬间她的话重重"扇"在自己脸上。

——"到底哪里亏欠她了？"

她哪里不亏欠赵明溪？

她总是怕赵媛会因为自己并不是她的亲生女儿而感到失落和被排斥，于是想方设法地对赵媛表现出自己的关爱，想告诉赵媛，自己还和以前一样，是她的母亲。

于是在几年前赵明溪不经意拿起赵媛的玩偶时，她迅速赶过去，将玩偶拿走还给赵媛，并对明溪说"你想要我再给你买，不要抢媛媛的"。

于是在赵媛表现出对这条裙子的喜欢时，自己毫不犹豫地将裙子给了她，并且自认为明溪不会介意。

但是一个小孩在几年间一次又一次受到冷落，对这些事怎么会不介意？正是这些事堆积起来，才造成今天的状况！

是她自己！是她自己为了维持和养女之间十几年的情分，忽视了明溪在这些事件中的感受！

是她自己生生将明溪越推越远！

赵母心里像被针扎一样，焦躁又刺痛，她完全无法继续看赵媛穿这条裙子，这简直无异于一巴掌又一巴掌扇在她脸上，提醒她曾经是怎么对待明溪的。

她匆匆将自己埋进被子里，道："你先出去，让我一个人安静会儿。"

赵媛愕然地看着她："妈，你怎么突然——"

"出去！让我一个人待会儿吧！"被子里传来赵母的哽咽声。

明溪坐在摩托车后座，双手揪着傅阳曦的外套。

车流如瀑，夜间冷冽的风刮过她的鬓发，她望着隔江的闪烁的霓虹灯，经过一盏又一盏的路灯，慢慢冷静下来。

她后知后觉地想起："对了，你们的摩托车是从哪里来的？！"

傅阳曦的外套被风吹得鼓起，他故意道："我听不清！"

明溪迫不得已微微直起身子，抓住他肩膀，凑到他耳边，大声吼："我说，你们的摩托车是从哪里来的？！"

贴得太近，即便她呵出来的气被冷风吹散，依然有几分落到了他耳郭上，傅阳曦那里极其敏感，酥酥麻麻的感觉一瞬间传来。

他耳根顿时红了，手一抖，差点开歪。

傅阳曦喉结一动："柯成文有个朋友开车行，就在那附近几百米的地方，我们就去提了几辆。"

"哦。"明溪回头一看，身后还跟着四五辆摩托车，她扭过头去数了下人头，发现傅阳曦的兄弟都在，除了柯成文。她顿时悚然一惊——

"等等，柯成文呢？我们把他落在原地了！"

傅阳曦："你那么关心柯成文干吗？都是成年人，丢不了的。"

"这边！"柯成文开着一辆跑车跟了上来，降下车窗，朝他们招了招手。

明溪看了眼柯成文开着的四个轮子的跑车，问傅阳曦："所以，明明有跑车，为什么你是开着摩托车来的？"

"酷啊！"傅阳曦挑眉，臭屁道，"你不觉得几辆风驰电掣的摩托车突然在你身边停下，就像电影里的场景？你们女孩子不都喜欢这样吗？可惜我没有戴墨镜。"

明溪：不愧是你，曦哥还是那个曦哥。

明溪问："那我们去哪儿？"

傅阳曦道："先下车吧。"

"夜风太冷了，再吹下去我两根手指都要冻僵了。"他将摩托车停在路边，翻身下车，十分自然地搂住明溪的腰，把她抱了下来，顺势红着脸帮她把围巾掖了掖。

明溪看他动作过分熟稔，觉得怪怪的，但脑子被冷风吹得思维迟缓，一时之间也没察觉出哪里不对。

傅阳曦被明溪盯着，不自在地扭过头。他面红耳赤地勾起嘴角，但是又立马"嗷"了一声。

明溪问："疼吗？"

傅阳曦摸了摸唇角的创可贴："嗐，这点小伤，我无所畏惧。"

柯成文也把车子在路边停了下来。

后排车窗降下，贺漾探出头，对明溪招了招手："明溪！"

明溪："怎么把贺漾也带来了？"

"和赵家一刀两断，破茧成蝶的大好日子，怎么能不去吃点烤肉什么的庆祝一下？曦哥就叫上你的朋友了。"柯成文道，"赵明溪，快上车！"

明溪心里暖融融的，之前的不愉快仿佛也一扫而光。

她走过去拉开车门。

"等等！"傅阳曦忽然大喊，大步流星走到车门前，把车门一开，从里头拽出个男生："姜修秋，你坐副驾驶座去。"

"咱俩好久不见，你就是这样对待你的老朋友的？"

"去去去。"

姜修秋？！

明溪顿时眼睛一亮——这不是那个、那个可蹭人员名单排在第二位的人吗？

叫姜修秋的男生有一双桃花眼，高领毛衣罩住下半张脸，仿佛极为怕冷，穿得犹如过冬，揣着手瞪了傅阳曦一眼。他的视线扫过明溪的脸的时候顿了顿，接着老不情愿地坐到副驾驶座上去了。

明溪的视线一直落在他身上。

2%！还没试过2%的气运回报率是什么样的！

傅阳曦挡着车门，正要催促明溪快点上车。他顺着明溪的视线看过去，目光就落到了姜修秋的身上。

一秒、两秒、三秒——傅阳曦掐着表数了十秒，就见赵明溪还在盯着姜修秋！

姜修秋长得有那么帅吗？

她都没这么盯过他！

明溪回过神来，发现傅阳曦正虎视眈眈地盯着自己，脸色还突如其来地变臭了。

明溪一头雾水地问："怎么了？"

"大晚上的，你视力真好呢！"傅阳曦竭力控制自己不酸溜溜地说。

他推着明溪快速上了车。

傅阳曦把钥匙抛给一个兄弟，叫人把摩托车开了回去。

一行人在热气腾腾的烤肉店坐下来。

"是你？"

"是你？"

明溪和姜修秋同时问出了声，问完后两人都是一副先是惊讶、随即了然的表情。

傅阳曦看了眼赵明溪，又看了眼姜修秋，最后看了眼把姜修秋带过来的柯成文，拳头简直都要攥紧了。

柯成文慌张地用眼神示意："是他联系我，自己主动要来的，又不是我特地把他带来的。"傅阳曦用眼神瞪回去："你不会拒绝啊？"柯成文眼神更加委屈："他不是曦哥你的发小吗？我怎么拒绝？"

几轮眼神来回，傅阳曦的红色短发本就被夜风吹得东倒西歪，宛如刺猬，这下脸上更是结了一层霜。他将菜单翻得哗哗响，十分扰民："是你个头啊！小口罩，你和姜修秋早就认识？"

明溪解释道："倒也不算是认识，就是大半个月前我跟他一起参加过大提琴考试。他就是那个昵称叫HandsomeJ的。"

明溪现在一回想，怪不得那几天小嫩苗长得飞快呢，敢情里面还有这件事造成的涨幅在里面。

傅阳曦拉长了脸："那你俩已经加过联系方式了？"

明溪道："对。"

不加怎么联络？

傅阳曦拿起桌上的醋捣鼓："那岂不是很有缘分？"

明溪道："对。"

傅阳曦只觉得自己嘴角的伤口好疼！

姜修秋则一边擦拭着筷子，一边笑眯眯地看着傅阳曦，对赵明溪道："我就不同了，我对你的认知还来自——"

他话没说完，嘴巴里就被傅阳曦隔着桌子塞进去一块哈密瓜。傅阳曦暴跳如雷："你这人长了张嘴，一天到晚就叽叽歪歪。我警告你，别胡说八道，别说些不该说的。吃水果！"

姜修秋继续笑，一副有了威胁傅阳曦的筹码的样子。

明溪看姜修秋笑得意味深长的样子，怀疑傅阳曦是不是在背后说自己坏话了——就是自己刚转班，千方百计想和他坐同桌，他最讨厌她的那段时间。

贺漾也听不懂他们在说什么，打破僵局："烤肉来了！"

明溪主动站起来，把碟子从服务员手中接过来，摆在桌上。见店里人多，服务员人手不够，她下意识地就要了条围裙套上，道："你们吃，我擅长烤肉,我先给你们烤着。"

傅阳曦从没烤过肉,但是见赵明溪这么自然地接过夹子去烤,他心头又不大舒服。

他站起身,劈手夺过赵明溪手里的夹子,仗着身高,从后面一下子把她套上的围裙摘了下来:"你坐一边去。"

明溪被眼前的围裙挡了一下视线,等她反应过来,已经被傅阳曦推到里面的座位去了。

她惊呆了:"你来?"

几个人都惊讶地看向傅阳曦。

姜修秋托着腮,又看了眼赵明溪,笑眯眯的,在心里"哟"了一声。

"怎么,瞧不起我?"傅阳曦道,"觉得我不会烤?你这是在挑衅我。"

"不敢不敢。"明溪忍住笑。

傅阳曦和明溪换了位子,坐在最外面,他用剪刀将肉剪成几块,手忙脚乱地扔进烤盘。

不一会儿就传来肉煳了的味道,油噼里啪啦作响。

烤肉夹在他手里格外不灵活,差点飞出去。

不远处的服务生看了都着急,生怕红色刺猬头的男生把他们的店给烧了。他抛下一桌人,赶紧走了过来:"我来帮你们吧。"

傅阳曦讪讪地松开了夹子。

"这几块谁要吃?"服务生夹着被烤得煳透、黑得爹妈不认的那几块烤肉问。

傅阳曦看向姜修秋,姜修秋移开了视线。

傅阳曦看向柯成文,柯成文咳了一声,抬头看着窗外:"月色真美。"

见没人要,傅阳曦面上无光,黑着脸:"给我。"

"我也要几块。"明溪不忍心看他没人捧场,将盘子递过去。

傅阳曦哼了一声,扬起嘴角,心里美滋滋的。

不过下一秒,他还是将自己和明溪的盘子里焦了的肉倒进了垃圾桶。

烤煳了还是别吃了。

大家开始吃起了烤肉,明溪盯着对面的姜修秋,打起了他的主意。她说:"雇主,握个手吧,以后有类似的事情还找我。"

她本来以为傅阳曦的朋友会是和傅阳曦一样难搞的人物,但没想到姜修秋脾气非常好，笑眯眯地就朝她伸出了手："没问题。"

明溪心情激动，立刻把双手在衣服上擦了擦，握了上去。

还在吃烤肉，没来得及阻止两人的傅阳曦无语了。

明溪一触碰姜修秋，盆栽里的小嫩苗立刻动了一下。

生长了一棵半！

虽然没有第一次碰傅阳曦生长了五棵嫩芽那么多，但是也足够令人高兴了！

明溪心潮澎湃，夹了块烤肉嚼着，又问："姜修秋，你是不是因病快一个月没来学校了？你桌子上应该会堆积很多卷子吧，需要人帮你整理吗？还有你平时值日什么的，需要人跑腿吗？"

柯成文默默看向傅阳曦快绿了的脸。

姜修秋还没来得及说话，傅阳曦一把把明溪的身子拽了过去，双手攥着她的肩膀，恼怒地盯着她。

"怎，怎么了？"明溪一头雾水。

傅阳曦脸色很臭，恶狠狠地盯着她，憋了半天，憋出一句："你到底是我兄弟还是他兄弟？"

明溪把烤肉咽了下去："我不能两个都当吗？"

当兄弟这种事，还要竞争的吗？

"不行！"傅阳曦气急败坏——他怀疑小口罩是真不懂还是假不懂，他说的"兄弟"难道就真的是"兄弟"的意思吗？非逼他主动捅破窗户纸吗？

明溪："为什么？"

傅阳曦涨红了脸，恼怒道："一山不容二虎，懂？"

姜修秋在旁边笑得疯狂咳嗽，喝了口水，叹了口气道："没办法，我的人格魅力她抵挡不住呢。"

明溪身上起了一层鸡皮疙瘩，心想6%和2%的回报率，那她肯定选择傅阳曦这个6%的啊。

"那我还是选择当你的兄弟吧。"

傅阳曦耳根一红，心头舒坦了，他放开明溪的肩膀，还以一副大哥的做派给明溪夹了几块肉。

明溪："谢谢。"

"不用谢。"傅阳曦得意扬扬地掸了掸自己身上并不存在的灰，挑眉朝姜修秋看去，眼神霸道，"看来还是我的人格魅力更大呢。"

柯成文和贺漾沉默。

明溪也沉默。

很好，她起了两层鸡皮疙瘩，拳头攥紧了。他"呢呢呢"个什么劲啊！

烤肉店热气腾腾，肉和佐料香气四溢，明溪身上很暖和，看着眼前这一群年少的人插科打诨，她心底也暖和。

有一些东西悄无声息地滋生，弥补了她心中空荡荡的角落。

中途服务员送来些果酒，没人注意明溪也喝了两杯。

傅阳曦发现她不对劲时，赶紧拦下，但她已经喝了三杯。

明溪感觉脑子晕乎乎的，窗外的月亮长了毛边。

傅阳曦晃了她一下。

但傅阳曦开始变成两个傅阳曦。

她转头，身后黄绿色的玻璃窗框也变成了两层。

明溪撑着脑袋，漂亮的脸上泛着红晕，眼睫沾着水汽，视线不由自主地落到了街边。那边有祖孙二人在寒风中摆着摊，正在卖鲜红色的糖葫芦。

不知道孙女撒着娇说了些什么，拽着老奶奶的袖子一直摇。那老奶奶忍不住取出一根糖葫芦，递到孙女手上。

老奶奶转过脸来时，脸上带着慈祥平和的笑容，脏兮兮的手揉了揉孙女的脑袋。

明溪呆呆地看着，顿时忍不住了，她鼻子酸涩，眼圈泛红。回来后从得知奶奶已经不在了到现在所积攒下来的所有情绪，瞬间倾泻而出。

眼泪不受控制，"啪嗒"一下砸下来。

"我奶奶，"明溪"哇"的一声哭出来，声音沙哑，带着哭腔，"我奶奶去世前还给我留了几千块钱！"

一桌人都看着她。

"完了，赵明溪不能喝酒，她喝一点都能醉得不轻。"贺漾才想起来，她自己也有点晕。

傅阳曦迅速起身把明溪拉过去，皱着眉对贺漾说："怎么不早说？"

明溪抱着傅阳曦，像抱着一根电线杆子，哇哇地哭。

她连奶奶的最后一面都没见到。

她离开桐城的时候，奶奶放心不下她，而她却带着满心的期许和向往，并且还对奶奶说，等她讨赵家人喜欢了，过段时间就把奶奶接过去；以后有出息了，给奶奶养老。

只是她刚到赵家没多久，生日前后那两天，她打电话给奶奶但没人接，她刚察觉到不对，就接到从镇上打来的电话。

对方说她走之后，奶奶去山上送货，被暴雨困住，因为腿疾一不小心滑下了山，那个晚上就去世了。

镇上的人好心，给奶奶办了葬礼之后才心疼地打电话通知她。

因为发现得迟，镇上医疗条件也不好，她甚至不知道奶奶具体是哪天去世的。

当时明溪整个人都蒙了。

她马不停蹄地赶回桐城。

她在寒冷的灵堂里哭到麻木，没有声音。

她还说要让奶奶过上好日子，最后却发现奶奶给她留下一个破旧的红布包，里面装着奶奶患腿疾多年却不愿医治，给她攒下来的学费。

明溪像是被打开了开关，眼泪"啪嗒啪嗒"地掉，哭得鼻尖泛红。

她用手胡乱地抹着脸。

她手上沾着辣椒，越抹眼睛越辣，眼泪流得更加汹涌了。

傅阳曦慌乱地抓起桌子上的纸巾，给她擦掉脸上的泪水。

傅阳曦从没见过赵明溪这样崩溃大哭，心揪了起来，扭头问贺漾："她奶奶是谁？住所的地址是什么？你发给我。"

"她奶奶已经去世了。"贺漾难过地看着明溪，"她——算了，这些事情说了应该没关系。"

贺漾跳过赵家亲生女儿与非亲生女儿的事情，只把明溪从小生活在北方桐城，十几岁才回到赵家的一些事情告诉了傅阳曦他们。

傅阳曦听着，眉头逐渐皱了起来。

柯成文看着明溪，心情复杂："没想到……"

看赵明溪气质出众，他还以为她是娇生惯养长大的呢。但是仔细想想也能知道，哪个娇生惯养的女孩子会烤肉又会做菜？

明溪身体轻飘飘的，脑子像是进了水。她晃晃悠悠的，但是依稀能听见他们的对话，她顿时悲怆地又哭了出来，抓住面前的人，将额头往上面撞："呜呜呜，去世了，去世了，都怪我。"

傅阳曦一时间说不出任何话。

接下来另外几人还说了什么，明溪已经听不清了，就算听清了脑子也转得慢得很，没法分辨他们到底在说什么。

她沉浸在漫长而悲伤的梦里，仿佛回到了在灵堂里的那一天。

她手脚都冻得发麻，哭得浑身都在抖。

明溪依稀感觉自己被傅阳曦抱出了烤肉店，自己吐了他一身，他蹲在自己面前，把自己系得乱七八糟的鞋带重新系好，接下来叮嘱了姜修秋和其他几个人几句。

烤肉店外路灯的光照在地上，细小的飞虫在寒气中飞舞环绕。

呵出的气成了白雾，泪水砸在地上。

她冷得要命，眼泪淌进脖子里也冷。

她的脖子上又多了一条围巾。

总算不冷了。

明溪抱住了身前暖和的电线杆。

接下来明溪就彻底失去了意识。

她睡了一觉。

很奇怪的是，醉酒的人快醒来之前，能知道自己之前喝醉了。

意识朦朦胧胧的，快要清醒了，可是身上却像是压着一座山，怎么也起不来。

眼皮也沉重，疲倦得不行，只能感觉到一点闪烁的光亮。

她像是卡带的放映机，只能想起来昨晚几个零星的画面。

引擎的嗡鸣声以及轻微的摇晃让明溪感到头疼欲裂，着陆时的失重感更是让她胃部拧成一团，昨晚吃的东西都快要吐出来了。

等到明溪模模糊糊地有了点意识，快要睁开眼时，第一个感觉就是冷。

怎么回事？比昨天冷多了。

气温骤降了十几度吗？

耳边不停地传来嘈杂的声音，座位一直在颠簸，明溪浑身上下的骨骼仿佛都不是自己的。

她努力睁开眼，意识还有点迟钝。

入眼的是一扇有些脏的车窗，她在车上？

人贩子？！

明溪悚然一惊，吓得魂飞魄散，彻底清醒了过来。

明溪朝左边看去，傅阳曦坐在她左边，她突然安心了。就算是被人贩子绑了，和傅阳曦在一块儿，也会有人顺带把自己赎了。

傅阳曦正疲倦地睡着，嘴唇紧紧抿着，眉头紧皱。他换了身衣服，没戴他的降噪耳机。

明溪很快反应过来，银色的耳机挂在自己耳朵上。

她摘下来，耳机已经没电，她便关掉了。

明溪又朝右边看去，看到一个破旧而熟悉的车站，候车大厅挂着去年张贴的到现在还没摘下来的"囍"字，灰扑扑的。这里人来人往，叫卖声十分嘈杂，是一个破落却又欣欣向荣的地方。

街道两边到处都是红红绿绿，甚至是五颜六色的小广告。

车子还在往前开，和许多三轮车擦肩而过。

坑洼不平的沙砾地面上，隔一段距离就是垃圾堆，沿路的垃圾桶仿佛全都是摆设。

明溪眼皮一跳，忽然觉得这里无比熟悉。

甚至街道拐角冷冷清清的豆浆摊她都觉得熟悉。

老板操着明溪熟悉的口音："豆浆！好喝又不贵的豆浆！"

香气仿佛溢了过来。

她呼吸窒住。

她的心脏怦怦直跳，额头不由自主地贴上了冰凉的车窗，感觉到了温差。

不知道过了多久，颠簸终于暂停。

车子绕了很久，在镇上一个破旧的巷子口停下来。深幽的巷子一如明溪记忆当中那样，地上长满青苔，刚下过雨，还积满了水。

视线往上是杂乱无章的破烂筒子楼，窗户没有几家是关上的，基本都大开着，有一根或两根竹竿伸出来，褪色的T恤衫、外套和晒干的腊肉胡乱挂在一起。

太熟悉了。

再往巷子里走几步,就是以前和奶奶生活过的那个小院子。里面会种一些栀子花树,放着几盆要晒的萝卜,还有整整齐齐摆着的一些奶奶补的鞋子。

意识到这是来到了哪里之后,明溪心跳越来越快,触碰车窗的手指都在轻轻地颤抖。

有些地方变了一些,但是记忆里的大多数东西都没变。

少年三五成群地招摇过市,抱着篮球去旁边雨水少点的小空地打球。

车子停下来,司机操着本地口音:"到咯,醒醒,给钱咯。"

明溪才注意到后面还跟着一辆车。

柯成文和姜修秋还有贺漾揉着眼睛,都是一副没睡醒的样子,从车上跳下来。

傅阳曦也醒了,下意识地看了眼身边的赵明溪。

他打了个哈欠,照例顶着一张不耐烦的臭脸,掏出几张钞票递给司机,然后跳下车,绕到这边来。

他打开了明溪面前的车门。

明溪眼睛红肿着,呆愣地看着他。

这一瞬间,她感觉自己仿佛在做梦。

怎么一觉醒来就回到了以前生活的地方?明明回来一趟得坐十几个小时火车。

但是她睡着了是怎么被弄上火车的?

明溪陡然想起来沉睡时起飞和着陆的嗡鸣声——私人飞机?

而且还有傅阳曦和这几个人——

他们像是误闯她的梦境一样。

傅阳曦站在车门前,扶着门,等她下去。

他逆着清晨的光,一头红色的耀眼短发将清冷的晨雾暖化不少。

见她愣着不动,傅阳曦微微俯身,嘴角一勾,笑了起来:"愣着干什么?"

明溪慢半拍地下车,傅阳曦的手搭在车顶。

他把一块板子踹到车子下面,刚好盖住泥地上的积水。

"Welcome home, little girl.(欢迎回家,小姑娘。)"他对赵明溪道。

傅阳曦突然说了这么一句臭屁的英文，瞬间把明溪从幻境当中拉了回来。

贺漾忍不住翻了个白眼，对柯成文道："你们国际班的人都这么有病？"

柯成文趁着傅阳曦没空收拾他，捂着嘴小声对贺漾道："实不相瞒，我是最正常的，而且我还是班草。"

贺漾无语。

算了，她不该有所期待。

没一个正常人。

明溪从如坠梦中的状态回神，下了车，情不自禁地屏住了呼吸。

她看着眼前熟悉而又陌生的一切事物，肾上腺素分泌得很快，心脏"扑通扑通"地跳。

她看着大家，忍不住问："我们怎么会在这里？"

柯成文道："你们镇上没有停机坪，所以飞机先开到了市中心去，然后曦哥包了两辆车，我们在泥巴路上开了四个小时才到这里。"

明溪看向傅阳曦。

她很难形容此时的感受，就像是最冷的时候，有人送了炭火来，还替她拢了拢衣服，希望她一切顺意。

喉咙里有什么在翻搅，明溪想说些什么，但是觉得这时候说谢谢又太见外。

傅阳曦这个人，带着锋利而散漫的鲜活气息，张扬热烈得像一团红色的火，在人群中老远就能被一眼认出。

如果说以前明溪单纯是为了蹭气运接近他，那么现在他对于明溪而言，是一个即便没了气运也很重要的人。

很重要。明溪悄悄在心里这样认定。

被赵明溪一直盯着，傅阳曦脸部一下子烫了起来。

"喀，世上无难事，只怕有心人。"傅阳曦竭力显得坦然，单手朝后捋了下头发，得意扬扬，一脸"小菜一碟啦，就是举手之劳，你不必太感动啦"的表情。

他单手把赵明溪的书包从车子里拎了出来。

他刚得意完，就听到柯成文突然抱怨了起来："我说曦哥你也真是临时起意，哪天来不好，偏偏昨晚大半夜跑来！刚下过一场雨，到处都泥泞，颠得我浑身都快散架了。而且赵明溪你到底多少斤？曦哥说你太重，我们都搬不动，非得——"

傅阳曦耳根"唰"地一下红了，粗暴地打断他的话："你话很多是不是？要不要给你报个一小时说一百万字的比赛？"

柯成文立刻闭上了嘴。

贺漾诧异地问："真有这个比赛？"

明溪忍不住笑了。

"好了好了，快进去，这里风好大。"傅阳曦看了眼赵明溪冻得发白的耳垂，催促道。

明溪点点头，深吸一口气，做好心理准备，朝着小巷子深处的破败院子走去。

傅阳曦则绕过去和两个司机说了几句话。

引擎发动的声音传来，两个司机很快开着老爷车吭哧吭哧地从颠簸的道路上离开了。

姜修秋落在最后，搓着手，毛衣领恨不得盖过头，冷得浑身哆嗦。他走到傅阳曦身边，呵了口冷气，问道："你让他们什么时候过来接咱们？"

"明早七点。"

姜修秋低声道："那岂不是要在这边过夜？"

傅阳曦看了眼走在前面的赵明溪，漫不经心道："我家小口罩好不容易来一趟嘛，况且——"傅阳曦左右看了眼，压低声音道，"我查了下，回去的绿皮火车每天就只有早晨七点那一趟。"

"等等，"睡眼惺忪的姜修秋眼皮猛然一跳，"你别告诉我回去要坐火车，我们来时坐的私人飞机呢？！"

"我们一下飞机就惊动了我爷爷那边，"傅阳曦掏出手机看了眼，"三十——现在五十二个未接来电。我没接电话，他就把我的权限取消了——你干什么，姜修秋，你这是什么脸色？你中毒了吗？"

"你找死吧。"姜修秋道，"看你回去你家里人怎么教训你。"

"那就是我的事情了。"傅阳曦不以为意，并且坑人坑得理直气壮，"瞧这里山清水秀，要不是我，你可还没机会出来一睹祖国的大好河山呢！"

姜修秋看了眼周围的破败景象："……"

那我可真得谢谢您了。

明溪走进院子里。

院子中间熟悉的竹编小茶几已经不见了，被丢在檐下的角落里搁东西，许久都没人动过，落了一层灰。

玻璃窗上以前贴上去的窗纸被揭了下来，只留了一层印迹。

栀子花树也没了，泥土地面铺上了粗糙而简陋的大理石砖块。

土红色的院墙也被重新砌过。

这间院子准确来说不是属于奶奶的，而是隔壁李婶家的，以前是租给她们的，奶奶去世后，李婶就把这间小院子给翻修了。

一切都物是人非。

但明溪的心境已经与曾经截然不同。

过去奶奶去世后，她每次回来，都是一个人。更别说得了绝症之后回来的那次，心情有多绝望。

走过人海，觉得没有一个地方是自己的归属地。

但这次，或许是因为身边有了一群朋友插科打诨的声音，院子里热闹起来。

明溪的心境也开阔了，对以后充满希望。

傅阳曦拎着书包走过来，一只手插兜，另一只手递给她一副蒸汽眼罩，东看西看，就是不看她，装作随意道："敷一下，你眼睛都肿了。"

明溪拆开一次性眼罩的包装，发现是一副眼部镂空设计的蒸汽眼罩，眼睛可以露出来。

她戴上后，傅阳曦瞥了她一眼。

赵明溪皮肤白皙，瞳孔乌黑，睫毛漆黑纤长，眼眶红得像兔子。

戴上之后，眼罩边角的两个尖尖翘起，显得更像一只发蒙的兔子。

傅阳曦冷酷的表情差点没憋住。

"很搞笑吗？"明溪用手把热乎乎的部分往眼周按，暖了下手，问，"你从哪里弄来的？"

傅阳曦又掏出一副同款的："就随便买的呗。"

冷得在墙角"待机"的姜修秋：在客运站，让司机把车子停了大半天的人是谁？

傅阳曦一只手拎着书包，另一只手笨拙地半天拆不开包装。

明溪伸出手给他拆开，踮起脚给他戴上去："别动。"

傅阳曦蓦地屏住了呼吸。

天气寒冷，赵明溪白皙的脸冻得更加发白。

就昨天一晚上，她的脸仿佛小了一圈，一副眼罩就盖住了大半，只露出浅粉色的唇和白莹莹的下巴。

她靠过来了。

傅阳曦喉结动了下，觉得自己的血液往头皮上冲。

柯成文宛如大马猴般跳了过来，嚷嚷道："不公平啊！我也没睡好，姜修秋一个人横躺在后座，把我的腿都压麻了，我黑眼圈都熬出来了，为什么没有我的份儿？！"

气氛瞬间被破坏。

"你的眼圈平时不就是黑的吗？！"傅阳曦气急败坏地把他的脑袋推开，"没了，就只有两个。"

柯成文无语了。

明溪昨晚刚得到他们那么多帮助，觉得自己已经和他们有了革命友情。

她非常不好意思地把自己脸上的眼罩摘下来，道："要不把我的给你？我睡足了，眼睛不难受。"

柯成文刚要高兴地接过来。

傅阳曦"啪"地一下就把他手打开。

傅阳曦臭着脸，抠抠搜搜地从包里掏出了另外三副眼罩："给。"

明溪："不是只有两副？？"

傅阳曦脸不红心不跳，眼皮都不眨："我刚才忘了还有一盒。"

五个人都戴上眼罩，宛如闯进来抢劫的江洋大盗，将抱着瓷盆过来洗菜的李婶吓了一跳。

明溪连忙摘下眼罩走过去："李婶，是我，我回来看看。"

"是明溪？！"李婶一下子认出了明溪，顿时将瓷盆放下，过来拉着她仔细端详，感慨万千，"明溪变好看了。"

李婶很热情，拉着五个年轻人，留他们吃饭。她把火盆也燃了起来，让几个人围着暖手。前前后后地忙完，又拉着明溪絮叨了好久。

明溪在以前住的房间里待了很久，将没来得及带走的东西一件件收拾了起来。

中午吃的是李婶家的大锅饭,虽然热气腾腾,但米很硬,菜的味道也一般。

可是傅阳曦和姜修秋他们都没说什么,柯成文和贺漾也积极地去帮李婶洗碗。

转眼到了下午。

明溪打算去扫墓,除了格外畏冷、离不开火盆的姜修秋,其他三个人和她一起去。

他们在镇上的店里买了些东西,用红色塑料袋装着,深一脚浅一脚地上山。

山上有很多墓,这种小镇子没大城市那么讲究,墓碑东一块西一块。

明溪奶奶的墓在一个偏僻的角落,正处于一个较为倾斜的小山包上,下雨天道路湿滑,很容易一脚没踩稳就摔下去。

祭拜完,才过了十分钟,柯成文和贺漾就分别摔了一跤。

明溪便对贺漾道:"要不你们三个先回去吧。"

贺漾看着身上的泥水,这下不回去也不行了,再过一会儿泥水浸进衣服里得难受死。

而且已经祭拜完了,他们这些外人也不好多待,她便道:"那我们先回,你自己小心点,别摔跤。"

"嗯。"明溪点了点头。

傅阳曦装作没听见,道:"我可没摔跤,我等你。"

山上偏僻,一个女孩子在这里确实不行,柯成文便道:"那曦哥你再陪赵明溪待会儿,我和贺漾先下去。"

两人一走,山上顿时安静了下来。

明溪沉默地蹲着。

傅阳曦站在一边低头看着她,抓了抓头发,心烦意乱,也不知道该说些什么安慰她,简直想把柯成文叫回来。

明溪先抬头看了他一眼,笑了:"不用安慰,我不难过。咱们明天回学校?"

"嗯——"傅阳曦松了口气,刚要说坐火车回去的事,忽然两个人都听见了一阵持续性的疯狂的狗吠声。

那狗叫得实在太吓人,仿佛随时要冲过来。

明溪吓了一跳,迅速站起来:"这山上什么时候有狗了?!"

她拽起傅阳曦的手腕就要拉着他走。

但不知道是不是明溪的错觉,傅阳曦死死盯着那条藏獒,身体格外僵硬。明溪握住的他的手,他手心里也全是汗水。

明溪还是第一次见他这样,脸上完全没有表情,甚至带着一些冷意。

他死死抿着唇。

"傅阳曦!"明溪被他吓到了,惊叫一声。

傅阳曦这才勉强从那种状态抽离,他喉结动了动,反应过来后,叫了声"糟糕",迅速拉着明溪转身就跑。

两人就迟疑了这么一会儿,迎面就冲过来一只龇牙咧嘴的身形高大的藏獒。

那狗极其强壮,眼珠子是黑色的。

一瞬间,它露出嘴里的尖锐獠牙,逐渐逼近,带着几分腥臭的热气几乎扑鼻而来。

傅阳曦挡在赵明溪面前。

两人脚一滑,一下子没站稳,瞬间踩着湿滑的泥土摔到了小山坡的下面。

泥土松软,倒是没受伤。

但是眼见着那狗又要冲下来。

"大黑!"

狗被叫住,朝他们凶神恶煞地咧了下嘴。很快过来一个当地的农民,朝他们抱歉地伸出手:"不好意思啊。快快快,我拉你们上来。"

傅阳曦扶明溪起来:"摔伤了吗?"

明溪摇摇头:"没有。"

傅阳曦脸色很臭,暴怒地朝着那牵着狗的中年男人说:"你别管我们了,你把你家的狗拴好后拉走就行!"

等傅阳曦和明溪回去,两人身上的泥水简直比贺漾和柯成文还要多,都成了泥人。

李婶吓了一跳,连忙让他们去洗澡。

明溪对这里的设施比较熟悉,洗得很快,洗完换了李婶给她的衣服就出来了。

傅阳曦比较慢。

"你们遇到大型犬了？"姜修秋走过来问。

"对。"明溪想到下午傅阳曦的反应，觉得不对劲，担心地问，"傅阳曦是不是对狗有什么阴影？"

他今天的反应很不正常，甚至回来后他都一直沉默不语，简直和平时嚣张的他判若两人。

"倒也没什么大事，就是——"

姜修秋刚要说话，就被洗完澡出来的傅阳曦打断："被我抓住了，不要在背后说我的坏话！"

傅阳曦的红色短发湿漉漉的，还在滴水，他头发也没擦干，急匆匆地一把把赵明溪拽到身后，离姜修秋远远的。

他又恢复了平日里的臭屁样子，不悦地看着赵明溪道："小口罩你行啊，说了只认我当'大哥'，你还和别人一块儿说我的坏话！"

赵墨好歹是个小明星，进医院的事情闹出了点新闻，但是在赵墨的经纪人准备好应急措施之前，消息就被傅氏压了下来。

毕竟事情涉及傅氏，虽然他们看不起一个不入流的小明星，但是傅氏也不想让这事声张出去。

不管怎样，赵墨的经纪人算是松了口气。

医院这边，赵墨后知后觉地发现自己被赵明溪拉黑了，觉得不可思议，狐狸眼眼角都扬了起来，手指戳着手机，震惊地看着赵湛怀："她把我拉黑了？什么情况，她把我拉黑了？！"

赵湛怀见赵墨还搞不清楚状况，懒得理他，自顾自吩咐助理帮忙收赵墨的东西，打算给他办出院手续。

赵墨吊儿郎当的样子都收敛了点，忍不住道："赵明溪和家里人断绝关系，该不会是因为我吧……因为我之前一直欺负她？"

赵湛怀心说，可不是有你的原因嘛！

一旁的赵宇宁抱着手臂，看着赵墨这样子，居然感受到了一点慰藉：至少自己被赵明溪讨厌的程度要比他低一点。

赵宇宁故意道："二哥，不是因为你还能因为谁？我和明溪玩得很好，大哥和老爸常年在公司，也就你在家的时候整天欺负明溪了。哦，还有妈——"

说起赵母,赵宇宁闭了嘴,脸上的表情有些不悦。

赵湛怀听了赵宇宁的话,也苦中作乐,苦涩道:"而且我和宇宁是最早知道明溪和家里人断绝关系的,你是最后一个才知道的,一比较,就知道谁在她心里的分量最轻了。"

赵墨脸上的表情无比阴沉:"赵明溪不识好歹。"

一旁的护士:这有什么好比较的啊?!

赵墨被扶着下床,右脚一接近地面,就疼得"咝"了一声:"慢点!慢点!"

他摸了下自己打架时被扯掉的耳钉,不禁恼火起来:"那群以红毛为首的臭小子,再见到的话我要揍死他们。还有赵明溪,她爱回不回,现在吵着要和家里人断绝来往,说不定就是受了那红毛的挑唆!过段时间等她脑子里的水倒干净了,就知道回来了!

"我就不信了,十八九岁的小丫头怄气,还能闹得多凶?!"

但是他说完,却没一个人接下文。

赵墨抬起头,便见赵湛怀和赵宇宁都是一副忧心忡忡、心事重重的样子。

他又想起当天在图书馆,赵明溪瞪着他时那漠然的眼神,心里一咯噔,忍不住问:"她不会来真的吧?真的和我们断绝关系?她现在叛逆成这样了?"

"你说呢?"赵湛怀拧眉道,"爸昨晚因为这件事对我大发雷霆,我还不知道怎么应付。"

赵墨的脸色这才变了。

他想了下,嗤笑道:"嘿,这事大了。我不走了,这事我留下来解决。"

赵宇宁忍不住道:"二哥,你能解决什么?你别让事情往更坏的方向发展就谢天谢地了。"

赵宇宁本来想回酒店,但是赵湛怀说家里人要为了赵明溪的事情开个会。他才不情不愿地上了赵湛怀的车。

一进家门,兄弟三人就感觉家里的氛围格外凝重。

"怎么了?"赵湛怀走过去问。

赵母眼睛红肿着,赵父则铁青着脸,还是赵媛走过来,递给他一张纸。

赵湛怀扫了眼，眼皮顿时重重地一跳。这是一封律师函，要求他们将赵明溪小姐的私人物品——也就是照片、户口本等物品尽快返还。

并特地强调，请将合照中赵明溪小姐的肖像裁剪掉。

落款的署名是"张义泽"，也就是那天遇见的那位傅氏继承人身边的张律师。

这封律师函仿佛一记耳光，重重地打在每一个以为赵明溪不会真的离开的人的脸上。

"我真的没想到，明溪是动真格的……"赵母捂着脸又哭了起来，"当时她离家出走，我还骂她死丫头，还以为她又是闹小孩子脾气，心里还觉得她烦得要命……但没想到她是真的要和我断绝关系了。她怎么这么决绝啊，她是我十月怀胎……"

"别哭了！"赵父听了一上午赵母的絮叨，头都大了。

赵墨和赵宇宁接过律师函看了眼，脸色都很难看。

赵母停止哽咽之后，客厅死寂了会儿。

大家都有种喘不过气来的感觉。

赵墨抓了抓自己的银发，转身一屁股在沙发上坐下来："要我说，都是姓傅的那小子惹的祸！赵明溪不回就不回，她总有一天会回来——"

"闭嘴！"赵父喝止了他，"你难道还搞不清楚当前的状况吗？你妹妹，你亲妹妹，被你欺负走了！"

"这事怎么就怪到我头上了？"赵墨也怒了，"我刚回来，我哪里知道那么多——"

赵父训斥道："要不是你去学校胡说八道，又对你妹妹冷嘲热讽，你妹妹会这样吗？！"

赵墨来了火气，还要顶嘴，赵湛怀皱眉道："少说两句。"

赵家简直鸡飞狗跳。

赵嫒反而像是被他们忽视了一样。

赵嫒站在角落，咬着下唇，指甲渐渐掐进了手心。

她从没想过赵明溪的离开，会给赵家这些人带来这么大的影响。

明明在赵明溪来之前，他们都是只属于她一个人的。

但是不知道从什么时候起，赵明溪就开始在他们的心里有了分量。

甚至在赵墨那边，逗弄脾气不好的赵明溪，也比逗她好玩得多。

昨晚明溪彻底离开了家,今早赵媛起来时,见赵母在吩咐人搬东西。

她还以为是要把赵明溪的房间搬空,恢复以前的格局。

但没想到赵母反而是把明溪的东西全都留着,并且让人罩上防尘布,免得等明溪回来时,这些东西都落了灰尘。

——即便赵明溪已经说得那么清楚了,这一家人还是在等她回来。

赵母还让她在学校尽量不要和赵明溪接触,免得刺激到明溪。

赵媛心头犹如堵了一块石头。

她小心翼翼地对赵母提起来被赶走的保姆张阿姨。

这次赵母的回答却很坚决,而且对她提起来这个人感到很不耐烦:"她都那样欺负明溪了,肯定留不得,你别替她说好话了。"

赵媛只感觉,家里的一切都在发生着变化。

而且因为昨晚明溪和赵家人决裂,急速加剧了这些变化的发生。

天平一下子倾斜向赵明溪那边。

"要不,我还是离开这个家吧。"赵媛突然开口,她的话打破了僵局,"明溪应该是讨厌我,所以才不想回来。"

她站在那里,眼泪大颗大颗往下掉,显然是被他们吵得不知所措。

赵家人齐齐朝她看来。

赵父立马喝止了她:"胡说八道什么呢,你离开干什么?这不关你的事。我早就承诺过,我们赵家还不至于多一个孩子都养不起。"

赵母看着赵媛眼圈泛红,心里也有些难过。

……换作平时,她会立马上前去抱住赵媛。

但是昨晚赵母脑子里翻来覆去的全是赵明溪和她相处的那些画面,不知怎的,她感觉这么做的话就仿佛对不起亲生的赵明溪一般,心中一下子便非常刺痛。

于是赵母指尖动了动,什么也没做,只是口头上劝道:"对,别说这些胡话。"

赵媛捂着脸,眼泪从指缝大滴大滴落下。

赵墨见惯了女人哭泣,他看赵媛的眼神顿时有些微妙。

这种时候说这些话,听起来好像是很善良,但怎么——

怎么感觉哪里不太对劲呢?

赵墨已经很久没见过赵媛了,他觉得赵媛和他记忆里的样子好像有所变化。

但随即他又觉得是不是自己多心了，居然用娱乐行业的那一套来揣测自己的妹妹。

赵宇宁的眼神则更加微妙，要是以前他还会觉得赵媛委屈极了，是赵明溪抢走了她的东西。但自从上次在文艺部门口发生冲突后，他就觉得自己看不清赵媛了。

赵媛现在在哭，未必是真哭。

说不定又是什么手段。

赵宇宁鼻子里顿时发出一声不屑的冷哼。

赵母解释道："宇宁和媛媛闹了矛盾，还没解开。"

但此时大家也没有心思去管赵宇宁和赵媛闹了什么矛盾。

大家在这种低气压中，沉默了片刻。

赵湛怀被赵父叫到了书房去，说的自然是赵明溪的事情。

就只有赵墨跷着二郎腿，见赵母和赵媛上楼去了，摸着下巴思忖片刻，对赵宇宁招了招手："过来，给二哥说说你和赵媛之间都发生了什么？"

Chapter.05

好着急

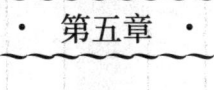

· 第五章 ·

For my sweet heart.

鄂小夏整个周末都在想上周五的事情。

她百思不得其解。

她周五放学后特地去了一趟学校信息部,登录系统,查了一下赵明溪和赵媛两人的学籍信息,看见上面明明写着两人的生日都是十月十四日。

——那赵明溪干吗要对傅阳曦他们说自己的生日是十月二十四日?

口误?

还是不想被人送礼物,所以瞎说的?

但鄂小夏感觉这件事没那么简单。

她心里隐隐有些怀疑,赵明溪是不是其实是赵家的养女或者私生女。

但是又不敢确定。

于是周六早上,她忍不住去了一趟赵家别墅所在的小区。

以前她经常来,来了之后就去赵媛的房间玩,赵家的司机等人都认识她了。再加上赵家的保姆也不知道她和赵媛之间发生的那些事,以为两人还是朋友,便让她换了鞋进来。

鄂小夏一进赵家,就发现赵母正在吩咐人给赵明溪房间里的东西罩上防尘布。

而且赵母还盯着走廊上的一张装裱起来的赵明溪的照片发呆,捂着脸流泪。

什么情况?因为赵明溪离家出走,她这么伤心?

鄂小夏有些摸不着头脑。

赵媛从楼上下来,一眼便看见坐在客厅里拿着水杯的鄂小夏,她脸色立刻变了,匆匆走下来:"谁让你进来的?"

一旁的保姆慌了,连忙道:"小姐,我以为她是你朋友。"

赵媛道:"我没有这样像毒蛇一样的朋友,以后别让她进来。"

鄂小夏刚坐下没两分钟,就被请了出去。

不过她也不感到意外,她本来就是来瞧瞧这里的情况的。

鄂小夏一边出去,一边扭着头往里边看,就见赵媛上前扶住赵母,却被赵母轻轻拂开手。然后赵母就进了房间,赵媛脸色难看地站在外面。

保姆见鄂小夏还在门外东张西望的,赶紧冲过来把她赶走:"媛媛让你快走!"

"凶什么凶?"鄂小夏嘟囔道,背着书包迅速走了。

她脑子里觉得赵家的事情很乱。

赵明溪是几年前才被他们从乡下接回来的。假如她真和赵媛的生日不是同一天的话,那么就意味着她们两人中肯定有一个是私生女,或者是养女。

看赵母这态度——

赵母现在对赵明溪恋恋不舍,赵湛怀也三番五次地来学校找赵明溪,看来赵家还是很在意赵明溪的——就说明赵明溪不是那个私生女。

而赵母对赵媛的态度却有微妙的过渡,从疼爱变得有些淡漠。赵湛怀也是,这段时间放学后都不来接赵媛了——这就说明,可能导致转折的事件,是赵家发现了赵媛不是亲生的?

难道赵媛才是赵父的那个私生女?

鄂小夏乱七八糟揣测了一大堆,直觉自己肯定猜对了一些事情。

只是目前没有证据。

她咬着牙,觉得不能就这么放过这个机会,必须从赵媛或者赵明溪身上套出点信息。

桐城这边。

从山上下来后,转眼天就黑了。

吃晚饭的时候,傅阳曦一直插科打诨,明溪什么都没能从姜修秋嘴里问出来。

大家都很好奇,尤其是柯成文,简直伸长了脑袋想听两人被藏獒吓得屁滚尿流的场景。

傅阳曦把筷子往瓷碗上"啪"地一放,面红耳赤,恼羞成怒道:"我承认我怕狗,行了吧?!"

"哈哈哈!"柯成文狂笑,惊奇道,"曦哥你居然也有怕的东西?!狗有什么好怕的,多可爱的生物啊!难怪你从来不去我家,我家养了只哈士奇，下次带到学校给你们瞅瞅，可乖了，从来不凶人。"

傅阳曦暴跳如雷，站起来过去揪柯成文的后衣领，阴恻恻道："你敢带到学校，你就死定了！"

柯成文吓得满屋子逃窜。

贺漾和李婶端着碗，都被逗笑了，扭过头去看着两人。

一时之间空气中充满了欢快的气息。

但明溪想到当时傅阳曦反常的样子，笑不出来。

她很担心，又不知道该不该问。

她扭头盯着傅阳曦看了一会儿，忍不住对四处逃窜的柯成文道："怕狗又不是什么丢人的事，我也怕的。快坐下吃饭吧，待会儿都凉了。"

李婶见状，给她认为这几个男生中长得最俊的傅阳曦夹过去一块竹笋："这是我们这里的特产，你们这种城里来的小年轻肯定没吃过，快尝尝。"

傅阳曦看着那黑不溜秋的笋块，努力不把自己的嫌弃表现出来："不了吧。"

"尝一块嘛。"李婶伸着筷子，不依不饶。

傅阳曦索性把碗一撤："阿姨，我从来不吃竹笋。"

明溪打破僵局，夹了一小块放进傅阳曦碗里，小声劝道："李婶的一番心意，你要是不过敏的话，就尝一下。"

傅阳曦还是第一次被赵明溪夹菜，而且还是这种把脑袋凑过来，小声说着话给他夹菜。他瞥了眼赵明溪，耳根登时一热，佯装心不甘情不愿地夹起那块竹笋塞进嘴里，慢慢咀嚼："喊，那我就勉为其难地尝一口。"

还伸着筷子的李婶无语了。

一顿晚饭在打打闹闹中吃完了。

明溪和贺漾住一间房。

因为来这里一趟舟车劳顿，再加上白天太累，一行人很快就睡了过去。

贺漾甚至累得小声打起了鼾。

明溪没睡着，她披着衣服出去，轻手轻脚地将奶奶以前用过的针线盒等东西收拾好。

月色深沉，夜间一片寂静，给了明溪一段缓冲情绪的时间。

她在心里默默地怀念着奶奶，对奶奶说："我会好好生活，您别担心。"

第二天,阳光从薄雾中穿过来,照耀在大地上。又是新的一天。

一行人乘坐火车赶回 A 市。

坐了十几个小时的绿皮火车,几个人睡眼惺忪地从火车站出来时,已经是晚上九点,火车站周围灯火通明。

明溪看了眼时间,打了一个激灵,立刻清醒过来,自己竟然差点把董叔叔一家人回国这件事给忘了!

董家人乘坐的航班刚好是晚上十点左右落地,还有一个小时,来得及赶往机场。

明溪急匆匆地从傅阳曦手里接过书包:"我差点忘了,我得去机场接几个长辈!"

柯成文从停车场把车子开过来,在几个人面前停下:"走啊,赵明溪,我刚好让人把车子停在了这里,我送你去机场,然后再送贺漾和姜修秋回家。"

他看向贺漾和姜修秋:"你们不急吧?不急就在车上睡一觉。"

贺漾打了个哈欠爬上车:"困死我了,我先上车。"

明溪觉得太麻烦柯成文了,人家也是坐了十几个小时火车没怎么休息,便赶紧道:"去机场会绕很远的路,不用送我!我自己去就行——"

"自己行什么行?!大晚上的,你想被黑车拖到山沟里去,被人卖掉?"傅阳曦直截了当地打断了赵明溪。

他抬手把明溪的围巾拢了拢,然后握着她肩膀把她转了个圈。

明溪晕头转向,等她反应过来,傅阳曦已经打开了车门,把她推了上去。

姜修秋瞥了傅阳曦一眼,拍了拍他的肩,低声道:"自求多福。"

他说完,毫不犹豫地转身上车,坐在了副驾驶座。

傅阳曦刚要关上车门,明溪就赶紧扶住车门。怕他关门,她把脚也伸出去抵住,急切地仰头问:"那你呢?"

"我当然是得等家里人来接,怎么可能和你们挤一辆小破车?看看柯成文这辆车,在外头搁了一晚上,全是灰。"

傅阳曦双手插兜,满脸嫌弃,睨着赵明溪:"干吗,你该不会是担心我——"

话音未落,他就听见明溪道:"我担心你。"

傅阳曦情不自禁地吞咽了一下,他心脏怦怦直跳,视线落在赵明溪脸上。

她担心他。

傅阳曦不由自主地想要勾起嘴角,但是又怕被她发现。

他赶紧舔舔后槽牙,别过头去,一秒变冷酷:"喊,有什么好担心我的。"

明溪问:"你私自调用私人飞机,你爸妈不会责骂你吧?"

傅阳曦喉结动了一下。

他伸出手拍拍明溪的头顶,得意扬扬道:"嘻,多大点事,我是家里的独苗苗好吗,他们怎么可能因为这点破事怪我?

"小口罩,快去吧,待会儿要耽误你的行程了。"

明溪看了他一会儿才收回了脚:"那好吧,你一个人注意安全。"

"嗯。"傅阳曦嘴角扬起,竭力不让她看出来自己的羞赧。

车门被傅阳曦轻轻关上。

明溪回头望去。

阑珊的灯火在傅阳曦身后,少年的身姿挺拔又修长,他朝自己挥了挥手。

几个人一走,一辆黑色的加长车就慢慢开了过来。

半小时后,傅家老宅。

檐下的灯全开着。

一个清癯的老头儿抄着棋盘,将傅阳曦揍得上蹿下跳。

张律师和管家等人嘴角抽动,看着傅阳曦那头红毛宛如一个火红的球。大半夜的,他被老头儿从屋子里撵出来,夺命狂奔,又被撵到院子里去。

最后他慌不择路,跳上了假山。

傅阳曦扒着假山,扭头瞪向老爷子,暴跳如雷道:"我就是喜欢她!您要敢动她,我立马从这里跳下去!"

老爷子气得血压直线往上飙。

之前他还不知道这事。毕竟傅阳曦待在学校虽然不省心,但也没闯出什么大祸来。

直到前天晚上事情闹大了,消息再也瞒不住,才传到了他耳朵里。

他立马让人把傅阳曦带回来,结果这小子更加猖獗,还调用了私人飞机!

就为了和一个小姑娘谈恋爱?!

"我动她干什么?我动你!小兔崽子,我非打死你不可!"

老爷子一撸袖子,愤怒地迈着老胳膊老腿就要往假山上爬:"你喜欢她,也要看看她喜不喜欢你呀?你还单相思,你不配做我傅家的人!"

张律师和管家慌忙把老爷子扶下来:"使不得,使不得,您别摔了。"

老爷子在下面捏着棋盘,气喘吁吁。

"我可不是单相思,我们两情相悦!"

老爷子:"两情相悦个头!"

傅阳曦在上面道:"把我打死了,可就没人继承家产了。"

老爷子看不上傅至意,他心里很清楚。

老爷子气得浑身哆嗦,拿着棋盘指向傅阳曦:"如果不是你哥死了,轮得到你这个混账来继承?你害死了你爸和你哥哥,你还有脸说!如果不是你,你哥哥说不定还好好地活在这世上。他是我最看好,也是最优秀的一个孙子,有他的话,你以为你还能拿得到半毛钱?"

傅阳曦浑身一僵,但又很快恢复如常:"现在没有我哥,只有我了。您没得选。"

老爷子气急败坏,扔了棋盘,从张律师手里接过来装着一沓照片的牛皮纸袋,摔在假山下:"我反正是不管你了,但是你自己搞清楚状况,别蠢到被人利用了还帮人数钱。"

傅阳曦从假山上跳下来,捡起老爷子摔给他的东西,却懒得打开。

他随手扔给了张律师:"这是什么?我才不看。八成又是在我和赵明溪之间制造误会,我才不信。我只相信自己看到的。"

老爷子面色铁青:"滚滚滚!一分钟之内给我滚出去,回你自己家去,别让我看见你!"

张律师看了眼傅阳曦下假山时一瘸一拐的腿,忍不住道:"刚才少爷挨了好几下,背上和腿上估计都青了,先找私人医生来上点药?"

"活该。"老爷子对傅阳曦骂道,"你哥哥都死了,你受点伤怎么了?"

老爷子说完便甩手离开了。

张律师回头看了眼傅阳曦。

傅阳曦垂着头,静静站在那里,短发上凝结着一层寒霜,显得极为疲惫。

他沉默着转身,打算离开。

但他一转身,可能是牵动到了背上被揍的地方,忍不住"咝"了一声,脸都皱了起来。

张律师忍不住道:"你可别动了,我送你回去,你先回去躺会儿。"

"好。"傅阳曦抹了把脸,语气轻松,"谢谢张律师了。"

张律师摇了摇头,叹了口气,道:"我去把车开进来。"

张律师大步流星出去开车。

跟了他多年的助理还是头一回来傅家老宅,头一回看见这紧张的场面。他忍不住咽了口口水,小声问:"我还以为这爷孙俩闹着玩儿呢,上蹿下跳的——怎么老爷子还真打啊?落在我身上的话我骨头都要碎了,而且还没打脸,专挑穿衣服的地儿打。"

张律师道:"那哪能打脸啊?阳曦离开傅氏老宅脸上要是带伤,明天岂不是得见报?"

助理又问:"那也不至于跟对待仇人似的打那么重吧?阳曦路都走不了了。"

"倒也不至于是仇人,老爷子还是把他当孙子的,但是有个坎这么多年都过不了。总之……"张律师摇摇头,"总之你别问了。"

助理连忙闭紧了嘴巴,不敢再问了。

张律师开着车载傅阳曦回去,却忍不住从后视镜里看了闭目养神的傅阳曦好几眼。

这少年变了很多。

他还记得当年第一次见面时,他还是个律师界的新人,也是跟着上司来处理傅氏的事情。

当时傅阳曦才十三岁,他哥哥傅之鸿十八岁。

这两兄弟家教都很好,待人谦逊有礼,任谁和他们接触都会感觉如沐春风。

十三岁的傅阳曦还是个小孩,一双澄澈的眼睛尤其干净单纯,不谙世事,在高尔夫球场撞倒了球童,还连忙把人扶起来道歉。当时他还和傅之鸿一样,是漆黑的短发,看着像干净的小白杨一样,挺拔修长。

可后来就发生了那件事。

那件事当时十分轰动，毕竟绑匪居然胆敢绑架傅氏的两位继承人，还公开要求傅朝亲自提着赎金去赎两个儿子。

当时差点见报，不过影响不好，被傅氏压了下来，只有小道消息私下流传。

绑架案中具体发生了什么事情，张律师这个已经算是傅氏亲信的人，也弄不清楚。

他只知道，前去赎人的傅朝没回来，傅之鸿也没回来，都死在了那里，尸体的样子还相当惨烈。因为逃出去了一个人，两人都被绑匪报复性撕票了。

只有傅阳曦回来了。

应该是绑架的过程中发生了什么事情，回来之后的傅阳曦不仅没有得到安慰和拥抱，还不被老爷子和他母亲原谅。

当时老爷子还给了他两个选项，要么拿着钱离开，要么留下来收拾烂摊子，傅阳曦应该是选择了后者。

然后等张律师再见到傅阳曦，就已经是今年年初了。

傅阳曦十八岁，长成了和当年他哥哥完全不一样的少年。

染了红色的头发，三天打鱼、两天晒网地学习。

再也找不到当年的影子。

傅阳曦忽然睁开眼睛，张律师惊慌失措，连忙收回了视线。

夜幕中，车子开进一幢名贵的别墅。

别墅外停着几辆车，其中有一辆是傅阳曦母亲的车。

"夫人回来了？"张律师看了一眼，皱起眉。

"该来的都会来的。"傅阳曦打起精神，转了转胳膊，推开车门，快步下了车。

走了两步，他深吸一口气，步子迈得更大了点，这样牵动伤口的次数就少了点。

别墅里冷冰冰的，一张照片或一个相框也没有。

灯光也是冷冰冰的。

客厅里只开着一盏灯，沙发上坐着一个妆容精致的女人，她抱着臂，听见脚步声，冷冷地瞥了眼："知道回来了？你真是能耐了。"

傅阳曦一言不发，转身朝楼上走去。

下一秒，一个玻璃杯便摔了过来，"砰"的一声在他面前的地板上四分五裂。

玻璃碎片炸溅开来，从傅阳曦手背旁边划过。

傅阳曦眼皮一跳，角落里的两个无辜的阿姨差点被伤及，慌忙躲开。

傅阳曦道："你们先出去吧。"

"谢、谢谢。"那两人忙不迭地躲进了厨房。

"您又在发什么疯？"傅阳曦转过身，烦躁道，"是张律师把我捞出来的，又没麻烦您去，关您什么事？我用私人飞机，也是用我名下的，又关您什么事？"

"你害死了你爸和你哥，你还敢顶嘴！你还有脸这么开心？！"于迦蓉咬牙切齿地问，"你还有脸谈恋爱？你这么开心，是不是已经忘了你对他们做过什么了？！"

傅阳曦攥紧了拳头。

于迦蓉越走越近，死死盯着面前这个长相与傅朝极为相似的少年，声声泣血地诘问："你为什么一个人活了下来？"

"开心吗，一个人活了下来？"

"那条路没有水沟，没有阻碍，你为什么跑得那么慢？"

"你知不知道，就是因为你，你父亲和哥哥都死了！你父亲那么疼爱你，却因你而丧命。两条命换一条命，值得吗？"

傅阳曦太阳穴开始突突地跳："您吃药了吗？"

"我不吃！把我送进医院里去，你不就会忘了这些事吗？你的过错，你要永远给我记住！"

见他脸色铁青，转身要往外走，于迦蓉愤怒地拦住他："我才说了几句你就受不了了？你哥哥和你爸命都没了，你想过他们在地底下会冷吗？"

半晌，傅阳曦强忍住怒气，一声不吭，转身上楼。

于迦蓉还在身后嚷嚷，但他选择置之不理。

在绿皮火车上折腾了一夜，傅阳曦疲惫至极，倒在床上便睡着了。

他开始分不清梦境和现实。

他一直在跑。

风声从耳边擦过,快要削掉他半只耳朵。

漆黑的夜,月亮很大很圆,距离地面很近,仿佛可以将一切吞噬。他很冷,手指开裂,嘴角肿胀,脸上全是血。他拼命地向前跑。

梦中那种急促和慌张感蔓延到他全身,他全身都是汗水。

忽然传来狗的吠声,此起彼伏。不是一只狗,而是一群。

在漆黑的夜里,那群饥肠辘辘的恶狗一直对他穷追不舍,耳边几乎已经感觉到了腥臭的热气扑过来。

傅阳曦不想腿软的,但是他脚踝处被狠狠咬住,钻心的疼痛很快传来。

他一下子摔在地上,双手手肘被摔破。

刺痛感在全身蔓延,一抽一抽地痛。

父亲拼了命把他手上的绳索解开,拖着时间,让他顺着通风管道逃出去,尽快求援。

他跑了好远,肺都快炸了。

又一下子被那群饿狗拽了回去。

小傅阳曦哭得上气不接下气,伤心欲绝,拼命想把自己的腿抢回来,拼命想往前跑——

可没有办法,来不及了。

是他耽误了时间。

什么都来不及了。

最后的画面是两具横尸。

傅阳曦全身都是冷汗,猛然从梦中惊醒。他瞬间坐了起来,狂喘着粗气。红色的短发上,豆大的汗珠一滴接一滴砸下来。

意识到这只是又一场噩梦之后,傅阳曦抹了把额头上的冷汗,咽了口口水,稍稍冷静下来。

他呆坐了一会儿,勉强直起身子,去床头柜里翻出两个白色瓶子,拧开瓶盖。

他倒出几颗药,没有就着水,直接咽了下去。

但是睡意仍然没有袭来。

他在夜里总是很难入睡,一睡着就会做噩梦。

耳边断断续续的哭泣声又响了起来,傅阳曦还以为自己又在做梦。

结果不是。

哭泣声来自于迦蓉的房间。

于迦蓉经常半夜哭泣，她有轻微的躁郁症，但是她每次都想方设法从医院离开。

哭了一会儿后，她过来敲傅阳曦的房门。

崩溃绝望的声音在傅阳曦房门外响起，还是那一句句重复的诘问："为什么只有你一个人活了下来？"

"为什么你爸爸明明让你去求援，你却回去那么迟？"

傅阳曦静静听着。

过了一会儿，房间外，于迦蓉慢慢蹲下来，掩面哭泣："对不起阳阳，妈妈对不起你，但妈妈真的好难受，你会让妈妈好一点的对不对？你不要忘了你哥哥——他们全都忘了，已经没人记得你哥哥了，你不能忘啊。"

傅阳曦没吭声。

过了一会儿，于迦蓉像是清醒了点，摸索着离开了，哭声时断时续。

傅阳曦看了眼窗外，晨雾朦朦胧胧。

又一个夜晚过去了，天又快亮了。

母亲这么多年一直在责怪他，为什么只有他一个人逃出来了。

但有的时候傅阳曦也会想，如果当时跑得更快一点，更有力一点，更勇敢一点，不因为躲避那群恶狗而绕远路，哪怕被咬烂一条腿——是不是就不会这样？

家里人都觉得他和哥哥长得太相似了，同样的脸，同样的黑发，同样的性格。每当见他出现，便是在提醒他们，傅之鸿和傅朝都死了，活下来的只有身体最弱的傅阳曦。

于是所有人都不愿意再多看他一眼。

于迦蓉总是用带着恨意的眼神盯着他，恨他和傅之鸿长得太相似。

他去染了红发。

于迦蓉却又恨他和傅之鸿不再相似。

于迦蓉恨在他身上再也找不到傅之鸿和傅朝的影子，于是又去将傅至意接了过来。

傅阳曦又躺下去，双手枕着头，盯着天花板，浑身冷汗地看了一会儿。

他努力让自己脑海里浮现出赵明溪的脸。

——那一双看到他时亮晶晶、干净清澈的眼睛。

他努力让她的笑容充斥自己的脑海，让她说的那些话、让她的声音萦绕在自己耳边。

——"我叫赵明溪，刚从普通班转过来。"

——"我能不能替他跑？"

小口罩喜欢他。

小口罩在乎他。

至少他有小口罩。

念了很多遍，他翻涌不止的心绪才慢慢平静下来。

傅阳曦心里忽然升腾起一股欲望，一股疯狂地想要见到赵明溪的欲望，那股欲望每晚都炙热地燃烧，今晚更加汹涌。如果赵明溪知道了这件事，她会怪他吗？她还会对他说一句"我担心你"吗？

傅阳曦不敢确定。

他忍不住起身穿鞋，穿上外套，从窗户翻了出去。他做这件事的时候脑子一片空白，只是如快要冻死之人急切地朝着炙热的火光而去。

他开走了家里的一辆车。

凌晨时分天还没亮，整个世界都没清醒。

傅阳曦把车开到学校，一路狂奔到宿舍楼下，脸颊冻得发白，狂喘着粗气。看到铁门时，他才意识到赵明溪住的宿舍楼有门禁。

他的脚步停了下来。

门卫室外面暖黄的灯光将他的身影拖得长长的。

他嘴里呵出白气，眼睫仿佛凝了白霜。

呆呆地站了会儿，傅阳曦浑身像散了架，疲惫不堪地在旁边的花坛上坐下来。

他想等赵明溪醒过来，想在赵明溪下楼时就见到她，想早点见到她。

没有人喜欢他，他们都很讨厌他。

但是只要赵明溪喜欢他，他就不怕。

明溪一向勤奋地早起，天刚蒙蒙亮，四周万籁俱寂。

她背着书包下来，从宿管阿姨那里拿了钥匙，蹲下去打开铁门。

铁门一打开她就注意到外面高挑的人影。

"嗨,曦哥,大清早的你怎么在这儿?你昨晚没睡吗?"明溪三两下跳下台阶,迅速跑下去,拨了下额前的刘海儿,"是有什么急事吗?"

"怎么可能没睡?!"傅阳曦一脸"你这小傻子当我是钢铁人吗"的表情,道,"昨天从火车站一回家就睡着了,就是因为睡得太早,今天大清早就醒了,无事可做就跑出来遛弯,刚好路过你宿舍楼下。"

傅阳曦问:"你昨天接亲戚,接到了吗?"

"接到了。"明溪提起董家人,唇角就忍不住开始上扬,即便两年没见,再和他们见面也并不觉得生疏。董阿姨和董叔叔都胖了一些,董深则瘦了一些。

她道:"他们先找地方安顿下来,今天放学后我过去和他们吃顿饭,过段时间董深会转学到我们学校来。"

"谁?"

"董深。"

傅阳曦琢磨着赵明溪为什么会露出这兴奋雀跃的表情,竭力不让自己表现出酸溜溜的样子,装作漫不经心地问:"男的女的?"

"男生,比我小一岁,是以前的邻居。"

傅阳曦冷不丁地问:"你喜欢他?"

"什么有的没的?他只是我的邻居而已。"明溪皱起眉看着傅阳曦。而且她很怀疑傅阳曦这种单细胞生物懂"喜欢"是什么吗?他都没开窍吧。

"那他喜欢你?"

"不喜欢。"明溪无奈地说,"我现在就想好好学习,你也知道我家里那情况,我必须把成绩提到更高的水平。"

傅阳曦得到了自己想要的回答,努力让自己不要高兴得太明显。

他得意扬扬地想,什么学习不学习的,都是借口。

分明就是已经喜欢他了。

既然如此。

"给。"傅阳曦单手插兜,偏过头,冷酷地将一大堆打包带过来的早餐递给明溪。

明溪受宠若惊,接过牛皮纸打包袋看了眼,见里面有汉堡,还有几份中式早餐。

她又抬头看向傅阳曦，不敢置信道："给我？"

太阳打西边出来了？

明溪看着傅阳曦满身清晨的寒气，发梢还凝结着露珠，心跳莫名漏跳了一拍："你、你一大清早跑过来专程给我送早餐？"

"什么专程给你啊？！小口罩你怎么这么自恋？"傅阳曦白皙的脖子一红，立马暴躁地跳脚，像是听到什么天方夜谭一样，"我家司机买了一大堆，我吃不完，剩下的让你帮忙解决掉而已。我懒得提，你带着去教室，分给柯成文他们。"

"哦。"明溪看了眼手中的袋子，里面的食物明显是几个人的分量。

她也觉得自己刚刚委实自恋了点。

傅阳曦这种人，动动手指头叫来一架直升机的事他会为了兄弟干，但是除非他疯了才会干出大清早蹲在女生宿舍楼下送早餐的事。

"那你干吗不直接拎去教室？"明溪问。

傅阳曦道："我顺道来拿昨天塞在你书包里的衣服，不行啊？"

昨天一行人身上穿过去的外套都被泥水弄脏了，于是都在镇上随便买了几身衣服。

其他人的脏衣服自己拎着，傅阳曦则懒得拿。

他把脏外套用塑料袋包起来，塞在了明溪的书包里。

明溪想起来了，嘟囔道："我还以为你会直接扔了那外套。"

一件脏衣服而已嘛，至于专程跑过来取吗？还搞得她自作多情，以为他特地给她送早餐。

"很贵的好不好？！"傅阳曦怒道，"你回去仔细看下标签上的牌子！我要不是为了取衣服我干吗——"

"啊啊啊，知道很贵了，闭嘴。"明溪被吼得耳根发麻，看了眼周围的人群，转身就往楼上跑，"行行行，我现在就上去拿。"

傅阳曦看着她跑上去，背上的书包一颠一颠的，忍不住勾起唇角。

明溪把衣服拿了下来，用袋子拎着，傅姓小少爷才满意了。

两人在晨雾中朝教室走去。

明溪进教室之后，匆匆打开书本，边看边吃早餐。

没吃两口，她就把其他的早餐放在了柯成文的桌上，留给柯成文。

百校联赛的名额得之不易，她必须好好准备竞赛，不能浪费了这次机会。不管最后能不能拿到奖,入围决赛这一关是一定要通过的。

傅阳曦见她只吃了两口,深感浪费。但见她是为了抓紧时间学习,又不好打扰她。

他坐在一边,看了她一会儿,忍不住问:"你什么时候参加百校联赛的集训?"

明溪打开手机看了下日期,道:"十月二十三日就得去集训了,为期十天。"

"那你的生日岂不是得在集训的地方过了?"

明溪愣了一下,有些意外地看了傅阳曦一眼。自己上次只是敷衍地说了个日期,他就记住了?

没想到他天天睡觉,成绩也差,记性居然这么好吗?

"到时候再说吧,我过不过都无所谓。"明溪无所谓道,"你们陪我回了一趟奶奶那里,就是最好的生日礼物了。"

傅阳曦:"那到时候再想办法。"

他心说,那天他跑去集训营也是可以的。

但这是个惊喜,傅阳曦不打算这时候就说出口。

傅阳曦顿了顿,哗啦哗啦地翻着书页,又继续盯着赵明溪。

赵明溪被他盯得很不自在,侧过头去,怔怔地看向他:"怎么了?你今天早晨不睡觉?"

以前每天早上傅阳曦来学校第一件事就是趴在桌子上补觉,气压还相当低。

今天是怎么了,话格外多?

而且他看着自己,像是在等着自己说点什么似的。

傅阳曦还以为赵明溪会补一句"你的生日也马上要到了,我可以给你庆祝生日"呢。

结果他等了半天,也没等到赵明溪说这么一句。

他盯着赵明溪,心里狐疑地想,难道小口罩把他的生日给忘了?

这不可能。

哪有记不住喜欢的人的生日的。

而且当天他还特意暗示柯成文强调了两遍。

赵明溪肯定是想给他一个惊喜,所以故意装作记不住这茬。

"没什么。"傅阳曦这样想着，翘起嘴唇，心中充满了期待，"说了昨晚睡够了。"

他摸出重新充满电的降噪耳机戴上，随后翻出他的抱枕，趴在桌上。

他的视线刚百无聊赖地落向窗外，就见校竞队的那一群人从窗户外面走过去。

不知道是不是傅阳曦的错觉，他怎么感觉最近校竞队的人总是从国际班右边的楼道上来？

明明金牌班的人走左边的楼道是最方便的。

而且他们以前也是走左侧的楼道——

这就导致这群人出现在国际班走廊外面的次数变得格外多。

连傅阳曦这种从不关心他人事，对他人很漠然的人都注意到了。

以及为首的叫沈什么尧的那个人。

每次经过时，都要朝这边看过来。

傅阳曦微微抬头，不悦地皱起眉头，眼眸漆黑，冷冷地回望过去。

"你手怎么了？"耳侧忽然传来赵明溪的声音。

明溪捏着中性笔，疑惑地看着傅阳曦放在桌子上的那只手。因为他趴在桌子上，袖子微微提上去一小截，于是露出了腕骨处的一小块瘀青。

换了别人明溪可能还注意不到。

但傅阳曦皮肤白皙到有些苍冷，瘀青在他身上格外明显。

傅阳曦回过神来，瞬间把袖子往下一拽，盖住瘀青。

见赵明溪还在看着他，他扬眉道："还不是和你在山上被狗追时，掉下去摔的。"

明溪："前天摔的？我怎么记得昨天坐火车回来时还没有。"

傅阳曦道："你坐火车时昏昏沉沉的，哪能记得那么清楚？"

"好吧。"明溪也没有多问，她从桌子里取出上次还没用完的药酒，"把手伸过来。"

傅阳曦以为一回生二回熟，上次在图书馆门前已经被她上过一次药，再上第二次，他就不会浑身僵硬了。

但没想到此时此刻他依然心脏跳得很快。

明溪往他手腕上的瘀青上倒了点药酒，然后用手心揉了上去。

傅阳曦垂眸看她，视线落在她微微抿着的嘴唇上，心里感觉仿佛漆黑的角落有光照了进去,照亮了一些,暖热了一些,四肢百骸都快要被这暖意融化。

傅阳曦弯起嘴角。

明溪以为他又要说些什么"伤疤是男人的勋章"之类的屁话,想也不想直接道:"闭嘴,安静点。"

傅阳曦忍不住笑了。

明溪觉得他的瘀青肯定不止手腕上这么点,她拽着他的袖子,想趁他不注意往上推。

但傅阳曦十分警觉,及时把手缩了回去。

明溪又趁着教室里其他人还没来,去扒拉他的外套。

傅阳曦差点没跳上桌子,他飞快往后退,退到后背靠墙,双手抱胸,一副护卫自己清白的样子,面红耳赤道:"大清早的干吗啊你?"

不愧是小口罩,一上来就这么生猛。

"算了,剩下的地方如果还有伤,你自己上药吧。"明溪被气到了。

怎么这位小少爷整天一副她要轻薄他的样子?

她根本想都没想过好吗?

不过反正其他地方应该也没多少伤。

明溪确定他们摔下来的那小土坡很松软,她自己都没摔伤。

"拿去。"明溪把药酒往傅阳曦桌上一推。

傅阳曦看起来倒也不介意她凶巴巴的,甚至好像习惯并纵容了她偶尔"以下犯上"。

傅阳曦自个儿抄起药酒,拎着一袋子药,优哉游哉地去卫生间了。

国际班的学生陆陆续续进入教室。

柯成文进来时抱着一团外套,猫着腰左顾右盼,神神秘秘的。

"曦哥已经来了?"他见傅阳曦的座位有被人坐过的痕迹,但是人不在座位上。

明溪头也不抬,继续解题:"去卫生间了。"

"赵明溪,你过来。"柯成文兴奋地小声道,"我给你看个大宝贝。"

明溪被他说的话弄得一阵恶寒,放下笔,嫌弃地回头看过去,就见柯成文朝左右看了看,然后小心翼翼地、激动地掀开怀里的外套——

他怀里忽然传来小狗的"汪汪"声。

那是一只大约三个月大的哈士奇,只有一只抱枕大小,黑白配色,长得凶萌凶萌的,歪着脑袋瞪着明溪。

简直可爱得要命。

明溪眼睛一亮,伸手就去摸那只小狗的脑袋,那小狗也不咬人,好奇地看着她,随后舔了舔她的手心。

已经进入教室的同学有不少人也看向这边,几个女生一脸兴奋。

明溪问:"你从哪儿弄来的?"

"我家大哈士奇生的。"柯成文道,"我还是最近才知道曦哥怕狗,这弱点也太不像傅阳曦了吧?说出去等下常青班的人都要笑他。所以我就先带只小狗来给他亲近亲近,说不定亲近了不咬人的小狗,他就不怕狗了……"

明溪还以为这只狗是柯成文在学校捡的,待会儿就要送走。

没想到居然是他特地抱过来给傅阳曦的。

她不赞同地说:"我看你还是算了吧,他不是说了怕狗吗,干吗非得让他克服——"

话音未落,傅阳曦从教室后门进来了,手里还拎着一袋子药。

他的视线缓缓落在了柯成文怀里的那只狗上。

他喉结一动,脸色猛然一变。

"曦哥,看!"柯成文不知死活地抱着狗递到傅阳曦面前去。

小狗跃跃欲试,往傅阳曦身上扑。

有那么一瞬间,不知道是不是明溪的错觉,她在傅阳曦脸上看到了一种近乎凝固的像回到噩梦里的表情。

那是一种飞快地直直坠落时露出的表情。

在山坡的那天,事情发生得太过突然,明溪自己也对那只藏獒畏惧无比,因此没能看清楚傅阳曦盯住那只藏獒的时候,到底是怎样一种僵硬的神态。

此刻她看清了。

——那是一种完全就不会出现在傅阳曦这个人脸上的神态。

正因如此,明溪不知怎的心脏也突突直跳,她的血液随之蹿到了头顶。

她匆忙过去挡在了傅阳曦身前，忍不住道："行了，别闹了，狗赶紧送去给门卫大叔吧，不然待会儿卢老师——"

话没说完，她意识到不对，转头一看。

身后的身影忽然不见了。

傅阳曦拎着一袋子药不知道去了哪儿。

柯成文张大嘴巴，愕然地看着傅阳曦的反应，后知后觉地察觉到自己可能闯祸了。

他脊背发凉，对明溪道："完了完了，等下曦哥要揍死我了，我真不知道他这么怕狗，我想着这是只小奶狗，又不吓人，就带过来热闹热闹。"

明溪对他道："你先把小狗送走吧，我去找找他。"

柯成文咽了口口水，还要说什么，明溪已经匆匆跑出了教室。

明溪见到抱着教科书从办公室出来的卢老师，浑身紧张，在卢老师叫住自己之前，慌不择路地冲下了楼。她在教学楼附近转了一圈，根本没找到傅阳曦的影子。

学校太大了，这样找下去，一上午都不一定能找到。

于是明溪又爬上了教学楼楼顶，打算去高处往下看，找一下他在哪儿。

她气喘吁吁地上了天台，就在那里看到了傅阳曦。

意外的是，傅阳曦躺在天台上睡觉。

天台上有几把横着的躺椅，供一些学生平时上来休息，只是躺椅上经常积了灰尘，所以并没有什么学生会上来。

傅阳曦平静地躺在其中一把躺椅上，双手交叠，看着天空。

他的神情像是在想些什么，又像是什么都没想。

明溪喘着粗气走过去。

傅阳曦听见脚步声，便直起了身子，诧异地问："你怎么上来了？"

明溪走过去，从兜里摸出两张卫生纸，把椅子擦了擦，在他身边坐下，侧头看他："你不上课吗？"

傅阳曦扯了扯嘴角，无所谓道："嗐，我就是突然犯困，教室太吵了，所以上来躺一会儿。

"倒是小口罩你上来干吗？"

这简直太不像赵明溪了。

"你能上来，我就不能？"

明溪也觉得这很不像自己。她居然为了傅阳曦着急？而且还是想也没想就冲出去，而非为了盆栽里的小嫩芽。

傅阳曦虽然一开始对自己很凶，可后来渐渐地他决定罩着自己以后，他就对自己很讲义气了。

在到达桐城的那天，明溪就认定，从今以后，傅阳曦是自己很重要的朋友。

她担心他无可厚非。

"你去别的椅子上坐去。"傅阳曦扬眉，不悦地看着她，"我都没地方躺了。"

"不去。"明溪赖着不动，"我就只有两张卫生纸，擦了这把横椅，就没纸巾擦别的了，坐别的椅子会坐一屁股灰。"

明溪没问他怕狗的事情，傅阳曦也没提起。

这也算是两个人的默契。

傅阳曦觉得赵明溪家里的事情，如果她想说出口的话，总会告诉他的。她不想说的话，何必去揭人伤疤。

赵明溪则觉得傅阳曦不想让别人知道他怕狗的事情，定然有他自己的道理，自己也没必要穷追不舍地问。

傅阳曦觉得赵明溪就是担心他，就是在意他，就是想赖着他。

赵明溪就是那个每次都能将黑暗撕开一道口子，不管不顾地闯进来的人。

生活真的很苦。

但是有小口罩，好像就甜了一点。

傅阳曦竭力想要绷住自己上翘的嘴角，心口不自觉流淌出一股暖意，方才浑身的僵硬感仿佛也被融化开来。

傅阳曦突然道："算了。"

明溪："干吗？"

傅阳曦："下楼。"

再不下去，待会儿就要连累小口罩被老师骂了。

明溪愣了一下。傅阳曦这就自我调节好了？

两人下去，果然被卢老师教训了。卢老师一边教训他们，一边又担心耽误赵明溪学习，于是他把赵明溪放了进去，拎着傅阳曦继续教训。

等傅阳曦进来之后,柯成文简直不敢抬头看他一眼。

傅阳曦说自己昨晚睡得很好,但是接下来一整天他却都在睡觉。他很怕吵,一直戴着降噪耳机,眉头蹙起。

明溪和董家人约好了放学后一起吃饭,董阿姨知道她住校,为了让她方便点,预约了一家川菜馆。

董家一家人对赵明溪而言,都是非常亲近的存在,关于赵家那些事,也没什么不好说的,于是明溪一五一十地对他们说了这两年的情况。

当然,掩去了一些会让董家人义愤填膺的事情,只说自己最近已经与赵家断绝往来了。

而这边,傅阳曦还在教室。

柯成文见他收拾着书包,忍不住小声在后边道歉:"曦哥,我不知道——"

"打住。"傅阳曦淡淡道,"这件事就此翻篇,以后别再带狗来了。"

柯成文赶紧点头。

柯成文自以为认识傅阳曦挺久了——两年算挺久吧?但是有的时候也感觉自己有点看不懂他。不过傅阳曦既然说这件事翻篇了,那就是翻篇了。柯成文心底悄悄松了口气。

"话说,"傅阳曦想起早晨校竞队那个姓沈的经过窗户时一直盯着赵明溪看的眼神,心里觉得不大痛快,忍不住问,"校竞队的那人到底怎么回事?"

柯成文一听就知道他在问谁,连忙道:"不就是赵明溪那天说的嘛,他和赵明溪认识啊。"

傅阳曦扭头看柯成文一眼,狐疑道:"你是不是有什么事情瞒着我?"

"曦哥,赵明溪给你的那袋子药里是不是少了一瓶?"柯成文眼尖地瞥见袋子,连忙转移话题。

傅阳曦在桌子上装药的袋子里找了找,发现有瓶酒精落在洗手间了。他瞪了柯成文一眼,道:"回来再找你算账。"

他说完,转身走出教室。

柯成文松了口气,连忙跟在傅阳曦身后。

但就在傅阳曦和柯成文刚走到卫生间门口时,猝不及防地听见里面传来"赵明溪"三个字,一听就是有男生在背后议论赵明溪。

柯成文见傅阳曦脸色一变，抬脚就要进去，结果就听到了下一句——

"赵明溪做的甜品真好吃，还是她追沈厉尧追得要死要活的时候好，咱们每天都有甜品吃。现在她一和沈厉尧闹矛盾，我们就没有口福咯。"

"马上要举行百校联赛了，到时候她会和咱们校竞队的人一块儿去集训，不知道她会不会和尧神和好。"

"追了尧神两年，眼看着尧神快被打动了，她总不可能半途而废吧？"

"你觉得她到底放没放弃？还是仍然在利用那位傅氏继承人让沈厉尧吃醋啊？叶柏怎么说她好像真的放……"

后面还说了什么，柯成文根本不敢去听。

空气近乎窒息。

傍晚天色本就阴沉，此刻大雨将至，更是乌云密布。

他眼睁睁看着傅阳曦的脸色肉眼可见地一点点变得铁青起来。

完了。

柯成文绝望地想，他最担心的事情发生了。

"他们在说什么？"傅阳曦脸色铁青。

柯成文连忙一把将他拦住："就是些闲言碎语！根本不是真的！"

"我当然不信！小口罩不是那样的人。"傅阳曦攥成拳头的手不易察觉地在抖，他喘着粗气，拎起柯成文的衣领将他甩开，下一秒就冲了进去。

"你们在乱嚼什么舌根，有种再说一遍。"

校竞队的两个男生吓了一跳，哪里想到放学后说两句闲话也能被当事人撞到。

两人登时一个激灵，抓起一边的队服，来不及关掉水龙头，连滚带爬地溜了。

"有种站住！"傅阳曦脸色难看到可怕，冲出去揪人，被柯成文再次一把拦住。

"算了算了，曦哥，你这个月被教务主任骂了多少次了？冷静！冷静！"

那两个男生头也不敢回，生怕被傅阳曦看清楚脸。

两人仓皇地跑下了教学楼。

傅阳曦根本无法冷静下来，满脑子都是刚刚那两个男生的对话。

"什么叫追姓沈的追得要死要活？什么叫会不会和他和好？

"他们说的傅什么继承人是我？说小口罩利用我让姓沈的吃醋？"

傅阳曦像是听到了什么无稽之谈，扭头看向柯成文："这群人脑洞也太大了！"

一边的柯成文走过去关掉水龙头，嘴唇嚅动了下，看了他一眼，却面露难色，不敢说话。

空气一时安静了下来。

傅阳曦顿了顿："你什么意思？"

他心中突然有种不好的预感。

他盯着柯成文："你到底有什么事瞒着我？给你最后一次机会。"

"就是，就是——"柯成文完全不知道该怎么说。

傅阳曦："快说！"

"赵明溪刚转过来的时候，你不是让我去打听她的家里人、喜好、以前的朋友什么的吗？"

柯成文急了，一股脑儿不带停顿地说："她就是追过沈厉尧啊！就是隔壁班的沈厉尧，家长口中'别人家的孩子'，连年拿金牌，谁都不放在眼里，厉害得要命的沈厉尧！

"沈厉尧很有名的，只是曦哥你连同班同学的名字都不记得，所以没听说过而已！就是那个长得很帅的，上次你还在图书馆见过——"

"可她说她和姓沈的只是普通朋友。"

柯成文嘟囔道："女孩子脸皮薄，总不可能随随便便对咱们说她追过沈厉尧吧。况且那时候曦哥你天天赶她走，她对我们也没啥好感，告诉我们干吗？"

傅阳曦无法理解当前的状况。

他心中充斥着一股焦灼的火。

他不明白那是妒火，还是什么别的。

沈厉尧，很帅，连年拿金牌，"别人家的孩子"。

那么，他呢？

"我不信。"傅阳曦深吸了一口气，看起来冷静了一点，"其中肯定有什么误会。"

就因为沈厉尧优秀，和小口罩认识，小口罩送过他甜品。

这群人就编派小口罩追过沈厉尧？

那他还甩沈厉尧一百条街呢,是不是够优秀?

小口罩还给他送了快一个月的甜品呢。

——这群人怎么不编派他和小口罩?

傅阳曦发现自己甚至连这些流言蜚语也嫉妒。

赵明溪说他们是普通朋友,他就相信他们是普通朋友。

他不在意这些人说的鬼话。

柯成文见他这样,也没辙:"那我们先回去?曦哥,今天你回别墅还是回公寓?"

——不,他怎么可能不在意?

他在意得要命。

"回个头,先把事情弄清楚。"

傅阳曦忽然拔腿就往外走。

柯成文以为他又要去找那两个说三道四的人算账,连忙跟了上去。

可是却见他往楼上信息部跑。

傅阳曦冲进信息部,这里的老师还没下班,见他进来,下意识地站起来。

傅阳曦已经一声不吭地冲进了电子档案室。

柯成文跟在后头,急匆匆地进去后把门关上了。

等柯成文走过去时,傅阳曦已经敲击了两三下键盘,登录了学校的内部官网。

内部官网会根据时间线放很多以前活动的照片。平日每周的篮球赛,或是集会的照片也会放。

傅阳曦直接调取了去年一整年的所有校内照片。

所有的照片在电脑上呈现出来,很多蛛丝马迹就一目了然了。

有沈厉尧出现的每一场篮球赛,赵明溪都在,都抱着水。

去年校庆时,赵明溪和沈厉尧出现在了对方班级的照片当中。

去年招新时,赵明溪也去帮沈厉尧的忙了,当时她还戴着口罩。

原来傅阳曦认识的那个小口罩,沈厉尧也认识,甚至比他认识的时间更早、更久。

两人同框的照片可以说相当多。

如果把这些同框的照片全都下载下来的话,恐怕会占几个 G 的内存。

还有图书馆的打卡记录,广播室的打卡记录,两人的签名也经常先后出现。

一点一滴,仿佛记载着一个漫长而盛大的喜欢他的过程。

就这么真实地呈现在了傅阳曦和柯成文眼前。

柯成文简直都不敢再看了。

傅阳曦脸色难看,手指攥紧了鼠标,却仍一张一张地翻下去。

电脑液晶屏幕映着他的脸,柯成文不知道他是以什么心情在看这些东西的。

傅阳曦以前从不上论坛,那些不着边际的校内绯闻对他来说就是浪费生命的存在。

上一次让一群兄弟为赵明溪投票,是他唯一一次上论坛,但他也只是直接点进投票通道,并未留意那些闲言碎语。

但这一次,他忍不住掏出手机,打开论坛看了眼。

原来关于小口罩的帖子里,提及小口罩和沈厉尧的,远远要比提及小口罩和他的多得多。

有人发帖:"有人扒一扒新校花和校竞队的沈厉尧吗?感觉有很长一段渊源。"

还有人发:"赵明溪现在变成了校花,以前她追过沈厉尧的事情都被挖了出来。当时还感叹她为什么那么有勇气,原来是因为她本身就长得漂亮啊!"

"那某F(不可提及大名)到底在其中扮演着什么角色啊?很明显,沈厉尧和赵明溪是官配,她利用某F让沈厉尧吃醋。"

傅阳曦看得太阳穴突突直跳。

小口罩追过别人,为什么全世界都知道,就他不知道?!

嫉妒宛如不知名的虫蚁,啃噬着他的内心,让他无比煎熬。

"别看了,曦哥。"柯成文忍不住道。

他害怕傅阳曦发现这件事,就是怕会出现今天这一幕。

曦哥这种性格,虽然并不在乎那些闲言碎语,但是要是看到别人说赵明溪可能是因为让沈厉尧吃醋才接近他,他岂不是会立马气炸了?

柯成文百般阻挠,但没想到该来的还是来了。

不知道过了多久,傅阳曦关掉电脑,深吸了口气,努力让自己冷静下来。

他站起来，手握成拳："喜欢过姓沈的有什么关系？我又不是什么老古董，有什么好介意的。"

"她是喜欢过姓沈的——但现在肯定不喜欢了。"

现在赵明溪喜欢的是他。是的，没错。

她现在喜欢的是他。

可即便这么一遍遍地念着，傅阳曦却越来越不确定，心里的问号越来越大。

他觉得好像是自己误会了什么。

是他一直错误地给自己编造了一个自欺欺人的美梦。

而现在，这个美梦不小心被撕开了一个口子，露出了让他如坠冰窟的真实的部分。

——口子只会越来越大。

傅阳曦不知道自己是否该将这件事探究到底。

如果答案是当头一棒，他该怎么办？

傅阳曦忽然想起了老爷子让张律师给他的那一沓照片。

老爷子说他单相思——

是不是照片里有什么？

傅阳曦心脏突突地跳。

他忽然快速编辑了一条短信发给了张律师，让他叫人把东西送到学校附近的KTV包厢来。

然后傅阳曦就朝着信息部外面走去。他四肢僵硬，脑袋里嗡嗡作响，已经不知道自己是怎么离开学校的。

半小时后，学校外面的KTV包厢。

没有放歌，包厢里死寂一片。

傅阳曦一声不吭地坐着，脸色晦暗不明，一张张地看着老爷子给他的那些照片。

柯成文在旁边一句话都不敢说。

第一张照片是小口罩追上来要帮他倒垃圾那天。他俩在巷子里说话，巷子正对着教学楼，姓沈的就站在五楼，远远地看着他俩。

所以当时赵明溪是真的冲上来帮他倒垃圾，还是因为沈厉尧在看，她

265

才冲上来的?

第二张照片是考试之前,小口罩突然仓促地握住他的手。打印出来的教室监控的照片一角,能看到沈厉尧路过的身影——

所以她是真的为了握住他的手,还是在看到沈厉尧之后,才突兀地去握住他的手?

第三张、第四张、第五张照片,是一系列图书馆的监控。那天在他到达图书馆之前,小口罩分明是与沈厉尧吵了一架,两人看起来就相当熟稔,可是她却对他说两人只是普通朋友。

除了这么多的照片,还有小口罩去年申请转班的记录。

原来小口罩不是一开始就想转到国际班的,更不是他以为的她对自己一见钟情,所以转到国际班。

她去年第一次申请的是转到隔壁沈厉尧所在的金牌班,只是当时成绩没达到要求,没被批准,今年才申请来国际班。

傅阳曦死死攥着这些东西,指骨苍白,血液一点一点从四肢百骸蹿到头顶,以至于他浑身冰凉起来。

老爷子神通广大,从哪里弄到的照片他不得而知。

他只知道,原来很多事情都早就有了端倪,只是他在自取其辱、自欺欺人。

她冲上来替他跑圈的时候,隔壁班的人全都知道沈厉尧脸色难看。

那时候,他在其中扮演的到底是什么角色?是工具人吗?

她今天早晨突然要给他涂抹药酒,也是因为沈厉尧刚好路过。

她那份快翻旧了的百校联赛重点复习范围,原来是沈厉尧给她的。

还有,她当时拒绝"李鲸鱼"说的是要好好学习,而非已经有了喜欢的人——她明知道自己在窗户旁边听着。

他当时还觉得奇怪呢。

原来,原来如此。

傅阳曦不知道该怎么形容自己此刻的心情……生气、愤怒,他甚至没力气产生这些情绪。一旦有这些情绪,必定伴随着恨,但他又恨不起小口罩来。

他脑海中全是铺天盖地的无措。

像是亲手戳破了一个自己编织的梦，迎来了现实，并且发现自己只是一个笑话。

不管是否被利用，他都不在意了。

他脑子里有一个声音一遍遍地恶意地重复——

小口罩不喜欢你。

原来小口罩不喜欢你。

在图书馆她牵住他的手之后，他从没设想过这种可能。这个声音将他打下悬崖，让他浑身都不自觉地发抖。

所以，她记得他的生日吗？

傅阳曦脑子里最先蹦出来的念头竟然是这个。

他像是抓住一根救命稻草一般，拼命地想假如这一切都是误会呢？天底下就是会发生那么巧的事情！刚好就在她对他好的时候，沈厉尧出现在附近！他如果因此而误会她，并无理取闹，那就是他的问题了！

她是喜欢过沈厉尧，但是那又有什么关系，她现在和沈厉尧完全没有任何接触，他又不会介意这一点！

只要她现在喜欢的是他，他明天就装作今天无事发生！

"我谁也不信，我要听她亲口说。"傅阳曦抹了把脸，忽然站起来，让柯成文把手机掏出来，"你给她打电话。"

傅阳曦的理智绷着最后一根弦。

尽管他的脸色已然十分苍白，嘴唇毫无血色，但他维持着最后一点体面，努力去绷住表情，不让自己流露出任何狼狈的情绪。

他定了定神，对柯成文一字一顿道："你、帮、我、问。"

柯成文欲言又止地看了他一会儿，只得把电话打了过去。

此时此刻，包厢里只听得见压抑的呼吸声。

片刻后，电话打通了。

柯成文不知道该怎么问，看了眼傅阳曦的神情，先问了一句："明溪，你在哪儿呢？"

"在和董家人吃饭吗？好。嗯，就是——"柯成文顿了顿，"你还记得曦哥生日是哪天吗？我们要不要给他一个惊喜？"

隔着嘈杂的电流声,那边的明溪道:"要啊,惊喜当然要准备。"

柯成文把手机开了扩音。

接着傅阳曦就听明溪问道:"不过他生日是哪天来着?"

空气死寂。

柯成文简直不敢去看傅阳曦的脸色,又接着问:"明天再和你说,明天去学校我们商量商量送什么,私底下商量,别和曦哥说。你打算送什么?"

电话那边说还没想好,要好好想想。

柯成文紧张得心脏突突直跳,努力地套话:"你可别送太夸张的东西,到时候全班同学都知道你喜欢曦哥了。"

他说完,在心中呐喊祈祷:赵明溪不要不识抬举,快说你就是喜欢曦哥吧!不然曦哥明天真的要疯了!其他人也要遭殃!

电话那边的明溪一愣。

她顿时意识到她转班以来的一些行为是很容易让人误会,听柯成文这语气,好像是以为她在追傅阳曦。

幸好傅阳曦没这么以为。

幸好傅阳曦这个"单细胞生物"还没开窍,只是把她当异性兄弟,要是他误以为自己喜欢他,到时候朋友都没得做。就和那天送千纸鹤一样,他以为对方要找碴儿吵架。

明溪不想失去傅阳曦,连忙拿着手机去了厕所,解释道:"没没没,你别瞎说,我把曦哥当'大哥',我不会——"

明溪想说自己不会逾矩的,但不知道为什么,她话还没说完,那边柯成文就把电话挂断了。

接着就传来忙音。

他的手机没电了?

傅阳曦劈手将柯成文的手机拿走了。

他不知道继续听下去,自己还会干出什么事来。

现在一切都清晰了。

小口罩根本就不喜欢他。

傅阳曦不知道自己在想什么,也可能什么都没想,他脑子嗡嗡地响,像是有只大手狠狠地将他的五脏六腑拧住,一瞬间他感觉哪里都空荡荡的,没了力气。他一屁股在沙发上坐下来，发怔地看着地面，一个字也没说。

柯成文心里打着鼓，不知所措地看着傅阳曦："曦哥——"

柯成文感觉自己也有责任。要是早在赵明溪刚转过来的时候，他就告诉傅阳曦赵明溪转过来之前追过沈厉尧，那么曦哥也不会放任自己的感情发展到这一步了。但是他当时也的确没想那么多，就是怕曦哥发脾气。

"你先出去吧。"傅阳曦打断了他，"让我一个人静一静。"

柯成文却还是忍不住道："你要是觉得被她欺骗，很生气，不想看到赵明溪，要不要让张律师去和教务主任交涉一下，让赵明溪转班？"

虽然赵明溪也是他的朋友，但是柯成文毕竟是因为傅阳曦才认识她的。

柯成文还是下意识站在傅阳曦这边。

"欺骗？赵明溪哪里欺骗我了？帖子里说的那些，她因为想让沈厉尧吃醋而对我好，我是一个字也不信的。"

"她不是那种人。你不准信，也不要胡说八道。"

傅阳曦语气没什么起伏地说。

包厢里光线昏暗，让人看不清他的表情。

"我做事本来也就只管自己愿不愿意，我不愿意做的事情，把刀架在我脖子上也不行。"

傅阳曦道。

他不会因为一个人喜欢他，他就去喜欢对方。在很早之前，有可能是赵明溪摘口罩那一瞬，也有可能是在图书馆那一晚，还有可能是更早，她的手指触碰他的那一瞬，他就意识到自己喜欢赵明溪。

所以，本来也不存在欺骗，也不存在什么误会。

他也不在意赵明溪是否喜欢过别人，他在意的就只有赵明溪现在是否喜欢他。

现在弄清楚了。

她不喜欢他。

她只是把他当大哥，转班过来后一系列对他好的举动，说不定就只是为了更快地融入这个班集体。

是他自己因为从没得到过温暖，在得了一根小火柴之后，就以为对方有一座火山等着送给他。

是他自己想得太多了。

傅阳曦觉得很难堪。

沉默了不知道多久，他扯着嘴角笑了笑："今天的事情不准说出去。"

还没有人知道他闹出了这么大的笑话，今天过后，他还可以装作一切都没有发生。

柯成文看着他，只得道："好。"

可是无论傅阳曦怎么打起精神，他还是心里空荡荡的，浑身发抖。

一道闪电劈过，将傅阳曦惨白的脸照亮了。

接着，外面的瓢泼大雨便落了下来。

明溪挂掉电话，心里觉得疑惑，柯成文干吗奇奇怪怪地打这么一通电话？这事明天直接去学校说不就行了？

但她还是第一时间先在手机备忘录上把傅阳曦的生日记了下来。

上次他们打闹着说的时候，她在想自己的事情，也没听清。

好在柯成文重新提醒了她一遍，这次她就记住了。

明溪在备忘录上记了很多，全是重要的人的重要日子，有贺漾、董阿姨和董深的。

想了想，她又把十一月五日圈起来，设为置顶，免得自己忽略了。

"明溪，等下菜凉了。"董深叫她。

明溪匆匆回去。

董慧将明溪喜欢吃的菜转到她面前，小心翼翼地问："你想不想搬来我们家住？不过我们的房子还没交付，两个月前在国外时刚交了定金，估计还有一个月才能搬进去，也是一个很好的小区，二手的别墅——"

"没事，董阿姨，我就住学校宿舍，还方便一些。"

董慧赶紧又问："那寒暑假呢？溪溪你总得有地方回吧？不然到时候学校空荡荡的，你一个人多害怕？你就来我们家吧！你只要点头，房子交付后我们立马给你安排一间房间。"

见明溪犹豫，董慧连忙道："犹豫什么呀，我和你董叔叔也算是看着你长大的，你又上进又刻苦，我们都是把你当女儿看待，现在经济条件好了，也可以帮到你，你还犹豫什么？你奶奶去世前还嘱托我们照顾你，早知道赵家人是那副德行，我们就不出国了。"

董深也道："对啊，而且明溪你不是说还要带我去买衣服吗？过几天办转学手续,各种事情也要麻烦你。"

明溪低着头,紧紧握着筷子,鼻尖略微发酸,点了点头,答应了:"好。"

见明溪答应了,董家一家人都很高兴。但是这阵子董家刚回国,也在住酒店,很多事情还没安排好,只能让明溪先住校了,刚好等放寒假的时候,她就可以搬去董家新买的房子住。

明溪和董家一家人热热闹闹地吃了顿饭,吃完之后,四人从饭店二楼下来。

见外面下起了暴雨,董慧道:"那我们先把你送回学校,然后再回酒店。"

明溪也不和他们客气了,直接道:"好,谢谢阿姨。"

明溪和董慧、董深在饭店檐下等董叔叔把车开过来。

一辆熟悉的车也正徐徐开过来。

司机撑着伞,赵母、赵媛和赵宇宁正从车上下来。

赵母和赵宇宁一直在僵持中,赵媛心里也急,担心僵持时间久了,赵宇宁一直不回家,赵母会怪罪起自己来。

于是她想了个办法,把两人都约出来,一块儿吃个饭。

赵母这几天心里因为赵明溪的事情难受,食不下咽,但听说赵宇宁也会一块儿来吃饭,于是便赶紧出来了,想着自己已经失去了一个女儿,不能再和赵宇宁关系僵下去。

而赵宇宁则压根儿不想来,他之所以会来,是因为那天和赵墨说了赵媛在文艺部做的事情之后,二哥若有所思,让他最近多注意着点赵媛。

他想看看赵媛到底想干什么,才过来的。

但三人没想到,还没下车,就看到了在檐下站立的明溪。

A市说大也没那么大,何况有名的五星级饭店也就那么多,只要在这个城市生活,总有一天会遇到。

赵明溪看起来清瘦了一些,穿得更厚了一些,羊毛衫外面罩了件长款大衣,但一点也不显得臃肿,反而因为她高挑的个子显得亭亭玉立。她皮肤白皙,脖间仍然挂着那个她奶奶以前给她求来的长命锁。

是离大老远一眼看过去,就会惊觉她是个美人的女孩。

赵母心头非常堵,家里的几个孩子长相都万里挑一,但明溪无疑是其中最出众的。她刚把明溪接回家时,就惊觉明溪极漂亮,当时还忍不住拉着她,多看看她。

但是她因为在意赵媛的感受，一直也不敢多看。

而现在，这么好看的孩子是别人家的了。

赵母和赵宇宁都注意到了旁边的董慧和董深。

万万没想到，董家人回国第一件事，还是来找明溪。

两人表情如出一辙，宛如挨了一记闷棍一样，顿时就撑着伞走过去。

本来赵母以为，即便断绝了关系，再在人群中遇到，明溪至少会和他们打声招呼吧？

但她没想到。

明溪没有。

明溪也看到了他们，可她随即就收回了视线，上了董家的车。

赵母呼吸一窒，心里顿时犹如被针扎一般。

她想也没想，冲过去拦住车，司机连忙撑着伞匆匆跟着她。

赵媛一个人站到饭店台阶上，一回头却见赵母和赵宇宁都没跟上来，反而冒着大雨去拦车子了，一时之间脸色变了又变。

"赵明溪！"赵母心里隐隐作痛，"你现在和我们见面连招呼也不打了？！"

明溪坐进车子里，赵母扳着车门不让她关上，明溪皱眉："松手。"

董深坐在明溪的右边，见了赵母和赵宇宁就来气，怒道："什么毛病啊！你们松开行不行，不要死缠烂打，以前都干什么去了？有什么好打招呼的啊，断绝关系了还和你们打招呼干吗？"

赵宇宁撑着伞，哀怨地看着赵明溪，忍不住道："姐——"

"姐什么姐？她现在是我姐！"董深故意气赵宇宁，抱住明溪的胳膊，脑袋就往她肩膀上靠。

赵宇宁气急败坏，恨不能冲进去和董深打一架："放开赵明溪，你个死胖子。"

几年前董深长得很胖，被赵宇宁嘲笑了好几次，但是现在董深却长得足够帅了。

"就不放手！"董深怒道，"你才是死胖子。"

眼见着等下就会变成两个小孩的骂战，坐在副驾驶座上的董慧回过头来对赵母道："老实说，赵夫人，你们真的亏了。明溪又上进又努力，我就想要这么个女儿，你们不要，早说啊！给我多好。我们全家人都会给她买好看的衣服，让她住漂亮的房间，她还不用在你那里受气。"

赵母简直想不顾家教地扇董慧一巴掌，让她闭嘴，但她更多的是心里刺痛——她好像的确没尽到一个母亲的责任，连外人都比她对赵明溪好。

她忍不住对一声不吭的赵明溪道："明溪，我们好好聊聊好不好？妈妈这两天反思了很多，我给你道歉——"

"说什么道歉，只会嘴上说说，你们一家人有做出点行动来吗？你已经有亲生女儿赵媛了，还来找明溪干吗？！"

董深最是看不惯赵家人，愤愤不平道："都是因为你们，明溪连自己的出生日期都不能展示，到现在她还在用赵媛的生日！我告诉你们，等过几天明溪过生日，我妈就带着她去改身份证上的出生日期！她才不稀罕你们。"

董深说完，越过赵明溪，生硬地去掰赵母的手指。

赵母血液往头顶上涌。

董深说的话她根本无法反驳。

是的，这件事的确是他们委屈了明溪。

几年前，赵媛运动会受伤，送去医院之后，他们发现赵媛不是他们的亲生女儿，DNA不相符。

事后他们弄清楚了，当年在医院发生了抱错孩子的事件。

不知道到底是赵媛的亲生母亲还是别人，在孩子们还待在暖箱的时候，将两个孩子换了。

于是之后他们便开始寻找亲生女儿赵明溪。

当时他们以为根本找不到了，一家人都心灰意冷，决定把赵媛当亲生女儿养，并把赵媛的生日从十月二十四日改成了她真正的出生日期，十月十四日。

可没想到，改完之后，明溪被他们找到了。

那时候他们就面临了一个问题，到底是把赵媛身份证上的出生日期再改一次，改成明溪的，还是让新来的明溪委屈一下，把出生日期按照赵媛的改。

那个时候赵媛才十五岁，得知自己的出生日期即将被改第二次，还以为赵家不要她了，哭得天昏地暗。赵母心一软，便央求着赵父去改了赵明溪的……

那个时候，赵母以为明溪不会介意的，反正家里人还会给她在二十四日再过一次生日,身份证上的日期只是一串数字而已。

可是现在,赵母后悔了。

她清晰地看到了自己是怎样因为不想推走赵媛,而一点点将明溪推得更远的。

赵母一半身子都在外面淋雨,难过得五脏六腑都疼,下意识地看向一直不吭声的明溪,像是哀求般地问:"明溪,我彻底失去你了吗?"

她心底仍旧抱着一丝明溪会回来的希冀。

但没想到明溪抬头看她,平静地说:"是的,你失去我了。"

赵明溪好像真的彻底放下了。

不再耿耿于怀,不再央求他们一家人爱她。

那一瞬间,赵母眼前一阵阵发黑,她的手指被董深掰开。

董家的车子扬长而去。

赵母双腿一软,差点跪坐在雨中,被司机和赵宇宁一左一右地架起来。

赵母泣不成声,一声声诘问:"为什么会这样?"

可是为什么会这样,没有人比她心底更清楚了。

她意识到自己就是那个造成这一切的刽子手。

"如果,如果把明溪的生日改回去,可以吗?"赵母泪流满面地问赵宇宁。

在饭店檐下听见她这话的赵媛脸色一变。

董家人回国多少给明溪带来了一点底气。

也不会再有人私底下嘲讽她是不是只是赵家的养女,为什么赵家那位帅气的大哥从来都只接赵媛放学,而不接她。

以后董阿姨会来接她。

天知道明溪有多感激这一世回来董家人还在。

因为放学后吃饭耽误了点时间,晚上回学校之后,明溪便强令自己多看了一会儿书,一直到十二点才睡。

第二天清早,明溪仍然是整栋宿舍楼最早起床的。

一进教室之后,她看见姜修秋已经回来上学了,他的位子在另外一边,他身边正围绕着几个女生。见明溪进来,他抬起桃花眼,朝明溪看了眼。

明溪抬手打了个招呼，朝自己的座位走去。

傅阳曦不高兴她蹭姜修秋的气运，那她就不蹭了，反正2%的回报率可有可无。

但随后明溪就感觉哪里有点不对劲——傅阳曦没来。柯成文则懒懒散散地趴在桌子上看漫画，见她来了表情莫名有点怪，匆匆打了个招呼后就低头继续看漫画了。

但是奇怪的不是这一点，而是傅阳曦的桌子上——怎么什么东西都清空了？

降噪耳机没了，乱丢的外套也没了。

自己买给他的，他这个月以来最喜欢的抱枕也消失了。

乍一见他的东西清空了，明溪有点发愣。

"傅阳曦呢？"明溪忍不住问，"又不是周末，他的东西怎么不见了？"

柯成文道："他请了两天假，估计后天能回来吧，别担心。"

"怎么突然请假？"明溪想起昨晚突如其来的暴雨和寒流，难免有点担心，"是不是生病了？"

柯成文看向明溪，心情有些复杂，含糊道："昨天放学回去时淋了点雨。"

"发烧了吗？严重吗？"明溪问。

"唉，没事，就是小感冒。"柯成文道。

明溪只好先坐下，接下来一整天傅阳曦都没来。

明溪为了准备百校联赛，刷题刷得眼冒金星，也没多想。

但是一旦她刷题间隙抬起头，看到身边空荡荡的座位，她就莫名有点不适应。

这还是傅阳曦第一次一声招呼也不打，就没来学校。

身边没有了他的声音，好像一下子冷清了很多。

好不容易到了放学的时候，明溪按捺不住，给他发消息。

"曦哥，柯成文说你感冒了。"

"你发烧了没？家里应该有私人医生吧，看过病了吗？"

"体温多少度？"

"有什么需要的东西吗？我可以给你送过去。"

明溪一直握着手机，心神不宁，见傅阳曦一直没回，她忍不住又发过去一条："是不是太难受了睡着了？看见后回复我一下。"

发完后，那边仍然没有回复。

明溪下意识开始翻她和傅阳曦之前的聊天记录。以前为了蹭气运，她每天都只给傅阳曦发三条消息，内容几乎都是三个句号。

这还是她第一次给傅阳曦发了五条有价值的消息。

明溪放心不下。

主要是之前发生了傅阳曦被狗吓到的事情，自己又经常在他身上发现玻璃炸开的划痕，虽然他说是泡面时玻璃碗炸开划伤的，但明溪心里总觉得哪里不太对劲。

刚放学她就开始收拾书包，打算去一趟傅阳曦家看看。

她转过身问柯成文："你知道傅阳曦家的地址吧，能发给我吗？"

柯成文愣了："你之前不是不要吗？！"

明溪道："我怕他人在家烧糊涂了。你不是说他家里没大人，大多数时间都一个人住吗？"

拿到了柯成文给她的地址，明溪背着书包，买了退烧药和退烧贴，撑着伞匆匆往傅阳曦家赶。

这边，等她走了之后，柯成文赶紧给傅阳曦发短信："曦哥，完了，我经不起诱惑，把你的地址告诉赵明溪了。是你自己公寓的地址，没给你妈别墅的地址。"

失恋后，颓废地蜷缩在被窝里的傅阳曦视线还停留在赵明溪发来的消息上，心情复杂而悲伤，脑海中已然上演了一百集生离死别的电视剧。

见到柯成文发来的短信弹出来，他退出软件看了眼，登时坐了起来。

什么鬼？小口罩要来？可他还没洗头！

傅阳曦心中悲怆，她都亲口说不喜欢他了，还来关心他干什么？

让他死了算了！

明溪根据地址来到一个江边的高档小区，外面看起来像是CBD写字楼，走进大厦才发现是一层一层的跃层公寓。

她去找保安说了下情况，保安拿着对讲机，可能是和傅阳曦那边通了话，之后才带她来到了顶层。

明溪站在门外，拎着装药的袋子，按响了门铃。

过了一会儿。

门被人从里面打开。

傅阳曦裹着被子开了门,红发湿答答的,刘海儿耷毛地散乱在额前。

玄关没开灯,雷雨天光线昏暗,他唇色苍白起皮,面上泛着不正常的潮红。

总之一看就是生病了没人管的样子。

明溪抬头看着他,一惊:"曦哥,你头发怎么是湿的?你发烧了还洗头?!不要命了?"

傅阳曦揉着额头,不答,反而冷淡地问:"你怎么来了?"

明溪倒没注意到他的异样,直接探头往里看:"柯成文说你生病了,你家里有人吗——"

探头往里头瞧了一眼,明溪就确定了,傅阳曦家里一个人也没有。

房间里面实在太冷清了,窗帘拉着,客厅空荡荡的没什么家具,电视机、背景墙全都没有,就只有沙发和白墙,两百平方米的公寓仿佛只买了地板。

开放式料理台那边的大理石桌也和新的一样,冰箱上的质保标签都没撕。

幸好她来了,不然傅阳曦他晚上吃什么?生病了还吃外卖吗?

还没看清楚,她就被傅阳曦用一根手指抵住额头推了出来。

抵在她脑门儿上的手指发烫。

傅阳曦不让她进去。

"你不准备百校联赛,不去见别的想见的人吗?居然还有空来找我这区区的同桌。"傅阳曦哑着嗓子,冷冰冰地说。

"啊?"明溪蒙了,"我要复习的白天已经复习完了,这会儿有空的。听说你生病了,我就——"

傅阳曦神情悲戚地打断了她:"我生没生病和你有什么关系?你难道会在意吗?"

明溪:这都什么跟什么?

他烧糊涂了吧?!

一天没见,他说话突然奇奇怪怪的。

明溪怕他是真的把脑子烧坏了,焦灼地把装药的袋子挂到手腕上,把他往里面推:"赶紧的,把头发吹干!去床上躺着!"

一不小心推得有点重，傅阳曦一个趔趄，一股灼热的气息压了过来。

明溪慌张地把他扶住。

"你到底多少斤？！"明溪吃力地问，她感觉简直如泰山压顶，差点被压趴下。身高一米七的自己宛如风中摇摆的小竹笋，随时会被折断，"平时看你明明那么清瘦——"

"我身高一米八八好不好！你去问问别的一米八八的男生有多重！"傅阳曦愤怒道，"再加上被子还有二十斤！"

他义愤填膺，心想：就沈厉尧轻呗，就沈厉尧瘦呗。

不喜欢他就算了，还嫌弃他胖。

"不用你扶。"傅阳曦怒火中烧，甩开明溪的手，转身往里走。

明溪关上门，将书包摘下来，左右看了看，傅阳曦这偌大的公寓里竟然连茶几也没有，她只好先把东西扔在地上。

傅阳曦一屁股在沙发上重重坐下。

明溪走过去，傅阳曦浑身都很烫，被被子裹着也能感觉到一股热浪。

她抬手摸了下他的脖颈，被烫得缩回了手，心想：糟糕了，这得去医院。

明溪赶紧对傅阳曦道："私人医生难道没来过吗？要不然我陪你去医院？"

"不去医院。"傅阳曦看了她一眼。他眼睛红红的，脸上的神情不知道为什么很复杂，带着恼怒、气愤，又带着凄凉和悲伤。

他重重地撇过头："别碰我。"

明溪觉得他是烧糊涂了，没心思跟他闹腾。

"不去算了，外面下雨，再出去吹风也不太好，先在家里把烧退了。你家里有开水吗？"

明溪说着，去玄关开了一盏灯，又到料理台那边找水。

发现没有热水后，她踮着脚从壁橱里找出一个热水壶，开始烧水。

明溪一边手脚麻利地烧水，一边催促道："你赶紧先把头发吹一下，吹完贴个退烧贴，喝热水、吃药，然后去床上睡一觉，出出汗就好了。"

几分钟后，水咕噜咕噜地烧开了。

明溪以为傅阳曦进卫生间吹头发去了，扭过头去一看，谁知他还脸色苍白地坐在沙发上，生无可恋地盯着自己。

他眼眶通红、气若游丝的样子，仿佛经历了世界末日。

明溪：不就是感冒了吗，为什么闹得跟失恋了一样？！

不过明溪想起来自己上次喝醉，还吐在了他身上，顿时就没底气去教训他了。

明溪找出玻璃杯，倒了杯热水，然后去卫生间拿浴巾和吹风机——卫生间瓷砖上的水还没干，傅阳曦居然还是刚刚洗的头？

明溪无法理解他的脑回路，生病了还洗什么头？

她走到傅阳曦面前，把热水递给他，让他双手捧着杯子："喝点水，你嘴唇很干。"

傅阳曦接过水，宛如霜打的茄子，一直垂着脑袋。

明溪则拿起浴巾罩在他脑袋上，给他胡乱地把水擦干。

傅阳曦用的洗发水不知道是什么味道的，有原来他身上那种淡淡的松香味，还夹杂着一些栀子花的香气，清爽好闻。

但是给他擦着头发，指腹感觉到他额头发烫，明溪也就没心思去管蹭气运什么的，一心只想让他快点擦干头发，躺床上去裹着被子发汗。

傅阳曦盯着地面，心里苦涩地想，小口罩对他很好，但是她把他当大哥。

她根本就一点也不喜欢他。

沈厉尧有什么好的，有他高吗？有他厉害吗？

"曦哥，你这浴巾是用来擦头发的吗？我随便拿的。"头发快擦干了明溪才想起问这个问题。

傅阳曦有气无力抬起眼皮看了眼。

"擦脚的。"他苦涩地说。

明溪："……你怎么不早说？"

傅阳曦哪里还有心思去管那些："别叫我曦哥。"

明溪给他擦头发的手一顿："怎么了，那叫你大哥？"

大哥，该死的大哥。他以为她喜欢他，结果她只是把他当大哥！

自作多情实在太让人尴尬。

傅阳曦忍不住怒道："别叫我'大哥'！"

"那叫什么？"明溪见他的红毛已经擦干了，把浴巾扔在一边，拿起吹风机开始给他吹头发。

只听傅阳曦悲怆地说："当时年少，是我鲁莽，收你做兄弟是我狂妄，现在你不是我兄弟了。"

明溪:这才过去一个月就"当时年少"了?

傅阳曦声音低沉,道:"你还是叫我的名字吧。"

头发吹得差不多,已然蓬松干爽,明溪把吹风机关了。

她垂眸,对上傅阳曦抬起来的眸子。

傅阳曦眼睛通红,不知道是因为发烧还是因为什么,白皙的皮肤很苍白,眼角的细小泪痣更加明显。

明溪倒不是第一次觉得他长相出众,但是他刚吹完头发这会儿,尤其带着一种致命的吸引力,凌乱的红色短发,高挺的鼻梁,神情带着些生病后的脆弱,眼里还有水泽。

明溪看着他这张脸,竟然莫名举着吹风机发起了呆。

回过神来,明溪才听到他在说什么,从善如流道:"啊?哦,好的。傅阳曦,你吃药了吗?字面意义上的药,没吃的话我带了退烧药。"

傅阳曦无语了。

她果然不爱他!直接就冷淡地叫起了他的大名!

明溪把自己带过来的药抠出来两颗,塞在傅阳曦的手里,然后往他额头上贴了块白色的退烧贴,道:"吃完药去睡觉,我先去熬粥。"

傅阳曦眼神一直追随着她,死死地盯着她去熬粥。

明溪到处找米,却发现傅阳曦家里什么也没有,只好掏出手机点了外卖,让生鲜店送点小米和蔬菜过来。

傅阳曦住的地方很方便,不到十分钟,就有外卖员送货上门。

明溪接过东西,走到开放式厨房那边,开始熬粥。

见傅阳曦一直没去睡觉,而是脑门儿顶着块白色退烧贴,继续坐在沙发上眼睛一眨不眨地看着她。

明溪也没多想。

反正把药喝了就行了,退烧贴待会儿应该会发挥作用,他裹着被子坐在客厅也一样。

跃层公寓里一时之间安静下来。

傅阳曦忽然哑着嗓子开口:"你转班过来这么久,还没听你说起过谁呢。"

"贺漾你不是认识吗?"明溪头也不回道,"还有一些我以前认识的人,你不会想认识的,认识了你也记不住名字,比如普通班班长耿敬……"

明溪说了一堆名字,傅阳曦在里面找了下,发现她唯独没提到沈厉尧的名字。

"校竞队的呢?你有认识的吗?"

明溪听到傅阳曦沙哑的声音从沙发那边传来。

"校竞队怎么了?"明溪以为傅阳曦睡不着,随口和她唠嗑,道,"我倒是认识几个,那群人年轻气盛,经常拿金牌,很厉害啊。"

傅阳曦问:"女孩子是不是就喜欢那种类型的?"

明溪想了想沈厉尧以前收到过的情书的数量,一个周末过去,他桌子里塞的信件可以装满一个垃圾桶。要是他排全校第二,没人能排全校第一。

于是她道:"大多数女生应该是的。"

背后的人不说话了。

粥快煮好了,明溪蹲下去找碗筷,在消毒柜里找到了两个碗。她抬起头问傅阳曦:"有黑色的和红色的,你要用哪个碗?"

傅阳曦:"随便。"

明溪下意识地选了黑色的碗,开始盛粥。

傅阳曦放在身侧的被子里的手顿时悄无声息地攥紧,愤怒、尴尬、失落、伤心,这些情绪齐齐涌上他的心头。

他很嫉妒沈厉尧,他难过得要命。

明溪见他忽然耷拉着脑袋,没精打采地站起来往房间里走。

"怎么了?先喝粥再睡。"明溪端着粥看他。

傅阳曦没吭声,走进房间裹着被子往床上一趴,把自己裹成一只熊,将脑袋埋了进去。

明溪端着粥进去,琢磨着他可能是不舒服,吃完药后开始犯困了,于是把粥往旁边的床头柜上一放,道:"有力气了再起来吃点,还有一些在保温桶里。"

傅阳曦:"嗯。"

明溪见状,也不好再继续待下去。

她轻轻关上门,转身出去,关了灯,拎起书包打算离开。

离开之前,她见傅阳曦的手机丢在地上,便过去给他捡起来,拿到房间里。

明溪忽然注意到傅阳曦的手机没了手机壳——

不是"门派"手机壳吗,怎么随随便便就摘了?

明溪一边觉得自己怎么和傅阳曦一样变得幼稚起来，还在意起这个了，一边又忍不住盯着他不再和自己用同款手机壳的手机多看了两眼。

心中没来由地感到一阵失落。

可能是她的错觉，今天的傅阳曦对她好像比之前生疏了一些，还让她叫他的名字。

明溪随即觉得，可能只是因为他发烧不舒服？

人就是这样，一旦和某个人亲昵惯了，对方身上的细节忽然发生了改变，自己脑袋里还没想明白为什么，情绪就已经下意识地做出了反应。

明溪莫名地随着傅阳曦的情绪而变得低落起来。

她晃了晃脑袋，让自己不要胡思乱想，离开了傅阳曦的跃层公寓。

等她下了楼，正愁怎么回去时，一辆车缓缓停到了她面前。

上次见过的张律师从驾驶座探出头来，道："赵小姐，外面下雨呢，阳曦让我送你回去。"

赵母和赵宇宁那天从饭店回来后，因为淋了雨，都有点感冒。

赵宇宁到底是个男生，体质还好，当晚喝了一碗保姆煮的姜汤就没事了，而赵母则大病一场。

看起来是因外因生的病，其实是心病。

赵家人都知道是为什么，然而却无能为力。赵明溪已经满十八岁，他们总不可能强硬地把人带回来。

即便带回来了，也回不到过去了，赵明溪只会更加讨厌他们。

赵家人终于清醒地意识到了这一点。

可无论怎样，赵家人并未死心，血缘关系是世界上最牢不可破的东西，赵明溪能怨恨他们一年、两年，总不可能一辈子都不要他们吧。

而且他们如今也知道悔改，想要补偿她，时间一久，关系不就慢慢缓和了？

现在的问题就在于，到底怎样才可以缓和。

正如赵母和赵宇宁在饭店外见到的那样，现在的赵明溪见到他们一家人，别说打招呼了，甚至连眼神也不愿多给。

直接硬碰硬地去找她，根本起不到任何作用，她肯定会和以前一样转身就走。

可能连半句话都说不上，还只会惹人厌烦。

得想点其他办法让她慢慢软化。

赵家人都在各自想着办法。

赵父还在状况之外，虽然听赵湛怀讲述了这段时间所发生的事情，但他依然觉得明溪可能就是一时生气，这个结果是可以被改变的。

明溪就是因为家里人偏心赵媛的一些小细节而感到失望，这些失望层层累积起来，导致她最终决定离开这个家。

那么源头在哪里呢？在于偏心。

赵父私底下与家里每个人都谈了一次话，着重强调，以后对待赵媛和赵明溪必须一视同仁，无论明溪在不在，都必须公平公正。

再也不可以出现上次生日宴赵母把明溪的裙子给赵媛的情况了。

他尤其教训了一番赵墨："管好你的嘴，平时嘴贱也就算了，关键时刻要谨慎行事。"

还对赵母道："你是对明溪影响最大的，你以后一定要一碗水端平，而且明溪是我们的亲生女儿，现在这个时候多往她那边倾斜一点，也是可以的。"

赵湛怀也分别与赵墨和赵母谈了一次话。

他对待赵墨主要是斥责："说实话，那天如果你等我一下，别那么冲动地去找明溪，说不定就没有进警察局那件事，事情也不会发展成这样。你就是惹明溪生气的导火线。"

赵墨气乐了："现在为了一个小丫头片子，全家人闹这么大阵仗是吧，还全都教训起我来了？我哪里知道那天——"

话没说完，他的后脑勺被进来的赵父狠狠扇了一巴掌："我已经和你说过了，从你的语言和措辞改起！'妹妹'这个词不会说吗，非得说'小丫头片子'？造成现在这个局面都是因为你！你要是还想待在家里，现在就给我去书房把'妹妹'这两个字抄写一百遍！"

赵父铁青着脸。

他一向是严父的形象，全家人都畏惧他。

赵墨的怒火噌噌噌地往心头爬，但他忍了忍，还是转身去书房抄写词语了。

赵湛怀与赵母的谈话则主要是分析现在事情变成这样的原因。

两人回忆起一些往事，越回忆，便越想起更多因为赵媛而忽视赵明溪的细节，赵母脸色煞白，又哭哭啼啼的了。

赵湛怀简直头疼，提醒赵母"以后主要得从这些细节着手，注意明溪的感受"之后，便匆匆离开了。

除此之外，赵父给家里的司机等员工也开了一次会，着重强调赵明溪是他们的亲生女儿，以后万万不可怠慢。

再出现保姆张阿姨做的那种事情，就直接解雇。

赵家人私底下的谈话，自然是将赵媛隔绝在外的。

倒也不是故意瞒着她，而是这本身就是有血缘关系的一家人的事，她不必掺和。她出现在明溪面前，反而更加刺激明溪，所以她还是不出现的好。

何况赵家人多少也考虑了她的感受。

但赵媛只觉得最近家里人都怪怪的，经常两个两个地去书房，仿佛故意避开自己，在做什么交易。

除了他们，家里的阿姨也是。

园丁开始采购赵明溪喜欢的花的种子，厨师开始研究赵明溪以前喜欢吃的那些菜，司机给自己捎东西时，也时不时找别的同学打听一下赵明溪。

她还看见赵宇宁半夜饿得睡不着，起来在厨房研究以前赵明溪是怎么做饭的，想尝试着做好后带去学校给赵明溪——

赵媛当然知道这是一种补偿心理。

因为当时吃过赵明溪做的太多便当，却从来不知道感恩，现在失去了，才觉得心里空荡荡的，想要弥补她。

但落在她眼里，只让她无比焦虑和烦躁。

赵明溪虽然离开了这个家，但是在这个家里她仍无处不在。

甚至存在感还超过了几年前她刚来那会儿。

赵媛既害怕又嫉妒。

人的精力和爱都是有限的，一旦将更多的精力放在赵明溪身上，赵家人就无可避免地忽视了她。

别说赵湛怀这阵子虽然表面上仍然对她很温柔，但实则一直避开她了。

也别说赵宇宁和她关系一直很僵了。

就连赵父都不再在周末亲自教她打高尔夫球，而是只让教练教她。赵墨在家的时间不多,也一直用带着一些审视的眼神看着她,对她完全没有赵明溪来之前那么宠溺。

赵媛心中焦灼,明白自己可不能放任这种情况继续下去。

她打电话给张阿姨,张阿姨那边还在期待着赵媛把她弄回来。

但是现在这种情况,她的提议已经被赵母强硬地拒绝了一次,赵媛完全没办法再找赵家人,要求他们把张阿姨招聘回来了。

张玉芬听见赵媛委屈地哭,也急了,连忙安慰道:"不急不急,小姐,安排我回去的事情不急,你先照顾好自己。你一定要稳住,学习和考试等事情都不能松懈,尤其是马上要参加的那个——"

赵媛道:"百校联赛。"

"对,尤其是这个联赛,你不可以比赵明溪差,得让你家里人看到你比她优秀。"张玉芬出谋划策道,"此外,你也得想办法和赵家人搞好关系,得主动出击,现在形势已经发生了变化,你也不可以坐着干等了。"

赵媛心烦意乱,道:"我知道了。"

主动出击谈何容易。

前十几年,作为赵家唯一的一个女孩子,赵媛一直是被当成小公主宠到大,也就赵明溪刚来那会儿,她有了点危机感。

从小被宠到大,也就导致她只会被宠爱,而根本不擅长去讨好别人。

在她的意识里,一直以来自己只要漂漂亮亮、乖乖的就好了,哪知道现在因为赵明溪离家出走,全家会变成这样?

赵媛想了半晌,倒是想到了一件事。

最近赵湛怀一直在为公司的一件事头疼,他的公司打算买下一块地,但是对方公司却一直将价格开得很高,以至于赵湛怀收购这块地受到阻碍。

赵媛记得那个公司,路氏,是常青班路烨家的公司。

路烨追过她,要是她能帮上大哥的忙,大哥一定会对她另眼相看。

这样想着,赵媛便打开手机,琢磨怎么去让路烨心甘情愿地办这件事。

周四一整天傅阳曦又没来上课,明溪简直感觉无所适从,一天往身边的空位看了三百遍。

她数了数自己的小嫩芽,不知不觉已经有一百八十棵了。

距离五百棵还遥遥无期,不过现在明溪已经没那么迫切了,毕竟脸上的伤已经好了,考试时也没那么倒霉了。蹭来的气运已经让她变得走运了很多。

至于剩下的,反正只要待在傅阳曦身边,毕业之前总能蹭到五百棵吧。

这也就导致傅阳曦不在的时候,她也并没有去找姜修秋蹭气运。

直到周五,傅阳曦才来学校。

他的手机和抱枕,都在他周三傍晚匆匆忙忙、头昏脑涨地冲进卫生间洗头的时候,被摔在了地上。

手机壳裂开了,抱枕也湿透了,只能搁在阳台。最近又连日多雨,晒不干。

傅阳曦只好都丢在了家里。

而傅阳曦一来——可能是因为他两天没来学校,明溪的视线格外忍不住落在他身上,于是一向不怎么注重细节的明溪就发现了他没有把抱枕带来。

这玩意儿自从自己送给他之后,他一直不离身的,这两天到底怎么了?

因为心里奇怪,明溪的视线就忍不住长时间落在傅阳曦那张帅气的脸上。

她看着他面无表情地走进教室,拉开椅子坐下。

明溪感觉到他情绪明显较为低落,身上全是低气压。

走进来时就戴着降噪耳机,脸色虽然不至于臭,但表情淡淡的,并且一坐下来,将外套脱掉后就开始补觉,一句话也不说,也没和柯成文、姜修秋,还有自己打招呼。

明溪看着傅阳曦那颗沉默的、生无可恋的红色脑袋,心里犯起了嘀咕。

……他到底怎么了?

要不是问过柯成文,自己不记得傅阳曦生日的事情只有自己和柯成文知道,明溪差点以为傅阳曦是因为这事生气。

但是想来他应该也没那么小气。

明溪琢磨他可能就只是因为生病了心情不好。

生病了是挺难受的,明溪便没吵他,让他安安静静地睡了一上午。并且在班上男生打闹着经过自己身边时,她还将手指抵在唇间"嘘"了一下,提醒他们小声点。

明溪见傅阳曦还是沉默不语,忍不住跑去便利店,买了一包糖。

"你是不是嘴里苦?吃颗这个。"明溪轻轻摇醒了他。

"不吃，离我远点。"傅阳曦抬起头来，看了赵明溪一眼，视线又落到她推他胳膊的手上，补了句，"还有，男女授受不亲，从今往后你注意点。"

明溪竭力不让自己露出无语的表情，兀自拆了一颗糖的包装往傅阳曦嘴边递："不是，你今天到底怎么了？！就尝一颗试试看，柠檬味、草莓味的都有，生病的时候需要补充体力！"

傅阳曦恹恹地看了她一眼："你难道还在意我补不补充体力吗？"

他死死抿着唇，身体往冰凉的墙上一贴。

明溪这么一进，他这么一退，整个画面就变成了明溪欺压过去强迫他，手撑在他椅子边上将他围堵在墙角，而他誓死不从的样子。

全班同学八卦的眼神都不由自主地"唰唰"地看了过来。

明溪面颊发烫，匆匆缩回了手，坐直了身子。

"你的病是还没好吗？"明溪只好将糖塞进了自己嘴里，嘟着嘴问，"要是还没好，要不然再请一天假？你带体温计了吗，今早出门前有没有量过体温？"

她觉得他已经退烧了啊，上午她坐在他身边就能感觉得到，已经没有前天在他家时那种浑身冒着滚烫的热气的感觉了。

这个年纪的男孩子身体强健，恢复起来就很快。

可是为什么他都退烧了，看起来还是有气无力的。

这样想着，明溪下意识地伸手去探傅阳曦额头的温度。

可傅阳曦又是一躲。

他甚至反应很大地直接站了起来。

"刺啦"一声，椅子在地板上发出响声。

傅阳曦转身就要朝教室外走，神情冷倦："我的病已经好了，不劳烦你关心。"

明溪仰着头看他，脖子跟追随阳光的向日葵一样转动，看向他，莫名其妙地问："那你为什么不开心？"

明溪不解地拽住了他的衣服。

傅阳曦别过头去："我没有不开心。"

难道要他说出"因为我误会你喜欢我，因为我一直都在自作多情，现在梦碎了，自尊心也稀里哗啦碎了一地，感觉自己像个自取其辱的小丑"这样丧失尊严的话来吗？

太难堪了，他都不知道该怎么面对。

"胡说。"明溪道，"曦哥，你情绪怎么样我还是看得出来的，是不是你家里出了什么事？"

"……什么事都没有。"

傅阳曦沉默了一瞬，掰开了赵明溪的手："记住，男女授受不亲。"

明溪目送傅阳曦离开教室，她实在摸不着头脑。

她一开始还以为傅阳曦只是因为生病而提不起精神，但现在看来，他肯定是遇到了什么不好的事情，说不定还是什么麻烦事。

说不定是家里出了事，然而她又对他的家事一无所知……

最开始，明溪心里装着的都是自己会得绝症的事情，没心思去问那么多。

再后来是因为刚和傅阳曦、柯成文他们打成一片，不知道以自己普通兄弟的身份去打听他的隐私，会不会惹得他暴怒，所以也一直按捺着没问。

而现在——明溪心里揪得慌，也顾不上那么多了，扭过头去就找柯成文打听。

"曦哥这几天奇奇怪怪的，是不是发生了什么事？"

柯成文一看到赵明溪就发怵，他立马拿书挡脸，却被明溪一把拿开："不要回避问题。"

"是你的错觉吧？"柯成文小声道，"曦哥和平时没什么两样啊。"

他伸手来拿书。

"这还叫没什么两样？"明溪拽着他的书不放，"他之前就差把'臭屁'和'自恋'两个词一左一右写在脸上了，但是他为什么自生病以来，就跟霜打的茄子一样？"

"他就是被他爷爷骂了一顿，所以脸色有点臭，过两天就好了。"

柯成文心想：跟你说了实话岂不是相当于让曦哥出糗？

况且你在电话里亲口说了不喜欢曦哥，知道曦哥的心思之后岂不是会更尴尬？先是十分感动，然后拒绝他？

柯成文觉得，一旦他说了实话，到时候赵明溪和傅阳曦不但做不成情侣，可能连兄弟也当不了了。

这种我喜欢对方，而对方不喜欢我，可我很长时间以来又误以为对方喜欢自己，到头来才发现对方已经有了别的喜欢的人的乱糟糟的事，以柯成文的笨脑子去思考，简直头都大了，脑袋嗡嗡作响。

他觉得到时候自己夹在中间会成为罪人。

于是柯成文敷衍道："他那人就那样，也不是针对你，没看见他今天一整天对我们都爱答不理的？你让他自个儿消化消化就好了。"

消化两天，说不定能消化掉"被背叛感"，大家还能像无事发生一样继续做兄弟。

虽然柯成文这么说，说傅阳曦情绪低落是出于他爷爷的缘故。

但明溪还是觉得哪里不对劲。

她不希望傅阳曦不开心。

她见不得傅阳曦情绪低落，但又不知道怎样才可以让他心情好起来。

中午的时候明溪特地拉着贺漾去校外转了转，买了一盆小小的绿色多肉回来，放在傅阳曦桌上，希望他看见绿色植物心情好点。

傅阳曦倒也没扔，但也没多看几眼，更没像以往一样暴跳如雷地夺毛，责怪她把他桌子弄乱了。

傅阳曦心里那只精神抖擞、得意扬扬的红色小鸟仿佛死了，软趴趴地横尸在地上，留着两行泪水，再也耀武扬威不起来。

而明溪感到无所适从。

因为她一直很在意傅阳曦到底遭遇了什么事，明溪一整天视线都不由自主地落在他身上，上课的时候也忍不住时不时扭头看向他。

偶尔看着看着，明溪落在笔记本上的笔尖就顿住，墨水呆呆地成了一个圆点。

……因为她突然发现，身边这个人真就长得还蛮好看的。

无可挑剔的五官精致又俊美，面无表情的时候，有种生人勿近的感觉。

尤其是大病初愈，面容泛着病态的白。

更让人有一种说不清道不明、仿佛心上爬了蚂蚁、酸酸痒痒而又朦胧不清的感觉。

明溪的视线下意识地落到了他紧抿着的薄唇上，忽然觉得身上有哪里痒，但是又无法伸手去挠。

因为无论挠哪里，都宛如隔靴搔痒。

明溪无意识地抓了抓心口，才发现竟然是心里痒痒的。

而傅阳曦撑着脑袋，眼皮未抬，竭力装作压根儿没感觉到明溪落在他脸上的视线，也装作耳根完全没有疯狂地发烫。

他还说呢，他长得也不算差吧，怎么小口罩以前从没盯着他看过？

现在好不容易被赵明溪这样盯着看一回，傅阳曦恨不得给自己的侧面美化一下，变得再帅一点。

不过他也知道自己够好看，于是便大着胆子装作若无其事地闲散地翻着书页。

过了一会儿，他的余光瞥见赵明溪还没收回视线，傅阳曦阴云密布了几天的心情终于好了那么一点点。

他换了个姿势，左手撑着脑袋，右手则在下面拿着手机疯狂搜索"身高一米八八的男生侧面哪个角度最吸引女生"……

正在赵明溪盯着傅阳曦的喉结，无意识地咽了下口水时，讲台上的卢老师看不下去了，忍不住怒道："明溪！看什么呢，你同桌脸上开花了？"

明溪吓了一跳，赶紧坐直了身子，双手在桌上放好。

傅阳曦扯了扯嘴角，心里半死不活躺尸的那只小鸟终于诈尸般地蹬了下腿。

就在国际班的气氛因为赵明溪和傅阳曦两人而无形中变得古怪的时候，常青班和金牌班的气氛也好不到哪里去。

在上次参赛名额的事件中，整个常青班被当众打脸，至今他们在路上遇到了国际班的人，都还抬不起头。国际班那群傅阳曦的兄弟也嘴贱，见到他们就要阴阳怪气、嘻嘻哈哈地奚落两句，他们简直憋屈得要命。

再加上他们班的叶冰老师因为得罪了高教授，当面挨了批评，最近气压也低到了极点，将所有热闹的话题都扼杀在无形之中。这就导致整个常青班都处于水深火热之中，苦不堪言。

在这样的情形下，整个班很容易同仇敌忾。

刚开始校花成了赵明溪，常青班的人还觉得无所谓，反正赵明溪本来就比赵媛漂亮数倍，这是摆在眼前的事实嘛。再后来校庆主持人也快成赵明溪的了，常青班的大部分人也仍无动于衷，谁主持不都一样……

但是经历过上次参赛名额事件之后，整个常青班都觉得他们的尊严被踩在垃圾桶里蹂躏，就都坐不住了，彻底开始将赵明溪当成国际班的人，同仇敌忾起来!

于是当校庆的节目流程确定,文艺部那边宣布今年的主持人还是赵媛时,整个常青班的人都舒了一口气,一片欢呼。

要知道,主持人出自哪个班,哪个班就有压轴表演的权利。

赵媛心底也松了口气,只觉得近来这一连串的事件当中,自己终于扳回一城。

只是赵媛和常青班的人都不知道的是,就在她那天找过文艺部老师之后,文艺部老师又联系过赵明溪一次。

但是明溪直截了当地拒绝了。

于是这机会兜兜转转,最终才落入赵媛手中。

明溪的想法很简单,她懒得和赵媛争那些有的没的。

抓紧时间学习才是理智的做法。

要是在以前,明溪可能会因为赵家人都要来看校庆而想要表演个节目什么的出彩露脸,让家里人看到。

毕竟她当时还是一个怀着满心期待、想要得到夸奖的女孩。

但现在明溪对这些已经完全不在意了。

即便没有那些宠爱,她一个人也可以好好活着。

常青班除了参加竞赛的人,其余的人都闹翻了天。

热情洋溢地开始准备今年校庆的压轴节目。

就只有两个人不那么高兴。

李海洋还以为今年的主持人会是赵明溪,心中悄悄期待了很久,结果现在却被告知还是赵媛。

这和一个粉丝等待了许久自己偶像的演唱会,却突然临时被告知由路人甲上场有什么区别?

他又不喜欢赵媛,赵媛对他而言自然就只是一个路人甲。

"腻味不腻味啊。"李海洋抓着桌兜里还没送出去的礼物,忍不住嘀咕起来,"前几年都是赵媛,学校领导不觉得厌烦吗?"

"说什么呢?!"恰巧走过去的路烨听见,立马回来揪住他衣领,差点和他打起来,"是赵媛怎么了?赵媛就是好看,不服憋着!"

李海洋看着路烨脸上的伤,觉得路烨有点傻:"你为了赵媛威胁你爸,赵媛知道你做到这一步吗？而且就算这件事你成功地帮了赵媛，赵媛最后能记住你的好吗？"

两人是朋友，李海洋觉得自己有必要再提醒路烨两句。

然而他话还没说完，就被路烨打断。

"你懂什么？赵媛都答应下周末和我去看电影了。"路烨朝前排赵媛清秀的背影看了眼，脸上露出幸福的笑容，"至少我有机会了。"

他又嘲讽李海洋："而你呢，一份礼物而已，磨磨叽叽这么多天都没能送出去。"

李海洋郁闷。

另外一个心情没那么舒畅的人则是鄂小夏。

她现在在常青班的人缘很不好，也就从小玩到大的苗然还会和她说话。

但是她想不通，为什么大家讨厌她，却没一个人讨厌赵媛？

难道没有一个人看出赵媛根本没有表面上那么善良吗？

鄂小夏看了一眼微笑着和路烨说话的赵媛，又低头打开文具盒，看了眼两个巴掌大小的透明密封袋。

第一个袋子里面装着前两天她去操场转悠，趁赵宇宁打篮球时从他毛衣上取下来的几根头发。

鄂小夏不确定那是不是赵宇宁的，为了保险起见，她托人在打篮球身体碰撞到赵宇宁时从他头上扯了几根头发，装进了第二个密封袋里。

接下来需要的就只是赵媛的一根头发了。

鄂小夏心思缜密，这几天一直在想办法取到赵媛的头发。然而赵媛现在对她防备心很重，她再小心翼翼，可只要自己一靠近赵媛，就会被蒲霜推开。

所以非常困难。

但是鄂小夏没有放弃，她总觉得自己的直觉没有出错。

而即便直觉出了错，验出赵宇宁和赵媛就是亲姐弟，那她也不会有什么损失。

这天中午，她见赵媛没有和蒲霜她们一块儿去吃饭，而是单独离开了学校，她赶紧跟了上去。

赵媛好像约了人，在一家日料店等着。

鄂小夏去了另外一桌，坐在绿植后面，发现匆匆赶来和赵媛见面的是一个打扮朴素的保姆。

鄂小夏仔细看了眼,发现这人自己还认识,是赵媛家里的张阿姨——对赵媛最好的那个。

之前鄂小夏每次去赵媛家,张阿姨都很热情,不过她只对赵媛的朋友热情,对赵明溪的态度说是恶劣也不过分。

现在张阿姨好像离开了赵家。

鄂小夏见到赵媛给了张阿姨一笔生活费。

鄂小夏眼珠子转了转,叫来一个服务生,和对方耳语几句。

而那服务生虽然搞不清楚为什么这位顾客会让他取那边一桌的女孩的头发,但这么简单的事情他当然愿意做。

只是走过去上完火锅之后,服务生就有点紧张,一时忘了鄂小夏说的"那女的"是年轻的这个还是年长的这个。

没那么多时间思考,他将两个人的头发都悄悄取了。

鄂小夏在被赵媛发现之前拿到头发,饭也没吃就匆匆溜了。

而赵媛见过张阿姨之后,回到学校,正好遇见在校门口超市买零食的蒲霜。

两人一块儿往回走。

"你给你家那个保姆钱了?"蒲霜听赵媛提起这事,无比诧异,"她被辞退不是因为说了赵明溪坏话吗,一个员工管不好自己的嘴,我觉得被你家辞退也是罪有应得吧,哪儿还找不来一个做事效率高的新保姆了——"

蒲霜还没说完,看了眼赵媛的脸色,又赶紧道:"当然,我的意思是,其实也不至于这么强硬地辞退她吧。不过是说了赵明溪两句,又没犯下什么大错,就这么被辞退,也太可怜了。"

赵媛道:"所以我给了她钱,毕竟现在是年底,不好找工作。她以前对我很好,我感冒的时候,她还会为我熬鸡汤,一直守着我到半夜。"

"你也太善良了。"蒲霜叹气,道,"那么多钱,她半年不工作都够花了。你这次给了下次就别给了,小心被她讹上。"

赵媛脸色缓和了一些,道:"嗯,我知道。"

两人走过篮球场那边,蒲霜又问:"那你大哥的事情呢?"

赵媛微微一笑:"搞定了。"

赵湛怀自然不知道她是怎么搞定的，只是以为她请同学吃了饭，同学求了求他爸，路氏那边便有了松口的迹象。

赵湛怀觉得她帮了大忙，昨晚还主动打电话过来了。

这是这一个月以来赵湛怀第一次主动打电话过来。

赵湛怀的公司为了新布局，必须买下那块地，否则这一整年的经营效益都会不好。

即便路氏一直不肯降低价格，到最后赵湛怀也只能花大价钱买下。

而现在赵媛帮他撬开了路总的口，收购价格有降低的可能性，就能为赵湛怀的公司节约下一大笔流动资金。

赵湛怀那边当然是大大地松了口气。

赵媛连番告捷，今天心情也不错，只觉得一切都可以被自己恢复到从前没有赵明溪的时候的样子。

接下来，就是好好准备校庆和联赛了。

"路烨今天来时脸上好像挂了彩，不知道是不是被他爸揍的。"蒲霜看着赵媛，犹豫了一下，"你真的答应要和他交往吗？"

"看电影。"赵媛看了蒲霜一眼，道，"我没有答应过任何人要和他们交往。"

蒲霜顿住脚步，心里忽然对赵媛生出一种怪异的感觉，她不知道该说什么。

而赵媛已经越走越远。

蒲霜盯着赵媛的背影看了一会儿，还是跟了上去。

路烨帮赵媛这事，很快就传到了柯成文耳朵里。倒不是柯成文故意要打听，而是打篮球的操场就那么大一块儿。

路烨能和女神一起看电影，兴奋得不得了，自个儿就大嘴巴地到处宣扬了。

下午体育课的时候，柯成文抱着篮球过去，扭头就把这事跟傅阳曦和姜修秋说了。

姜修秋穿着羽绒服，蜷缩在角落搓着手，脖子缩进衣领里，没搞清楚状况："所以——这关咱们什么事？"

他说完，笑眯眯地随手收下两个女生红着脸递过来的情书。

"你不懂,"柯成文急道,"赵明溪家里那些破事你不清楚!赵媛现在是在干吗?是在争宠!她之所以找路烨帮这个忙,是因为她想让赵家人倒戈向她那边!"

姜修秋将情书塞进衣服口袋,又恢复了没什么表情的模样:"但是赵明溪不是已经和家里人断绝关系了吗?赵家人以后再偏向谁,她又不在乎。皇上不急,你这个太监急什么?"

"曦哥,你说呢?"柯成文无法和姜修秋沟通,径直看向傅阳曦。

傅阳曦嚣张的红发在寒风中冻僵,俊俏的眉眼因为失恋而透着一股颓丧之气。

他死死地阴郁地盯着那边打篮球的沈厉尧,捏着可乐罐子的手指无意识地用力,直到可乐"噗"地一下喷出来,罐子被捏成扭曲的一团。

他看似没在听柯成文说什么。

但是等柯成文说完后,他呵出一口寒气。

"手机给我。"

柯成文连忙从兜里找了找,找出傅阳曦的手机给他。

傅阳曦抄起手机,起身走开几步,拨了一通电话。

姜修秋冷得转不动脖子,整个身子往那边转动,看向傅阳曦那边,纳闷儿地说:"他这是——"

柯成文了然道:"把赵媛的事给搅黄。"

等傅阳曦回来,姜修秋叹气,道:"赵明溪一点都不喜欢你,你都失恋了,还管她的事情干什么?"

傅阳曦怒道:"我没有管她的事情,我单纯看不惯赵家那群人,不想他们好过,这是我私人的事情,懂?"

姜修秋道:"我早说过,从小到大,我就没见过因为我们本人追我们的,你还不信那个邪。看吧,果然如此——"

傅阳曦心态瞬间崩了,理智顷刻间炸成了燃烧的烟花。

他血液往上涌,"唰"地一下站起来,摔了可乐罐子,揪起姜修秋的衣领:"你是不是想打架?"

姜修秋衣领被揪得变形,但他却宛如老僧入定,也不生气,只是又丧丧地叹了口气。

傅阳曦松开姜修秋的衣领，沮丧地一屁股坐在旁边。

赵明溪身上的温暖是真实存在的，也曾给他编织过一个美妙的梦，让他每晚入睡时四肢百骸都是暖的。

赵明溪曾让他多了一个入梦的理由，让他少了几分对过往的噩梦的惧意。

但现在，梦碎了，光也没了。

赵明溪身上依然很暖和，她递的糖依然看着就很甜。

可傅阳曦的指尖仍然是凉的。

柯成文见他俩丧丧的，也情不自禁被带得丧了起来，在傅阳曦旁边挨着他坐下来，苦恼地思考了一下，道："要不然——"

旁边的两颗脑袋扭过来看向他。

柯成文压力好大，但只能硬着头皮说出自己的想法："世上无难事，只怕有心人。要不然想个办法把沈厉尧赶走？赵明溪见不到沈厉尧，以后可不就会把他忘掉嘛！"

姜修秋摇头："未必，你没听说过异地恋会激发人的荷尔蒙？这样做，到时候都不知道是在促成他们两个，还是在拆散他们两个。"

姜修秋继续分析："而且沈厉尧好端端的突然转学，赵明溪肯定会觉得不对劲，傅阳曦在电视剧里就变成恶婆婆的戏份了。你见过恶婆婆和儿媳妇最后能成一对的？"

三个人没想出什么好的办法。

傅阳曦继续恶狠狠地盯着不远处的沈厉尧。

沈厉尧最近则同样心烦意乱。

做实验出现错误的次数变多，打篮球时也心不在焉。

赵明溪那天在走廊上当着他队友的面说不再喜欢他之后，便果然再也没来找过他。

何止是没来找过他，简直是刻意躲避他。

曾经每天见面的人，就这么在他的世界中消失了。

一开始沈厉尧还冷着脸，抱着某种隐秘的期望，想着她这次又是欲擒故纵，说的或许不是真心话。

然而时间一天天地过去，沈厉尧在一天天的无所适从和烦躁焦灼中终于渐渐意识到，赵明溪她就真的走到那里，然后停下了。

她不会再朝他的世界靠近了。

沈厉尧很不习惯。

怎么可能习惯？

打篮球时场边再也没有她的身影。

推开广播室的门，他下意识地以为她在里面，准备和她打招呼，然而与自己打招呼的却是其他女生。

在图书馆也不再遇到她了。他往常经常待在计算机科学区，他以为赵明溪仍会出现在那里，他故作不经意地去寻找过——然而，她没在。

她再也没有出现过。

虽然所有事情都脱离了自己的掌控，但沈厉尧依然在拼命忍耐着这种不习惯所带来的焦躁。

实验做错，那就惩罚自己再做一遍。

看文献时分神，那就逼迫自己静下心来。

他觉得他并不喜欢赵明溪，现在所产生的一切反常心理都只是"不习惯"三个字所带来的一些后果而已。

等到他再度习惯了身边没有赵明溪时，一切就会回到正轨了。

——沈厉尧是这么以为的。

但是很奇怪的是，赵母的生日宴上，他挑衣服时还是忍不住挑了以前赵明溪说最适合他的款式，然后在人群中装作漫不经心地扫视赵明溪来了没有。

那天赵明溪当然没来，后来听说她与家里人决裂了。

当赵明溪不再出现在他的世界里后，他的消息严重滞后，只能从别人的口中听到一些她与傅阳曦的闲言碎语。

沈厉尧发现自己的心里滋生出了别的情绪，不只是不习惯，仿佛还有小时候见到金牌落入别人手中的那种烦躁。

毕竟两个班的教室在同一层楼，在走廊上偶尔也会有擦肩而过的时候。

沈厉尧每次都目不斜视，他用余光瞥见赵明溪同样目不斜视，没有多看他一眼。

沈厉尧不悦，他以为赵明溪其实是强忍着，在两人擦肩而过之后，赵明溪应当会回头。可当他实在忍不住，回头看过去的时候——

他却发现。

如今回头的只有他一个人。

如果仅仅是因为不习惯，那么一个多月以来，他也早就该习惯身边没有赵明溪了。

可为什么他心里还是这么不痛快？

难道还有别的原因吗？

为了证明这一点，沈厉尧前几日接受过一次孔佳泽的邀请，陪她去了动物园。孔佳泽满脸兴奋，在寒风中还光腿穿着裙子。然而完成所有约会的项目之后，沈厉尧只觉得意兴阑珊，当晚提前回了学校实验室。

孔佳泽不行，别人好像也不行。

沈厉尧心里渐渐生出一个很可怕的揣测。

难道他对赵明溪，其实是在意的吗？

沈厉尧消沉了几日之后，在实验室神情冷峻地问了叶柏一个问题："假如我现在去追赵明溪，你觉得怎么样？"

叶柏差点被吓傻，虽然他近来也逐渐发现沈厉尧的异常，心里也猜测沈厉尧会不会其实是喜欢赵明溪的，但他万万没想到沈厉尧竟然动了把人追回来的念头！这得下了多大的决心？！至少得将赵明溪和金牌看得同样重要了。

"你是认真的吗？"叶柏瞳孔都在地震，回过神后想了想，道，"我觉得尧神你要真的不适应，那你就去追回来吧。如果是你的话，肯定一追赵明溪就会回来的，她以前那么喜欢你。"

沈厉尧得到了肯定的回答，竟然如释重负，只觉得放松不少。

这晚他难得睡了个好觉。

沈厉尧行动一向快，第二日他就开始制订一系列的日程和计划。

沈厉尧这种人是不可能贸然和别人表白的，他打算一步步来。

先和赵明溪恢复到朋友关系再说。

于是这天周五，他打完篮球之后，回教室拿上学校给参加集训的成员发的助学金和时间安排表，就朝着国际班走去。

而明溪这边，她下午盯着傅阳曦看了一节课，被卢老师批评以后，就不敢继续盯着他看了。

上体育课的时候,她和国际班的女生们打了会儿排球,又去校门口取了份贺漾家店里的员工送过来的甜品,在上课之前回到了教室。

明溪擦了下额头上的汗,见傅阳曦还没回来,便把要给他的甜品先放在了自己的桌兜里面。

这虽然不是她自己做的,但也是自己花钱买的,多少能长点嫩苗。

但她还没坐下,外面就有人叫她,说金牌班有人找她说集训安排的事情。

下周末为期十天的集训就要开始了。

明溪怕自己遗漏什么事,赶紧出去。

却没想到过来和她沟通的是沈厉尧。

沈厉尧站在走廊上,把表格递给她,指着下面的签名道:"集训地址在上面,下周五傍晚二十个人统一从学校门口出发,大巴学校会负责安排,来去的路程以及去了之后住的酒店都不用我们管,一切经费也不用担心。你只需要带上一些习题册,以及如果住不惯酒店的话,可以带上一些自己的日用品。看清楚之后你在这里签个字。"

顿了顿,沈厉尧又道:"还有,下周会变冷,多带点保暖的衣服。"

明溪飞快地在表格上签了字,有些奇怪地看了他一眼:"怎么是你来?负责这事的不一直是你们队的越腾吗?"

沈厉尧无法解释,只冷着脸不吭声。

而那边傅阳曦一行人刚上来,便见到赵明溪和沈厉尧站在走廊上说话。

刚才还在说怎么拆散他们两个,结果下一秒就见到两人站在一块儿,脑袋碰脑袋。

傅阳曦登时脸都绿了!

是可忍,孰不可忍!

他脑子里的弦断了,太阳穴突突直跳,立马就要冲过去,被柯成文和姜修秋一把拦住。两人一左一右拉着他回了教室。

"你们活得不耐烦了?!"

"曦哥你没情商啊!你见到人家说句话就过去打断,那也太幼稚了!只会在赵明溪那边得负分!"

傅阳曦气急败坏:"那我到底要怎么样?眼睁睁看着他们复合啊?"

"他们就只是说句话而已——"

傅阳曦恼怒道："不行,她不准和那个死瘦子说话！"

片刻后,走廊外面的明溪和沈厉尧只觉得国际班的男生们倾巢出动。两人说一句话,就有一个人挤开两人,从中间走过去打水,对他们说"借过一下";再说一句话,就又有上完厕所的人挤开两人,从中间走回来。

沈厉尧："这是集训——"

"借过。"

"二十个人的——"

"不好意思,再借过一下。"

"群——"

"还是我,憋着尿呢,再借过一下啊。"

沈厉尧脸色越来越难看,简直冰冷,犹如讲脱口秀一般飞快地说完了剩下的话："赵明溪你加一下群,有什么活动群里会通知,记得看群公告——"

"借过。"

沈厉尧忍无可忍："你们国际班的人全都憋着尿赶在这时候上厕所?路这么宽,非得从中间挤?"

赵明溪从余光瞅着傅阳曦那一行人回来后就开始心猿意马,也没心思和沈厉尧说废话,匆匆扫码加了群,道："谢谢啊,有事之后再说。"

她说完便迅速溜回了教室。

沈厉尧愣在原地。

傅阳曦用余光看得快气死了,刚才扫那一下码是干什么?他们还交换了联系方式?当他不存在吗?

明溪拿着表格回到座位上,就发现傅阳曦浑身的气压比上午更加低了。他眼神盯着外面,一声不吭地磨着一把削笔的刀,脸色很黑,旁边扔着几支捏断的铅笔。

"他又怎么了?"明溪扭头看向柯成文。没得到回答,明溪从桌兜里掏出甜品,递给傅阳曦："给你。"

傅阳曦继续磨刀："不吃。"

明溪："这个虽然不是我做的,但是贺漾家是专门开甜品店的,她家店里的甜品都很好吃,你怎么会不喜欢?"

傅阳曦冷冷道："减肥。"

傅阳曦磨了很久的刀，侧脸看着就心情低落，心不在焉。

明溪看了他一会儿，忍不住掏出手机给贺漾发短信。

"我怎么觉得傅阳曦在生我的气，是我的错觉吗？柯成文和你说了什么没有？"

那边很快就回了短信："我在普通班，你们班发生了什么柯成文怎么会和我说？不过一般情况下，你还是相信自己的直觉吧，你觉得有，那他生气的原因肯定就和你有关。"

明溪又看了傅阳曦一眼，傅阳曦在她看过去时，脸色愠怒。

明溪基本上确定了，他连日以来低气压的原因可能还真的和自己有关。

"我觉得莫名其妙啊。"明溪噼里啪啦地打字，"他感冒后我还去他家里给他送药了呢，他有什么好生我的气的？难道是生气我没问他就去了他家，侵犯了他的隐私？"

贺漾："应该不至于，傅阳曦这人我虽然了解得不多，但他好像不是那种人，他还挺在意你的。你问问他呢？"

明溪："如果我问了他就说的话，那我现在就不会给你发短信了。"

贺漾莫名觉得自己现在仿佛在给一个惹女朋友生气了，自己却一头雾水的蠢男人出谋划策。

她晃了晃脑袋，赶紧把这个诡异的想法甩开。

贺漾支招："那估计是发生了什么伤害他自尊心，没办法告诉你的事情。你如果在意这段友情的话，就再坚持下，认真去找出到底是什么原因。"

明溪当然在意，这世界上也没有第二个能因为她想念奶奶，就给她弄来私人飞机的人了吧。

明溪关了手机，放学的铃声就响了。

傅阳曦闷不作声，一脸"我死了，别管我"的表情，站起来开始收拾书包。事实上他书包里也没有书，他就只是随随便便地把他的耳机和那些瓶瓶罐罐丢进去。

明溪瞥了眼，她有点在意他吃的到底是什么维生素。但一串法文自己也看不懂，她打算找个机会拍下来，去网上查一下。

这一放学，之后就是周末，又得有两天和傅阳曦见不到面了。

然而他的心结还没解开。

放在以前，明溪自然是没那么在意，但现在她不仅在意，心里还滋生出一些其他的叫她无法分辨的情绪。

"你这就要走？"明溪问。

傅阳曦抬起眼皮："不然留下来看别人怎么长得那么瘦吗？"

说的都是什么东西？明溪完全绕不过弯来。

"谁说你胖了？"明溪拦住他，绞尽脑汁地找形容词，她理科好，但是文科却一般，想了半天才安慰道，"你一米八八，穿衣显瘦，脱衣有肉，不胖啊。"

她的安慰完全没有说服力。

傅阳曦拿开她的手，"哦"了一声抬步要走。

明溪一下子就脱口而出："你不能走！"

可能是她说话的语气太急切，柯成文和教室里的一群人都看了过来。傅阳曦喉结动了动，也垂眸看了过来。

傅阳曦的视线落在她白皙的脸上，在她脸上的神情中切实地找到了在意他的情绪。傅阳曦心里的小鸟又蹬了下腿，心里出现了那么一点死灰复燃的火星。他神色稍缓，向下扯了下嘴角："为什么，你还有什么事吗？"

明溪被噎住，脑子一抽，想也没想，哗啦哗啦地从竞赛题集上翻出道题，指着这道题说："这道题我不会做。"

傅阳曦快被气死了，小口罩叫他留下来，居然是让他帮忙解题！他是什么"哪里不会点哪里"的工具人吗？！

一瞬间，所有的火星化作无情的令人痛楚的冷风。

傅阳曦气急败坏地把书包往柯成文桌子上一扔，让柯成文几人先走，用脚把椅子一钩，豪放不羁地坐下来，拿过明溪的纸和笔就笔走龙蛇地写起来。

在他解题的过程中明溪才惊讶地发现他的思路非常快，完全不像是一个平时天天睡觉的人会有的速度。

明溪忍不住问："你有这本事，怎么不参加竞赛？"

傅阳曦眼皮抬都不抬："没意思。"

明溪：对不起，打扰了。

几分钟后，教室里其他人都走光了，只剩下他们两个。傅阳曦把解好的题往明溪面前一递，又是一脸"我死了，别管我"的神情，拎起书包往外走。

明溪顾不上去看那道题，连忙抱着自己的书包迈着小碎步跟上："还有件事，李婶寄来了特产，有一份是给你的，你跟我去拿。"

"没有别人的吗？"傅阳曦瞥了她一眼，凉凉地问，"比如说你参加集训的那些朋友。"

他的重音放在了"那些朋友"四个字上，说得咬牙切齿。

明溪："没有啊，就只有给你和姜修秋的——柯成文……呃，她说柯成文长得硌碜，就算了。"

傅阳曦跟着明溪来到宿舍楼下。由于有明溪本人在，宿管阿姨网开一面，让傅阳曦跟着明溪上去了。

上去拿了特产，明溪又突然说灯泡坏了。

傅阳曦虽然气小口罩不喜欢自己，但是不可能丢下她不管，于是拎了把椅子，往地板上一放，踩上去给她换灯泡。

结果仰起头就发现，这哪里是灯泡坏了，这是整个灯泡都不见了啊！

傅阳曦道："还得去买个灯泡，你在这里等一下，我下去一趟——"

话还没说完，他见明溪拿着杯子喝水，杯子不偏不倚地一下子砸在下铺的床上，将被套全部濡湿了。明溪惊慌地跳起来："完了，怎么办，被子湿了，我没办法睡觉了。"

傅阳曦心里忽然有一个猜测，他喉结动了动，竭力装作不以为意，道："那能怎么办，不然周末你去我家？反正——"

傅阳曦舔了舔嘴唇，努力按捺住完全不受控制发烫的耳根，若无其事道："反正我公寓的房间多。"

话音刚落，就见小口罩垂着脑袋长吁短叹："那只能这样了。"

傅阳曦：怎么回事？

他怎么觉得小口罩千方百计地赖着他，想和他在一起。是他的错觉吗？还是他又太自恋了？

图书在版编目（CIP）数据

擅自心动 / 明桂载酒著. -- 成都：四川文艺出版社, 2025.1. （2025.4 重印）-- ISBN 978-7-5411-6986-1

Ⅰ.I247.5

中国国家版本馆 CIP 数据核字第 2024PT3224 号

SHAN ZI XINDONG

擅自心动

明桂载酒 著

出 品 人	冯 静
特约监制	王传先 沐 浔
责任编辑	王梓画

出版发行	四川文艺出版社（成都市锦江区三色路 238 号）
网 址	www.scwys.com
电 话	028-86361781（编辑部）

印 刷	河北鹏润印刷有限公司			
成品尺寸	146mm×210mm	开 本	32 开
印 张	9.5 插页 4	字 数	310 千
版 次	2025 年 1 月第一版	印 次	2025 年 4 月第四次印刷
书 号	ISBN 978-7-5411-6986-1		
定 价	49.80 元		

版权所有·侵权必究。如有质量问题，请与本公司图书销售中心联系调换。电话：010-82069336